本书是国家社科基金重大项目"弥尔顿作品集整理、翻译与研究"（19ZDA298）阶段性成果。

浙江大学文科高水平学术著作出版基金　资助

文艺复兴论丛

内在乐园

论弥尔顿晚期诗歌中的认知和自由

崔梦田　著

ZHEJIANG UNIVERSITY PRESS
浙江大学出版社

目　录

绪　论

　　英国著名诗人弥尔顿（John Milton）的晚期诗歌均发表于英国斯图亚特王朝复辟之后：《失乐园》首次出版于 1667 年，最初以十卷本面世；《复乐园》与《斗士参孙》则于 1671 年同时出版。但实际上，《失乐园》和《复乐园》的创作日期更早一些。勒瓦尔斯基（Barbara Kiefer Lewalski）认为，《失乐园》的前一半创作于复辟以前，第 7 卷以后的部分则写于复辟后。①据弥尔顿的学生埃尔伍德（Thomas Ellwood）回忆，在 1666 年6 月 25 日之后的一段时间，他读到了《复乐园》的稿子。至于他看到的是部分书稿还是全稿，我们不得而知。②关于《斗士参孙》的创作时间，学者们没有定论，但通常认为该诗创作于 1667—1670 年。③可见，弥尔顿创作晚期诗歌的时间区间大约为 17 世纪 50 年代末到 70 年代初。在此期间，英国经历了巨大变化。

---

① Barbara Kiefer Lewalski, *The Life of John Milton: A Critical Biography*, 2nd ed.,
　Malden, MA: Blackwell Publishing, 2003, pp. 444-445. 勒瓦尔斯基的总结基于达
　比希尔（Helen Darbishire）编写的《弥尔顿的早期传记》，即：Helen Darbishire (ed.),
　The Early Lives of Milton, London: Constable, 1932. 在该书中，奥布里（John
　Aubrey，最早的弥尔顿传记作者）转述菲利普斯（Edward Philips，弥尔顿的外甥）
　的话，认为史诗创作大约开始于国王回英的两年前，结束于王朝复辟三年以后，
　他声称弥尔顿只在秋、冬两季创作，一共花费了四五年的时间创作该史诗，见：
　Helen Darbishire (ed.), *The Early Lives of Milton*, p. 13. 而菲利普斯自己的说法暗示
　史诗的写作与修改时期更长一些，详见：Helen Darbishire (ed.), *The Early Lives of*
　Milton, pp. 72-73.
② Barbara Kiefer Lewalski, *The Life of John Milton: A Critical Biography*, pp. 450-451.
③ 帕克（William Riley Parker）与利布（Michael Lieb）等学者认为，《斗士参孙》
　创作于 17 世纪 40—50 年代，但希尔（Christopher Hill）、诺帕斯（Laura Lunger
　Knoppers）及沃登（Blair Worden）等学者援引诗歌中出现的一些后复辟时代的场
　景，更倾向于将该诗的创作时间确定为 17 世纪 60 年代后期。具体参见：Barbara
　Kiefer Lewalski, *The Life of John Milton: A Critical Biography*, pp. 691-692.

克伦威尔（Oliver Cromwell）的统治固然不尽如人意，[①]但他去世后的局面更为混乱。1658 年，在克伦威尔病重期间，以弗利特伍德（Charles Fleetwood）、德斯伯勒（John Desborough）为代表的军官与以布罗格希尔（Roger Boyle, Lord Broghill）、福肯贝格（Viscount Fauconberg）为代表的文官之间形成对峙：前者反对保王派，亦不支持国教；后者均来自贵族、保王派家庭，认为宗教只是为了维持社会、政治秩序。[②]弥尔顿对上述两派均不满意。[③]小克伦威尔（Richard Cromwell）[④]继位后，由于财政压力过大，不得不召集议会。新议会的大多数成员为保守派，也聚集了一些共和派人士[赫塞里格（Arthur Hesilrige/Haselrig）、范内（Henry Vane）、勒德洛（Edmund Ludlow）等][⑤]，但共和派的提案几乎全部被否决。[⑥]议会的保守倾向导致其与军队之间冲突不断，直至军队要求解散议会，被小克伦威尔拒绝。但由于小克伦威尔在与军队的对峙中失利，他被迫应后者要求解散了议会。随后，他和布罗格希尔、福肯贝格等文官失势后纷纷退隐。[⑦]

---

① 伍尔里奇（Austin Woolrych）对于克伦威尔任护国公时期的政制设计与宗教宽容有非常精彩的评论，见：Austin Woolrych, *Britain in Revolution: 1625—1660*, Oxford: Oxford University Press, 2002, pp. 564-567, 585-587. 克伦威尔的宗教宽容政策、他对新闻自由的容忍以及意欲改革法律的志向使其获得了同时代许多人的认同，见：N. H. Keeble, *The Restoration: England in the 1660s*, Malden, MA: Blackwell Publishing, 2002, p. 6. 从 17 世纪中期到 20 世纪初，人们对克伦威尔的评价经历了几次转变，沃登对这一变化过程进行了比较精到的总结，见：Blair Worden, *Roundhead Reputations: The English Civil Wars and the Passions of Posterity*, London: Penguin Press, 2001, pp. 215-315.

② Ronald Hutton, *The Restoration: A Political and Religious History of England and Wales 1658—1667*, Oxford: Oxford University Press, 1985, p. 17.

③ Austin Woolrych, "Milton & Cromwell: 'A Short But Scandalous Night of Interruption'," in *Achievements of the Left Hand: Essays on the Prose of John Milton*, ed. Michael Lieb and John T. Shawcross, Amherst: University of Massachusetts Press, 1974, p. 199.

④ 本书均称理查德·克伦威尔为小克伦威尔。

⑤ Ronald Hutton, *The Restoration: A Political and Religious History of England and Wales 1658—1667*, pp. 28-29.

⑥ Austin Woolrych, "Milton & Cromwell: 'A Short But Scandalous Night of Interruption'," in *Achievements of the Left Hand: Essays on the Prose of John Milton*, ed. Michael Lieb and John T. Shawcross, p. 200.

⑦ Ronald Hutton, *The Restoration: A Political and Religious History of England and Wales 1658—1667*, pp. 36-39.

之后，1653 年被克伦威尔解散的残余议会（the Rump Parliament）^①
重新掌权。弥尔顿在 1659—1660 年的小册子中拥戴的就是残余议会中的
共和主义领导者，主要是宗教思想与其相同的范内。但即使是在共和派内
部，支持范内政教分离思想的人也是少数，更多人倾向于赫塞里格提出的
"温和长老会"思路。^②关于国家未来的政制设计，人们的想法亦不相
同，例如，范内倾向于精英式的圣人政府，而赫塞里格则大体认同哈林
顿（James Harrington）的模式。^③由于财政问题迟迟得不到解决，主要
成员的政治理念分歧难以弥合，议会与军队的矛盾再次升级，最终残余议
会在重聚半年后再度解散。弥尔顿虽然对残余议会的赞扬有所保留，^④但
对于军队的此次决议不无痛心地评论道，"雇佣军队本由最高权力（the
Supreme Power）成立，前者却在毫无正当理由的前提下控制后者"，这种做
法"实在是非法、可耻、野蛮"，恐怕"在野蛮人中都很少出现"。^⑤早在
军队与残余议会出现摩擦时，驻守苏格兰的蒙克将军（General Monck）

① 长期议会（the Long Parliament）建立于 1640 年，1653 年 4 月被克伦威尔废除；
  1648 年 12 月，普赖德（Thomas Pride）率军队驱逐了约 100 名赞成与查理一世
  （Charles I）妥协的议员。这次事件之后的长期议会被称为残余议会。关于残余议
  会的详细历史，参见：Blair Worden, *The Rump Parliament: 1648—1653*, Cambridge:
  Cambridge University Press, 1974.

② Austin Woolrych, "Milton & Cromwell: 'A Short But Scandalous Night of Interruption',"
  in *Achievements of the Left Hand: Essays on the Prose of John Milton*, ed. Michael Lieb
  and John T. Shawcross, pp. 199-200.

③ Ronald Hutton, *The Restoration: A Political and Religious History of England and
  Wales 1658—1667*, p. 63. 哈林顿提出两院制：300 人的元老院由各地区有财产的人选
  举产生，另外 1050 人组成人民大会——前者提出议案，后者进行表决；他还倡议
  实行议会轮替制。除了议会轮替制外，赫塞里格基本接受哈林顿的所有构想。关于
  范内和哈林顿各自的政见和活动，参见：Austin Woolrych, *Britain in Revolution:
  1625—1660*, pp. 729-731. 关于弥尔顿和哈林顿共和思想的异同，勒瓦尔斯基总结
  道："哈林顿共和国的理论依据是，好的政府结构下才能形成好的公民；但弥尔
  顿认为，只有好的（即热爱自由的）公民才能维持自由的共和国。"参见：Barbara
  Kiefer Lewalski, *The Life of John Milton: A Critical Biography*, pp. 393-394.

④ Austin Woolrych, "Milton & Cromwell: 'A Short But Scandalous Night of Interruption',"
  in *Achievements of the Left Hand: Essays on the Prose of John Milton*, ed. Michael Lieb
  and John T. Shawcross, p. 218.

⑤ Austin Woolrych, "Milton & Cromwell: 'A Short But Scandalous Night of Interruption',"
  in *Achievements of the Left Hand: Essays on the Prose of John Milton*, ed. Michael Lieb
  and John T. Shawcross, pp. 209-210.

便公开表态支持议会，因此，当他得知军队驱逐议会的决议后，果断采取措施反对军队。①军队首脑不仅面临蒙克施加的军事压力，赫塞里格等在朴次茅斯的反抗以及伦敦市民要求"自由议会"（a free parliament）的呼声更使其难以为继。最终，军官们落败，政权在事隔 12 年后重新落入以赫塞里格为首的文官手中。②

但赫塞里格等共和派文官不久便遭到议会内更温和、保守的议员们的反对。面对来自地方上的持续压力，赫塞里格等决定采取镇压政策，因此他们必须借助蒙克的军队维持秩序，但后者并不认同他们的政策。③蒙克在政治上倾向于温和、保守的中间势力，在宗教上倡议建立长老会为主的国教。他于 1660 年 2 月 11 日写信给议会，表达了对镇压政策的不满，并责令议员在一周内起草文书准备新议会的选举，同时，他和麾下的军官将军队驻扎于伦敦，受到了伦敦市民的热烈欢迎。④之后的 10 天，蒙克的政治决策并不明朗，他一面与共和派保持联系，一面促成残余议会与 1648 年被驱逐的议员（the "secluded" MPs）之间的谈判。但 2 月 21 日，蒙克与其军官突然宣布他们同意被驱逐的议员进入议会。⑤值得注意的是，弥尔顿的《建设自由共和国的简易办法》（*The Readie & Easie Way to Establish a Free Commonwealth*）第一版就写于 1660 年 2 月 18 日至 2 月 20 日，显然是针对当时特有的形势而作。⑥重新恢复的长期议会在 3 月 16 日通过了新的议会选举法案，之后即宣布解散。⑦实际上，3

---

① Ronald Hutton, *The Restoration: A Political and Religious History of England and Wales 1658—1667*, p. 69.

② Ronald Hutton, *The Restoration: A Political and Religious History of England and Wales 1658—1667*, pp. 80-84.

③ Ronald Hutton, *The Restoration: A Political and Religious History of England and Wales 1658—1667*, pp. 87-91.

④ Ronald Hutton, *The Restoration: A Political and Religious History of England and Wales 1658—1667*, p. 93.

⑤ Ronald Hutton, *The Restoration: A Political and Religious History of England and Wales 1658—1667*, pp. 95-96.

⑥ N. H. Keeble and Nicholas McDowell (eds.), *The Complete Works of John Milton, Volume VI: Vernacular Regicide and Republican Writings*, Oxford: Oxford University Press, 2013, pp. 463-464.

⑦ Ronald Hutton, *The Restoration: A Political and Religious History of England and Wales 1658—1667*, pp. 103-104.

月初蒙克已开始考虑王朝复辟，他通过使臣与查理二世（Charles II）接触。后者积极响应，于 4 月 4 日发表了《布雷达宣言》（Declaration of Breda），在政治、宗教、军费等问题上做出了承诺。①之后，新的议会选举如期举行。由于入选条件较为宽松，许多保王派进入了下议院。盟约议会（the Convention Parliament）于 4 月 25 日开始聚集，②并于 5 月 1 日投票确定政府形式为"国王、上议院、下议院"③。共和时代正式落下帷幕。

　　王朝复辟后，许多诗人倒戈，昔日，他们为护国公克伦威尔歌功颂德，如今转身成了查理二世的称颂者。沃勒（Edmund Waller）、考利（Abraham Cowley）、戴夫南特（William Davenant）、德莱顿（John Dryden）均属此列，甚至弥尔顿的好友马韦尔（Andrew Marvell）亦未能免俗。④然而，弥尔顿没有放弃他的理想，在复辟前的最后一刻，他还在撰写《建设自由共和国的简易办法》第二版，为他理想中的贵族共和制做着最后努力。⑤但是，历史最终没有被改写。1660 年 5 月 25 日，查理二世的船在多佛靠岸，前来迎接他的是蒙克将军以及欢呼雀跃的民众。⑥复辟之后，形势急转直下，虽然弥尔顿自己幸免于难，在被关押一段时间后释放，⑦但他的许多好友或被处死，或遭监禁，已经故去的布拉德肖（John

---

① Ronald Hutton, *The Restoration: A Political and Religious History of England and Wales 1658—1667*, pp. 106-108.

② Ronald Hutton, *The Restoration: A Political and Religious History of England and Wales 1658—1667*, pp. 117-118.

③ Samuel Pepys, *The Diary of Samuel Pepys*, ed. Henry B. Wheatley, London: George Bell and Sons, 1893, p. 139.

④ 鉴于几位诗人不同的政治立场与背景，马森（David Masson）对他们的态度并不完全一样：他对沃勒与德莱顿有些不留情面，对其他几位诗人则更加同情，见：David Masson, *The Life of John Milton: Narrated in Connexion with the Political, Ecclesiastical and Literary History of His Time*, vol. VI, Gloucestor, MA: Peter Smith, 1965, pp. 12-17.

⑤ 弥尔顿创作第二版的时间大概在 1660 年 3 月期间，当时新的议会选举正在进行。详见：N. H. Keeble and Nicholas McDowell (eds.), *The Complete Works of John Milton, Volume VI: Vernacular Regicide and Republican Writings*, p. 469.

⑥ Samuel Pepys, *The Diary of Samuel Pepys*, ed. Henry B. Wheatley, p. 169.

⑦ 许多人为弥尔顿求情，其中可能有马韦尔以及戴夫南特，见：David Norbrook, *Writing the English Republic*, Cambridge: Cambridge University Press, 2000, p. 432.

Bradshaw）的尸体遭受了侮辱。[①]严峻的形势使得弥尔顿无法再像以前一样活跃于政治舞台，于是诗人重新过上了"个人、退隐的生活"[②]，然而正是在如此风云变幻的局势下，弥尔顿创作了晚期的三部诗作。

对于弥尔顿晚期诗作的创作意图，学者们有着不同的解读。例如，沃登认为，弥尔顿在从散文转向诗歌时，他也从政治领域退出，将关注转向信仰。在沃登看来，弥尔顿晚期散文中已经出现政治讨论让位于宗教话语的端倪：早期散文中，弥尔顿曾寄望于仍然持守美德的极少数人，但在《建设自由共和国的简易办法》中，承载弥尔顿寄托的变成了"余数"（a remnant）[③]这样一个宗教群体。另外，《失乐园》第7卷中"少数合适的听众"（fit audience though few）似乎更倾向于基督教信仰而非共和理念的持守者。[④]沃登的看法代表了很多评论者的观点，这类评论者都认为弥尔顿晚期的诗作退出政治领域，并将其"内在乐园"解读为宗教概念。[⑤]但持不同看法者亦不在少数，诺尔布鲁克（David Norbrook）、勒瓦尔斯基、拉齐诺维奇（Mary Ann Radzinowicz）等皆是如此。勒瓦尔斯基专门撰文讨论弥尔顿最后7年的创作，以说明弥尔顿晚年时并未安居退隐，而是以教育者的身份重新介入现实，促使他的读者增强政治

---

① 遭受同样侮辱的还有克伦威尔、艾尔顿（Henry Ireton）等，见：Merritt Y. Hughes (ed.), *John Milton: Complete Poems and Major Prose*, New York: Macmillan Publishing Company, 1985, p. 568.

② N. H. Keeble, *The Restoration: England in the 1660s*, p. 133.

③ 《罗马书》9：27："以赛亚指着以色列人喊着说：'以色列人虽多如海沙，得救的不过是剩下的余数。'"引自：《圣经：中英对照》（和合本·新国际版）. 南京：中国基督教协会，2007。对照钦定版：*The Holy Bible: Containing the Old and New Testaments (Authorized King James Version)*, Nashville, TN: Broadman & Holman Publishers, 1979, Romans 9: 27.

④ Blair Worden, "Milton's Republicanism and the Tyranny of Heaven," in *Machiavelli and Republicanism*, ed. Gisela Bock, Quentin Skinner, and Maurizio Viroli, Cambridge: Cambridge University Press, 1990, p. 244. 沃登后来明确承认自己在这篇文章中的说法有问题，见：Blair Worden, *Literature and Politics in Cromwellian England: John Milton, Andrew Marvell, Marchamont Nedham*, Oxford: Oxford University Press, 2007, p. 388.

⑤ 持类似看法的分别有布什（Douglas Bush）、汉福德（James Holly Hanford）、帕克等，见：Mary Ann Radzinowicz, *Toward* Samson Agonistes*: The Growth of Milton's Mind*, Princeton: Princeton University Press, 1978, p. 115.

与道德的理解力，促进他们的美德及对自由的热爱，以便英国在他时（上帝的合宜之时）可以重新获得宗教自由并建立自由共和国。[1]勒瓦尔斯基稍晚一些就这一问题进行了更为清晰的阐释，她明确表示，弥尔顿晚期的三部诗作，并不像一些学者认为的那样，采取了退出公共领域的寂静主义立场（a quietist retreat）。[2]以上两种看法反映了学者们对于弥尔顿晚期作品中宗教与政治倾向的不同判断。但是"内在乐园"也许并非只是宗教概念，而是兼具政治维度；美德与自由除和共和思想相关外，同时亦关涉宗教内涵。[3]马尔灿（Nicholas von Maltzahn）曾清楚地指出，弥尔顿的共和思想与其对于教会的观点密切相关，在他这里，"教会和国家应该保持分离，但稳定的教会有助于保障国家的稳定"；具体到政制与公民的关系，他指出，"治国术并不存在于真空中，公民的灵性健全对于任何政制方案的成功都是独立但却关键的要素"。[4]笔者赞同马尔灿的说法，对于弥尔顿来说，宗教与政治思想并非非此即彼的选择，它们有时看似彼此抵牾，实则相互关联。因此，若能更深入地分析弥尔顿的思想资源，探寻其中宗教与政治思想之间的关系，将有助于理解弥尔顿的晚期诗歌。

---

① Barbara Kiefer Lewalski, "'To Try, and Teach the Erring Soul': Milton's Last Seven Years," in *Milton and the Terms of Liberty*, ed. Graham Parry and Joad Raymond, Cambridge: D. S. Brewer, 2002, p. 175.

② Barbara Kiefer Lewalski, "Milton on Liberty, Servility, and the Paradise Within," in *Milton, Rights and Liberties*, ed. Christophe Tournu and Neil Forsyth, Bern: Peter Lang, 2007, p. 31.

③ 上述几位都是令人尊敬的学者，他们宣称的不同立场更多是出于辩论需要。通过深入阅读他们的文章，笔者发现，他们实际上都看到了弥尔顿的宗教与政治思想的汇流处。如沃登在另外一篇文章中坦言，在弥尔顿的思想中，清教与古典价值往往彼此交融、互相深化。而勒瓦尔斯基在另外一部专著中强调，在《复乐园》与《斗士参孙》中，内在乐园是个人在公共领域获得自由的必要前提。分别参见：Blair Worden, "Marchamont Nedham and the Beginning of English Republicanism, 1649—1656," in *Republicanism, Liberty and Commercial Society, 1649—1776*, ed. David Wootton, Stanford: Stanford University Press, 1994, p. 57; Barbara Kiefer Lewalski, *The Life of John Milton: A Critical Biography*, p. 510. 关于这一论题，本书将在第三章详细展开。

④ Nicholas von Maltzahn, *Milton's* History of Britain: *Republican Historiography in the English Revolution*, Oxford: Clarendon Press, 1991, pp. 143-146.

第一节　研究概况

由于特殊的政治局势，《失乐园》的初版没有任何推荐，甚至诗人的全名都未能出现，只有 J. M. 暗示着作者实为曾经名噪一时的约翰·弥尔顿。但《失乐园》问世后，在历代读者间广为传阅，引发了许多令人印象深刻的评论。伊格尔顿（Terry Eagleton）认为，不同的历史时期出于自身的目的建构着经典作品，它们在文本中寻找着自身认同或鞭笞的价值，因此所有的文学作品都经历着不断被重写的过程。①伊格尔顿这番话针对的是荷马（Homer）与莎士比亚（William Shakespeare）这样的经典作家，②弥尔顿的诗歌何尝不是如此？一部弥尔顿批评史几乎可以从侧面说明每个时代的美学标准与现实诉求。因弥尔顿批评汗牛充栋，③而本书篇幅有限，笔者仅将 17 世纪末到 20 世纪初的评论进行简略概括。本书的主题涉及弥尔顿的诗歌与其宗教、政治思想的讨论，因此笔者的重心在于概述 20 世纪以来与这一主题相关的评论。

弥尔顿去世后，德莱顿在 1685 年、1688 年、1693 年三次评论过《失乐园》，其批评侧重于史诗的崇高风格以及弥尔顿与前辈诗人［荷马、斯宾塞（Edmund Spenser）］等的比较。④18 世纪的诗人与评论家在将弥尔顿树

---

① Terry Eagleton, *Literary Theory: An Introduction*, 2nd ed., Oxford: Blackwell Publishing, 1996; Beijing: Foreign Language Teaching and Research Press, 2007, p. 11.

② 关于莎士比亚的经典建构问题及对这一问题的不同研究方法可参阅：郝田虎，《发明莎士比亚》，《江西社会科学》2014 年第 1 期，第 82—88 页。

③ 介绍弥尔顿（批评）参考书目的专著便不在少数，如：C. A. Partrides, *An Annotated Critical Bibliography of John Milton*, New York: St. Martin's Press, 1987; P. J. Klemp, *Paradise Lost: An Annotated Bibliography*, Lanham, MD: The Scarecrow Press, 1996. 另外，《剑桥文学指南：弥尔顿》的第 18 篇文章是一份研究弥尔顿的文献目录，参考价值很高，参见：R. G. Siemens, "Milton's Works and Life: Select Studies and Resources," in *The Cambridge Companion to Milton*, 2nd ed., ed. Dennis Danielson, Cambridge: Cambridge University Press, 1999; Shanghai: Shanghai Foreign Language Education Press, 2000, pp. 268-290.

④ 见：John T. Shawcross (ed.), *John Milton: The Critical Heritage*, vol. 1, 1628—1731, London: Routledge, 1995, pp. 94, 97, 101-102. 该书共分两卷，第 1 卷为 1628—1731 年，第 2 卷为 1732—1801 年，对弥尔顿作品的早期接受情况进行了整理，是十分可靠的参考书。

立为经典诗人的同时，对其激进的政治与神学思想或避而不谈，或持批判态度，笛福（Daniel Defoe）、艾狄生（Joseph Addison）、约翰逊（Samuel Johnson）均是如此。笛福在 1706 年给予《失乐园》高度评价，认为该史诗在思想方面是对原罪的最好描述，在语言方面乃英语中最好的作品。他在 1711 年的评论中指出，《复乐园》并不受读者青睐，但弥尔顿本人却很喜欢这部作品，弥尔顿认为，人们更喜欢《失乐园》，是因为人们对业已失去的乐园的关心超过了他们对恢复乐园的兴趣。[①]艾狄生的评论更为细致。他在 1694 年的诗歌 "An Account of the Greatest English Poets" 中赞美了《失乐园》的崇高风格，他与斯梯尔（Richard Steele）在 1709 年的《闲谈者》（Tatler）上撰文分析了夏娃在《失乐园》第 6 卷第 639—656 行的抒情诗以及第 2 卷第 557—561 行中堕落天使对于上帝的预知和自由意志的讨论。[②]艾狄生在 1712 年的《旁观者》（Spectator）上多次撰文对《失乐园》进行评价，在其中一篇文章中他再次指出，弥尔顿的崇高风格是其最突出之处，尽管有时显得过于僵硬、晦涩。[③]此外，他还讨论了许多直到今天都很有影响力的问题，例如：该史诗是否算作英雄史诗？谁才是史诗的英雄？史诗的语言是否过于晦涩？[④]约翰逊虽然对弥尔顿的崇高风格赞不绝口，也欣赏其对德性的推崇，但他对弥尔顿激进的政治观点不以为然。[⑤]约翰逊

---

① John T. Shawcross (ed.), *John Milton: The Critical Heritage*, vol. 1, 1628—1731, pp. 138, 146.

② 该文刊于 1709 年 12 月 31 日《闲谈者》第 114 期，见：John T. Shawcross (ed.), *John Milton: The Critical Heritage*, vol. 1, 1628—1731, pp. 105, 142. 笔者将在本书第一章的第一节和第二章的开始分别对这两个片段进行讨论。

③ 见：John T. Shawcross (ed.), *John Milton: The Critical Heritage*, vol. 1, 1628—1731, p. 161.

④ 见：John T. Shawcross (ed.), *John Milton: The Critical Heritage*, vol. 1, 1628—1731, pp. 147-169. 该书第 169—221 页是艾狄生对《失乐园》各卷的具体分析。艾狄生的这组文章一共 18 篇，前 6 篇乃综合评论，后 12 篇为各卷的分别评论。参见：刘意青主编，《英国 18 世纪文学史》，北京：外语教学与研究出版社，2006，第 105—107 页。

⑤ Blair Worden, *Roundhead Reputations: The English Civil Wars and the Passions of Posterity*, p. 188. 关于约翰逊对弥尔顿及《失乐园》的评论，可参考约翰逊的《弥尔顿传》。见：约翰逊，《饥渴的想象：约翰逊散文作品选》，叶丽贤译，北京：生活·读书·新知三联书店，2015，第 333—345 页。还可参阅：叶丽贤，《人情味的缺乏：约翰逊论弥尔顿人格与作品的缺憾》，《天津大学学报（社会科学版）》2014 年第 3 期，第 238—243 页。

对《斗士参孙》的评论影响也十分广泛，他认为该悲剧只有开始和结束，缺乏真正意义上的中间部分。[①]另外，17 世纪末 18 世纪初，一些英国读者由于政治观念不同，对弥尔顿展开了严厉的批评。[②]与之相反，托兰德（John Toland）、霍利斯（Thomas Hollis）、凯瑟琳·麦考莱（Catharine Macaulay）等人则对弥尔顿的政治理念大加追捧。[③]也就是说，17 世纪末就已经出现了对弥尔顿政治理念的两种不同评价。实际上，弥尔顿思想独立，其观念与后来形成的辉格党之思想不无差异，这一点尤其体现在他的《英国史》中对长期议会的批评方面，托利党便抓住这一点做文章，辉格党则对该部分采取视而不见的态度，双方的目的都在于使弥尔顿的著作满足自己党派的意识形态。[④]

在整个浪漫主义时期，柯尔律治（Samuel Taylor Coleridge）对于弥尔顿的认识与把握最为客观、准确，他对于弥尔顿的共和理想以及宗教热忱评价甚高。在谈论《失乐园》社会背景的文章中，他将伊丽莎白登基至詹姆斯一世逝世称为第一时期，将查理一世以及共和时期称为第二时期。柯尔律治评论道，作为这两个历史时期的精华，《失乐园》之创作如同产后痛一般。[⑤]华兹华斯（William Wordsworth）对弥尔顿的热爱更多基于诗人对于"内在乐园"的关注。在十四行诗《伦敦，1802 年》中，华兹华斯指出，当时的英国人已经失去内在的幸福，呼吁弥尔顿重回英国，重新给予人们"良风、美德、自由与力量"（manners, virtue, freedom,

---

① 见：John T. Shawcross (ed.), *John Milton: The Critical Heritage*, vol. 1, 1628—1731, pp. 217-220. 本书第四章第二节将对这一问题进行讨论。

② 关于这一主题，森萨鲍（George F. Sensabaugh）撰文、著书进行过讨论，参见：George F. Sensabaugh, "That Vile Mercenary, Milton," *Pacific Coast Philology*, 3 (Apr. 1968): 5-15; George F. Sensabaugh, *That Grand Whig, Milton*, Stanford: Stanford University Press, 1952.

③ Blair Worden, *Roundhead Reputations: The English Civil Wars and the Passions of Posterity*, pp. 187-188.

④ Nicholas von Maltzahn, *Milton's* History of Britain: *Republican Historiography in the English Revolution*, pp. 1-21.

⑤ 柯尔律治，《论〈失乐园〉的社会背景》，殷宝书译，载殷宝书选编《弥尔顿评论集》，上海：上海译文出版社，1992，第 117 页。在《弥尔顿评论集》这本书中，殷宝书选编了一些极富代表性的弥尔顿评论，自己翻译了一部分，还有一部分乃其他学者所译，如胡家峦、姚红等。该书关于 20 世纪的弥尔顿批评选篇较多，对于 20 世纪前半叶的弥尔顿评论感兴趣者会从中受益很多。

power）①。正是在这个意义上，勒瓦尔斯基总结，华兹华斯《序曲》的起点正是《失乐园》对内在乐园的承诺。②其他浪漫主义诗人更看重弥尔顿诗歌中激进的一面：布莱克（William Blake）认为弥尔顿写上帝时感到拘束，写恶魔和地狱时却很自由；③拜伦（George Gordon Byron）更尊崇撒旦式的英雄；雪莱（Percy Bysshe Shelley）对弥尔顿的景仰则与理念有关，他十分倾慕弥尔顿的共和理想及其对道德、宗教的勇敢质询。④

　　相比浪漫主义时期，维多利亚时期的评论者更为克制。麦考莱（Thomas Babington Macaulay）的评论涉及弥尔顿的诗歌与哲学、神学思想的关系，并认为作为诗人的弥尔顿似乎比作为哲学家的他更为优秀。他如此评论："诗人要保持物质性或非物质性的整个体系是不可能的。所以他的立场是站在两者的边缘上。他使整个情节处于模棱两可之间。这样做，他将毫无异议地遭受自相矛盾的攻击。但是，从哲学说，他是错误的；从写诗说，他是正确的。"⑤阿诺德（Matthew Arnold）一贯关注希伯来精神与希腊精神，他认为，弥尔顿的诗歌比散文更卓越，因为虽然弥尔顿史诗的主题是希伯来精神的产物，但它被诗歌中的希腊精神抵消了。⑥20世纪初期，弥尔顿批评方兴未艾。劳里（Walter Alexander Raleigh）⑦在1900年出版的《弥尔顿》一书中对于《失乐园》的艺术构思进行了精准的评论。他指出诗人如何克服重重阻碍，在想象与信仰之间保持了平衡。

① 华兹华斯，《华兹华斯诗选》，杨德豫译，北京：外语教学与研究出版社，2012，第214—215页。
② Barbara Kiefer Lewalski, *The Life of John Milton: A Critical Biography*, p. 542; William Wordsworth, *The Prelude: The Four Texts (1798, 1799, 1805, 1850)*, ed. Jonathan Wordsworth, London: Penguin Books, 1995, p. 36. 勒瓦尔斯基在其书结尾（第539—547页）对弥尔顿作品的影响进行了大致回顾，其中不仅涉及各个时期的名家评论，还分析了弥尔顿对后世作家[如爱略特（George Eliot）]的影响；不仅涵盖了弥尔顿在英伦的接受情况，还谈及其对美国思想界（如国父们和超验主义者等）和文学界[如霍桑（Nathaniel Hawthorne）]的影响。
③ 布莱克，《情欲与理智》，殷宝书译，载殷宝书选编《弥尔顿评论集》，第93页。
④ Barbara Kiefer Lewalski, *The Life of John Milton: A Critical Biography*, p. 543.
⑤ 麦考莱，《论弥尔顿》，姚红译，载殷宝书选编《弥尔顿评论集》，第131页。
⑥ Barbara Kiefer Lewalski, *The Life of John Milton: A Critical Biography*, p. 544. 还可参考：阿诺德，《评弥尔顿》，殷宝书译，载殷宝书选编《弥尔顿评论集》，第138—144页。
⑦ 现多译为雷利。

作者认为："《失乐园》既是一种信仰，又是想象中的宇宙设计。"[①]

　　从 20 世纪 20 年代开始，一些评论家开始对弥尔顿受到广泛赞扬的崇高风格进行批评，尤以艾略特（T. S. Eliot）、利维斯（F. R. Leavis）为首。利维斯认为弥尔顿的节奏千篇一律，还批评说，在弥尔顿的诗歌中，拉丁化现象非常严重。[②]艾略特同样认为弥尔顿的诗歌破坏了英语语言，除此之外，他对弥尔顿的神学尤为不满。[③]值得一提的是，艾略特欣赏的诗人是多恩（John Donne）和马韦尔等，他认为这类玄学派诗人才可以书写出人类经验的复杂性。相较之下，弥尔顿（以及德莱顿等）的诗歌，在艾略特眼中出现了思想与情感分裂的问题，此类诗歌并非他喜欢的类型。有趣的是，在 1947 年发表的另外一篇演讲中，艾略特的观点有所调整，他并没有为自己对弥尔顿的诸多批评翻案，只是变换了说法，认为这些都是弥尔顿与众不同之处。他在该篇演讲中有一个重要说法常为人们引用，即"17 世纪的那场内战——弥尔顿是这一内战的象征人物——从未结束过"，以此提醒大家在讨论诗歌时放下各自的宗派与党争。[④]对于艾略特的修正与提示，笔者深以为然。在阅读批评文献时，笔者看到，时至今日，在弥尔顿的宗教与政治思想方面仍然存在着正统与异教思想之争、保守派与激进派之争，英、美学界的一些学者有时依然出于自己的宗教和政治偏见对弥尔顿进行着解读。因此，很多评论不

---

① 劳里，《〈失乐园〉的构思》，姚红译，载殷宝书选编《弥尔顿评论集》，第 177 页。

② 利维斯，《弥尔顿的诗体》，殷宝书译，载殷宝书选编《弥尔顿评论集》，第 264—285 页。

③ 艾略特，《关于弥尔顿诗体的按语》，殷宝书译，载殷宝书选编《弥尔顿评论集》，第 300—312 页。需要注意的是，很多学者对于艾略特和利维斯的批评进行了回应，蒂里亚德是其中之一，见：E. M. W. Tillyard, *Milton*, London: Chatto and Windus, 1934, pp. 355-368.

④ 艾略特，《论弥尔顿》，殷宝书译，载殷宝书选编《弥尔顿评论集》，第 436—453 页。笔者认为，艾略特在反省自己以及其他评论者对弥尔顿的偏见时，道出了一个十分重要的事实。他认为："其他英国诗人，华兹华斯或雪莱，都不像弥尔顿那样在重大事件中亲身经历或站在顽强立场上。把弥尔顿的诗简单看成诗，不在神学或政治倾向方面，或有心或无意，以继承或习得的观点对弥尔顿诗歌进行不当解读，非常之困难，比其他诗人困难得多。如今这些情感都披上了不同的外衣，因此这种危险更加严重。"详见：艾略特，《论弥尔顿》，载殷宝书选编《弥尔顿评论集》，第 438 页。译文根据原文有调整，原文见：T. S. Eliot, *On Poetry and Poets*, New York: Farrar, Straus and Cudahy, 1957.

可避免地带有较强的个人色彩，但这也从侧面反映出弥尔顿作品的思想
与当今时代依然密切相关。①

　　对于弥尔顿作品及其思想资源的关注，20 世纪初即已开始，只不过
被当时激烈的风格之争暂时掩盖了。索拉特（Denis Saurat）在 1925 年
出版的专著《弥尔顿其人及其思想》，既有对弥尔顿生平与作品的分析，
又详细考察了弥尔顿的思想渊源。索拉特认为，弥尔顿不仅继承了基督
教思想，还吸收了喀巴拉（Kabbalah，犹太教神秘主义体系）的思想精
华。索拉特指出，在英国，弗拉德（Robert Fludd）与莫尔（Henry More）
分别撰书介绍过喀巴拉思想，弥尔顿受其影响原在情理之中。索拉特甚
至进一步断言，弥尔顿最具原创性的一些观念均来自《光明篇》（Zohar，
犹太神秘主义对《摩西五经》的注疏）。②在 2012 年出版的《新弥尔顿批
评》中，舒尔森（Jeffrey Shoulson）发表了一篇文章，专门讨论索拉特
的这本书及其与"新弥尔顿批评"之间的内在关联。③由此我们可以窥
见索拉特这本专著的前瞻性。汉福德在 1926 年首次出版（1946 年第四
版）的《弥尔顿手册》中对索拉特的专著进行了评论，尤其肯定了索拉
特对于弥尔顿个人经历及其思想资源之间互动关系的分析。④除此之外，
汉福德十分客观地分析了弥尔顿神学思想中属于改革宗神学（reformed
theology）的部分，也没有回避其神学背景中非正统的资源，如阿米尼
乌斯主义（Arminianism）、反三位一体论（anti-Trinitarian heresies）等。
同时，他又结合诗歌原文说明弥尔顿的一元论创世说与《光明篇》之间

---

① 汉福德在 1953 年发表的一篇书评中评论道："很显然，如今弥尔顿并不单单作为
　　纯粹的艺术家被人们关注以及评判，人们对于弥尔顿的感情和意见仍然存在着鲜
　　明的分歧。这种分歧至少部分是由根深蒂固的偏见造成的，这些偏见在过去导致
　　了清教徒与国教徒、共和派与保王派、辉格党与托利党之间的分裂。"参见：
　　James Holly Hanford, "Review on *That Grand Whig, Milton*," *The William and Mary
　　Quarterly*, 3rd series, 10.2 (Apr. 1953): 303-306.

② Denis Saurat, *Milton: Man and Thinker*, New York: The Dial Press, 1925, pp. 251-322.

③ Jeffrey Shoulson, "Man and Thinker: Denis Saurat and the Old New Milton Criticism,"
　　in *The New Milton Criticism*, ed. Peter C. Herman and Elizabeth Sauer, Cambridge:
　　Cambridge University Press, 2012, pp. 194-211.

④ James Holly Hanford, *A Milton Handbook*, 4th ed., New York: Appleton-Century-
　　Crofts, 1946, pp. 349-350.

的微妙差异，表现出了评论者不偏不倚的态度。另外，汉福德还十分敏锐地观察到弥尔顿在伦理方面对于神学与古典资源之间的融合。必须承认的是，汉福德是早期评论者中综合性最强的一位。他冷静地提醒评论者，弥尔顿的思想资源极为复杂，分别涉及古典哲学、《圣经》与教父思想、改革宗神学的各个派别、他所处时期的哲学运动与宗教异端等。因此，任何只强调弥尔顿思想背景中单一源头的批评，都容易对诗人做出错误解读。^①稍晚些，蒂里亚德（E. M. W. Tillyard）在 1934 年出版的《弥尔顿》一书中多次提及索拉特的观点，他也认为弥尔顿善于从权威典籍中发掘适合于他的思想，并摒弃不适合自己的部分。但是，蒂里亚德同时强调道，同剑桥柏拉图学派一样，弥尔顿的品德和他对生活的态度比他的哲学或神学思想更加重要。因此他认为，索拉特过于强调弥尔顿作为思想家的独特性与原创性。^②需要说明的是，在 20 世纪初，索拉特的思想十分激进，反对声音也不少，刘易斯（C. S. Lewis）便是其一。在 1942 年首版、1969 年再版的《简论〈失乐园〉》中，刘易斯专辟一章讨论《失乐园》的神学，这其实是他对索拉特的直接回应。索拉特声称弥尔顿的观念已经远离了正统基督教教义，刘易斯认为此说有失公允。刘易斯认为，《失乐园》中虽有异端元素，但强调这些思想在史诗中具有突出地位却不妥当。因此，他条分缕析地讨论了《失乐园》中涉及正统教义与所谓异教思想的观念，力图维护史诗在教义方面的正统性。^③值得注意的是，虽然刘易斯在具体观点方面不赞同索拉特的说法，但他仍然认为索拉特的著作将关注点从诗歌形式转向诗人思想领域，具有原创性，对于弥尔顿批评大有裨益。^④刘易斯的这句话并非出于客气，之后的弥尔顿批评确实开始转向，学者们的关注点不再停留在风格与诗体等问题上，越来越多的评论开始关注弥尔顿的思想资源。^⑤

---

① James Holly Hanford, *A Milton Handbook*, pp. 228-238.
② E. M. W. Tillyard, *Milton*, pp. 227-228, 364.
③ C. S. Lewis, *A Preface to* Paradise Lost, New York: Oxford University Press, 1969, pp. 82-93.
④ C. S. Lewis, *A Preface to* Paradise Lost, pp. 92-93.
⑤ 这一时期有一些关于弥尔顿的诗歌与所处时代思想语境的讨论，笔者将在下一节"思想史背景及选题意义"中进一步讨论。

经历了 20 世纪前半叶的批评与质疑，弥尔顿的讨论热度在 20 世纪中叶后不减反增。其中，对于弥尔顿宗教思想与古典资源的讨论尤呈蒸蒸日上之势。1947 年，塞缪尔（Irene Samuel）的《柏拉图与弥尔顿》出版，作者对于两位哲人思想的分析和讨论虽然简括，但可取之处颇多，她对《论出版自由》与《失乐园》的认识论差异之辨析尤其精到。[①] 1961年，《弥尔顿的上帝》出版，燕卜荪（William Empson）在其中着力批评了弥尔顿诗歌中的上帝。燕卜荪的观点颇有石破天惊之势，他认为基督教中的父神（God the Father），即德尔图良（Tertullian）、奥古斯丁（Augustine of Hippo）与阿奎那（Thomas Aquinas）的上帝，是黑暗的人心所能编造出来的最邪恶的东西。总之，他坚持认为，《失乐园》之所以是一部好诗，原因在于它将上帝刻画得如此之坏。[②] 很显然，燕卜荪与之前提过的刘易斯等评论家的基本看法存在着天壤之别。1962 年，胡普斯（Robert Hoopes）的专著《英国文艺复兴时期的正当理性》问世，作者的讨论范围从古典传统到基督教时代及至弥尔顿，追溯了思想家们对于"正当理性"（right reason）概念的不同阐释。[③] 但有些可惜的是，胡普斯对于弥尔顿的讨论部分稍嫌偏颇，他没能仔细地辨析弥尔顿的宗教思想与古典观念之间紧张的互动关系。费什（Stanley Eugene Fish）的《震惊于罪恶：〈失乐园〉中的读者》于 1967 年首版（1998 年第 2 版），该书是他对自己提出的读者反应论之具体实践。但笔者认为，费什的讨论实际上沿袭的是改革宗神学的基本观念。他在序言中开宗明义道："在整部诗歌中，首先，读者面临着自己败坏的证据，开始意识到他无法恰当地应对灵性观念；其次，读者被要求净化自己的感知，以便使他的理解力能够再次与他所要认识的目标——真理取得一致。"[④] 费什在其他关于弥尔顿的著作中，持有同样的观点。在他看来，弥尔顿当然希望自己一直参与的政治行动能够起到他所期待的作用，但他的最终落脚点始终是信仰。弥尔顿相信的

① Irene Samuel, *Plato and Milton*, Ithaca: Cornell University Press, 1965, pp. 119-121.

② William Empson, *Milton's God*, 3rd ed., Cambridge: Cambridge University Press, 1981, pp. 250-277.

③ Robert Hoopes, *Right Reason in the English Renaissance*, Cambridge, MA: Harvard University Press, 1962.

④ Stanley Eugene Fish, *Surprised by Sin: The Reader in* Paradise Lost, 2nd ed., Cambridge, MA: Harvard University Press, 1998, p. lxxi.

是这样一种秩序："它的动因在可见世界的运行中并不总是很明显，它的
稳定性与永恒性完全独立于因果模式，而后者似乎在可见世界中起着决
定性作用。"因此费什认为，历史角度其实是新的诱惑，研究者们认为经
验证据（目击者）可以指向真理，但是真理往往是超越经验证据的。[①]在
当时十分时髦的读者反应论背后，费什使用的其实是地道的宗教语言。
难怪后来的评论者常将他与刘易斯这样的护教者相提并论。在 2012 年出
版的论文集中，费什再次强调，在弥尔顿看来，内在良心重于外部律法，
如果内在秩序井然，外在问题会迎刃而解；即使外在问题没有解决，它
也会反衬出人的正直，对于这一品质，外在问题既无法改变也不能对其
构成威胁。这是既简单又艰难的事情。[②]诚哉斯言！同费什一样，弗莱
（Northrop Frye）在理论界享有盛名，他也擅长从宗教角度讨论文学作
品。弗莱在 1965 年出版的弥尔顿论文集从讲座扩展而来。他自称该文集
的受众为一般读者，而非专业学者，但由于弗莱视野宽广，眼光独到，
他的文集仍值得一读。例如，他在"内在乐园"一章中对弥尔顿的"自
由"观念进行了深入分析，详细探讨了这一概念所涉及的道德、宗教以
及政治含义。弗莱还有一个惊人的观点，他认为，如果《失乐园》中的
天堂可以在地上被建造的话，只能是在个体的心理层面。所谓自由之人
的心理状态，便是意志毫无保留地遵从理性的命令，一旦人们试图将之
复制到社会层面就会出错。专制君主和他们的附庸追随的总是《失乐园》
中地狱的模式，而非天国的模式。因此，地上王权极易变为偶像崇拜，
原因即在于它只是上帝内在主权的外在投射。[③]弗莱的评论虽然精简，
但触及弥尔顿神学与政治思想的微妙联系和差异，很有见地。概括而论，
这一时期批评的特点是：学者们多具备深厚的古典修养或宗教背景，因
此视野开阔，洞察力强，对于弥尔顿诗歌与思想的解读常能一语中的，
但对比晚近的评论，有些流于空泛，有不够深入之嫌。

---

① Stanley Eugene Fish, *How Milton Works*, Cambridge, MA: The Belknap Press of Harvard University, 2001, pp. 568-569.

② Stanley Eugene Fish, *Versions of Antihumanism: Milton and Others*, Cambridge: Cambridge University Press, 2012, pp. 65-77.

③ Northrop Frye, *The Return of Eden: Five Essays on Milton's Epics*, Toronto: University of Toronto Press, 1965, pp. 89-117.

　　20 世纪 70 年代后的弥尔顿批评针对性更强，主题愈加细化，评论者多选取一个角度深入挖掘，卓然可观者甚多。例如，邓肯（Joseph E. Duncan）在 1972 年发表的专著《弥尔顿的地上乐园》，详细追溯了"乐园"在各个历史时期的内涵。他将弥尔顿的乐园置于深入的宗教阐释与广阔的历史演变进程中，为《失乐园》的解读注入了新的生命力。在第八章中，他详细描述了文艺复兴时期对"内在乐园"的四种阐释，并着重论述了弥尔顿对于这几种阐释分别持有的态度。①邓肯的批评广度与深度兼而有之，可供借鉴处颇多。②1982 年，丹尼尔森（Dennis Richard Danielson）的《弥尔顿的良善的上帝》面世，这是一部讨论弥尔顿诗歌与其神学思想关系的专著。该书涉及诗歌中许多重要的神学问题，分别探讨了弥尔顿的创世说、自由意志论、灵魂塑造神正论（"soul-making" theodicy），以及不幸的堕落（unfortunate fall）等，力图证明弥尔顿的神正论自成一体。丹尼尔森知难而上，对于许多有争议的问题提出了详细论证：他对于自由意志论、决定论以及神学兼容论（compatibilism）进行了谨慎区分，阐述了灵魂塑造神正论与命定论的区别等。在讨论过程中，他对于《失乐园》的解读提出了许多新颖的观点。③

　　弥尔顿神学观点的正统性，学者们争论已久，难有定论。不少学者认为弥尔顿的神学思想融入了一些异教思想，例如，理查逊（Jonathan Richardson）早在 1734 年便明确提出，有种猜测是，弥尔顿是一名阿里乌主义者（Arian）。④前文提到的索拉特、汉福德均认为弥尔顿神学思想中融入了异教观念。凯利（Maurice Kelley）在耶鲁散文全集第 6 卷《论基督教教义》的序言中，对于弥尔顿神学思想中的异教观念有介绍，他后来还写了专著论证《论基督教教义》可以作为《失乐园》的注解，勒瓦尔斯

---

① Joseph E. Duncan, *Milton's Earthly Paradise*, Minneapolis: University of Minnesota Press, 1972, pp. 257-268.

② 同邓肯一样，采用类似研究思路的还有普尔（William Poole），他分析的是"堕落"观念的演变以及弥尔顿对其进行的阐释。具体参见：William Poole, *Milton and the Idea of the Fall*, Cambridge: Cambridge University Press, 2005.

③ Dennis Richard Danielson, *Milton's Good God: A Study in Literary Theodicy*, Cambridge: Cambridge University Press, 1982.

④ 见：John T. Shawcross (ed.), *John Milton: The Critical Heritage*, vol. 2, 1732—1801, London: Routledge, 1995, p. 84.

基认为他在一些地方过于强调了两部作品的相似性，但是大多数论述令人信服。①另外一些学者，则坚持强调弥尔顿神学观点的正统性，前文提过的刘易斯就是一例。后来，帕特里兹（C. A. Partrides）与亨特（William Bridges Hunter, Jr.）均持类似看法，亨特认为从属说（subordinationism）更适合弥尔顿的神学观点。②鉴于学者们通常引用《论基督教教义》来论证弥尔顿的异教思想，亨特特意撰文讨论了《论基督教教义》的由来，倾向于该书非弥尔顿所著。③对于亨特之说，希尔与勒瓦尔斯基分别进行了回应。④进入 21 世纪后，肖克罗斯（John T. Shawcross）与利布继续着这一论题，只是两者的观点都更为缓和。前者认为，弥尔顿的思想虽然一直在改变，但是他对上帝的信仰没有变。⑤后者的观点更为复杂，他同意希尔所说，弥尔顿是折中派，任何给弥尔顿贴上单一标签的做法都会导致错误，这其实与索拉特、汉福德等早期批评者的看法趋于一致。利布还引用弥尔顿的散文说明："异教一词本身并无贬义，它意指在宗教或其他领域选择或跟从任意好的或坏的观点。"⑥利布在他的书中分

---

① Barbara Kiefer Lewalski, *The Life of John Milton: A Critical Biography*, p. 673, n. 80. 希尔、拉姆里奇（John P. Rumrich）等也提出了类似的看法，分别参见：Christopher Hill, *Milton and the English Revolution*, Middlesex: Penguin Books, 1979; Stephen B. Dobranski and John P. Rumrich (eds.), *Milton and Heresy*, Cambridge: Cambridge University Press, 1998.

② 见：John P. Rumrich, *Milton Unbound*, Cambridge: Cambridge University Press, 1996, p. 42.

③ William B. Hunter, "The Provenance of the *Christian Doctrine*," *Studies in English Literature* 32.1 (Winter 1992): 129-142; William B. Hunter, *Visitation Unimplor'd: Milton and the Authorship of* De Doctrina Christiana, Pittsburgh: Duquesne University Press, 1998.

④ Christopher Hill, "Professor William B. Hunter, Bishop Burgess, and John Milton," *Studies in English Literature* 34.1 (Winter 1994): 165-193; Barbara Kiefer Lewalski, "Milton and *De Doctrina Christiana*: Evidences of Authorship," in *Milton Studies* 36, ed. Albert C. Labriola, Pittsburgh: University of Pittsburgh Press, 1998, pp. 203-228.

⑤ John T. Shawcross, *The Development of Milton's Thought*, Pittsburgh: Duquesne University Press, 2008.

⑥ 见：Michael Lieb, *Theological Milton*, Pittsburgh: Duquesne University Press, 2006, p. 214. 利布书中标注的页码有误，这句引文应该来自弥尔顿耶鲁版散文全集第 7 卷 247 页，而非 647 页：Robert W. Ayers (ed.), *The Complete Prose Works of John Milton*, vol. VII, rev. ed., New Haven: Yale University Press, 1980, p. 247.

析了弥尔顿与索奇尼主义（Socinianism）之间复杂的关系，追溯了阿里乌主义复杂的形成过程，并提醒学者们（凯利等）在将弥尔顿的诗歌与某一神学学派联系起来时要格外谨慎。[①]可见，关于弥尔顿神学思想的争议尚无定论，还会继续下去。

面对如此复杂的神学问题，丹尼尔森从他的角度给出了令人信服的解读，对后来的弥尔顿批评影响很大。此外，丹尼尔森主编的《剑桥文学指南：弥尔顿》于1989年首次出版（1999年第二版），收入该文集的18篇文章从各个角度对弥尔顿的生平、作品及其政治、思想语境进行了解读。其中，泽尔采尼斯（Martin Dzelzainis）关于弥尔顿政治观的讨论以及勒瓦尔斯基对于《失乐园》文类的分析不仅思想很有见地，也是两位重要的弥尔顿学者对各自研究方法的极好示范。[②]此处着重介绍伦纳德（John Leonard）与克里根（William Kerrigan）的文章。伦纳德在《〈失乐园〉中的语言与知识》一文中详细讨论并对比了堕落前与堕落后（例如，亚当命名的过程以及夏娃吃果子前后的心理活动）语言与知识之间的复杂关系，并指出亚当和夏娃纯真的丧失始于语言的败坏。[③]克里根则是将弥尔顿置于思想史的背景下，探讨《失乐园》中的三个乐园，分别为：亚当与夏娃失去的乐园、末日审判时耶稣再临的乐园以及处于这两极间的基于基督教美德的内在乐园。他敏锐地指出，每个时代对于三个乐园的理解与接受都有不同之处，例如，在现代哲学背景下，第一个乐园与第二个乐园均已消失，留给人们的只有内在乐园，它象征着理性未曾拥有也不能奢望抵至的家园。克里根还特意指出，弥尔顿作为诗人，比哲学家们更有优势，因为哲学话语在建立精确性的同时不得不接受其限制，而诗歌则因其含混性而呈现出无限的可能。正是出于这个原因，《失乐园》的意义似乎永远超出我们的理解，具有不确定性，处于

---

① Michael Lieb, *Theological Milton*, pp. 213-215, 261-278.

② 笔者在下文对这两位学者的研究多有讨论，此处暂不赘述。

③ John Leonard, "Language and Knowledge in *Paradise Lost*," in *The Cambridge Companion to Milton*, 2nd ed., ed. Dennis Danielson, pp. 130-143. 关于《失乐园》中的语言问题，伦纳德写有专著，具体参见：John Leonard, *Naming in Paradise: Milton and the Language of Adam and Eve*, Oxford: Clarendon Press, 1990.

不断被阐释的过程之中。[①]伦纳德与克里根分别从哲学的角度关注《失乐园》的思想问题，区别于传统的宗教讨论角度，颇有开阔眼界与思路之功效。

1985 年（1993 年第二版），肖夫（R. A. Shoaf）出版的《双重性诗人弥尔顿》从符号学的角度分析了弥尔顿的诗歌和散文。作者将现代文学理论与弥尔顿神学结合起来进行探讨，新颖、深刻处不少。例如，在第二章中，作者对比了但丁与弥尔顿作品中的媒介化现象（mediation），其中讨论弥尔顿的部分尤其令人印象深刻。他指出，亚当与夏娃堕落前的媒介是知识树上的果子，被介质化的（mediated）是恶与死亡。彼时，亚当与夏娃能够经验性认识的对象只有善，由于被介质化，恶无须经验即可被理解。然而随着亚当的堕落，他消除了原来用以阻断恶与死亡的媒介，被介质化的不再是恶，而是善。不仅如此，恶反而成了善的媒介。结果，亚当的子孙只有通过恶才能认识善了。[②]肖夫理论背景深厚，这固然令人钦佩，但同费什、弗莱一样，他最难能可贵之处在于，在用现代理论解释文艺复兴时期的作品时，并没有陷入固有的理论框架中，而是尊重作品本身承继的思想传统，而且通过现代理论使得作品的思想脉络得以更清晰地呈现。在讨论认知与善恶关系方面，笔者尚未看到比肖夫更为精到的评论。法伦（Stephen M. Fallon）的《哲学家之中的弥尔顿》是另外一本值得关注的专著，该书出版于 1991 年。法伦在书中对比了弥尔顿与霍布斯（Thomas Hobbes）、柏拉图学派成员、康韦夫人（Anne Conway）等同时代哲学家的思想，将弥尔顿的本体论总结为"物活论唯物主义"（animist materialism）。法伦的研究不仅涉及 17 世纪的思想史，他还细读了《失乐园》第 6 卷，分析了天使与魔鬼的战争，并指出神子

---

① William Kerrigan, "Milton's Place in Intellectual History," in *The Cambridge Companion to Milton*, 2nd ed., ed. Dennis Danielson, pp. 253-267. 另外，在专著《神圣情结》中，克里根还从超我与自我的复杂关系讨论了弥尔顿的神学与文本，既分别保留了心理分析与宗教的合法性，又扩展了文本的阐释空间，参见：William Kerrigan, *The Sacred Complex: On the Psychogenesis of* Paradise Lost, Cambridge, MA: Harvard University Press, 1983.

② R. A. Shoaf, *Milton, Poet of Duality*, 2nd ed., Gainesville: University Press of Florida, 1993, pp. 30-39.

的胜利揭示了弥尔顿的物活论唯物主义战胜了霍布斯的机械唯物论。[①]法伦是前文提过的克里根的学生，同老师一样，他的研究虽然侧重弥尔顿在思想史中的位置，但他关注的对象却是弥尔顿的诗歌。不过，他似乎比老师更保守些，在书的结尾，他引用帕斯卡尔对笛卡儿（René Descartes）的思想与唐·吉诃德的故事之比较后总结道，诗歌（文学）与哲学一样，都在建构着真实。法伦在研究方法上给了笔者很多启发。[②]由以上概述可以看出，对比以前的批评，20 世纪 70 年代后的弥尔顿研究专业性更强，主题更加具体，并使得诗歌解读的深度与广度都得以拓展。但与此同时，专论之增多必然伴随着通论之减少，研究角度的精进与艰深使得从不同角度进行研究的弥尔顿学者们彼此孤立，减少了互相沟通、交流的可能性。另外，研究角度类似但观点迥异的学者们在激烈的争论中将问题推演至距离文学越来越远之处，多少有些得不偿失。

　　弥尔顿与现当代各种文学理论的关系也是一个值得注意的方向。首先，关于女性主义研究，虽然早期的女性主义评论家对弥尔顿对待女性的态度甚为不满，如伍尔夫（Virginia Woolf）、吉尔伯特（Sandra M. Gilbert）、古芭（Susan Gubar）等。但勒瓦尔斯基指出，一些当代女性主义者，如同曾经的凯瑟琳·麦考莱、富勒（Margaret Fuller）、爱略特那样，更倾向于追随弥尔顿，通过她们自己的写作深化弥尔顿的改革和思想自由纲领。此说一定程度上说明了弥尔顿学者对于女性主义的接受情况。[③]其次，舒尔森有一个十分重要的总结。他认为，过去几十年里，文学研究被各种理论潮流占据，"意图的谬误"与"作者已死"等概念倾向于将作者之影响逐出批评领域，许多作家都受此影响。奇怪的是，这

---

① Stephen M. Fallon, *Milton among the Philosophers*, Ithaca: Cornell University Press, 1991.

② 除法伦的书外，从哲学或科学的角度研究弥尔顿的专著还有很多。参见：Kester Svendsen, *Milton and Science*, Cambridge, MA: Harvard University Press, 1956; Harinder S. Marjara, *Contemplation of Created Things: Science in* Paradise Lost, Toronto: University of Toronto Press, 1992; John Rogers, *The Matter of Revolution: Science, Poetry, and Politics in the Age of Milton*, Ithaca: Cornell University Press, 1996; Karen L. Edwards, *Milton and the Natural World: Science and Poetry in* Paradise Lost, Cambridge: Cambridge University Press, 2000.

③ Barbara Kiefer Lewalski, *The Life of John Milton*, p. 546.

些概念并没有给弥尔顿研究带来冲击，舒尔森认为原因在于弥尔顿本人思想的强劲影响力。因此，无论弥尔顿如何被理解，解构主义、女性主义、新历史主义、后殖民主义等新式理论均无法将身为作者的弥尔顿从批评中驱逐出去。[①]此外，费什和泽尔采尼斯均提到弥尔顿学者没有接受新历史主义的主张，但他们对此现象做出了不同的解释。[②]

在弥尔顿批评中，还有许多学者致力于语境研究，他们分别深入 17世纪的历史、政治领域，从另外一个维度为诗歌解读注入了活力。笔者认为，这一领域的先驱当属马森。他撰写了七卷本的《约翰·弥尔顿传》（先后出版于 1881—1894 年，第 7 卷为索引）。书的副标题大概可以显示他的雄心："关于弥尔顿所处时代的政治、教会以及文学的历史"。该书对于弥尔顿的生平以及创作语境进行了细致入微的描述，作者挖掘了许多一手的日记、回忆录与档案等，参考价值很高。[③]希尔的《弥尔顿与英国革命》一书出版于 1977 年，该书将弥尔顿的作品置于他所处的时代背景下，对之逐一进行了解读。其中在关于晚期诗歌的部分，希尔着墨甚多。他讨论道，通常人们将《失乐园》中的撒旦与保王派联系起来，但实际上，撒旦也暗指那些背叛共和的军官们的贪婪和野心（avarice and ambition）、喧嚣派（Ranters）不虔诚的思想及其他破坏和分裂古老、伟大事业的劣迹等。因此，在当时的许多人埋怨上帝时，弥尔顿在诗歌中

[①] Jeffrey Shoulson, "Man and Thinker: Denis Saurat and the Old New Milton Criticism," in *The New Milton Criticism*, ed. Peter C. Herman and Elizabeth Sauer, p. 205.

[②] 见：Martin Dzelzainis, "Milton, Foucault, and the New Historicism," in *Rethinking Historicism from Shakespeare to Milton*, ed. Ann Baynes Coiro and Thomas Fulton, Cambridge: Cambridge University Press, 2012, pp. 212-213, 228. 关于莎士比亚学者和弥尔顿学者各自形成的不同传统，以及这两个研究领域对于新理论接受方面的差异，还可参见：William Kerrigan, "Seventeenth-Century Studies," in *Redrawing the Boundaries: The Transformation of English and American Literary Studies*, ed. Stephen Greenblatt and Giles Gunn, New York: The Modern Language Association of America, 1992, p. 73.

[③] David Masson, *The Life of John Milton: Narrated in Connexion with the Political, Ecclesiastical and Literary History of His Time*, 7 vols., London, 1881—1894; Gloucestor, MA: Peter Smith, 1965. 其他较可靠的传记或生平介绍还可参见：William Riley Parker, *Milton: A Biography*, 2 vols., ed. Gordon Campbell, Oxford: Clarendon Press, 1996; Gordon Campbell, *A Milton Chronology*, London: Macmillan, 1997.

将问题的矛头指向了英国人，并从一直关注的自由问题着手讨论。在他看来，堕落在当时的英国不仅是个人性的，还是社会性的，因此，个人的重建是体制转化的必要前提。可见，弥尔顿的重心从政治上的解决方式转向了个体内心的改变，他并没有绝望，只是认为根基应该掘得更深、更稳固，不是建筑在个体内心改变之上的变革无法成功。弥尔顿最终意识到，政治的失败根本上源于道德的败坏。希尔进一步总结，亚当与夏娃堕落的主题之所以吸引诗人，正是因为它在现实方面的这些启示意义。[1]希尔是一位马克思主义历史学家，他的历史决定论倾向为很多后来的学者诟病，但笔者以为，别的方面姑且不论，希尔的上述总结十分精当。沃登在许多问题上都与希尔观点相左，但对于弥尔顿将政治失败归结为英国人道德败坏之说没有提出异见。在一篇讨论弥尔顿与内德汉姆（Marchamont Nedham）的文章中，沃登总结道，弥尔顿的共和思想倚仗同时也受限于"内在的自由"（或"内在的美德"）理念。弥尔顿确信，道德或宗教改革，灵魂、家庭、教会的改革是必要的，甚至可能是政治改革的充分条件。因此，对于弥尔顿来说，英国在政治教育方面的失败在于伦理与宗教教导不够，这显然区别于其他关注政治体制的共和主义者。[2]勒瓦尔斯基比沃登激进些（前文讨论过，她并不认为弥尔顿晚年无心政治），但与上述两位历史学家的基本观点差异不大。她认为，弥尔顿的《复乐园》与《斗士参孙》中最基本的关注点在于道德、政治、属灵方面的教育。在她看来，弥尔顿核心的政治理念是内在自由与外在自由的关系：一个内在的奴隶无法享受外在的政治自由。[3]与勒瓦尔斯基一样，诺尔布鲁克也认为，弥尔顿在《失乐园》中讲述了一个具有普遍性的故事，使他自己与所处的社会环境保持距离，但这并不意味着他放弃了政治，选择永恒的题目。[4]贝内特（Joan S. Bennett）则指出，《失乐园》的选题

---

[1]　Christopher Hill, *Milton and the English Revolution*, pp. 341-353.

[2]　Blair Worden, "Milton and Marchamont Nedham," in *Milton and Republicanism*, ed. David Armitage, Armand Himy, and Quentin Skinner, Cambridge: Cambridge University Press, 1998, pp. 170-171.

[3]　Barbara Kiefer Lewalski, "'To Try, and Teach the Erring Soul': Milton's Last Seven Years," in *Milton and the Terms of Liberty*, ed. Graham Parry and Joad Raymond, pp. 178-180.

[4]　David Norbrook, *Writing the English Republic*, p. 436.

本身就是政治选择，弥尔顿想让读者理解创造与原罪，从而促使他们致力于社会改革。①总结来看，上述这些研究者均认为，在政治理想失败后，弥尔顿晚年再次将关注焦点集中在个体内在的自由（或曰，内在的美德），他的希望也转而寄托在个体灵魂的改变方面。至于这一转变应该理解为退出政坛还是政治策略的调整，便是仁者见仁，智者见智了。

还有一些历史学家明确地将弥尔顿的思想与共和理念结合起来探讨，他们同样重视弥尔顿对于内在美德的强调。马尔灿在《弥尔顿的〈英国史〉》中分析了弥尔顿撰史的思想资源，指出了托利党与辉格党出于各自政治目的对该书的删节。马尔灿在第五章和第六章中重点分析了弥尔顿的共和思想与其宗教思想之间的联系，揭示出弥尔顿如何使公民美德与宗教美德合一。②沃登在《克伦威尔时代英格兰的文学和政治》一书中辟出十章讨论弥尔顿，分析了弥尔顿与同时代的其他人物（克伦威尔等）及事件（内战、复辟等）的联系。他在思想层面尤其强调内在美德在弥尔顿散文和诗歌中的重要性。③特别值得一提的是，马尔灿与沃登在研究方法上有一个相似之处，他们都会通过同一文本的不同版本来判断政治形势对作者思想的影响：有时这一影响是弥尔顿自己选择的策略，有时则是出版者外在强加的。上述两本书对笔者本书第三章、第四章的讨论启发很大。在《书写英格兰共和国》一书中，诺尔布鲁克详细追溯了英国作家对共和主义的接受过程，并花专章讨论《失乐园》与英国共和主义的渊源，论据翔实，颇有参考价值。在书中，诺尔布鲁克将十卷本的《失乐园》与卢坎（Lucan）的《内战记》（*Pharsalia*）进行对比，认为加图（Cato）表现出的"内在美德"与弥尔顿的"内在乐园"存在着对应关系。同时，通过撒旦的类似共和主义的演讲，弥尔顿同卢坎一样展示出共和理念很可能被个人的野心所败坏。④泽尔采尼斯在《弥尔顿的古典共和主义思想》

---

① Joan S. Bennett, "Asserting Eternal Providence," in *Milton and Heresy*, ed. Stephen B. Dobranski and John P. Rumrich, p. 225.

② Nicholas von Maltzahn, *Milton's* History of Britain: *Republican Historiography in the English Revolution*.

③ Blair Worden, *Literature and Politics in Cromwellian England: John Milton, Andrew Marvell, Marchamont Nedham*.

④ 除此之外，诺尔布鲁克还谨慎地指出，弥尔顿的神学与政治之间存在着难以分割的联系，见：David Norbrook, *Writing the English Republic*, pp. 433-495.

一文中指出，弥尔顿的共和思想资源分别来自亚里士多德（Aristotle）、萨卢斯特（Sallust）以及西塞罗（Cicero）。他还做了一项很有意思的对比，霍布斯曾经反对学习古典语言，因神职人员和大众经过古典学习开始接触古典历史以及道德哲学，他们因此爱上自由，并开始反对王权。弥尔顿正好相反，他认为学生们没能接受优秀的古典语言训练，因此他们在择业时只考虑个人得失。毕业生选择从事神职、法律，多是出于个人野心，或是由于贪恋金钱；而选择参与国务者在美德和真正高洁的教养方面毫无原则。①因此，弥尔顿写作《论教育》时便已看到，政治危机的解决在于美德的培养，同时，美德可以促使个人更有效地为共和国服务。该文中，弥尔顿显现出对于财富及个人野心的鄙夷。晚些时候，在《建设自由共和国的简易办法》中，他再次设想美德与共和国互相促进的美好愿景。在其他散文中，弥尔顿表现出对于萨卢斯特《喀提林战争》（*Catiline's War*）的认同，认为贪婪与野心可能会败坏共和事业。泽尔采尼斯对于弥尔顿政治思想的论述权威、客观，虽然他探讨的对象多为散文，但对于诗歌研究者了解弥尔顿的思想背景很有裨益。②除以上这些专治弥尔顿的学者外，剑桥历史学派的波考克（J. G. A. Pocock）与斯金纳（Quentin Skinner）在其研究共和主义历史和思想的专著中，间或涉及弥尔顿的政治观念，他们的着眼点往往更加宏阔，但对弥尔顿的文本讨论不多，对于诗歌研究者来说或许

---

① 见：David Loewenstein (ed.), *John Milton Prose: Major Writings on Liberty, Politics, Religion, and Education*, Oxford: Wiley-Blackwell, 2013, p. 173.

② Martin Dzelzainis, "Milton's Classical Republicanism," in *Milton and Republicanism*, ed. David Armitage, Armand Himy, and Quentin Skinner, pp. 3-24. 泽尔采尼斯讨论弥尔顿共和思想的其他文章也很有见地，见：Martin Dzelzainis, "Milton and the Protectorate in 1658," in *Milton and Republicanism*, ed. David Armitage, Armand Himy, and Quentin Skinner, pp. 181-205; Martin Dzezainis, "Milton and Politics," in *The Cambridge Companion to Milton*, 2nd ed., ed. Dennis Danielson, pp. 70-83; Martin Dzelzainis, "'In These Western Parts of the Empire': Milton and Roman Law," in *Milton and the Terms of Liberty*, ed. Graham Parry and Joad Raymond, pp. 57-68. 他编写的《弥尔顿政治著作选》影印版已由中国政法大学出版社引进出版，具体参见：Martin Dzelzainis (ed.), *Milton: Political Writings*, Cambridge: Cambridge University Press, 1991; Beijing: China University of Political Science and Law Press, 2003.

可以提供一些背景参考。①

　　弥尔顿学者和 17 世纪历史研究者中有一些专注于宗教自由或宗教研究，如霍勒（William Haller）、莫里尔（John Morrill）等。对宗教的关注伴随着 17 世纪内战史研究范式的转变。希尔关于英国内战的讨论影响甚广，他认为，这场革命由资产阶级发动，虽然伴随着宗教话语，但清教话语的背后实际上是不同阶级的利益诉求。直到 1982 年，希尔还坚持认为，清教主义虽然是以宗教语言表达，但主要是带有革命意识形态的政治运动。莫里尔、沃登等历史学家在 20 世纪 80 年代开始对希尔的说法提出质疑。莫里尔在 1983 年的文章《英国内战的宗教背景》中指出，1642 年的分歧主要是由对英格兰教会的两种不同理解导致的。②莫里尔的文章为内战史研究注入了新的活力。但更多晚近的学者认为，宗教的角度与政治的角度并非彼此排斥，它们常常互相牵涉。③沃登撰写的《公民自由与宗

① J. G. A. Pocock and Gordon J. Schochet, "Interregnum and Restoration," in *The Varieties of British Political Thought, 1500—1800*, ed. J. G. A. Pocock, Cambridge: Cambridge University Press, 1993, pp. 146-179; Quentin Skinner, *Hobbes and Republican Liberty*, Cambridge: Cambridge University Press, 2008; Quentin Skinner, *Liberty Before Liberalism*, Cambridge: Cambridge University Press, 1998. 笔者注意到一个现象，波考克与斯金纳本来都是侧重政治研究的历史学家，但两人的研究方向略有差异：前者侧重政治思想与社会生活的互动关系，如 18 世纪的商业人文主义；后者则更重视一个历史时期的思想研究，如 17 世纪的政治哲学。上述总结见：J. G. A. Pocock, *Political Thought and History*, Cambridge: Cambridge University Press, 2009, pp. 123-144. 但两位也都关注宗教与政治思想的相互影响，这对笔者选题很有启发，分别参见：J. G. A. Pocock, *Barbarism and Religion*, 6 vols., Cambridge: Cambridge University Press, 1999—2015; Quentin Skinner, *The Foundations of Modern Political Thought*, 2 vols., Cambridge: Cambridge University Press, 1978; Quentin Skinner and Martin van Galderen (eds.), *Freedom and the Construction of Europe*, 2 vols., Cambridge: Cambridge University Press, 2013.

② 关于这一范式的转变过程，伯吉斯（Glenn Burgess）进行了颇为精练的总结，参见：Glenn Burgess, "Introduction: Religion and the Historiography of the English Civil War," in *England's Wars of Religion, Revisited*, ed. Charles W. A. Prior and Glenn Burgess, Surrey: Ashgate, 2011, pp. 8-22. 莫里尔的文章参见：John Morrill, "The Religious Context of the English Civil War," in *The Nature of the English Revolution*, London: Longman, 1993, pp. 45-68.

③ Glenn Burgess, "Introduction: Religion and the Historiography of the English Civil War," in *England's Wars of Religion, Revisited*, pp. 22-25.

教自由》对两者的关系进行了非常清晰的梳理。[1]笔者认为，这一关系
在弥尔顿身上体现得尤为明显，他独特的个人经历和思想理念使得他的
作品（包括诗歌）清晰地体现了公民自由与宗教自由的融合过程。[2]

　　由上述概述可知，弥尔顿研究者和历史学家们对共和思想和宗教自由
的关注极大地丰富了弥尔顿研究。因此，即使在理论盛行的最近几十年，
弥尔顿研究的热点仍然是弥尔顿本人的思想渊源及其所处时代的语境探
讨。虽然研究的广度与深度在不断扩展，但总体来说，学者们的讨论对象并
没有离开弥尔顿的文本本身，这与弥尔顿自身思想的复杂性以及他积极参
与公共讨论关系极大。正是由于诗人丰富的思想背景与资源，弥尔顿研究
在进入 21 世纪后仍然蓬勃发展，还在不断吸引着像笔者这样的后来者。

　　实际上，国内的弥尔顿研究虽关注领域有限，但成果斐然。不少前
辈学者关注《失乐园》与文学传统的关系。例如，胡家峦分析了伊甸园
文学传统与弥尔顿史诗之间的关系。[3]沈弘梳理了英国文学传统里的道
德和宗教诗歌及戏剧作品对弥尔顿刻画撒旦性格产生的影响。[4]王继辉
对古英语《创世记》与弥尔顿的《失乐园》进行了比较。[5]郝田虎在《〈缪
斯的花园〉：早期现代英国札记书研究》中专辟一节讨论了弥尔顿的札记
书，其中提到了札记书中关于早期非洲教父拉克坦提乌斯（Lactantius）
的条目，该条目与弥尔顿诗歌及散文中的主导伦理原则关系紧密。[6]以

---

[1] Blair Worden, "Civil and Religious Liberty," in *God's Instruments: Political Conduct in the England of Oliver Cromwell*, Oxford: Oxford University Press, 2012. 沃登的这本书收录了他从 20 世纪 80 年代开始写的一系列文章，其中前三篇即写于 1983—1984 年，分别讨论清教的神意观念与当时政治的关系、克伦威尔的良心自由政策等。他自己坦陈，这组文章是对当时主流研究（希尔等历史学家的范式，笔者注）的挑战，见：Blair Worden, *God's Instruments: Political Conduct in the England of Oliver Cromwell*, p. 4. 在这一点上，他和莫里尔的初衷一样。

[2] 本书第四章讨论《斗士参孙》时对于这一问题有进一步的论述。

[3] 胡家峦，《文艺复兴时期英国诗歌与伊甸园传统》，载罗芃、任光宣主编《欧美文学论丛（第 5 辑）：圣经、神话传说与文学》，北京：人民文学出版社，2007，第 110—138 页。

[4] 沈弘，《弥尔顿的撒旦与英国文学传统》，北京：北京大学出版社，2010。

[5] 王继辉，《古英语〈创世记〉与弥尔顿的〈失乐园〉》，《国外文学》1995 年第 2 期，第 75—85 页。

[6] 郝田虎，《〈缪斯的花园〉：早期现代英国札记书研究》，北京：北京大学出版社，2014，第 113—114 页。

上论文或专著从不同的角度解读了古老的文化或文学传统对弥尔顿诗歌产生的影响，很有开创性。

　　与笔者讨论主题相关的是关于弥尔顿思想语境的研究，这方面国内学者著述不少。例如，肖明翰的《〈失乐园〉中的自由意志与人的堕落和再生》涉及不少关于弥尔顿神学的重要观点。①张伯香和曹静重点讨论了弥尔顿《失乐园》中的基督教人文主义思想。②以上两篇文章在思想层面皆有可观之处，但有些遗憾的是，论述不够深入。肖明翰的文章将弥尔顿与培根（Francis Bacon）对理性的理解相提并论，将亚当的错误选择与"幸运的堕落"（fortunate fall）联系在一起，未做进一步辨析。张伯香和曹静的文章数次提到弥尔顿将基督教思想与人文主义思想融合在一起，却没有结合诗歌深入讨论弥尔顿如何将看起来彼此抵牾的思想资源进行了整合。稍晚一些，徐贵霞发表了《论弥尔顿的美德观》，结合《复乐园》探讨了弥尔顿的思想中美德与自由的关系。该文思想视野广阔，文本分析细致、深入，非常值得一读。③笔者以为，徐贵霞的文章唯一的缺憾是没有论及弥尔顿的美德观与他的共和主义理念之间的关联，后者同样是弥尔顿思想资源中很重要的部分，在《复乐园》中体现得尤为明显。④张隆溪于 2007 年发表的《论〈失乐园〉》同样值得称道。学界有两个常见的对《失乐园》的指责：一为该史诗缺少英雄壮举，二是弥尔顿贬低女性。张隆溪的文章对这两个指责逐一进行了回应。他还指出，在《失乐园》中，"善与恶的问题、知识和自由的困惑、乐园的概念和对乐园的追求，这些带有深刻意义的哲学和宗教问题才是这部史诗作品的核心，也正是这些问题使弥尔顿的史诗具有永恒的魅力"⑤。从以上引文可以看出，张隆溪与刘易斯对《失乐园》的解读有些相似，其中不乏真知灼见，但论者似乎更偏重于导读，而非学术研究。尽管如此，该文仍给笔者带来不

---

① 肖明翰，《〈失乐园〉中的自由意志与人的堕落和再生》，《外国文学评论》1999年第 1 期，第 69—76 页。

② 张伯香、曹静，《〈失乐园〉中的基督教人文主义思想》，《外国文学研究》1999年第 1 期，第 49—53 页。

③ 徐贵霞，《论弥尔顿的美德观》，《四川外语学院学报》2002 年第 3 期，第 29—31 页。

④ 关于这一问题，笔者将在本书第三章进行详细讨论。

⑤ 张隆溪，《论〈失乐园〉》，《外国文学》2007 年第 1 期，第 38 页。

少启示。除此之外，吴玲英最新发表的几篇学术论文及博士论文，关注了弥尔顿晚期诗歌的解读与《论基督教教义》神学思想的内在联系，相较之前的研究，吴玲英的文章对于弥尔顿的神学讨论较为深入。①

相比之下，国内关注弥尔顿作品历史语境的学者不多，还多集中在散文领域。马凌在 2007 年发表的《阐释与语境：弥尔顿影响》颇有开创先河之功。②她一针见血地指出，各种因素导致国内学界混淆了弥尔顿的古典共和主义与现代自由主义。③马凌在文中详述了弥尔顿的共和主义自由观，而且倡导将弥尔顿置于历史语境中进行观照和研究。她的文章无论在思想层面还是在方法层面均受到斯金纳的影响，为弥尔顿研究指出了新的方向。果然，在该文发表后不久，吴小坤便相继发表学术论文与博士论文，继续探讨了弥尔顿的共和主义思想。④值得一提的是，吴小坤的文章也同样采用了关注历史语境的方法，无疑是对马凌的直接响应。马凌与吴小坤均是新闻专业，讨论范围都集中在弥尔顿较为常见的几篇散文中。到目前为止，内地的学者似乎无人关注弥尔顿的诗歌、宗教及其政治思想之间的内在关联。实际上，在弥尔顿的晚期诗歌、神学思想以及共和理念之间存在着紧密联系。陈思贤⑤明确指出："在《失乐园》中，基督教神学

---

① 分别见：吴玲英，《论弥尔顿"诱惑观"的悖论性》，《中南大学学报（社会科学版）》2012 年第 2 期，第 158—164 页；吴玲英，《论〈斗士参孙〉中的"精神斗士"与斗士精神》，《外国文学》2012 年第 4 期，第 75—81 页；吴玲英、吴小英，《论弥尔顿对"精神"的神学诠释——兼论〈论基督教教义〉里的"圣灵"》，《中南大学学报（社会科学版）》2013 年第 1 期，第 30—35 页。此外，还可参考吴玲英的博士论文，见：吴玲英，《基督式英雄：弥尔顿的英雄诗歌三部曲对"内在精神"之追寻》，湖南师范大学博士论文，2013。需要说明的是，吴玲英与笔者的讨论角度有些关联，但研究内容差异巨大：她侧重将三部曲作为完整的英雄精神追寻旅程来解读，而笔者的关注点在于弥尔顿晚期的三部诗作中宗教思想与政治思想的关联。

② 马凌，《阐释与语境：弥尔顿影响》，《新闻大学》2007 年第 4 期，第 35—42 页。

③ 当然，有些学者与马凌的看法不同，认为弥尔顿的《论出版自由》虽然有历史局限，但仍然包含了现代社会自由观的核心价值，见：张世耕，《弥尔顿的自由表达观的世俗现代意义》，《国外文学》2006 年第 4 期，第 53—58 页。

④ 吴小坤，《从神学"真理"到"自由共和"主张：对弥尔顿表达自由观的重释》，《新闻大学》2010 年第 3 期，第 71—77 页；吴小坤，《近代英国表达自由思想的形成研究》，上海大学博士论文，2010。

⑤ 陈思贤曾师从剑桥历史学派的波考克，研习西方政治思想史和政治哲学。

与（在各种制度中相对较为理想的）古典共和政治却有了结合的可能，这无疑是无论亚里士多德或奥古斯丁都无法想象的转变，而它乃是由 17 世纪'上帝的英吉利子民'所发动的革命所促成的政治想象。"①陈思贤不仅论及《失乐园》，还引用了不少学者对于弥尔顿诗歌的评论，但他毕竟是政治思想研究者，没有对文本做过多解读。除此之外，陈思贤主要讨论了《失乐园》，没能涉及《复乐园》和《斗士参孙》。笔者认为，在后面两部诗作中，弥尔顿更清晰地融合了其神学思想与共和理念。

在 2013 年 7 月的《社科纵横》中，刘立壹撰文《国内弥尔顿研究述评》，对于国内的弥尔顿研究进行了总结。在该文中，他追溯了比较有影响力和代表性的学术专著与期刊论文，梳理了讨论弥尔顿文本或思想的学位论文，并指出了其中存在的问题。在文章的末尾，他指出，相比较国际弥尔顿研究的热潮，今后弥尔顿研究可以在以下四个方面有所加强：拓宽文本讨论范围、注重背景、加强学科融合以及弥尔顿与中国。②其中，在加强学科融合部分，刘立壹指出："西方弥尔顿研究数十年来成果不断，大致可以归功于对历史学、宗教学、政治学等学科方法的吸收，这才使得弥尔顿研究兴盛数十年如一日，至今未现颓势。"③笔者十分赞同该观点。同时需要补充的是，弥尔顿文本思想的复杂性以及他对公共生活的持续参与是使这些学科融合取得成效的前提与基础。除此之外，沈弘在 2014 年第 2 期《弥尔顿季刊》（*Milton Quarterly*）上发表专文，从三个时期（1910—1948、1949—1979、1980—2010）对弥尔顿在中国的百年研究进行了回顾。④沈弘由于身处弥尔顿研究与教学的前沿，对于一些问题感同身受，因此客观地总结和分析了目前研究中

---

① 陈思贤，《西洋政治思想史·中世纪篇》，长春：吉林出版集团，2008，第 175 页。陈思贤在该书中辟专章讨论了弥尔顿的政治思想，见该书第 139—175 页。

② 刘立壹，《国内弥尔顿研究述评》，《社科纵横》2013 年第 7 期，第 135—138 页。

③ 刘立壹，《国内弥尔顿研究述评》，第 138 页。

④ 关于弥尔顿在中国更早期的接受情况，可参考郝田虎的几篇文章，见：Hao Tianhu, "Ku Hung-Ming, an Early Chinese Reader of Milton," *Milton Quarterly* 39.2 (May 2005): 93-100; Hao Tianhu, "Milton in Late-Qing China (1837—1911) and the Production of Cross-Cultural Knowledge," *Milton Quarterly* 46.2 (May 2012): 86-105; 郝田虎，《跨越东西方：辜鸿铭与吴宓对弥尔顿的接受》，《外国文学评论》2014 年第 1 期，第 205—219 页。

存在的误区与不足，分别为：观点新颖的论文乏善可陈，研究者学术训练不足，研究者对于 17 世纪英国的政治、经济、宗教、文化以及英国文学传统缺乏了解，等等。[1]此外，沈弘提到，1986 年拉姆里奇与勒瓦尔斯基来华，分别在北京大学与北京外国语学院（现北京外国语大学）开设了关于弥尔顿的研究生课程，并介绍了一些深入的研究专著给中国学生，沈弘当时在北京大学读博士，他分别旁听了两位学者的课程。巧合的是，这两位学者 2013 年分别在北京大学与清华大学举行了关于弥尔顿的讲座，国内与国际弥尔顿学者之间的交流还在继续。以上两篇综述文章均提及，今后的弥尔顿研究应更加关注 17 世纪英国的宗教背景和历史语境。本书的研究正是要将弥尔顿的文本与他所处时代的宗教、政治思想语境结合起来进行讨论，探寻弥尔顿晚期的三部诗歌与他的神学思想、共和理念之间的内在关联。

第二节　思想史背景及选题意义

要进一步讨论弥尔顿的宗教与政治思想的话，我们不得不论及霍布斯的《利维坦》。1651 年 4 月末、5 月初，《利维坦》在英国出版。该书一出，一石激起千层浪，在思想界引起巨大震荡。反对该书的人既有霍布斯过去的论敌，也有曾经的朋友。论敌们从《论公民》（*On the Citizen*; *De Cive*）开始便无法认同霍布斯的思想，朋友们则认为《利维坦》表明霍布斯背叛了保王派，认同了新的（克伦威尔）政权，而且放弃了国教。"剑桥政治思想史"丛书之一——《利维坦》的编者塔克（Richard Tuck）则慎重地指出，《利维坦》的大部分写于内战局势尚不明朗之际，霍布斯希望经由该书改变当时的形势；尤其需要注意的是，他在撰写过程中仍然参与着逃亡中的查理二世的宫廷事务，而且他最初可能想将该书献给查理二世。[2]

---

[1] Shen Hong, "A Century of Milton Studies in China: Review and Prospect," *Milton Quarterly* 48.2 (May 2014): 96-109. 还可参考：沈弘，《新中国 60 年弥尔顿〈失乐园〉研究的回顾与展望》，《山东外语教学》2013 年第 6 期，第 73—78 页。

[2] Richard Tuck (ed.), *Thomas Hobbes: Leviathan*, rev. student ed., Cambridge: Cambridge University Press, 1996, pp. xi-xii.

　　《利维坦》的论述始于感官认知，霍布斯在第一章开宗明义道："在一切情形下，感觉都只是原始的幻象；……它们是由压力造成的，也就是由外界物体对我们的眼、耳以及其他专属于这方面的器官发生的运动所造成的。"①霍布斯的道德哲学和自由观念均建立在上述观点的基础上。首先，由于一切感觉源于外在的运动和人体结构的变化，"任何人的欲望的对象就他本人说来，他都称为善，而憎恶或嫌恶的对象则称为恶；轻视的对象则称为无价值和无足轻重"。如此一来，人们便"不可能从对象本身的本质之中得出任何善恶的共同准则"。②霍布斯并非不清楚这一说法的后果，他的利维坦之诞生，正是为了避免人与人的战争，确保和平与秩序。霍布斯如此形容利维坦的诞生："全体真正统一于唯一人格之中；这一人格是大家人人相互订立信约（covenant）而形成的，其方式就好像是人人都向每一个其他的人说：我承认这个人或这个集体，并放弃我管理自己的权利（right），把它授予这人或这个集体（assembly of men），但条件是你也要把自己的权利拿出来授予他，并以同样的方式来承认他的一切行为。这一点办到以后，像这样统一在一个人格之中的一群人（the multitude so united in one person）就称为国家（commonwealth），在拉丁文中称为城邦（civitas）。这就是伟大的利维坦（Leviathan）的诞生——用更尊敬的方式来说，这就是人间上帝（mortal God）的诞生；我们在永生不朽的上帝（immortal God）之下所获得的和平和安全保障就是从它那里得来的。"③其次，霍布斯认为，既然一切感觉均有起因，所谓自由意志，不过是无稽之谈。④塔克解释道，霍布斯的意思并不是人不应对行为进行斟酌和选择，只是在他看来，"这种自由选择如何生活的主观感觉并非基于真正的自由（*real* freedom），正如对于颜色的主观感觉并非基于真正的颜色"⑤。另外，在第二十一章"论臣民的自由"中，他直接将自由

----

① 霍布斯，《利维坦》，黎思复、黎廷弼译，北京：商务印书馆，2012，第 5 页。

② 霍布斯，《利维坦》，第 37 页。

③ 霍布斯，《利维坦》，第 131—132 页（译文稍有改动）；Richard Tuck (ed.), *Thomas Hobbes: Leviathan*, p. 120. 塔克指出，霍布斯的理论并非明确地指向专制方向，他常被人们解读为自由主义思想家，原因即在于他的主权概念中包含着代表、选举等倾向，见：Richard Tuck (ed.), *Thomas Hobbes: Leviathan*, pp. xxxiv-xxxv.

④ 霍布斯，《利维坦》，第 30 页。

⑤ Richard Tuck (ed.), *Thomas Hobbes: Leviathan*, pp. xxiv-xxv.

解释为无外在障碍（the absence of external impediments）。[1]于霍布斯而言，"本意上的自由"仅仅是"物理的自由"，是物体不受外在物理阻碍（external physical hindrance）而运动的自由。[2]可见，霍布斯的认识论基于他的唯物主义和运动论，同时又从认知理论推导出一整套的道德、政治哲学。霍布斯的思想在当时引起了极大的反响，学者和宗教界人士纷纷撰文批评他，或担心他的决定论思想将引发一系列道德问题，或反对他的埃拉斯都思想（Erastianism），[3]宗教界担心，如果教会的教义和习俗都服从于国家利益，教会和基督教信仰会日渐萎缩。[4]

在众多批评者中，对霍布斯观点做出最系统回应的是剑桥柏拉图学派，这一学派的思想早期与晚期有所变化，在具体问题上每个成员的观点也不尽相同，但综而观之，他们主要推崇唯心主义先验论。例如，该学派的代表人物之一卡德沃斯（Ralph Cudworth）如此概括道："知识不是由任何心灵外的事物引起的激情，而是心灵在自身中展开的**内在**的力量、活力和能力（the inward strength, vigour, and power）的主动运用的结果；借以理解或认识事物的理知的形式（the intelligible forms）不是**被动**地由外界铭刻在灵魂上的标记或印象（stamps or impressions），而是灵魂自身内部产生的**生动**地扩展或**主动**地运用（vitally protended or actively exerted）的观念。"[5]此处的"内在""生动"与"主动"显然是针对霍布斯"被动"的机械唯物观和决定论而言的。该学派的另一核心成员莫尔坚信，灵魂关于精神的知识独立于或者先于感官经验。[6]剑桥柏拉图学派对于霍布斯的反驳主要基于神学和伦理方面的考虑，他们无法通过观察、试验的方式确定生命到底来自内在、非物质性的原则还是

---

① 霍布斯，《利维坦》，第 162 页。
② 霍布斯，《利维坦》，第 97 页。
③ 即宗教应受国家支配的思想。
④ Samuel I. Mintz, *The Hunting of Leviathan*, Cambridge: Cambridge University Press, 1962, pp. 51-53.
⑤ 胡景钊、余丽嫦，《十七世纪英国哲学》，北京：商务印书馆，2006，第 271 页。黑体为笔者所加，英文原文系笔者增加。见：Ralph Cudworth, *A Treatise Concerning Eternal and Immutable Morality with a Treatise of Freewill*, ed. Sarah Hutton, Cambridge: Cambridge University Press, 1996, pp. 73-74.
⑥ Samuel I. Mintz, *The Hunting of Leviathan*, p. 85.

仅仅源于外在运动，但既然后者排除了自由，他们便无法泰然接受。①除此之外，他们也无法接受霍布斯将利己主义作为立国原则的说法。对于这一问题，萨拜因（George Holland Sabine）总结道，在霍布斯看来，"由于人的一切行为都是由个人的自私之心所驱使的，所以社会就必然被视作只是达到这一目的的手段。这样，霍布斯既是一个彻头彻尾的功利主义者，又是一个彻头彻尾的个人主义者。国家的权力和法律的权威之所以被证明为正当的，只是因为它们有助益于个人的安全；再者，除非人们能够预见到服从与尊重权威会比相反的做法产生更大的个人利益，否则服从与尊重权威便是没有任何理性基础的"②。这样看来，剑桥柏拉图学派对霍布斯思想后果的担忧不无道理。

但客观地看，剑桥柏拉图学派的思想有些尴尬。一方面，他们力图强调精神的重要性，认为精神主体在精神方面的主张进入经验世界，对其进行支配，而不是从感官经验而来，或受其制约，③这显然区别于霍布斯的认识论。但另一方面，他们的思想中意见较多，分析较少。他们虽然重视智性（intellect），但在他们那里，智性与德行无法分离，例如，莫尔多次强调，真正哲学的基础是道德的纯正。④相比较实然，剑桥柏拉图学派更重视应然，这是他们与霍布斯最大的区别。除此之外，他们诉诸精神理性，霍布斯诉诸物质和运动；他们认为欲望和激情应该服从于神圣的理性，而霍布斯则认为人不过是各种本能与欲望的聚集体，因此必须通过国家去确保道德状态。⑤但剑桥柏拉图学派的困难在于，在论述中他们无法同霍布斯一样使用明晰的推理语言与之争论，结果造成他们自己思想的含混与模糊。他们的一些成员，如格兰维尔（Joseph Glanvill），有时想借助试验方式证明灵魂与精神的存在，于是关注各种通灵事件或巫术，结果

① Stephen M. Fallon, *Milton among the Philosophers*, p. 53.
② 萨拜因，《政治学说史》下卷，邓正来译，上海：上海人民出版社，2010，第147页。
③ John Tulloch, *Rational Theology and Christian Philosophy in England in the Seventeenth Century*, vol. II, Edinburgh: W. Blackwood and Sons, 1874, p. 282.
④ John Tulloch, *Rational Theology and Christian Philosophy in England in the Seventeenth Century*, vol. II, p. 358.
⑤ John Tulloch, *Rational Theology and Christian Philosophy in England in the Seventeenth Century*, vol. II, p. 404.

使得其思想愈加神秘。出于种种原因，他们渐渐淡出了人们的视线。

　　在这场争论中，弥尔顿持什么看法，我们不得而知。他的作品除了诗歌外多为政论散文和神学、历史著作，他并没有像剑桥柏拉图学派那样直接撰写哲学著作回应《利维坦》。关于他对霍布斯的看法，弥尔顿的第三任妻子明舒尔（Elizabeth Minshull）回忆说，她的丈夫"一点都不喜欢霍布斯，或许他认为霍布斯知识渊博，但他们的志趣与原则均迥然相异"[1]。从 20 世纪初开始，便有思想史或观念史学者关注弥尔顿在这场思想争论中所持的观点。尼科尔森（Marjorie H. Nicolson）在 1926 年撰文《弥尔顿与霍布斯》，讨论过程中多次强调弥尔顿的思想与剑桥柏拉图学派的相似性，尤其是两者的伦理关怀。例如，弥尔顿与莫尔都关注犹太教神秘哲学的伦理观，[2]弥尔顿与卡德沃斯在 1644 年不约而同地为自由意志进行辩护等。相比之下，弥尔顿与霍布斯的伦理思想差异巨大。在尼科尔森看来，理性对于霍布斯来说意味着推理。霍布斯在《论公民》中坦言："就人在自然状态中的正当理性而言，许多人指的是某种永不犯错的天赋（an infallible faculty），而我指的是理性思考的行为（the act of reasoning），也即人们对自己行动正确的理性思考（true reasoning），这种理性思考可能会给自己带来好处，或给别人带来损失。"[3]但对于弥尔顿来说，正当理性乃上帝与人共有的特征，它永不出错，可帮助人判断正误。[4]尼科尔森是观念史学者洛夫乔伊（Arthur O. Lovejoy）的学生，在洛夫乔伊指导下撰写了关于莫尔思想的博士论文。尼科尔森对弥尔顿与同时代思想家的比较很有发言权，其论点影响力甚广。但是，她对于弥

---

[1] Barbara Kiefer Lewalski, *The Life of John Milton*, p. 678, n. 131.

[2] 尼科尔森的另两篇文章也论及该问题，见：Marjorie H. Nicolson, "The Spirit World of Milton and More," *Studies in Philology* 22.4 (Oct. 1925): 433-452; Marjorie H. Nicolson, "Milton and the *Conjectura Cabbalistica*," *Philological Quarterly* 6.1 (Jan. 1927): 1-18.

[3] 此处引文与尼科尔森的引文（第 419—420 页）有些不同，引自：霍布斯，《论公民》，应星等译，贵阳：贵州人民出版社，2002，第 24—25 页（译文稍有改动）。参考的英译本出自"剑桥政治思想史"丛书，见：Richard Tuck and Michael Silverthorne (eds.), *Thomas Hobbes: On the Citizen*, Cambridge: Cambridge University Press, 1998, p. 33.

[4] Marjorie H. Nicolson, "Milton and Hobbes," *Studies in Philology* 23.4 (Oct. 1926): 405-433.

尔顿理性与选择的解读遭到一些晚近学者（丹尼尔森、法伦等）的质疑，主要原因是她混淆了正当理性与作为选择的理性之间的差异。①尼科尔森的大方向没错，相比较霍布斯，弥尔顿在伦理思想上显然与剑桥柏拉图学派更加接近，这一方向影响了许多后来的学者。韦利（Basil Willey）将他们思想的相似处总结为三点：首先，他们都是人文主义者，相信人天生即有尊严和美德，人所需要做的是通过自律使情欲服从于正当理性；其次，对于两者来说，理性更多时候是道德原则，而非智性启蒙；再者，人可以通过信仰重建伦理。②韦利高屋建瓴，其观点常常一针见血，笔者十分佩服。尽管如此，对比晚近学者更为深入的研究，笔者发现，韦利的一些总结过于简括，有时不免导向错误的结论，例如，他认为《失乐园》中弥尔顿的自由观是个悖论，实际上并非如此。③

　　弥尔顿和霍布斯关于自然法（law of nature）的理解也大相径庭。自然法是连接弥尔顿的认知论、伦理观和政治观的一个节点，他常将其与正当理性相提并论。在弥尔顿看来，上帝在创造人时赋予其自然法，自然法可以使人做与正当理性一致的事情；亚当犯罪后，人的正当理性受损，但上帝的神圣形象在人心中并未完全消失，正直之士可以遵从自然法和正当理性做出伦理、政治判断。④霍布斯的"自然法"概念也是连接他的认知观与国家理论的关键，他如此解释道："自然法是理性所发现的戒条或一般法则。这种戒条或一般法则禁止人们去做损毁自己的生命或剥夺保全自己生命手段的事情，并禁止人们不去做自己认为最有利于生命保全的事情。"⑤显然，前一页引文中，"人在自然状态中"的正当理性与此处发现"自然法"的理性都指向自我保全，不过前者侧重个体，后者侧重环境。萨拜因敏锐地指出，霍布斯习惯性地使用"natural"的双重用法："有时候，'natural'这个词是指一个人为了得到安全而以自

---

① 关于这个问题，笔者将在本书第一章第二节进行讨论。

② Basil Willey, *The Seventeenth-Century Background*, 3rd ed., London: Ark Paperbacks, 1986, pp. 217-218.

③ 关于这个问题，笔者将在本书第一章第二节进行讨论。

④ John K. Hale and J. Donald Cullington (eds.), *The Complete Works of John Milton, Volume VIII: De Doctrina Christiana*, Oxford: Oxford University Press, 2012, pp. 361, 433-435.

⑤ 霍布斯，《利维坦》，第 98 页（译文稍有改动）。

发的方式做的事情并且意指赤裸裸的贪婪和侵略行径；有时候，它则意指完全的理性启发他为了使自己获得周遭情势所允许的那种安全而做的事情。"[1]和弥尔顿的自然法观念对比，霍布斯的自然法观念更为世俗化，因此，明茨（Samuel I. Mintz）指出，霍布斯将自然法从绝对道德领域内挪开，他并非从人之完全的观念中推导出自然法，不是从人应该是什么样子出发进行讨论，而是以人实际的样子为起点，或者至少是以他所认为的人实际的样子为起点。[2]

前文提及，霍布斯认为知识始于感官经验，以外部的运动与刺激为前提。这样的话，思维活动变成了被动地对机械与运动的回应，不存在绝对的善恶标准，人也没有自主选择的能力。然而霍布斯在其政治理论中又非常倚仗同意（consent）观念。赖利（Patrick Riley）敏锐地指出，霍布斯的道德、政治哲学似乎常常依赖如下观念：作为道德行为者的意志（will as moral agency）；一个具备道德的人，即进行选择的、使自我在道义上负责（self-obligating）的人，一个可能负有义务的主体。但当我们转向霍布斯关于选择（volition）的实际说法时，却很难找到他关于意志的定义和对其的实际使用之间的一致处。赖利认为，若不想将霍布斯视作政治上的斯宾诺莎主义者，我们可以考虑这样一种可能性，即接受霍布斯在其认知论与伦理观之间的断裂，这一断裂若非通过布拉姆霍尔（John Bramhall）的意志观念（布拉姆霍尔乃或多或少提及，这一观念后在康德处得到完整发挥）不太可能被克服。[3]弥尔顿在散文与诗歌中多次讨论过自主选择，他肯定不会赞同霍布斯的说法。例如，在《论出版自由》中，他重点强调了在善恶混杂的条件下，个人应该如何做出选择。而在《失乐园》中，他对于这一问题的讨论更加深入、复杂，因为彼时，堕落前的亚当与夏娃尚未经验性地认识恶，还未完全进入善恶混杂的现实世界，但是他们一样要做出选择，选择遵守上帝的命令还是相反。[4]值得

---

① 萨拜因，《政治学说史》下卷，第 144—145 页。

② Samuel I. Mintz, *The Hunting of Leviathan*, p. 27.

③ Patrick Riley, *Will and Political Legitimacy: A Critical Exposition of Social Contract Theory in Hobbes, Locke, Rousseau, Kant, and Hegel*, Cambridge, MA: Harvard University Press, 1982, pp. 33, 60.

④ 关于《失乐园》中经验与善恶的复杂关系，笔者将在第二章中进行讨论。

关注的是，卡德沃斯和弥尔顿在善恶与自由意志的关系方面看法类似，他指出，个体面临的选择往往更加复杂，它们甚至不能以人习惯向善的本性作为基础，正是在这个意义上，人才是自由的。①可见，在激烈的思想争论中，弥尔顿虽未直接参与，但他在自己的作品中同样对所处时代的核心问题进行着思考和回应。同时，采用诗歌而非哲学方式进行回应，弥尔顿可以赋予自己的思想更丰富的结构、更复杂的层次，避免像剑桥柏拉图学派那样以己之短攻彼之长，因此得以将其以不同的方式在历史长河中保存下来。

弥尔顿与霍布斯最大的差异在于他们对自由的看法。如前文所说，在霍布斯那里，自由意志（free will）是无稽之谈，自由（liberty）则意味着无外在阻碍。但对于弥尔顿而言，自由有两种解释：一方面，它指自由选择（free choice）的能力；另一方面，自由（liberty）意味着做出与正当理性一致的选择。②由于两人关于自由的看法殊异，他们对于所处时代开出了不同的政治药方。斯金纳将之总结为，"在霍布斯看来，自由并不被统治与依附所形成的环境所夺走，而是被彰明较著的干预行为所夺走"；而弥尔顿等共和主义自由者认为，"不仅具体的干预行为可以破坏人类自由，而且，专断权力的存在可以更加根本地破坏人类自由"。③斯金纳尤其关注《建设自由共和国的简易办法》，该书写于王朝复辟前夕，弥尔顿在其中重点分析了国王统治下人们可能出现的种种不自由举动。弥尔顿认为，即使没有任何外在的高压和阻碍，仅王室存在本身便可造

---

① 见：Samuel I. Mintz, *The Hunting of Leviathan*, p. 132.

② 对于弥尔顿的自由观念讨论最为详尽的学者分别为丹尼尔森、法伦、贝内特、斯金纳等，前三者侧重哲学与神学，后者侧重历史与政治，分别参见：Dennis Danielson, *Milton's Good God*, pp. 131-163; Stephen M. Fallon, "'To Act or Not': Milton's Concept of Divine Freedom," *Journal of the History of Ideas* 49.3 (Autumn 1988): 425-449; Joan S. Bennett, *Reviving Liberty: Radical Christian Humanism in Milton's Great Poems*, Cambridge, MA: Harvard University Press, 1989; Quentin Skinner, *Liberty Before Liberalism*; Graham Parry and Joad Raymond (eds.), *Milton and the Terms of Liberty*.

③ 斯金纳，《霍布斯与共和主义自由》，管可秾译，上海：上海三联书店，2011，第 191 页。

成这种奴役状态。①斯金纳是十分重要的政治哲学家和历史学家，多年来他与佩迪特（Philip Pettit）等人致力于反思现代自由观念，强调共和主义自由中"不受支配"之维度，以区别于肇始自霍布斯的无干涉的消极自由观念。例如，斯金纳在《自由主义之前的自由概念》一书中将弥尔顿归为"新罗马作家"（Neo-Roman writers）之列，在他看来，这些17世纪的英国作家（弥尔顿、哈林顿、内德汉姆等）受到了罗马法《学说汇纂》（*The Digest of Roman Law*）之影响，既强调个体自由与奴役状态的根本差异，又关注个体自由与自由国度之间的关系。在该书第84页，斯金纳谨慎地比较了"古典自由主义"（classical liberalism）与"新罗马作家"的自由概念，认为两者的共同点在于"免于……"这一消极概念上，但差异很大：前者认为，只要意志**不被威胁**，它就是自主的；但后者认为，只有意志**免于被威胁之危险**，它才可能自主。佩迪特则直接提出共和主义的无支配自由观，以区别于通常所说的无干涉的自由，并指出存在着"无干涉的支配"（domination without interference）与"无支配的干涉"（interference without domination）。②

　　斯金纳等的研究对笔者启发很大，笔者当然同意弥尔顿与霍布斯持有不同的政治思想，但本书的研究重点是弥尔顿的诗歌。在笔者看来，弥尔顿在《复乐园》中对内在自由与外在自由进行了详细考察，其思路迥异于霍布斯：相对于霍布斯的"利维坦"，弥尔顿提出的实际上是"内在乐园"。③对于霍布斯来说，自由意味着无外在障碍，但如果没有善恶准则，人人都想要满足自己欲望的话，不可避免地将陷入人与人的征战。因此"利维坦"成为必然选择，它可以使人让渡一部分欲望，从而保障其另一部分欲望不受外在干涉。但对于弥尔顿来说，真正的自由意味着做出与正当理性一致的选择，这在很大程度上需要人对自己的情欲、贪

---

① 按照佩迪特的思想理解，这属于"无干涉的支配"，见：佩迪特，《共和主义：一种关于自由与政府的理论》，刘训练译，南京：江苏人民出版社，2009，第72—73页。该书英文版见：Philip Pettit, *Republicanism: A Theory of Freedom and Government*, Oxford: Oxford University Press, 1999.

② 分别参见：Quentin Skinner, *Liberty Before Liberalism*；斯金纳，《霍布斯与共和主义自由》（该书英文版本见：Quentin Skinner, *Hobbes and Republican Liberty*）；佩迪特，《共和主义：一种关于自由与政府的理论》。

③ 笔者将在本书第三章对这一问题进行讨论。

婪、欲望等进行管理，需要人实现自治，"内在乐园"的确立才是人摆脱奴役状态的关键所在；与此同时，"内在乐园"也使得人对政制的公正有了更高的要求。

费什在他的新著《反人本主义的几种形式：弥尔顿及其他》中，对上述两种观点有一个十分有趣的总结："弥尔顿将一切重心置于不需要任何必要的外在形式的内在法则上；而霍布斯不顾一切地坚持外在形式，因他害怕任何会招致失序的内在祈求。但即使在这样针锋相对的观念中，他们仍然在一点上结成同盟：他们都反对浅薄的理性主义者，反对那些主张简单、易懂的政治解决方案的人。"①费什一语道破了弥尔顿与霍布斯不同的思想背后的相似之处。其实，两人在政教关系上的看法也是如此：霍布斯惧怕所有与迷信有关的宗教派别，他认为教会和教义都应服从于世俗的主权者，自《利维坦》开始他倾向于认为，如果宽容有助于世俗秩序，主权者应该在宗教方面采取宽容政策；而弥尔顿一向主张政教分离，坚持世俗行政官不应干预宗教信仰，倡导对各个激进的宗教派别采取宽容政策。两个出发点和原则完全不同的思想家在复辟之后都倡导宗教宽容，这确实是一个十分有趣的现象。

按照希尔的观察，"内在之光"灵活性很强，它可以随大众情绪或社会压力变化，各个激进的宗教派别曾经被革命呼声鼓动，复辟后则迅速将统治阶级的常识奉为圭臬。②相比之下，弥尔顿却一如既往地桀骜不驯，他的"内在乐园"并不是单纯的寂静主义，因此在与《复乐园》同时出版的《斗士参孙》中，他对于英国人的宗教经验（同时关乎政治）重新进行了反思。如果说《复乐园》侧重内在自由与外在自由的关系，强调内在自由之重要性，《斗士参孙》则阐明内在乐园的另一维度：它并不意味着消极服从。关于《斗士参孙》中的宗教经验与政治选择，笔者将在本书第四章进行详尽探讨。

综上所述，弥尔顿的"内在乐园"与霍布斯的"利维坦"一样，都是对所处时代的回应。同霍布斯一样，弥尔顿在理性、经验、自由等多个方面进行着思考，"内在乐园"不仅是诗人信仰上追求的方向和伦理方

---

① Stanley Eugene Fish, *Versions of Antihumanism: Milton and Others*, p. 276.

② Christopher Hill, *The World Turned Upside Down: Radical Ideas During the English Revolution*, Middlesex: Penguin Books, 1976, p. 371.

面认同的价值，同时也蕴含着他在政治层面的诉求。更难能可贵的是，弥尔顿赋予这些思考极其精湛的艺术表达。在霍布斯的"利维坦"被广为讨论的今天，重新审视弥尔顿的"内在乐园"，或许会给我们带来一些新的启示。斯金纳曾如此总结思想史研究的意义：研究过去的思想或观念，并非要在现在照搬过去的价值，而是揭示逝去的时代以及我们没能认识的价值。因此，"思想史家应该帮助人们认识到，我们现在生活方式中体现的价值以及我们思考这些价值的方式多大程度上反映出于不同时刻在各个可能世界中做出的一系列选择"。斯金纳认为，"只有对可能性有更广阔的认识，我们才能与继承下来的思想资源之间产生距离，以疑问态度重新审视和思考它们"。①本书讨论"内在乐园"，原因正在于此。同时，必须再次说明的是，笔者的研究不仅涉及霍布斯与弥尔顿的自由观念在政治上的差异，还将追根溯源地分析两位在认知、伦理、信仰等方面的不同。

第三节　研究思路及各章概要

　　本书整体的研究思路是将诗歌与所处时代的思想史背景结合起来进行讨论。诗歌与思想能否融合，一直是见仁见智，难有定论。但弥尔顿的情况不同，他的诗歌主题均来自《圣经》，甚至涉及创世、救赎等关键问题，因此很难将其诗歌与神学思想割裂开来。另外，弥尔顿一直积极参与公共事务，王朝复辟之后的紧张局势使得他公开发表看法的

---

① Quentin Skinner, *Liberty Before Liberalism*, pp. 116-118. 斯金纳的上述说法并非首创，尼采（Friedrich Nietzsche）和威廉姆斯（Bernard Williams）也有类似说法，见：Martin Dzelzainis, "Milton, Foucault, and the New Historicism," in *Rethinking Historicism from Shakespeare to Milton*, ed. Ann Baynes Coiro and Thomas Fulton, pp. 211-212. 在《霍布斯与共和主义自由》的结尾，斯金纳更是将自己的上述说法应用于霍布斯与共和主义者的思想争论："如果我们思考一下霍布斯的反击，尤其是思量一下它的绵延至今的历史影响，我们很难不承认霍布斯赢得了这场战斗。但他是否赢得了这场论辩，却还是一个值得追问的问题。"这段话见：斯金纳，《霍布斯与共和主义自由》，第195页。其英文原文见：Quentin Skinner, *Hobbes and Republican Liberty*, p. 216.

机会大大减少，但正因如此，"以言行事"①在他的诗歌中体现得更加明显，这使得笔者在讨论中不得不提及他当时的历史语境以及他的政治主张。需要说明的是，笔者在研究方法上受到了斯金纳的影响，并遵循斯金纳对于作者意图和语境的界定。斯金纳关注的是作者以言行事的意图（illocutionary intentions），即作者**在以**某种方式写作时可能存有的意图（what they may have intended in writing *in* a certain way）。因此，他不仅仅聚焦感兴趣的特定文本，而且关注会影响到该文本讨论问题或主题的普遍习俗（prevailing conventions）。②斯金纳还引用柯林伍德（R. G. Collingwood）的话为自己的研究方法辩护，在柯林伍德那里，对任何论点的理解都需要研究者辨识出该论点背后的问题，即这一论点可能会被当作对哪一个问题的回答。因此，斯金纳认为，我们应该由解释我们感兴趣的言语之意义（meaning）与论题（subject matter）开始，之后转向它们出现时所处的论争语境（argumentative context），以决定它们如何确切地关涉或回应与该论题相关的其他话语。当我们研究者足够准确地辨识出这个语境时，最终才能期待去读出我们感兴趣的说话者或作者在说这些话时到底在做什么。③

　　笔者认为斯金纳的研究方法对于解读弥尔顿的文本尤其重要。例如，弥尔顿的"内在乐园"观念实际上与 17 世纪中期的神学、政治讨论均密切相关，这一点在其与霍布斯的"利维坦"观念之对比中体现得尤为明显。同时，弥尔顿的"内在乐园"观念继承了许多古老的思想传统，如基督教神学与古典共和思想等。因此，笔者亦需要梳理弥尔顿对前人思想的继承与摒弃。斯金纳提醒我们，语境不一定是指最接近的时代（an immediate one）；他引用波考克的话解释道，作者认为自己回应的问题很可能是相隔较远的时期（a remote period）提出的，甚至可能是在完全不

---

① 关于以言行事的理论，见：J. L. Austin, *How to Do Things with Words*, Oxford: Oxford University Press, 1962; Beijing: Foreign Language Teaching and Research Press, 2011. 斯金纳的语境研究在方法论上是对奥斯汀的延续，具体参见：Quentin Skinner, *Visions of Politics*, vol. 1, Cambridge: Cambridge University Press, 2002, pp. 90-127.

② Quentin Skinner, *Visions of Politics*, vol. 1, pp. 99-102.

③ Quentin Skinner, *Visions of Politics*, vol. 1, pp. 115-116.

同的文化中提出的。①前文提到过，学者们已分别从神学与政治角度对"内在乐园"进行了解读，如邓肯、克里根、泽尔采尼斯等，但是对于两者之间的联系并未深究，有时不免引起误会，例如，为了论述需要，将其等同于寂静主义。比较有代表性的例子是沃登。他曾明确指出，对于弥尔顿来说，内在美德并不属私人领域，这是弥尔顿的清教价值与古典资源的交汇处：对于弥尔顿来说，一个拥有美德的人、一个虔诚的人，也是一个公民。但他在其他地方论述道，弥尔顿在创作诗歌时退出政治领域，只关注"内在乐园"这样的宗教领域。②还有一部分学者，将神学观念毫无保留地应用于政治，难免有张冠李戴之嫌。这些都使得笔者认为有必要重新讨论"内在乐园"，既关注它的神学渊源，又讨论它的政治内涵，并从思想史的角度比较其与其他思想的异同，从而探寻它如何将弥尔顿的神学与政治思想连接起来。

　　另外，无论是从神学还是从政治角度解读弥尔顿诗歌的学者，都很容易忽略作品本身的结构，只将诗歌当作一些神学思想和政治观念的对应物，不免得不偿失。彼得（John Peter）严厉地批评道："（弥尔顿的批评者们）把《失乐园》中的人物和事件从其艺术语境（artistic context）中攫取出来，将它们视作独立成分，仿佛这些只是某些教义和传统的简单复制品，从而忽略了它们在诗歌中被赋予的意义。"③对于这一意见，笔者十分赞同。在讨论诗歌中的神学或政治思想时，不能断章取义，将个别诗行从其整体结构中剥离出来。一些二手批评文献角度很好，但是评论者对待诗歌原文却有些随意，有时甚至在引用诗文时出现张冠李戴的情况。例如，哈维（Elizabeth D. Harvey）在其讨论《斗士参孙》

---

① Quentin Skinner, *Visions of Politics*, vol. 1, p. 116. 关于弥尔顿学者对斯金纳及剑桥柏拉图学派方法的接受、批评和发展，可参见：William Kolbrener, "The Poverty of Context: Cambridge School History and the New Milton Criticism," in *The New Milton Criticism*, ed. Peter C. Herman and Elizabeth Sauer, pp. 212-230.

② 分别参见：Blair Worden, "Marchamont Nedham and the Beginning of English Republicanism, 1649—1656," in *Republicanism, Liberty and Commercial Society, 1649—1776*, ed. David Wootton, p. 57; Blair Worden, "Milton's Republicanism and the Tyranny of Heaven," in *Machiavelli and Republicanism*, ed. Gisela Bock, Quentin Skinner, and Maurizio Viroli, pp. 225-245.

③ 见：Dennis Danielson, *Milton's Good God*, p. 62.

的论文中将大利拉所说的话当作参孙的话引用；[①]沃登是笔者非常尊敬的学者，但他也在讨论《斗士参孙》时将参孙所说的话当作合唱队的话引用。[②]实际上，上文讨论过，对比剑桥柏拉图学派，弥尔顿的优势恰恰在于他采用诗歌这种艺术形式而非哲学陈述来进行思考与写作。关于这个问题，怀特海（Alfred North Whitehead）说过："具体的人文观点是在文学里得到表现的，因此，如果我们希望发现一个时代的内在思想，我们应该关注文学，尤其是它具体的形式。"[③]也就是说，无论体系如何严谨，思想或观念（除了在现实中）只有在文艺作品里才能得到具体的呈现。勒瓦尔斯基的学术论文与专著常着眼于文类与政治语境的关系，将文本与历史、政治结合起来探讨，不仅没有牺牲文本意义，反而使得两者相得益彰。这使笔者坚定了信心，本书的研究思路就解读弥尔顿的诗歌而言是可行的。因此，本书虽然采用了将诗歌与思想史语境结合起来讨论的研究理路，但每一章的论述均小心谨慎地沿袭诗歌本身的艺术结构，例如，前两章（指主体部分，下同）分别对亚当和夏娃最初受造、乐园生活、知识树下，以及犯罪后等各个阶段进行了探讨。后两章的讨论也遵循了《复乐园》《斗士参孙》自身的结构。

　　除此之外，出于对《失乐园》《复乐园》与《斗士参孙》主题、篇幅等方面的考虑，笔者在讨论过程中侧重不同。首先，《失乐园》的主题关乎求知，且篇幅较长，笔者在讨论时选择了亚当与夏娃的认知方式作为切入点，沿此断面拓展其深度与广度，将讨论延伸到他们面临的选择、伦理等问题。总体来说，本书关于《失乐园》的部分主要侧重其神学思想，这主要是由史诗的主题决定的。另外，笔者还有一个顾虑：该诗篇幅较长，分别涵盖天堂、地狱和乐园，涉及上帝、天使与人，从政治方面讨论《失乐园》的话，很容易将弥尔顿的神学与政治思想混淆。笔者

---

① Elizabeth D. Harvey, "*Samson Agonistes* and Milton's Sensible Ethics," in *The Oxford Handbook of Milton*, ed. Nicholas McDowell and Nigel Smith, Oxford: Oxford University Press, 2009, p. 654.

② Blair Worden, *Literature and Politics in Cromwellian England: John Milton, Andrew Marvell, Marchamont Nedham*, p. 362.

③ 见：Arthur O. Lovejoy, *The Great Chain of Being*, Cambridge, MA: Harvard University Press, 1964, p. 17.

以为，之前已经有不少学者陷入了政治神学的漩涡中。例如，勒瓦尔斯基坚信，《失乐园》中的地上王国与天国没有任何可比性；赫尔曼（Peter C. Herman）认为，《失乐园》中关于天国王权的矛盾呈现反映出成熟期的弥尔顿与政治领域的矛盾关系；布赖森（Michael Bryson）的看法是，弥尔顿毫不妥协地将天国王权描述为专制政体，通过负面对比提出他对上帝的正面想象；罗杰斯（John Rogers）不认同上述任何说法，他以为，天国的专制与弥尔顿对世俗政体的看法既不是类似关系，也不是完全不相干，也许说出来令人担忧，但他认为，该专制与弥尔顿一直以来想象的最高形式的人类自由存在着密不可分的逻辑关联。[①]可以说，大家基于不同的出发点各执一词，实则没有什么共同商讨的余地，无益于问题的讨论。其次，在《复乐园》与《斗士参孙》的讨论中，笔者在前两章讨论的基础上，将问题渐渐从神学过渡到政治，原因如下：第一，诗歌的主题仍是笔者的首要考虑，弥尔顿在《复乐园》与《斗士参孙》中更加关注复辟后人们的公共生活，并提出了两种面对严酷现实的应对方案。第二，相比较《失乐园》，这两首诗篇幅较短，主要涉及人之选择，因此不至于在讨论神学与政治思想关联时陷入混乱。第三，从本书的整体结构来说，前两章关于神学的论述为后两章的讨论提供了形而上的基础，而后两章关于现实的论述可以与前面纯思想性的讨论形成互动，如此一来，本书便可以在抽象和具体两个层面讨论弥尔顿的文本与思想。第四，从方法论上来说，斯金纳建议先解释文本意思，之后转向论争语境，从而确认作者以言行事的意图。笔者深以为然，本书前两章对于"内在乐园"的讨论以诗歌文本内部的解释为主，后两章在文本阐释的基础上，更注重其与所处时代的思想及现实之间的互动，最终试图找出弥尔顿在传达"内在乐园"理念时的意图之所在。

　　本书由六个部分构成，除绪论和结语外，主体共分四章。

　　第一章聚焦《失乐园》中亚当的理性，主要探讨认知与选择的关系。笔者以亚当在乐园中优秀的推理理性为出发点，讨论亚当的认知方式在史诗的不同阶段遇到的限制以及经历的变化。在弥尔顿看来，理性除了

---

① 见：John Rogers, "The Political Theology of Milton's Heaven," in *The New Milton Criticism*, ed. Peter C. Herman and Elizabeth Sauer, pp. 68-82.

指推理外，还有正当理性以及选择之意。正当理性原可指导亚当判断正误，但问题在于，关于知识树上果子的命令属于实在法范畴，正当理性帮不上忙，因此亚当才有了真正意义上的选择。此一自由选择权不无风险，但在上帝看来却弥足珍贵。无奈，在遵守上帝的命令与夏娃之间，亚当选择了后者。兹事体大，他不仅尝到罪之后果，失去乐园，还从此改变了自己及后人的认知方式：人只能通过恶来认识善，依靠正当理性获得真正的自由变得非常困难。但在史诗的结尾，亚当告白，选择单单依靠救主才是最高的智慧，并立志重新追求内在乐园，这对于后伊甸园时代的人类无疑是个安慰。

　　第二章聚焦《失乐园》中夏娃的经验，探讨认知与伦理的关联。笔者以夏娃初被创造时经验式的认知方式为切入点，通过讨论她在湖边观看自己影子以及在梦中被撒旦干扰等场景，揭示乐园里夏娃的伦理世界：彼时，她在现实经验层面的知识只有善，没有恶；关于恶，她只有理论知识及替代经验（vicarious experience）。但随着夏娃提出分开劳动、离开亚当，她很快陷入了撒旦的认知陷阱中。知识树下，撒旦通过子虚乌有的吃果子经验、精心编造的感官体验以及吃果子可知善识恶的错误逻辑，欺骗夏娃吃下果子，犯了重罪，导致人类最终"失去善，得到恶"（*PL*, IX.1072）[①]。从此之后，夏娃及其后人失去了没有现实之恶存在的纯真乐园，进入了只能通过恶来认识善的堕落世界。但同亚当一样，夏娃在史诗的结尾于梦中领受了关于救赎的信息，得到救主将从她而生的允诺，于是心甘情愿地与亚当一同离开伊甸园，踏上再次追寻内在乐园的漫漫征程。

　　第三章围绕《复乐园》神子的内在王国讨论内在自由与外在自由的关系。在《失乐园》的第12卷，已出现过内在受奴役的人无法享受外在自由的论述。此一论题延续到了《复乐园》中撒旦与耶稣的多轮交锋中。撒旦分别以谎言、食物、金钱、荣誉、政治谋略、军备、王位以及学识等施展诱惑，但神子的回应分别落足于遵从内在的圣言、实现内心的王治、不做内在的奴隶、不受撒旦的支配等。神子面对撒旦的引诱反复强调，对于个体来说，只有面临内心，制伏自己欲望以及恐惧的人，才是真

[①] 此处的 *PL* 是 *Paradise Lost* 的缩写，本书在 *Paradise Lost* 的引文后均标注 *PL*。

正的王者；对于民族而言（例如被俘虏的十个支派），内在的奴隶不可能拥有外在的自由。可见，神子使用的不仅仅是宗教语言，更是政治话语。最终，神子固守内在的王国，击退了撒旦的种种外在诱惑，为亚当、夏娃的后人重新赢得希望——一个更加幸福的内在乐园。笔者认为，弥尔顿在《复乐园》中同时征引了《圣经》和古典共和思想等资源，并对两者进行了完美融合，以强调内在自由乃外在自由的基础。

第四章聚焦参孙的宗教经验及自由观。首先，参孙在第一次婚姻前及悲惨事件发生以前均诉诸宗教经验，笔者对其进行仔细分析后指出：一方面，弥尔顿并未否定参孙的神圣冲动；但另一方面，他并非毫无保留地接受参孙的暴力抗争。其次，《斗士参孙》进一步延续了内在自由与外在自由的讨论：参孙一步步地恢复其内在自由后，开始面临如何看待自己和同族人外在自由的问题。外在自由对他来说具体表现为公民自由和宗教自由，他分别通过自然法、上帝选派的拯救者、良心和内在的平安为上述两种自由进行辩护。笔者认为，《斗士参孙》可被视为弥尔顿本人自由观的一次总结，因为该文本涉及了他在认知（自由选择）、伦理（内在自由）、政治（公民自由、宗教自由）等多个层面对于自由的阐释。最后，特别需要注意的是，在《斗士参孙》创作的时期，不从国教者饱受压制，正是在这样的语境下，弥尔顿才在最后一部诗作中展现出其"内在乐园"激进的一面。

第一章　认知与选择
——论《失乐园》中亚当的理性

　　《失乐园》从问世至今，吸引了无数读者，有人钦慕弥尔顿高超的诗歌技艺，有人被撒旦的叛逆个性吸引，还有人为诗人广博的知识折服。诚然，一部作品总是可以从多个角度进行阅读与研究，更何况这样一部长达万行的传世之作。对笔者来说，自第一次读《失乐园》起，最感兴趣的人物一直是亚当与夏娃，最关心的是他们偷吃知识树的果子这一事件以及由此引发的一系列后果。弥尔顿笔下的亚当与夏娃在最初被造时，都面临着认识的困境，发出"我是谁，居何地，何处来，又如何到这里"（*PL*, IV.451—452; VIII.270—271）[①]的疑问。但两人后来似乎表现出完全不同的认知方式：亚当擅长理性思辨，甚至与天使讨论天体的运行，向上帝祈求一个伴侣，以期"分享 / 一切合乎理性的乐趣（rational delight）"（*PL*, VIII.390—391）；对比之下，夏娃的认知方式趋于经验式，她被造伊始，即被湖中自己的影子吸引，经上帝提醒才不太情愿地离开。在笔者看来，许多时候，夏娃更像是伊甸园里的观察者与倾听者。在史诗的第 9 卷，两人认知方式的差异使得他们偷食禁果时动机迥异：知识树下，由于被撒旦精心设计的各种表象欺骗，夏娃的五种感官均被唤醒，遂罔顾后果，伸手摘下果子吃了；亚当则不同，他并未受骗，但却明知故犯，选择吃下果子，原因在于他无法舍弃夏娃。以上发现促使笔者决定将亚

[①] 弥尔顿，《失乐园》，金发燊译，长沙：湖南人民出版社，1987。参考该史诗其他译本：刘捷译，上海：上海译文出版社，2012；朱维之译，外国文学名著丛书编辑委员会编，上海：上海译文出版社，1984。本书中引用的《失乐园》译文均出自金发燊的译本，一些地方根据原文及另外两个译本有所改动，下文只标明卷数与行数，不再另行加注。

当与夏娃的认知方式作为研究《失乐园》的切入点。

对于理性，弥尔顿在其散文作品中早有讨论。在《论出版自由》中，他提出，"理性不过是选择"（reason is but choosing）[1]；类似的说法也出现在《失乐园》中，具体表述为，"理性也是选择"（reason also is choice）（PL, III.108）[2]。很显然，在以上两处，弥尔顿都将理性与选择联系在一起。除此之外，弥尔顿在《论基督教教义》中还讨论了"正当理性"，将其功能解释为"辨识至善"（perceiving the supreme good）[3]；他还引用西塞罗的话，认为正当理性"来自神意，它命定正确之事，禁止错误之举"（Right reason [is] derived from divine will which commands what is right and forbids what is wrong）[4]。后来，在《失乐园》第 12 卷中，他直接将正当理性与自由联系起来，认为不遵从正当理性的人难以获得真正的自由（true liberty）（PL, XII.83—85）。可见，在弥尔顿看来，理性不仅仅指向拉斐尔所说的推理，它与认知乃至伦理、选择均密切相关。实际上，将认知与伦理、选择相联系并非弥尔顿首创，古代先哲中的亚里士多德、西塞罗，同时代的莫尔均持类似观点，这便使得问题更加复杂。

对于《失乐园》中理性的研究，在 20 世纪一直没有中断过。首先，世纪初的学者们，因他们所受的古典及人文教育，比较倾向于从思想传统角度对之进行解读，如索拉特明确提出，弥尔顿将理性与伦理选择联系起来进行讨论。[5]需要说明的是，索拉特是较早将弥尔顿的诗歌与哲学及宗教思想联系起来的批评家，他的论述极具见地，对后来的弥尔顿学者影响较大。汉福德则更为直接地将这一关联归因于柏拉图（Plato）、

---

[1] Earnest Sirluck (ed.), *The Complete Prose Works of John Milton*, vol. II, New Haven: Yale University Press, 1959, p. 527.

[2] William Kerrigan, John Rumrich, and Stephen M. Fallon (eds.), *John Milton: Paradise Lost*, New York: The Modern Library, 2007. 参考该史诗其他版本：Alastair Fowler (ed.), *John Milton: Paradise Lost*, London: Longman Group, 1971; 2nd ed., New York: Routledge, 2013. 本书中引用的《失乐园》原文文均出自克里根师徒编写的版本，下文只标明卷数与行数，不再另行加注。

[3] John K. Hale and J. Donald Cullington (eds.), *The Complete Works of John Milton, Volume VIII: De Doctrina Christiana*, p. 433.

[4] William Kerrigan, John Rumrich, and Stephen M. Fallon (eds.), *John Milton: Paradise Lost*, p. 197. 此处引文转引自该版本编者对《失乐园》第 6 卷第 42 行的注释。

[5] Denis Saurat, *Milton: Man and Thinker*, pp. 150-155.

亚里士多德及斯多葛学派学者等古代伦理学家的影响。①尼科尔森指出，弥尔顿对理性的理解迥异于霍布斯，但与剑桥柏拉图学派颇为相近：他们都非常看重正当理性的价值。②应该说，尼科尔森在其论文中赋予正当理性极高的地位，这影响了许多后来的研究者。例如，布什在自己的书中直接沿用尼科尔森的观点，认为弥尔顿与霍布斯如同后来的阿诺德与赫胥黎（Thomas Henry Huxley）一样，在 17 世纪代表着宗教、人文价值与科学思维的对立。③其次，20 世纪中期持相似观点的论者，亦不在少数。例如，胡普斯将弥尔顿对于正当理性的讨论置于整个基督教人文主义的传统中，强调他的理性中道德判断的重要性。④明茨也着重关注弥尔顿的理性讨论中与剑桥柏拉图学派的相似之处及其与霍布斯的差异所在。⑤与尼科尔森等学者不同，韦利独树一帜，敏锐地指出，在《失乐园》中，正当理性与选择之间似乎存在难以调和的矛盾，这一矛盾甚至使得弥尔顿的自由意志论难以自圆其说。⑥为了应对诸如此类的质疑，刘易斯从传统基督教思想的角度（尤以奥古斯丁的神学思想为主），为弥尔顿"自由选择"的可能性进行辩护。⑦而对于《失乐园》中是否存在真正意义上的选择，长期以来质疑从未停止。20 世纪 70 年代，克拉克（Mili N. Clark）与萨维奇（J. B. Savage）的文章便持类似观点。⑧最后，自 80 年代始，更多的学者开始强调自由选择在史诗中的重要性。例如，1982 年出版的《弥尔顿的良善的上帝》一书中，丹尼尔森尽自己所能从神学角度回应了克拉克与萨维奇的问题，指出了弥尔顿的自由意志论与神学兼容论者之间的差异。⑨随后的法伦致力于从观念史的角度切入，不否认弥尔顿与剑桥柏拉图学派对于理性之相似看法，但着重讨论他们

---

① James Holly Hanford, *A Milton Handbook*, p. 233.

② Marjorie H. Nicolson, "Milton and Hobbes," pp. 405-433.

③ Douglas Bush, *The Renaissance and English Humanism*, Toronto: The University of Toronto Press, 1939, pp. 128-129.

④ Robert Hoopes, *Right Reason in the English Renaissance*, pp. 186-200.

⑤ Samuel I. Mintz, *The Hunting of Leviathan*, p. 25.

⑥ Basil Willey, *The Seventeenth-Century Background*, pp. 216-230.

⑦ C. S. Lewis, *A Preface to* Paradise Lost, pp. 66-72.

⑧ 见：Dennis Danielson, *Milton's Good God*, pp. 147-149.

⑨ Dennis Danielson, *Milton's Good God*, pp. 131-149.

的差异。①这一研究对尼科尔森等学者的研究进行了补充，极具开创性。在 2000 年首次出版（2003 年再版）的《弥尔顿评传》中，勒瓦尔斯基明确指出："《失乐园》最杰出之处在于，它是一部关于认知与选择的诗，对于诗人自己、诗中的角色以及读者都是如此。"②这句话对于笔者的立论意义重大，使得笔者鼓起勇气继续讨论理性，再次梳理认知与选择的关系。

关于笔者的研究思路，需要说明一下。虽然前辈学者们对于理性已经研究多年，他们从各自的角度将问题讨论推至更深、更远之处，但也因此使得一些最基本的矛盾更难以调和，甚至失去互相讨论的余地。弥尔顿学识渊博，既具有深厚的神学背景，又积极吸收古典思想资源，游刃有余地穿梭于两者之间。但对于相隔 3 个多世纪的读者来说，我们需要就某一具体问题条分缕析、谨慎钻研，才可能认识弥尔顿何以将看似冲突的思想资源整合在一起。正是基于以上考虑，笔者在本章将讨论重点确定为亚当的理性，通过文本细读，依据《失乐园》自身的结构，还原亚当的认知方式与选择如何面对严苛的挑战，抵至其极限，并经历最后的蜕变。

第一节　乐园中的亚当："推理常属于你们"

在《失乐园》第 8 卷中，拉斐尔与亚当对话时，明确提及理性，并如此分析道，"理性即灵魂的本质 / 理性有推理（discursive）的，也有直觉（intuitive）的：推理 / 常属于你们，后者则多属于我们，/ 只在程度上有不同，性质全一样"（PL, V.488—491）。这几行诗大约概括了人类（以及天使）理性的基本特征，这一点在乐园中的亚当身上体现得尤为明显。首先，他甫一受造，便被上帝赋予语言能力，敏锐地推断到，自己的存在"非出于自身，而是由于某一伟大的 / 造物主，他的善意与力量都无与伦比"（PL, VIII.278—279）。而且，他还深谙动物的天性，可以为之命名。当看到动物两两为伴时，亚当亦想为自己寻找合适的伴侣。对此，伦纳德评论道："通过为动物赋予恰当的（fit and meet）名字，亚当认识到

①　Stephen M. Fallon, *Milton among the Philosophers*, pp. 13, 78-83, 132-134.

②　Barbara Kiefer Lewalski, *The Life of John Milton*, p. 460.

什么是适合自己的。"①果然，他向上帝祈求一位可以"分享 / 一切合乎理性乐趣"（*PL*, VIII.391—392）的伴侣，且谈论得有理有据。上帝对亚当表现出的推理能力十分满意，不禁赞其"理由正当"（*PL*, VIII.443），并欣然满足了他的请求。其次，在与亚当进行一番交谈后，拉斐尔亦赞叹道，亚当果然谈吐优雅，天赋丰富，"内心和外貌都像上帝美丽的形象（image）"（*PL*, VIII.220）。仔细想来，在最初谈话时，拉斐尔虽不得不尽量使用亚当可以理解的语言，但对这位听众的理解力还算满意。再次，亚当在几次解答夏娃的困惑时同样展现出非凡的推理能力。例如，在第4卷第660—688行，他向夏娃详细解释了天体在夜晚的运行，但他对这一问题的思考似乎并未就此结束，在第8卷中，他将夏娃的问题进行了扩展，并就这个疑问向拉斐尔寻求解答。由以上几处例子可知，思辨与推理确是亚当认识并理解世界的过程中最突出的特点。再如，第5卷中，夏娃因在梦中被撒旦蛊惑，醒来后十分困扰，亚当看她难以平静，向她分析了梦的形成原理，区别了理性（reason）与幻想（fancy），并详细叙述了他所理解的认知过程，其中强调了理性的整合功能（*PL*, V.101—113）。此处，姑且不论亚当的话是否真正安慰了夏娃，但其条分缕析的推理能力确实令人叹服。最后，在第9卷中，当夏娃提出劳动分工的建议时，亚当再次动用自己非凡的推理能力试图说服夏娃，尽管未能成功，但夏娃承认亚当的推论（reasoning words）（*PL*, IX.379）确实提醒了自己。可见，亚当的推理能力先后得到了上帝、天使与夏娃的肯定。

　　然而，推理理性作为认知方式的局限，在乐园中的亚当身上亦是若隐若现。拉斐尔在与亚当讨论天体运行时如此提醒道，"根据你的推理（by thy reasoning）, / 你将要影响子孙，认为（地心说似不合理）"（*PL*, VIII.85—86）。其间暗示依靠推理思考天体运行时可能遭遇限度。随后，他提出另外一个可能性："要是太阳是地球的中心，那会怎么样？"（*PL*, VIII.122—123）需要注意的是，此处弥尔顿笔下的拉斐尔并未将自己提出的可能绝对化，而是谨慎地保持对这一疑问的开放性。因此，拉斐尔如此行事，无非是要提醒亚当须时时警惕，对自己的推理存疑。果然，几

① John Leonard, "Language and Knowledge in *Paradise Lost*," in *The Cambridge Companion to Milton*, 2nd ed., ed. Dennis Danielson, p. 133.

十行之后，拉斐尔直接谏言，"要谦卑且明智；／ 思，只涉及你和你的存在；／ 梦，别异想天开"（*PL*, VIII.173—175）。亚当何其聪明，听闻此言，立即冷静下来，就地反省，承认人容易 "胡思乱想"（wandering thoughts, and notions vain），而且 "那思绪或幻觉总要游荡，／ 不受羁绊；荡悠悠没个尽头"（*PL*, VIII.187—189）。因此，他表示会接受拉斐尔的警告。亚当的这番话耐人寻味，伦纳德敏锐地窥见其与第 2 卷中彼列（Belial）话语的相似之处：当时，堕落天使彼列反对再次开战，原因在于不愿丧失 "这理智的存在"（this intellectual being），不忍 "那些漫游古今的思想"（those thoughts that wander through eternity）归于毁灭（*PL*, II.147—149）。①这一发现触目惊心：亚当那曾为上帝称道的推理能力何等容易便会演变为堕落天使所说的漫游的思想。实际上，笔者发现的另外一处，更令人为乐园中的亚当捏一把汗。同样是在第 2 卷中，有一群堕落天使坐在隐蔽小山上，

> 高谈阔论，**据理争辩**
> 天道、预知、意志以及那命运，
> 不变的命运、自由的意志、绝对的
> 预知，得不出结论，陷入蜿蜒
> 曲折的迷宫。接着他们又大谈
> 善与恶，幸福以及最后的苦难，
> 热情与冷淡，光荣以及羞耻，
> 全是徒然的智慧和虚假的哲理！

> In thoughts more elevate, and **reasoned high**
> Of providence, foreknowledge, will, and fate,
> Fixed fate, free will, foreknowledge absolute,
> And found no end, in wand'ring mazes lost.
> Of good and evil much they argued then,
> Of happiness and final misery,

---

① John Leonard (ed.), *John Milton: Paradise Lost*, London: Penguin Books, 2000, p. 395.

Passion and apathy, and glory and shame,

Vain wisdom all, and false philosophy.（*PL*, II.558—565）①

正如我们所知，自由意志与先见之明等命题正是随后第 3 卷中上帝的谈论要点。联系弥尔顿在《复乐园》《斗士参孙》以及《论基督教教义》中的一贯看法，可以发现：在他看来，推理理性本身形成的学问可能只是"徒然的智慧和虚假的哲理"。拉斐尔反复暗示与提醒乐园中的亚当，并非反对他通过推理认识世界（相反，如前文所论，亚当的推理与思辨能力甚至得到了上帝的认同），而是担心他同这些堕落天使一样，将之绝对化，不仅使自己而且令子孙后代误入歧途，从而"陷入蜿蜒曲折的迷宫"。耐人寻味的是，弥尔顿在第 5 卷中将天使们的舞蹈称为"错综复杂的迷宫"（*PL*, V.622）。福勒（Alastair Fowler）在注释中引用杜布（Penelope Reed Doob）的分析指出，天国和地狱的迷宫不同，前者如同教堂地板上仪式性的宇宙迷宫，后者则是漫游的迷宫。②也就是说，未堕落的天使与上帝关系融洽，其看似不规则的舞蹈虽如同"错综复杂的迷宫"，但在上帝眼里却自有其规律；相比之下，堕落天使与上帝的合一关系不复存在，他们对涉及上帝的思想进行漫无边际的推论，只会陷入"蜿蜒曲折的迷宫"。

实际上，在弥尔顿所处时代之前的神学讨论中，推理理性一直是重要焦点之一，但神学家们的看法大相径庭。吉尔松（Etienne Gilson）在《中世纪的理性与启示》一书中大致概括了三种不同看法（他将之称为三个家族），他们分别以德尔图良、奥古斯丁与阿奎那为代表。首先，德尔图良在 2 世纪时十分谨慎地对待启示与理性，他严格区分了基督教与哲学，认为哲学是世俗的智慧，是对神意与天道的轻率阐释，会导致异端思想。③其次，奥古斯丁开创了不同的思路，他在一定程度上融合了信仰与理性，认为理解是对启示内容的理性洞察（rational insight），但同时强调道，理解"是信仰的赏赐，所以，不要试图通过理解去相信，

---

① 粗体为笔者所加。

② Alastair Fowler (ed.), *John Milton: Paradise Lost*, 2nd ed., p. 137.

③ Etienne Gilson, *Reason and Revelation in the Middle Ages,* 2nd ed., New York: Charles Scribner's Sons, 1954, p. 8.

而是要先相信以便可以理解"①。最后，在这个问题上，阿奎那走得更远，他将知识分为两大类。第一类由部分启示真理构成，它们"虽为启示，但**只有用理性**才能获知（attainable by reason alone），例如，上帝的存在、他的重要属性、人的灵魂及其不朽特征均属此类"。第二类同为启示真理，涉及的却是"启示中**超越整个人类理性**的部分，例如，三位一体、道成肉身以及救赎"。②可见，对于推理理性③的特点及限制，已经有诸多探讨。弥尔顿对前人（特别是奥古斯丁与阿奎那）的思想进行了创造性综合：他肯定推理是认识与理解世界的合理手段，不然他不会使之作为亚当主要的认知方式，更不会强调上帝对之颇为欣赏；但与此同时，他对其限度亦十分明了，尤其在涉及启示真理中关于上帝的部分时，各种玄妙推理，有时会使人卷入空洞的概念与虚无的争辩之中。正是出于这个原因，拉斐尔让亚当专注与自己的存在相关的思想，不要胡思乱想、异想天开（PL, VIII.174—175）。

除此之外，笔者以为，若将弥尔顿的观点与 17 世纪五六十年代英国思想界的争论联系起来，则更有助于理解弥尔顿对于推理理性的看法。1651 年，《利维坦》在英国出版。该书主张机械唯物主义与决定论，提倡推理理性，虽然霍布斯并未否认信仰，但他通过对《圣经》的重新阐释，消解了信仰中较为神秘的部分。④此书的问世可谓一石激起千层浪。其中，对于《利维坦》可能导致的宗教与道德问题，最为担心的莫过于剑桥柏拉图学派，尤其是莫尔与卡德沃斯，他们分别撰书对霍布斯的主张进行批评。弥尔顿并未直接介入这场争论，关于他对霍布斯的看法，目前唯一可考的证据来自他的遗孀。在弥尔顿夫人的记忆里，她的丈夫"一点都不喜欢霍布斯，或许他认为霍布斯知识渊博，但他们的志趣与原则均迥然相异"⑤。因此，不难猜测，弥尔顿的史诗或与《利维坦》的发表有着千丝万缕的联系，这一点目前已经得到证明。首先，勒瓦尔斯

---

① Etienne Gilson, *Reason and Revelation in the Middle Ages*, p. 19.

② Etienne Gilson, *Reason and Revelation in the Middle Ages*, pp. 82-83，黑体乃笔者所加。

③ 笔者认为，在吉尔松这本书中，他将以上诸位神学家提到的理性与启示相对，属于推理理性的范畴。

④ Richard Tuck (ed.), *Thomas Hobbes: Leviathan*, p. xli.

⑤ Barbara Kiefer Lewalski, *The Life of John Milton*, p. 678, n. 131.

基的研究显示，《失乐园》的主题确定于 17 世纪 50 年代，原因在于弥尔顿极其不满霍布斯以及戴夫南特等人对于超自然世界的贬斥，立志要"基于完全不同的原则，写出一部现代意义的英雄史诗"[①]。其次，还有学者注意到弥尔顿与霍布斯对于"理性"的不同定义。例如，明茨便指出，霍布斯与剑桥柏拉图学派以及弥尔顿这类清教徒作家所理解的"理性"不同：在霍布斯那里，理性指的是推理以及逻辑思考的过程，而正确的推理是将逻辑思考准确地应用于命题，因此，对于他来说，理性揭示的真理关乎词语（words），而非实体（things）。[②]

　　此处，需要格外注意的是，暂不考虑两者对理性的其他理解，单就推理理性这一层面，弥尔顿虽然不否认其合理性，但相较于霍布斯，对其接受要谨慎保守得多。原因有二：第一，如勒瓦尔斯基指出的那样，弥尔顿最初创作《失乐园》的动机便是要写一部超自然的史诗。以诗中的亚当为例，他所面临的许多问题，如天体运行，按照当时的历史条件，尚无法形成定论。对于唯名论者（nominalist）霍布斯来说，或许可以由名词组成断言，将断言通过三段论推出结论，即可形成学识（sapience）。[③]但弥尔顿无法满足于此（他笔下的撒旦倒是使用三段论的高手），他更倾向于选择一种谦卑、谨慎的认知态度，对于难以确认的问题存开放态度，这也正是拉斐尔对于日心说持模棱两可态度之原因所在。鉴于此，富尔顿（Thomas Fulton）以《论出版自由》中的"正在形成中的知识"（knowledge in the making）来总结弥尔顿的认识论特征，十分贴切。[④]第二，亚当要面对的另一难题涉及善恶。对于乐园里的亚当来说，这实在是个难题，而且这一困难无法通过推理解决，对此，弥尔顿了然于胸。霍布斯则不然，在他那里，"任何人的欲望就他本人说来，他都称为善，而憎恶或嫌恶的对象则称为恶；轻视的对象则称为无价值和无足轻重"[⑤]。因此，困扰亚当的难题在霍布斯这里实际上已被消解，自然也就不存在推理能否

---

① Barbara Kiefer Lewalski, *The Life of John Milton*, p. 445.

② Samuel I. Mintz, *The Hunting of Leviathan*, p. 25.

③ 霍布斯，《利维坦》，第 33 页。本章中《利维坦》的引文均出自该版本，以下只注明页码。参考英文版本：Richard Tuck (ed.), *Thomas Hobbes: Leviathan*.

④ Thomas Fulton, *Historical Milton*, Boston: University of Massachusetts Press, 2010, p. 109.

⑤ 霍布斯，《利维坦》，第 37 页。

解决的疑问了。与弥尔顿和霍布斯同时代的莫尔，同其他剑桥柏拉图学派成员一样，十分看重理性，但他特别强调，"所有的真理，究其根源，同时在智性与道德的层面诉诸我们的理性"[①]。需要说明的是，莫尔的观点沿袭了柏拉图的思想，因为在柏拉图的伦理学中，理性既包括求真，也涉及行善。[②]如此看来，关于这点的认识，弥尔顿与柏拉图及莫尔等一致，他选择的史诗主题以及他要解决的核心问题均已超出推理理性这一智性层面。对于他以及他笔下的亚当而言，理性必然触及道德层面，因此，他们所遇到的困境也更加复杂。

第二节 知识树下的亚当：正当理性与选择

在《失乐园》中，弥尔顿在使用"理性"一词时，不仅指推理理性，更多时候指的是正当理性。例如，在第 12 卷中，米迦勒提醒亚当时，明确地将正当理性与自由联系起来，并如此解释道：

> 自由总是和正当理性
> 孪生，并不能离理性而独立存在。
> 人身上理性晦暗了，或没有遵守，
> 没有节制的欲望和一时冲动的情欲
> 马上就抢走理性的统治

[①] John Tulloch, *Rational Theology and Christian Philosophy in England in the Seventeenth Century*, vol. II, p. 357.

[②] Robert Hoopes, *Right Reason in the English Renaissance*, p. 21. 胡普斯认为，正当理性关注的是知识与美德的同一性，也就是说，"人们若要认识善，自己必须行善"（参见第 6 页）。杰恩（Sears Jayne）在为该书撰写的书评中列了一个表，概括了思想史上对正当理性的不同看法，其中，同意这一观念的人包括苏格拉底（Socrates）、柏拉图、亚里士多德、塞内加（Seneca）、西塞罗、克拉坦提乌斯、奥古斯丁、阿奎那、胡克（Richard Hooker）、斯宾塞、剑桥柏拉图学派、弥尔顿等，不同意的人包括司各脱（John Duns Scotus）、奥卡姆（William of Ockham）、路德（Martin Luther）、加尔文（Jean Calvin）、蒙田（Michel Eyquem de Montaigne）、培根、笛卡儿、泰勒（Jeremy Taylor）、霍布斯等（不同意者或侧重纯粹的智性能力，或强调绝对的信仰权威）。此一分类参见：Sears Jayne, "Review on *Right Reason in the English Renaissance* by Robert Hoopes," *The Journal of English and Germanic Philology* 62.2 (Apr. 1963): 366.

> 权力，并把到那时还自由的人
>
> 降为奴隶。

> [True liberty] always with right reason dwells
>
> Twinned, and from her hath no dividual being:
>
> Reason in man obscured, or not obeyed,
>
> Immediately inordinate desires
>
> And upstart passions catch the government
>
> From reason, and to servitude reduce
>
> Man till then free. （*PL*, XII.84—90）

在上述引文中，理性，或曰，正当理性，被置于极高的地位，人若不服从理性，容易沦为各种欲望与情欲的奴隶。这段话常被早期思想史或观念史学者引用，作为弥尔顿对正当理性的定义。尼科尔森便据此将弥尔顿的正当理性总结为"一种内在天赋，乃人类与上帝共有，可**绝对可靠地**判断正误（an infallible judge of right and wrong），并指挥命令意志、本能与欲望"[①]。如果仅仅根据第12卷的这段引文，尼科尔森的概括没有问题。但笔者的关注点在于亚当如何看待正当理性。《失乐园》的第9卷里，当夏娃提出劳动分工的建议时，亚当如此告诫道：

> 上帝让意志自由；因为服从
>
> 理性是自由，而**理性他使其正当**。
>
> 但嘱咐她千万当心，永远要警惕，
>
> 不然，受金玉其外的东西的袭击，
>
> **她就信口雌黄**，并唆使意志
>
> 去干上帝显然禁止的事情。
>
> ……
>
> 因为理性不是不可能碰到
>
> 敌人虚构的似是而非的事物，
>
> 只要不听从警告，不提高警惕，

---

① Marjorie H. Nicolson, "Milton and Hobbes," p. 419.

一不小心那就会上当受骗。

But God left free the will, for what obeys

Reason, is free, and **reason he made right**,

But bid her well beware, and still erect,

Lest by some fair appearing good surprised

She dictate false①, and misinform the will

To do what God expressly hath forbid.

…

Since reason not impossibly may meet

Some specious object by the foe suborned,

And fall into deception unaware,

Not keeping strictest watch, as she was warned.(*PL*, IX.351—363）

也就是说，此时，在亚当的眼里，上帝使得理性正确，意志若服从理性便可自由（这与米迦勒所说相似），但理性并非无懈可击，亦可能遭遇伪装，做出错误指挥，从而使得意志违背上帝的禁令。亚当认为理性可能犯错，米迦勒并未谈及此话题，尼科尔森所概括的正当理性"绝对可靠"之特点与亚当的观点出入更大。那么，问题出现了：这一出入的形成是因为亚当的认知有偏差，还是弥尔顿对正当理性态度模糊，或者是尼科尔森以偏概全？

另外，弥尔顿多次将理性与选择联系，在《论出版自由》中，他直接断言："上帝赋予人理性就是叫他有选择的自由，因为理性就是选择。"②他后来在《失乐园》的第 3 卷重复了这一说法，再次强调"理性也是选择"（*PL*, III.108）。尼科尔森当然注意到了这些诗句，基于对正当理性的如上理解，她认为，对于弥尔顿来说，理性即选择，"事物本身有好有坏；理性控制着情欲，它透过事物的表面洞察内在的真实"③。可是，又一个问

---

① 粗体为笔者所加。

② 弥尔顿，《论出版自由》，吴之椿译，北京：商务印书馆，2010，第 27 页。翻译稍有改动。

③ Marjorie H. Nicolson, "Milton and Hobbes," p. 419.

题出现了：如果如尼科尔森所说，正当理性"绝对可靠"，那亚当只需完全服从其引导即可，选择与自由又从何谈起呢？尼科尔森是较早关注弥尔顿与 17 世纪思想史联系的学者，她的观点影响长达半个世纪之久，[1]受她影响的学者对于正当理性之强调近乎绝对。另外，与剑桥柏拉图学派一样，尼科尔森认为，即使是上帝也必须遵从正当理性，不能做违背自然法（law of nature）之事。[2]她讨论弥尔顿、霍布斯以及剑桥柏拉图学派的文章写于 1926 年，前面提的几个问题在她那里似乎不能得到令人满意的答案。

　　"正当理性"与"选择"是弥尔顿对于理性的两种阐释。但现在看来，它们之间存在着难以调和的矛盾，而且这一矛盾毫无保留地集中在亚当身上：按照尼科尔森的说法，知识树下的他若遵从正当理性，便不会吃果子；尼科尔森将选择理解为对理性、意志、情欲以及欲望进行排序，并最终遵从正当理性，但她又认为，正当理性绝对可靠，可以指导意志、情欲与欲望。这样一来，整个选择过程是不是形同虚设？韦利以及后来的很多学者均致力于回答这个问题。在《十七世纪的背景》一书里，韦利将正当理性与自然法概念联系起来，并引用《论基督教教义》中的话解释道："自然法本身可以很好地指示人们做那些与正当理性符合的事情。"但他紧接着又引入"实在法"（positive law）概念，并指出，在弥尔顿看来，上帝禁止亚当吃知识树的果子以及关于婚姻之命令均属于实在法的范畴，不受自然法的制约。[3]韦利强调的正是尼科尔森忽略的方面。关于这一方面，弥尔顿在《论基督教教义》中有过清楚的论述。在他看来，人以上帝的形象被造，被赋予整个自然法，此法内在于他，因此他并不需要其他指令来遵守。但关于知识树上的果子以及婚姻的律令属于实在法，区别于自然法，否则的话，自然法本来可以告知亚当如何行事。因此，上述两条律令并不包含在自然法的范畴内。同样，正是出于这个原因，这两条律令于上帝而言，是任意（arbitrary）

① Stephen M. Fallon, *Milton among the Philosophers*, p. 13. 法伦认为，相比较自己的老师洛夫乔伊，尼科尔森对弥尔顿的思想更为同情，但她认定弥尔顿的思想类似于柏拉图学派，忽略了弥尔顿与后者的差异。如前文所述，受尼科尔森影响的学者有布什、胡普斯、明茨等。

② Marjorie H. Nicolson, "Milton and Hobbes," p. 433. 若对比尼科尔森的这一观点与稍后法伦对上帝自由选择的讨论，会发现，两位学者的看法迥异。

③ Basil Willey, *The Seventeenth-Century Background*, pp. 224-225.

的。①需要特别注意的是，弥尔顿坚持认为这两条律令的任意性是必要的，即作为顺从标准存在的命令，只因上帝的命令或禁止生效。如果上帝没有命令或禁止，这些律令就其自身来说，不管怎样，原本既非善亦非恶，本不对任何人具有约束性。（unless [God] had ordered or else forbidden them, [they] would, intrinsically at any rate, have been neither good nor evil, and would therefore have bound no one.）②韦利等学者的论述基于《论基督教教义》的原文，很有说服力。在 2005 年出版的《弥尔顿与堕落的观念》一书中，普尔在该问题的讨论中仍然沿袭了韦利的看法。③

但需要格外注意的是，自然法与实在法不仅涉及神学，也与政治哲学密切相关。正是出于这个原因，罗杰斯将此问题继续向前推进了一步，区分了弥尔顿在政治哲学与神学领域对于自然法的不同阐释。首先，弥尔顿与自然法相关的政治理想被概括如下：

> 对于弥尔顿来说，公民领域的自由，总是不受外界颁布的任意法的制约（freedom from arbitrary law）。当人温柔地顺服于内在的自然法时，公民自由便找到了自身的方向与稳定性。一个国家若由与自然法一致的理性法律建构，实乃理想之邦。在其中，个体的理性能力也与自然法相协调，这几乎可以被看作一种自治（to govern himself）：他对于国家法律的最小义务不过在于履行一种自主义务（a self-determined obligation），即遵从内心的统治。④

其次，罗杰斯明确地强调道，对比之下，弥尔顿在神学上则更加激进，在他看来，对于上帝的任意法，自然法或正当理性帮不上忙，人只能靠

---

① 这一点显然与尼科尔森的观点有差异，因为在尼科尔森的看法中，弥尔顿认为"自然法是一切之根源，是一切行为之准则"，参见：Marjorie H. Nicolson, "Milton and Hobbes," p. 433.

② John K. Hale and J. Donald Cullington (eds.), *The Complete Works of John Milton, Volume VIII: De Doctrina Christiana*, pp. 359-361.

③ William Poole, *Milton and the Idea of the Fall*, p. 143.

④ John Rogers, "The Political Theology of Milton's Heaven," in *The New Milton Criticism*, ed. Peter C. Herman and Elizabeth Sauer, pp. 77-78. 另外，关于弥尔顿对政治自由的看法，笔者将在第四章中进行详细论述。此处更需关注弥尔顿在政治与神学两个层面对于自然法与任意法的不同看法。

完美的、不受任何辖制的自由（perfect, unfettered freedom）来选择遵守或不遵守。这点上弥尔顿似受苏亚雷斯（Francisco Suarez）及 16 世纪末其他道德哲学家的影响，他们不同意宗教改革派（路德、加尔文等）对意志的束缚，强调人的意志不受任何约束，甚至内在自然法的理性力量也无法左右它。对此，罗杰斯将苏亚雷斯等的看法概括为："人有理性能力，有时称为智性，而且这一能力可以与自然法（或曰，神圣的内在道德指南）相协调。但是人亦有独特的意志能力（a distinct faculty of the will），可以完全自由地选择事物、行动以及观念，这些并不受理性能力的约束、引导，也无须对其做出回应。"[1]可见，弥尔顿对于自然法与任意法的看法非常复杂：在政治领域，他反对任意法，倡导人遵从自然法，甚至理想之邦的法律也以自然法为基础；但在神学领域，他强调，上帝关于知识树果子的命令属于实在法，具有任意性特征，唯其如此，人才能有真正意义上的选择。由此可知，弥尔顿在神学与政治上的看法往往彼此关联却又各有差异，极易引起误解。因此在关键问题上确实应该像罗杰斯那样，谨慎地对两者进行区分，以免造成混乱。另外，需要特别注意的是，在《失乐园》中，弥尔顿通过文学方式对苏亚雷斯等思想家的看法进行了一些创造性改造，他并非如苏亚雷斯那样将意志独立于理性，而是通过亚当之口，指出理性亦可能犯错，并唆使意志违抗上帝的命令。之所以如此，是因为上帝关于知识树上果子的命令属于任意法。

韦利、普尔、罗杰斯等学者对自然法与实在法的区分，从神学的维度进行讨论，对一向侧重弥尔顿古典思想资源的批评进行了有益补充，对于解答我们之前提出的疑问也很有帮助。首先，在第 9 卷中，亚当之所以提到正当理性可能做出错误判断，原因并非其本身不完善，而在于他记挂于心的"上帝明确禁止的事情"并非自然法的范畴，因此无法与正当理性相合。另外，恰恰是在无法与正当理性相合的实在法这里，选择的意义才真正得以凸显，而且这一选择极其重要，它实际上是亚当对上帝顺从的唯一纪念（memorial），[2]这样的理解才符合弥尔顿对选择的一贯看法。福勒在对《失乐园》第 3 卷第 94—95 行做的注释中，引用《论

---

① John Rogers, "The Political Theology of Milton's Heaven," in *The New Milton Criticism*, ed. Peter C. Herman and Elizabeth Sauer, pp. 79-80.

② Alastair Fowler (ed.), *John Milton: Paradise Lost*, 2nd ed., p. 172.

基督教教义》中的话解释说："善恶树不是一个圣物（sacrament），……因为圣物是被使用而不是被禁止的东西，它实际上如同一个信物（pledge），是对顺从的纪念。"福勒认为，弥尔顿的这一看法符合基督教传统，与圣奥古斯丁的观点相近。如我们所知，在《论出版自由》中，他曾说道："上帝不会把人们永远限制在一切**规定好了的**幼稚状态之下（a perpetual childhood of prescription），而使他自己具有理性来**选择**（trust him with the gift of reason to be his own chooser）。"[①]可见，选择于弥尔顿的意义，恰在于它不是规定好的，虽具有极大风险，但是上帝仍信任亚当，将之视为礼物赐予他。这个意义上的选择极易使人联想起亚里士多德在《尼各马可伦理学》中对选择的讨论，斯图尔特（J. A. Stewart）在对该书的注释中指出，亚里士多德的选择概念实际上是一种能力，它"使一个人在所面临的危险中做出正确的行为。选择意味着在当下显得令我们愉悦然而总体上有害的事物与本身就有益于善的目的的事物之间做出决定。在这种概念下，选择常常是一种困难的决定，它包含着对当下的快乐的一个判定和处理：如果它总体上有害，就放弃它"[②]。可见，在亚里士多德这里，选择绝非一件轻而易举的事情。同样，弥尔顿使亚当面临的选择更不轻松，甚至正当理性也无助于问题的解决。前文讨论过，弥尔顿对于意志的看法与苏亚雷斯等类似。对于他们这一类思想家来说，"意志是一种选择能力，它通过检视不同的知识对象，基于善的观念（the idea of good）或神定法（divine law）等特定的理由或原则选择一个或几个对象"。也就是说，尽管亚当在知识树下的选择与正当理性无关，但与神定法有关，他的意志需要在上帝的命令与夏娃之间进行选择。[③]这是一个极其困难甚

---

① Earnest Sirluck (ed.), *The Complete Prose Works of John Milton*, vol. II, p. 514. 黑体乃笔者所加。

② 亚里士多德，《尼各马可伦理学》，廖申白译注，北京：商务印书馆，2013，第 xxix 页。

③ Patrick Riley, *Will and Political Legitimacy: A Critical Exposition of Social Contract Theory in Hobbes, Locke, Rousseau, Kant, and Hegel*, p. 10. 这一点是弥尔顿与霍布斯最大的区别。赖利在同一页指出，对于霍布斯来说，意志只是行动的直接起因（efficient cause），它无须将选择的对象合法化或赋予其尊严，也不需要人的自主性（autonomy），因此这样一种生理—心理学式的意志概念（physiologico-psychological conception of will）可以与必然性、因果律、决定论等融合在一起。

至不无危险的局面，这种困难或危险在第 8 卷中开始显出端倪。

　　在第 8 卷的末尾，亚当向拉斐尔倾吐了自己的矛盾：许多感官乐趣都不能令他心动，但夏娃不同。他理智上明明知道，相较自己，夏娃在内在天赋与头脑上都略逊一筹，但一旦靠近这位可爱的伴侣，她"看来竟那么完美 / 本身就完备无缺"（*PL*, VIII.547—548）。于是，亚当承认道：

> 一切高等的知识在她面前都相形
> 见绌；"智慧"跟她说话都惊惶
> 失措，羞惭满面，显得像"愚蠢"；
> "权威"和"理性"只配给她当侍从。

> All higher knowledge in her presence falls
> Degraded, wisdom in discourse with her
> Looses discount'nanced, and like folly shows;
> Authority and reason on her wait, …（*PL*, VIII.551—554）

这便是亚当的困境了，他的认知在可爱、完美的夏娃面前遇到前所未有的挑战，所有的知识、智慧、权威、理性似乎都派不上用场。伦纳德尤其强调第 553 行中的"looses"一词，指出亚当这里的意思是，即使他在论证上赢了夏娃，自己仍然极度紧张以至失去控制（goes to pieces）。[1]面对亚当的困惑，拉斐尔十分谨慎地强调了爱（love）与情欲（passion）的区分，告诫亚当要使爱居于理性之中，并为他指出清晰的方向：应当遵守上帝"伟大的命令"，不可被"情欲左右判断"（*PL*, VIII.635—636）。联系前面亚里士多德对选择的解释，我们可以确定亚当即将面临的选择正是在于"当下显得令他愉悦然而总体上有害的事物"（激情或情欲）与"本身就有益于善的目的的事物"（遵守上帝的命令）之间。这将是一个极其艰难的选择，因为如前文所论述，上帝的这一命令是任意的，与亚当的正当理性并不相合，而情欲却通过那可爱的伴侣——夏娃具体呈现出来（更何况，这个伴侣实为上帝应亚当的请求赐下）。在这样艰难的选择面前，亚当将何去何从？

---

① John Leonard (ed.), *John Milton: Paradise Lost*, p. 400.

　　《失乐园》第 9 卷是全诗的高潮，重点却并非亚当，撒旦与夏娃的对话占去了大量篇幅，在思想性与修辞上极尽繁复之能事。[①]相较之下，知识树下的亚当只说了两段话，在第一段独白（*PL*, IX.896—916）中，他在哀叹夏娃违反禁令——吃下果子后，迅即坚定了与夏娃同死的决心："我也跟你遭了殃；因为，我的 / 决定当然是跟你生死与共。"（*PL*, IX.906—907）其后，他的独白以及对夏娃说的话则是在这一决心基础上从不同角度进行的论证，主要论据如下：首先，夏娃若遭遇不测，他无法接受另外一个夏娃；其次，自然的联系（the link of nature）（*PL*, IX.914）——或曰，自然的纽带（the bond of nature）（*PL*, IX.956）——已将他们两人紧紧联结在一起，他们应同赴患难；第三，或许夏娃不一定会死（因为蛇吃了果子后仍然活着），甚至还可能获得相应的高升；第四，或许上帝并不会真令他们死亡，因为这将招致敌人的嘲笑。最后，他再次表示自己心意已决，如果夏娃遭遇死亡，他将义无反顾地与她一同赴死。如前文所讨论的，亚当具有优秀的推理能力。然而，不难发现的是，此处，他的推理都基于自己已下的决心展开，观念先行的论证再严谨，可供参考的价值终究有限。也正是出于这个原因，对于亚当的选择，学者们向来众说纷纭，看法不一。这里大概回顾一下早期批评史上对这一问题的几种看法。

　　20 世纪初期的学者们倾向于将亚当的堕落与理性及情欲的秩序颠倒联系起来。1925 年，索拉特在其著作中从抽象与具体两个层面分别进行了讨论。他认为，情欲与欲望（desire）掩盖了理性，从而导致亚当犯罪。[②]紧接着，在 1926 年首次出版的《弥尔顿手册》中，汉福德指出，弥尔顿的思想很大程度上受到柏拉图、亚里士多德以及斯多葛学派等古典学者的影响。同先哲们一样，弥尔顿认为，人的灵魂中存在着理性与情欲的冲突，因此亚当的堕落在于情欲战胜了理性。[③]可见，对于亚当的选择，汉福德的观点与索拉特基本一致。稍晚一些，蒂里亚德在《弥尔顿》一书中提出了不同的看法。他承认，亚当的情欲确实被唤醒，此乃

---

① 本书第二章第三节将对撒旦引诱夏娃吃知识树果子的过程进行分析。

② Denis Saurat, *Milton: Man and Thinker*, p. 154. 耐人寻味的是，索拉特认为贪恋感官享受亦是撒旦犯罪的主要动机。

③ James Holly Hanford, *A Milton Handbook*, p. 233.

人之本性。但堕落的原因却并非感官纵欲，而是无法面对独居生活，蒂里亚德称之为"群居性"（gregariousness）特质。①较之之前的评论家，蒂里亚德对亚当更为同情与宽容，因为"群居性"显然比感官纵欲更易被读者接受。在 1942 年首版的《简论〈失乐园〉》中，刘易斯试图用另外一个词解释亚当的犯罪原因——溺爱妻子（uxoriousness）。首先，他明智地指出，与夏娃的犯罪动机不同，亚当的动机其实很难考察，因为他下决心的过程实在太快。其次，他认为亚当的堕落原因相对崇高些，因为他选择的是较易被读者理解的价值。但作为一个有柏拉图主义倾向的基督教思想家，刘易斯十分谨慎地提醒道："如果在亚当的世界里，婚姻之爱是最高价值，那么他的决心当然无可厚非。但如果某些存在对人有更高一层的价值要求，如果宇宙被想象为另外一个图景——在那里，当紧要时刻来临（即那更高要求必须被兑现时），人应该为之放弃妻子、母亲，甚至自己的生命，情况便不一样了。这种情况下，如果亚当成为夏娃的同谋，便不是在帮她了（事实上，他也没有帮到她）。"②刘易斯洞察力很强，他继续指出，亚当的困难还在于他无法确知：如果他不选择与夏娃一同赴死，整个事件是否存在其他可能性。其实，这也是弥尔顿本人的困境，因此他在第 9 卷第 919 行说道，这事"看来已经无法弥补"（seemed remediless），以此表达自己在这一问题上的认知疑惑。③刘易斯的评论一波三折、发人深省，这是一个无确定答案（因而必然导致多种解读）的问题。亚当的困境，同时也是诗人自己以及评论者与读者的认知

---

① E. M. W. Tillyard, *Milton*, p. 262.

② C. S. Lewis, *A Preface to* Paradise Lost, p. 127. 刘易斯的评论与奥古斯丁的观点相近。在《上帝之城》第 12 卷第 8 章中，奥古斯丁如此说道："(The defection of the will) is a turning away from that which has supreme being and towards that which has less. ... Hence, he who perversely loves the good of any nature whatsoever is made evil through this very good even as he attains it, and is made wretched because deprived of a greater good." 也就是说，意志的变节是从至高的存在转向较低的存在，……因此，若有人离弃至善，执迷于任何其他性质的善，即便最终获得它们，他也会因这不完美的善而变为恶，而且会由于失去至善而变得不幸。以上英文引自：Augustine, *The City of God Against the Pagans*, ed. and trans. R. W. Dyson, Cambridge: Cambridge University Press, 1998; Beijing: China University of Political Science and Law Press, 2003, pp. 508-509.

③ C. S. Lewis, *A Preface to* Paradise Lost, p. 127.

困境：没有人确定知道亚当如不吃果子，夏娃是否仍有得救的可能，因此每个人只能根据自己有限的认知进行猜测，根据自己的价值判断进行解读。或许，这也是导致学者们对亚当的选择解释不一的原因。①

　　笔者注意到，前面提到的几位评论者虽具体看法不一，但都倾向于认为，亚当选择违反上帝的命令与夏娃有关，至于到底将亚当对夏娃的情感称之为情欲、夫妻之爱，或是群居本性，则取决于评论者自己的视角。晚近的批评家基本延续了上述几种看法，这里仅举三位为例。福勒在为《失乐园》做的注释中，对第9卷第914—915行进行了客观、敏锐的评价。一方面，他引用罗森布拉特（Jason P. Rosenblatt）的解读指出，在亚当以"自然的联系"（或"自然的纽带"）作为违反禁令的理由时，他将自然法和神定法分离开来（dissevering natural law from divine law），他选择了夏娃的爱，而不是顺从上帝。②罗森布拉特的说法比刘易斯更明确地修正了早期弥尔顿研究者对亚当选择的传统解读。如上文所论，索拉特和汉福德等认为亚当选择夏娃乃是由于情欲掩盖了理性，但按照罗森布拉特的说法，亚当选择夏娃的依据之一——"自然的联系"（或"自然的纽带"）本身即与自然法相关，符合正当理性。笔者认同罗森布拉特的解读，亚当的选择并非在于理性和情欲之间，而是在于上帝的命令和夏娃之间，因此他可以堂而皇之地借"自然"之名为自己的选择辩护。应该说，福勒的观点客观地综合了几位前辈评论家的看法，这大约与他注释者的身份有关。相较之下，他注释里提到的伯登（Dennis Burden）要绝对得多，他引用霍尔（Joseph Hall）的话，对于亚当所说的"自然的联系"如此批评道："对于不承认自然之上还有其他力量的人，自然或许是个好托词，但这不应成为一个基督徒的借口。"③这一立场诉诸高于

---

① 除上述原因外，还有评论者将亚当的选择归结为他盲目追求知识，并引用第936行中"获得相应的高升"（proportional ascent）作为依据，见：王建，《"失去善，得到恶"——堕落主题在〈失乐园〉中的表现》，北京大学硕士论文，2006，第22页。

② Alastair Fowler (ed.), *John Milton: Paradise Lost*, 2nd ed., p. 523. 关于罗森布拉特的观点参见：Jason P. Rosenblatt, *Torah and Law in* Paradise Lost, Princeton: Princeton University Press, 1994, p. 196.

③ Dennis H. Burden, *The Logical Epic: A Study of the Argument of* Paradise Lost, Cambridge, MA: Harvard University Press, 1967, p. 167.

自然的存在，与刘易斯的看法有些相近。另一方面，福勒指出，弥尔顿也许并不认同亚当此处对于"肉中肉，骨中骨"的解读，因为在论离婚的册子中，弥尔顿反对将"肉中肉"解读为一种天然的、不可分离的婚姻纽带。笔者以为，福勒令人叹服之处在于，他甚至还观察到，亚当此处暗示的仅仅是肉体（flesh）以及情感（heart）上的联合，与此前第 8 卷第 499 行中所说的"同一体，同一心，同一灵"（one flesh, one heart, one soul）形成微妙对比，暗示此时亚当与夏娃已不再具有同一个灵。①最后这位评论家对亚当更加同情：在《上帝的情节与人的故事》一书中，达姆罗什（Leopold Damrosch, Jr.）一针见血地指出，亚当堕落的过程显示出清教思想对"恋慕受造之物"的偏见。他引用克尔恺郭尔（Soren Kierkegaard）的话作为参照，后者在思考亚伯拉罕献以撒的经历时发现，这个故事的宗教意义超越了其伦理或美学意义。达姆罗什冷静地观察到：一方面，在弥尔顿看来，毫无保留地爱另一个人，哪怕对方完美如夏娃，也是一种自爱的表现，因为只有上帝配得上人全部的爱；而另一方面，那些声称亚当本来可与夏娃离婚，不与之一同犯罪的说法在神学上正确无误，但在观念上难以接受，因为我们根本无法想象另外一种可能。②

以上几位晚近评论家的看法使得亚当选择的复杂性得以更全面、具体地呈现：批评者多采取同情之理解，即便绝对者如刘易斯、伯登，言语间依然留有余地，采取了信仰与世俗两分的讨论方式。从笔者的研究角度来看，亚当此处的选择在于上帝的命令与夏娃两者之间。对于亚当来说，上帝的禁令极其明确，他当然深谙其中的利害关系，但夏娃对他来说绝非可轻易放弃之人，更何况，他无法确知如果他不吃果子，整个事件是否会有其他可能。可以说，亚当现在面临的选择与亚伯拉罕献以撒时的困境实无二致：在这样紧张与艰难的选择面前，基督教传统中以上帝为中心的教义与古典资源中以人为中心的人文思想互相撕扯，产生了巨大的张力，深化了史诗的主题。

选择的紧张与困难并不仅仅是亚当的难题，亦是诗人自己以及他眼中的英国人的普遍困境。按照勒瓦尔斯基的说法，弥尔顿在 17 世纪 50

---

① Alastair Fowler (ed.), *John Milton: Paradise Lost*, 2nd ed., p. 523.

② Leopold Damrosch, Jr., *God's Plot & Man's Stories*, Chicago: The University of Chicago Press, 1985, pp. 110-111.

年代末确立《失乐园》的主题，其时，他对英国人逐渐失去了信心。他曾想象英国将成长为先知的国度，一度设想英国会建立贵族共和制，但随着时局逆转，他的希望一一破灭。[①]《失乐园》第7卷的卷首诗显示，该卷后面的部分写于王朝复辟后，当时史诗尚有一半没有完成，诗人身处孤独与危险之中。但尽管周遭环境恶劣，黑云密布，诗人仍声称将始终如一，不会缄默无言。他选择继续写作诗歌，并请求乌拉尼亚（Urania）指导他的歌唱，寻找那为数不多的知音（PL, VII.21—32）。可见，诗人虽然对国人失望，但尚未放弃寻觅少数知音的努力。勒瓦尔斯基认为，《失乐园》对于诗中的人物、诗人自己以及读者，都意味着认知与选择。这句话被置于当时的历史背景中尤其耐人寻味。身处艰难与困顿，弥尔顿依然心系国人，所思所念不过是使他们通过读诗来训练谨慎的判断、想象性的理解以及选择的能力。[②]前文讨论过，选择曾在弥尔顿的散文与诗歌中多次出现，诗人认为理性即选择，是上帝赋予人的极其珍贵的礼物。然而选择同时伴随着巨大的风险，意味着潜在的谬误。亚当以及当时的英国人能否承受上帝或者诗人的期许呢？正如我们所知，亚当选择了夏娃，吃了知识树上的果子，而绝大多数英国人显然令诗人失望，[③]他才无奈地寄望于那少数知音。然而，选择的困境不仅为英国人独有，亦并未随着时间流逝变得容易。如我们所知，《失乐园》问世两百多年后，在遥远的俄罗斯，陀思妥耶夫斯基（Fyodor Dostoevsky）笔下的老法官向救主发出这样的质询：

> 对人来说，安宁甚至死亡比在认识善与恶方面的自由选择更可贵。……你以自由的苦楚搅得人的心灵王国永远不得安宁。你指望得到人们自由的爱，要人们被你吸引和俘虏后自由地跟着你走。人们今后必须用自由的心取代古老的定则，**自行判断什么是善，什么是恶**，你的形象仅仅在前面给他们指引方向。然而，如果人们受到**选择自由的压迫，不堪承受如此可怕的重负**，他们最终也会抛弃你

① Barbara Kiefer Lewalski, *The Life of John Milton*, p. 444.

② Barbara Kiefer Lewalski, *The Life of John Milton*, p. 460.

③ 他将他们称为"轻率的大多数"（inconsiderate multitude）。参见：N. H. Keeble and Nicholas McDowell (eds.), *The Complete Works of John Milton, Volume VI: Vernacular Regicide and Republican Writings*, p. 505.

的形象，甚至对你的形象和你的真理提出争议，……他们最终会高
呼你不代表真理，因为你给他们留下了这么多烦心的事和解决不了
的难题，没有什么能比你的做法使他们陷入更大的惶惑和痛苦。①

想来，老法官说出了亚当没能说出的话：对善恶的自由选择固然珍贵，
但它同时带给人深切的痛苦，将之视为上帝奇妙难测的智慧还是难以承
受的重负，取决于讨论者强调的是真相的哪一面。对这一点，弥尔顿绝
非无所察觉，否则他不会一次次撰文讨论这个主题，更不会在屡次失败
后在史诗里再一次邀请读者与亚当一起经历选择之困境。

　　再看第 9 卷末尾：经历极其沉重的斗争后（尽管在文本中只有短短
几行），亚当选择了夏娃。他接着做的事情便是在自己列的第三、四个论
据里将那唯一的禁令相对化——或许上帝不一定让他们死，并进一步表
达了愿与夏娃同死的愿望。听到亚当的话，夏娃十分感动，她赞美起那
果子的功效，认为它"提供了有关亚当爱情的这幸福的考验，否则 /
绝不能得到如此卓越的认识"，并由此感叹说，"善仍由善而生，/ 不论直
接或间接"（PL, IX.973—976）。对比本卷第 752 行中夏娃所说的"知识
树，不但能知善而且能识恶"，我们可以发现，不知有心还是无意，夏娃将
果子关于恶的功能完全略去了。感动之余，她拥抱了亚当，喜极而泣，
丈夫为了她，宁可选择触犯上帝甚至死亡（PL, IX.992—993），她还有什
么不满足的呢？于是她伸手摘下果子，给亚当也吃了。第 992 行中的"选
择"（choice）一词直接、明确地昭示了亚当的动机。唯恐说得不够清楚，
诗人又在第 998—999 行引用《圣经》的话解释道："（亚当）违背他更好
的知识，并非受欺骗，/ 而是愚蠢地拜倒于女性的魅力。"因此，同前文
分析的那样，亚当是在对夏娃的情欲与顺从上帝的命令之间选择了前者，
这是无可辩驳的事实。亚当对夏娃的爱情确实令人动容，我们虽然不愿
承认，但按照亚里士多德的说法，在当下显得令人愉悦然而总体上有害
的事物与本身就有益于善的目的的事物之间，亚当选择了前者。按照奥
古斯丁的说法，在至善与其他性质的善之间，亚当选择了后者。

　　回到本节一开始讨论的正当理性与选择的冲突，如前文论述，韦利

---

① 陀思妥耶夫斯基，《卡拉马佐夫兄弟》（上），荣如德译，上海：上海译文出版社，
　　2011，第 306 页。粗体乃笔者所加。

等学者通过区分自然法与实在法，肯定了"理性也是选择"的实际意义，使选择不像尼科尔森阐释的那样形同虚设。但随之而来的问题在亚当违反禁令后便清晰地暴露出来。韦利不无尖锐地指出，在弥尔顿这里，当亚当服从或顺从**正当理性**时，他是**自由的**（free）；而当他行使不加限制的**自由选择**时，他离开了上帝，自动地失去了**自由**（automatically ceases to be free）。更可怕的是，在韦利看来，弥尔顿在诗歌中需要将作为概念的正当理性替换为上帝这一具体形象（picture-God），如此一来，上述逻辑便演变为：亚当顺从上帝时，他是**自由的**；而当他行使**自由选择**时，他离开了上帝，从而失去了**自由**。①那么接下来的问题便是，亚当行使的自由选择和他之前顺从上帝时的自由有什么不同？正当理性与选择是弥尔顿对理性做出的两个不同的阐释，但这两个概念是不是无法共存于诗歌中呢？亚当面临的处境是一个自由的悖论吗？②这些都是笔者必须做出回答的问题，而回答这些问题依然需要回溯到 17 世纪的思想语境。

　　17 世纪的许多思想争论都集中在认知以及选择层面。法伦在一篇题为《是否践行：论弥尔顿关于上帝自由的观念》的论文中，对当时思想界的争论进行了清晰的归纳：首先，他肯定道，关于人的自由意志，弥尔顿与阿米尼乌斯（Arminius）以及剑桥柏拉图学派的观点相同，他们一致反对霍布斯的决定论，强调人的理性与自主性。③其次，17 世纪关于上帝自由的讨论是从对人的自由讨论生发出来的，但吊诡的是，论到上帝的自由，弥尔顿与剑桥柏拉图学派相去甚远，原因何在？法伦将当时主要思想家对于上帝自由的观点归纳如下："阿米尼乌斯、柏拉图学派，以及莱布尼茨（Gottfried Wihelm Leibniz）相信上帝同时是自由与必然的存在；霍布斯与笛卡儿认为上帝是绝对自由的；而在斯宾诺莎那里，上帝与人一样，受必然性的支配。"④有趣的是，阿米尼乌斯以及柏拉图学派之所以强调上帝受善的必然支配，是为了确保人的自由处境。弥尔顿的看法区别于以上各家之言，法伦引入阿奎那的"有条件的必然性"

---

① Basil Willey, *The Seventeenth-Century Background*, p. 228.

② Dennis Danielson, *Milton's Good God*, p. 148. 萨维奇便认为，亚当所拥有的不过是一种有名无实的自由。

③ Stephen M. Fallon, "'To Act or Not': Milton's Concept of Divine Freedom," pp. 428-429.

④ Stephen M. Fallon, "'To Act or Not': Milton's Concept of Divine Freedom," p. 430.

（conditional necessity）来解释弥尔顿的看法：上帝在决定创造时，是自由的，不受支配；而一旦决定，他便受"有条件的必然性"之制约，他的创造必定是完美的。①法伦总结道，在弥尔顿这里，"人有做对与做错的自由，但是他必须行动；上帝只能做对的事情，但是他有做与不做的自由。……人因对的行为获得上帝的赞赏，而上帝因他的创造赢得人的感激"②。由此，弥尔顿在上帝与人两方面都保全了有意义的自由（significant freedom）。③需要特别说明的是，法伦之所以颇费周折地讨论上帝的自由观念，正是要将弥尔顿与神学兼容论者（theological compatibilists）④的观点区分开来：后者感激上帝，是因其本性（nature）；而弥尔顿感激上帝，是因为他的选择。笔者详细引述法伦的论据，正是要说明弥尔顿对自由选择的强调是绝对的，因此在讨论问题时必须时刻注意到他与兼容论者的差异。在《弥尔顿的良善的上帝》中，丹尼尔森曾经敏锐地指出，许多批评弥尔顿自由选择论自相矛盾的学者，都忽略了诗人一直坚持的非兼容论立场，并且混淆了正当理性所对应的真正的自由（true liberty）与可以从善恶间做出选择的自由意志（free will）之间的微妙差异。⑤其实，

① Stephen M. Fallon, "'To Act or Not': Milton's Concept of Divine Freedom," p. 438.

② Stephen M. Fallon, "'To Act or Not': Milton's Concept of Divine Freedom," p. 448.

③ Alvin Platinga, *The Nature of Necessity*, Oxford: Clarendon Press, 1974, pp. 122-123.

④ Dennis Danielson, *Milton's Good God*, pp. 132-138. 丹尼尔森对于神学兼容论进行了十分详尽的论述，概括说来，兼容论者认为自由意志并不妨碍决定论。例如，17 世纪的一位兼容论者斯特里（Peter Sterry）认为："所有事物的自由（freedom）是要按照它们的本性（natures）运行，人类意志概莫能外。对于上帝与人类而言，必然性（necessity）与自由（liberty）并存。无论我们做任何事或者想要做任何事，我们都必然（necessarily）做它或者想做它，这是由第一因（the first cause）以及一连串的必要性起因（necessitating causes）决定的。这是世界万物运行的法则。"见：Dennis Danielson, *Milton's Good God*, p. 132. 另外，霍布斯也是典型的兼容论者。在第 138 页，丹尼尔森强调，如果我们不能充分意识到神学兼容论是弥尔顿反对的中心论点，我们便不能理解弥尔顿的反霍布斯主义（anti-Hobbesianism）在神学和文学上的重要意义。

⑤ Dennis Danielson, *Milton's Good God*, pp. 148-149. 丹尼尔森在第 148 页清晰地指出，（萨维奇等批评家）混淆了自由意志论者所说的自由（libertarian notion of freedom）及传统意义上的真正的自由（true liberty）：前者指在善恶之间做出选择的能力，后者则涉及与正当理性一致的选择。他在第 254 页注释的第 37 条里重复了自己的看法。在这点上，法伦与丹尼尔森的看法一致，法伦还引述奥古斯丁的观点作为依据。对此，笔者将在下文进行更详尽的探讨。

韦利的问题也集中在这个地方：亚当行使的自由选择和他之前顺从上帝时的自由是相同的吗？如果不同，差异何在？接下来，笔者将从以下几方面对韦利提出的质疑进行回答。

第一，弥尔顿不是神学兼容论者，他在《论基督教教义》中曾经明确说过，"在自由的概念中……所有必然性的想法必须被排除出去"（From the concept of freedom...all idea of necessity must be removed）。此处需要说明的是，关于《论基督教教义》的英语翻译，各个版本之间有时会有差异，上文中这句话的翻译出自耶鲁版散文全集。牛津全集版与之基本一致，英文译文为"all necessity must be removed from our freedom"，拉丁文原文为"Omnis igitur a libertate necessitas removenda est"，但休斯的版本则不同，其译文为"the *liberty* of man must be considered entirely independent of necessity"。①关于这句话，丹尼尔森解释说，在弥尔顿这里，人的选择当然具有起因（causes），但都不是**充分（sufficient）原因**，而是**必要（necessary）原因**，唯其如此，我们才会说这样的选择是自由的。②另外，在《失乐园》第 3 卷，弥尔顿通过上帝之口说道，"意志与理性（理性也是选择）/ 备而不用，两者就贬损自由，/ 使两者都显得被动，这服从了必然（necessity），/ 不是我"（*PL*, III.108—111）。可见，弥尔顿关于自由的思想无法与必然性兼容。在这一点上，弥尔顿与霍布斯（典型的神学兼容论者）存在着根本差异：霍布斯认为自由（liberty）与必然可以融合。在霍布斯那里，人必然会选择他想要的东西，自由（liberty）

---

① Dennis Danielson, *Milton's Good God*, p. 139. 牛津全集版与休斯版分别参见：John K. Hale and J. Donald Cullington (eds.), *The Complete Works of John Milton, Volume VIII: De Doctrina Christiana*, pp. 60-61; Merritt Y. Hughes (ed.), *John Milton: Complete Poems and Major Prose*, p. 914. 笔者认为，休斯版这里用"liberty"并不准确，容易引起误解。需要说明的是，休斯编的全集中，《论基督教教义》选自萨姆纳（Bishop R. Sumner）1825 年的译本，该译本质量如何，笔者无从置喙。但丹尼尔森在《弥尔顿的良善的上帝》第 143 页中直言，尼科尔森论霍布斯与弥尔顿的文章中，将弥尔顿与神学兼容论者的观点混淆，正是由于她是根据萨姆纳糟糕的翻译（bad translation）进行推断的。

② Dennis Danielson, *Milton's Good God*, pp. 146-148. 丹尼尔森此处对于必要与充分原因的区分是对克拉克的有力回应，后者认为，《失乐园》第 3 卷第 99 行中的"sufficient to have stood"与"free to fall"彼此矛盾，因为"sufficient"一词暗示了亚当站立的充分条件，所以将排除堕落的自由。

仅意味着摆脱外在的阻碍遵循这必然的选择。①可以确定的是，在霍布斯那里，不存在自由意志这样的东西，不仅如此，连偶然（chance）也只是逻辑而非真实的（a logical but not a real）存在，源自人们对事物起因链（the chain of causes）的无知。②只有理解了弥尔顿与霍布斯这一兼容论者在自由观上的差异，才能在接下来讨论问题时不致陷入混乱。

　　第二，回到韦利提出的问题：亚当行使的自由选择和他之前顺从上帝时的自由有什么不同？实际上弥尔顿使用了两个不同的表达来说明两者间的差异，在第 12 卷第 83 行中，米迦勒论及遵从正当理性方能享有真正自由时用的是"true liberty"，而通常所说的自由意志是"free will"（*PL*, IX.351）。弥尔顿在《论出版自由》中说道："上帝给人自由来选择（freedom to choose）。"③看来，弥尔顿在使用"freedom to choose"与"true liberty"这两个表达时十分谨慎，颇经过了一番深思熟虑。实际上，这一区分并非弥尔顿独创，因为在奥古斯丁那里，这两个表达就代表不同的意思。吉尔松对奥古斯丁关于上述两个表达的区别概括如下："将自由选择（free choice; *liberum arbitrium*）的能力用于善的目的才是自由（liberty; *libertas*）。能够作恶是自由选择的证据；能够不作恶也是自由选择的证据；但是通过神恩得到确认，到达不再能够作恶的境界是最高程度的自由（liberty）。"④

---

① Stephen M. Fallon, "'To Act or Not': Milton's Concept of Divine Freedom," p. 427. 霍布斯对自由的定义如下："Liberty or freedom, signifies (properly) the absence of opposition; (by opposition, I mean external impediments of motion; …)" 以上引自：Richard Tuck (ed.), *Thomas Hobbes: Leviathan*, p. 145. 需要说明的是，霍布斯对于自由的看法在思想史上影响甚广，甚至延续到当代。斯金纳认为，伯林（Isaiah Berlin）的"消极自由"观念沿袭的便是霍布斯的思路。见：Quentin Skinner, *Liberty Before Liberalism*, pp. 113-115. 关于这一论题，笔者将在第三章第一节继续讨论。

② Stephen M. Fallon, "'To Act or Not': Milton's Concept of Divine Freedom," p. 428.

③ Earnest Sirluck (ed.), *The Complete Prose Works of John Milton*, vol. II, p. 527.

④ Etienne Gilson, *History of Christian Philosophy in the Middle Ages*, New York: Random House, 1955, p. 79. 吴天岳在其专著《意愿与自由》中总结了对奥古斯丁这两个术语的多种解读（吉尔松的上述解释乃其中之一），他本人认为自由决断（free choice; *liberum arbitrium*）并非双向的选择能力，而是指向幸福的意愿行为；而真正的自由（liberty; *libertas*）是去欲求和实现善。见：吴天岳，《意愿与自由：奥古斯丁意愿概念的道德心理学解释》，北京：北京大学出版社，2010，第 222—258 页。关于吉尔松的解读是否适用于奥古斯丁的所有文本，笔者无从置喙，但他的区分有利于理解弥尔顿文本中体现的两个概念的差异。

关于这两个表达的差异，吉尔松在《圣奥古斯丁的基督教哲学》中做了进一步解释：自由仅仅指很好地使用了自由选择，即：Indeed, liberty (*libertas*) is merely the good use of free choice (*liberum arbitrium*).[①]这个区分可以帮助我们理解弥尔顿的意思：亚当遵从正当理性是以选择遵守上帝的命令为前提的。当亚当自由地选择遵守上帝的命令时，他才可能遵从正当理性，从而获得真正的自由；而当他自由地选择违背上帝的命令时，罪的后果之一即正当理性被蒙蔽，[②]他因此失去了真正的自由。所以，在第 12 卷中，米迦勒这样说，"自从你原先一失足，真正的自由 / 已丧失"（Since thy original lapse, true liberty / Is lost.）(*PL*, XII.83—84)。可见，失去与正当理性对应的真正的自由，是亚当自由地选择违背上帝命令的结果之一。韦利没有意识到这是两种不同意义上的自由，所以他认为弥尔顿给出了一个"freedom from freedom"的悖论。[③]实际上，正当理性与自由选择在弥尔顿那里并不冲突，但常有学者认为它们矛盾的原因在于，现代意义上的自由（liberty）与奥古斯丁以及弥尔顿理解的真正的自由已相去甚远。对于奥古斯丁与弥尔顿来说，真正的自由是合理运用自由选择产生的结果。[④]法伦在自己的文章中力图证明上帝同样需要自由选择时，不禁感慨道，"自由（liberty）对弥尔顿的上帝还不够，他还必须进行自由选择（free choice）"[⑤]，可谓用心良苦。对比前文《卡拉马佐夫兄弟》里的话，弥尔顿以及他的上帝对自由选择的珍视程度实在令人费解，因此愈加发人深省。

---

① Etienne Gilson, *The Christian Philosophy of Saint Augustine*, 2nd ed., New York: Vintage Books, 1967, p. 163.

② 在《论基督教教义》中论及罪的惩罚时，弥尔顿提到四种程度的死亡，其中第二种乃灵性死亡（spiritual death）。这一死亡的表现之一即正当理性的匮乏，或者至少可以说，正当理性处于严重麻木状态（[spiritual] death is located, first, in the privation, or at least the serious dulling, of right reason）。参见：John K. Hale and J. Donald Cullington (eds.), *The Complete Works of John Milton, Volume VIII: De Doctrina Christiana*, p. 433. 笔者将在本章第三节继续讨论亚当在其正当理性被蒙蔽之后的种种表现。

③ Basil Willey, *The Seventeenth-Century Background*, pp. 228-229.

④ 对于弥尔顿所说的"真正的自由"，笔者将在第三章继续进行讨论。

⑤ Stephen M. Fallon, "'To Act or Not': Milton's Concept of Divine Freedom," p. 448.

　　第三，韦利还质询道，如果用上帝代替正当理性，结果更加可怕。但之前的讨论说明，在弥尔顿这里，不能自动地将上帝等同于正当理性，这也是他区别于剑桥柏拉图学派的地方。对于剑桥柏拉图学派来说，即便是上帝也必须遵从正当理性。但对弥尔顿来说并非如此。按照法伦的论证，一旦决定创造世界与人，上帝受"有条件的必然性"的制约，创造活动必须是完美的。但在创造之前，他可以自由选择创造还是不创造。因此，在弥尔顿这里，不能像尼科尔森阐释的那样，想当然地将上帝置于正当理性的支配之下，认为上帝必须做符合自然法的事情。在《失乐园》第 7 卷第 171—173 行，上帝明确说过："践行与否，任凭自由，偶然 / 和必然，与我无缘，我的意志是什么，/ 命运就是什么。"（..., which is free / To act or not, necessity and chance / Approach not me, and what I will is fate.）依此逻辑，我们不能想当然地在正当理性与上帝之间画等号。

　　在以上讨论中，笔者不惜笔墨分析正当理性与选择之间的关系，以解释两者之间并不矛盾，从而论证亚当在知识树下经历的斗争并非虚假、无意义。弥尔顿最不能接受的是，人沦为机械般的存在，服从于必然性。他在《论出版自由》中强调过，如若没有真正意义上的选择，"亚当就会变成一个虚假的亚当、木偶戏中的亚当"（he had been else a mere artificial Adam, such an Adam as he is in the motions）[1]。而事实上，首先，亚当本来有可能自由地选择遵守上帝的命令。这样的话，他便可以遵从正当理性行事，也可以获得真正的自由。其次，亚当自由地做出错误的选择，违背了上帝的命令，导致了犯罪。罪的后果之一便是正当理性的匮乏或蒙蔽，他因此失去了真正的自由。尽管如此，选择的能力与权利仍是上帝赋予亚当的极其珍贵的礼物，反映出他对亚当能动性的充分尊重。当然从另一个角度看，它也可能被视为一个难以承受的重负。但无论如何，这一自由选择权利的重要性不会因他犯错而改变。接下来的问题是，亚当的错误选择将给他自己带来怎样的改变呢？

---

[1] Earnest Sirluck (ed.), *The Complete Prose Works of John Milton*, vol. II, p. 527.

第三节 犯罪后的亚当："肉欲篡夺了理性至高无上的地位"

在第 9 卷第 1011—1013 行，诗人写道："那虚伪的果子 / 远在别的作用之先就呈现出 / 炽烈的肉欲（carnal desire）。"我们发现，吃完果子的亚当，举止与言语开始变得轻佻，在他对夏娃说的话中，多处使用了涉及感官的词，如"味道""味觉""真正的滋味""品尝""享乐""玩乐"等，他直接承认夏娃的美丽刺激了他的感官（inflame my sense），于是他们两人尽情玩乐，"尽情享受他们的爱情游戏（amorous play），/ 这是他们同担罪过的印记"（*PL*, IX.1043—1045）。在为亚当扼腕的同时，我们不能忽略他认知方式上的变化，向来理性的他无论在言语上还是行为上隐约显现出不同之处：他的认知方式似乎悄然发生了转向，开始由理性转向了经验。稍后，我们读到，亚当如大梦初醒般感叹道，他们"现在确实懂得了善与恶，失去善，得到恶"（*PL*, IX.1072）。他们继而被羞愧紧紧缠绕，"shame"这个词从第 1058 行到卷末出现了 6 次之多。可怕的是，这一切仅仅只是开始，不久，各种各样的情绪接踵而至：

> 种种情欲：愤怒、憎恨、
> 不信、猜疑、争论，搅扰得他们
> 心里很伤心，原先是安宁静谧的
> 心境，如今七上八下不平静：
> 因为理解已统治不了，意志
> 不再听她的话，两者如今都屈服于
> 肉欲，它彻底篡夺了理性至高
> 无上的地位，取得了左右一切的
> 力量。

> high passions, anger, hate,
> Mistrust, suspicion, discord, and shook sore
> Their inward state of mind, calm region once
> And full of peace, now tossed and turbulent:

For understanding ruled not, and the will

Heard not her lore, both in subjection now

To **sensual appetite, who from beneath**

Usurping over sov'reign reason claimed

Superior sway.（*PL*, IX.1123—1131）

　　从这些诗行中可以看出，在上帝的审判来临之前，亚当与夏娃的认知已经经历了颠覆性的改变。由于这些纷至沓来的情欲，两人开始彼此抱怨、恶语相向，之前的含情脉脉与儿女情长顷刻间消失得无影无踪。对此，普尔指出，在弥尔顿看来，亚当犯罪，不仅违反了上帝的禁令，而且背离了正当理性，前者属实在法，后者乃自然法。[1]但笔者认为，亚当违背自然法发生于其违反实在法之后。亚当犯罪的结果是其正当理性受损，因此遵守自然法较之以前变得极为艰难。亚当在遭到上帝惩罚之前，已经感受到认知方面的巨大变化。论及此，笔者发现，这几行诗从选词到逻辑都与霍布斯的观点有些相近。首先，前文讨论过，在霍布斯那里，理性就是推理，并非与生俱来，而是后天习得，它并不涵盖弥尔顿为这个概念赋予的正当理性与选择等意义。其次，在《利维坦》第六章中，霍布斯如此论述欲望（appetite or desire）与善恶的关系："任何人的欲望就他本人说来，他都称为善，而憎恶或嫌恶的对象则称为恶；轻视的对象则称为无价值和无足轻重。因为善、恶和可轻视状况等语词的用法从来就是和使用者相关的，任何事物都不能单纯

---

① William Poole, *Milton and the Idea of the Fall*, p. 143. 普尔的这一说法适用于埃姆斯（William Ames）。这位神学家认为，堕落不仅对于上帝来说是罪过，也违反了上帝赋予人的内在理性能力，因为上帝的禁令也是道德法令，与自然法一致。但弥尔顿因受苏亚雷斯等人的影响，其看法与埃姆斯有些差异。见：John Rogers, "The Political Theology of Milton's Heaven," in *The New Milton Criticism*, ed. Peter C. Herman and Elizabeth Sauer, pp. 79-80. 弥尔顿在《论基督教教义》中明确指出，不应把知识树上果子的诫命归于自然法，见：John K. Hale and J. Donald Cullington (eds.), *The Complete Works of John Milton, Volume VIII: De Doctrina Christiana*, p. 361. 弥尔顿的这一看法和阿米尼乌斯一致，阿米尼乌斯坚持认为，（亚当和夏娃）在伊甸园中吃果子的行为"就其性质来说是中性的（indifferent）"，它之所以是过犯（transgression），仅仅是因为上帝禁止如此行事，该行为本身并没有违反自然法。见：Jason P. Rosenblatt, *Torah and Law in* Paradise Lost, p. 180.

地、绝对地是这样，也不可能从对象本身的本质之中得出任何善恶的共同准则。"①霍布斯的说法无异于消解了善恶标准，将欲望视为一切行为的基准。紧接着，几页之后，霍布斯便继续说道："经院学派通常为意志提供的定义是**理性的欲望**（rational appetite），这个定义不好。因为如果这样的话，便没有会违背理性的自愿行为了（voluntary act against reason）。……但如果我们不说它是理性的欲望，而说它是从前一斟酌中产生出来的欲望，那么定义就会和我在这儿所提出的一样。因此，**意志便是斟酌过程中的最后一个欲望。（Will therefore is the last appetite in Deliberating.）**"②可见，在霍布斯这里，意志不再与理性相关，而是各种欲望交替呈现过程（即斟酌过程）中的最后一个欲望。因此，在弥尔顿这里，当错误选择导致亚当的正当理性被蒙蔽时，亚当的认知方式似乎与霍布斯趋同了。

此处，需要回顾一下早期现代的人文主义者们对理性与情欲的讨论。对于这一问题，斯金纳有专门研究，他举了很多例子来说明：人文主义者们对于理性与情欲的态度十分坚决。例如，在《基督教战士手册》中，伊拉斯谟（Erasmus）认为，若说一个被情感（affections）所控制的人有"自由去做他乐意做的事"，那绝不能算是真正的自由；如果他的理性"跟随着欲望或情感（appetite or affection）的召唤而亦步亦趋"，他便是生活在"确切无疑的束缚之中"。他进而教训道，人若想要"再度恢复自由"，就必须跟随**理性**（reason）之光而行动，绝不能让自己沦为**欲望**（desires）的奴隶。③另外，库斯托（Pierre Coustau）的寓意画则以野马践踏人作为

---

① 霍布斯，《利维坦》，第 37 页。同时参见：Richard Tuck (ed.), *Thomas Hobbes: Leviathan*, p. 39.

② 霍布斯，《利维坦》，第 44 页。同时参见：Richard Tuck (ed.), *Thomas Hobbes: Leviathan*, p. 45. 黑体与粗体乃笔者所加。霍布斯的这段话说明，在他看来，意志之所以不是自由的，乃因其总是有起因；而他批评的经院学派则倾向于认为，意志总是与选择、义务、承诺等相关。这个问题是霍布斯与布拉姆霍尔争论的关键。见：Patrick Riley, *Will and Political Legitimacy: A Critical Exposition of Social Contract Theory in Hobbes, Locke, Rousseau, Kant, and Hegel*, pp. 26, 40.

③ 斯金纳认为，伊拉斯谟此处诠释了柏拉图《蒂迈欧篇》的思想："1533 年，《基督教战士手册》被译成了英语，一种对自由和理性的柏拉图式理解随之进入了英格兰人文主义思潮的主流。"见：斯金纳，《霍布斯与共和主义自由》，第 26 页。

象征，警告人们：同样残酷的命运也在等待那些"不能以理性去驾驭自己敏感灵魂之欲望（appetites）的人"。还有，在 1593 年，法国人布瓦萨尔（Jean Jacques Boissard）在他的《寓意画书》中说："真正的自由在于不做情欲（passions）的奴隶。"①这些人文主义者都认为，屈从于情欲与欲望会带来放纵，继而使人们失去自由。霍布斯之所以在半个多世纪后引起恐慌，原因在于，他认为，"意志是斟酌过程中的最后一个欲望（appetite）"②，"所谓自由意志（free-will），不过是毫无意义的言辞"③，"自由对于无理性与无生命的造物和对于有理性的造物同样可以适用"（Liberty, or freedom, ...may be applied no less to irrational, and inanimate creatures, than to rational）④。我们可以想象，置身于这样的历史语境中，一向倡导理性、捍卫自由的弥尔顿，在详尽描述亚当因不慎犯罪导致的严重后果时，实际上间接表达了对于霍布斯之认知观的批评。

接下来的问题是，亚当的正当理性是否荡然无存？意志自由是否仍然可能？按照第 1129—1131 行的说法，理性并未完全消亡，只是与肉欲的相对位置发生了变化。这其实是弥尔顿的一贯看法，在《论基督教教义》中，他首先明确地说："（随着亚当的犯罪）原来用于辨识至善的正当理性即使没有匮乏，也至少处于严重麻木状态（the privation, or at least the serious dulling）；……而且，能够正确行动的自由（freedom to act well）也受到影响。"⑤但接下来的一页，他马上补充说："不可否认的是，在我们里面仍然有上帝形象的残余（remnants of the divine image），这一形象没有随着灵魂的死亡消失殆尽，……它存留于我们的理解中，没有完

---

① 斯金纳，《霍布斯与共和主义自由》，第 26—29 页。也可参考英文版：Quentin Skinner, *Hobbes and Republican Liberty*, pp. 28-31.

② 霍布斯，《利维坦》，第 44 页。同时参见：Richard Tuck (ed.), *Thomas Hobbes: Leviathan*, p. 45.

③ 霍布斯，《利维坦》，第 30 页。同时参见：Richard Tuck (ed.), *Thomas Hobbes: Leviathan*, p. 34.

④ 霍布斯，《利维坦》，第 162 页。同时参见：Richard Tuck (ed.), *Thomas Hobbes: Leviathan*, p. 145.

⑤ John K. Hale and J. Donald Cullington (eds.), *The Complete Works of John Milton, Volume VIII: De Doctrina Christiana*, p. 433.

全销声匿迹。……而且意志自由也尚未完全丧失。首先是在中性的自然、世俗事务上，其次是在善行方面：至少神恩呼召我们之后，自由并不是绝对不存在。"①这些话说明，弥尔顿认为，正当理性虽因犯罪严重受损，理性已被肉欲篡夺位置，但一息尚存；较之以前，意志自由更难实现，但仍有可能。弥尔顿此处的观点在早期和中世纪基督教传统中比较常见，思想家们在论及原罪后果时坚持自由意志没有被完全破坏（destroyed），而只是受到损伤（impaired）。②路德、加尔文等宗教改革家并不这么看，他们认为，早期思想家们所说的理性和自由意志只适用于堕落前的人，对于堕落后的人并非如此：人既完全堕落，理性就已贬值，不再有自由意志。③尽管情形并不乐观，但弥尔顿的说法至少对堕落后的亚当及其后人保留了理性和自由意志的可能性，这多少给了人一些安慰。

另外，针对亚当的感慨——"现在确实懂得了善与恶，失去善，得到恶"（PL, IX.1072），笔者有一点小的发现。根据上一节对正当理性与选择的讨论，笔者以为，伴随着亚当的犯罪，他及后人通过正当理性获知至善的能力严重受损，获得真正的自由也变得极其困难。④所以米迦勒才会说，"自从你原先一失足，真正的自由已丧失"（PL, XII.83—84）。偷食禁果在几乎关闭正当理性这扇大门的同时，开启了另外一种认知方式——通过恶来认识善，这意味着亚当认知方式的重要变化。弥尔顿在《论基督教教义》中曾明确说过："这棵树被称为善恶树，是这个事件的结果，因为自从这个果子被吃，我们不仅认识了恶，而且甚至**只能通过恶来认识善**（ever since its tasting not merely do we know evil, but we **do**

---

① John K. Hale and J. Donald Cullington (eds.), *The Complete Works of John Milton, Volume VIII: De Doctrina Christiana*, p. 435.

② 弥尔顿在《论教育》（*Of Education*）中说，学习的目的在于"通过恢复正确认识上帝（to know God aright）来修复自我们始祖（our first parents）开始的损伤（ruins）"，见：David Loewenstein (ed.), *John Milton Prose: Major Writings on Liberty, Politics, Religion, and Education*, p. 172.

③ Robert Hoopes, *Right Reason in the English Renaissance*, pp. 54, 110.

④ 尽管如此，正当理性与自然法仍是弥尔顿政治思想中非常重要的观念，例如，他在《论国王和行政官的职权》（*The Tenure of Kings and Magistrates*）中对于为数不多的具备正当理性与自然法的正直之士寄予了厚望。见：Martin Dzelzainis (ed.), *Milton: Political Writings*, p. 7.

not even know good except through evil)。"①此外，在《论出版自由》中，弥尔顿写道："在这个世界上，善与恶几乎是无法分开的。关于善的知识和关于恶的知识之间有着千丝万缕的联系和千万种难以识别的相似之处，……也许正是由于这一劫数，亚当才知道有善恶，也就是说**从恶里知道有善**。因此，**就人类目前的情况说来**，没有对于恶的知识，我们又有什么智慧可作选择，有什么节制的规矩可以规范自己呢？"②此处，弥尔顿说得十分委婉——"就人类目前的情况说来"，言外之意，这里并不包括尚未犯罪的乐园里的亚当，因为在吃果子之前，他不完全确知恶为何物，③他可以自如地遵从正当理性来认识至善；而对于后乐园时代的亚当与其子孙而言，几乎只能通过恶来认识善，这固然令人沮丧，但也别无他法。对此，弥尔顿似乎并不灰心，他在《札记书》（*Commonplace Book*）中写道："为何上帝允许恶存在呢？以便推理和美德（reasoning and virtue）能够相关联。善通过恶为人所知，变得清晰，受到锻炼。正如拉克坦提乌斯在第 5 卷第 7 章所言，理性和智性通过选择善的东西和逃避恶的东西，可以有机会锻炼自身。拉克坦提乌斯，《论上帝之怒》第 13 章。"④也就是说，堕落以后的亚当可以在选择善恶的过程中，或使理性得到锻炼，或通过对恶的经验认识善。⑤依弥尔顿所见，在亚当犯罪后，理

---

① John K. Hale and J. Donald Cullington (eds.), *The Complete Works of John Milton, Volume VIII: De Doctrina Christiana*, p. 361. 黑体与粗体乃笔者所加。

② 弥尔顿，《论出版自由》，第 19 页。黑体乃笔者所加。

③ 丹尼尔森认为，乐园中的亚当、夏娃与《仙后》第 2 卷中的盖恩（Guyon）相似，他们具备恶的知识，但处于无罪的状态。见：Dennis Danielson, *Milton's Good God*, p. 189. 这个问题十分复杂，笔者将在第二章中进一步讨论。

④ 此处的中文翻译参见：郝田虎，《〈缪斯的花园〉：早期现代英国札记研究》，第 114 页。原文见：William Poole, "The Genres of Milton's Commonplace Book," in *The Oxford Handbook of Milton*, ed. Nicholas McDowell and Nigel Smith, p. 378.

⑤ 丹尼尔森颇为谨慎地指出，弥尔顿对于拉克坦提乌斯观点的接受是有限的，他在拉克坦提乌斯的思想中融入了自由意志论。因为上述引文中拉克坦提乌斯的观点针对的是独立于理性和智性的恶，而不是由理性与智性在道德上的失败引发的恶 [(Lactantius') explanation accounts only for the evil that exists independently of reason and intelligence, not for that evil which arises as a result of moral failure of that same reason and intelligence.]。实际上，后者是由自由意志所引发的。见：Dennis Danielson, *Milton's Good God*, p. 201.

性、经验及美德这三者间将建立起一种内在关联。在第 8 卷第 190—192 行中，弥尔顿曾使亚当在不经意间说出，人心或通过警告，或从经验中学得教训，不去追求虚无缥缈的东西（Till warned, or by experience taught, she learn, / That not to know at large of things remote / From use, obscure and subtle, ...）。也就是说，在警告未能奏效时，通过经验恶来认识善似乎成为唯一可能的途径，没想到，亚当一语成谶，无意中预言了自己与夏娃的命运。

第四节　悔改后的亚当：“永远遵守他的天道，单单依靠他”

接受过审判之后，亚当与夏娃开始悔改。迫于神子的求情，上帝降下怜悯，但还是派米迦勒将亚当与夏娃逐出乐园，并将未来启示于他们。需要注意的是，米迦勒与亚当的对话方式有些变化，第 11 卷第 416 行中，米迦勒为亚当滴了三滴生命之泉（from the Well of Life three drops instilled），以便他能看清未来的景象；第 12 卷则变为米迦勒直接讲给亚当听，因为后者似乎由于看多了神性之物而露出疲倦之色。对比之前拉斐尔与亚当畅通无阻、慷慨激昂的思辨与讨论，我们不得不承认，堕落之后，亚当的认知能力有所下降，而且更依赖于观看与旁听这样经验性的方式。

在米迦勒的展示与讲述中，亚当认识了后人各种各样的罪责与软弱：嫉妒、杀戮、骄傲、疾病等等。在第 12 卷中，米迦勒告诉他，这一切的发生，是因为理性的晦暗或不被遵从，对于亚当来说，不遵守上帝的命令种下祸根，而在他的后代身上，由于理性被遮盖，情欲与欲望开始对人进行统治，内在的奴役给人类招致各种后果，外在的奴役就是一种（PL, XII.83—101）。对此，亚当闻之色变，既为自己的轻率犯罪痛悔不已，又因后代的残酷行径沮丧异常。此时，米迦勒适时安慰了他，向他昭示神子的救赎之道，预言救主终将击败撒旦、战胜罪与死亡，届时将带来新天新地。心情极度沮丧的亚当终于松了口气，重新振作起来，宣称自己领受了“人能荷载的足够知识”（PL, XII.559）。通过神子的经历，他领受了上帝以善胜恶、以小胜大、以弱胜强、以驯良胜精明的奇妙智慧，不禁告白道，自己“要永远遵守 / 他的天道，单单依靠他”（PL, XII.563—564）。

对于亚当的告白，米迦勒给予了肯定与赞赏，宣告"懂得了这一点，你就到达了智慧的 / 顶点（the sum of wisdom）"（*PL*, XII.575—576）。这句话确实耐人寻味：乐园里的亚当同样知道要遵守上帝的命令，但彼时未经试炼的他对于智慧极其渴求，反复与天使探讨各种高深的知识，享受着智性独有的乐趣。但经过知识树下的斗争与选择，亚当深深体会到：上帝的命令看似简单，却绝不容易遵守，他在可以选择遵守上帝命令的时候，近乎决然地选择了夏娃，吃了知识树上的果子，这恐怕是曾经的他始料未及的。亲手打开恶之大门后，亚当深受其害，他不仅经历了情欲对自己与夏娃的奴役，更提前目睹了其对后人的统治。这切肤之痛使得他对于上帝命令之重要性有了更深刻的认识，所以发自内心地感慨，只有选择"单单依靠他"才是最高的智慧。这与奥古斯丁所说的"真正的自由在于侍奉基督"①比较接近。

面对拥有如此认识的亚当，米迦勒安慰道，"你不会 / 不愿意离开这乐园，而是将拥有 / 一座你内心的乐园，更幸福得多"（wilt thou not be loath / To leave this Paradise, but shalt possess / A paradise within thee, happier far）（*PL*, XII.585—587）。确实如此，对于亚当与夏娃来说，失去了外在的乐园与祝福，内心的乐园更加需要他们以对上帝的信心来承载，但他们也因此可以享受更纯粹、更完整的祝福。邓肯对于内在乐园进行了十分详尽的论述，他指出，文艺复兴时期的作者对于内在乐园有四种阐释，分别为：亚当与夏娃在乐园里的内在生活、美德的乐园、通过信仰得救的信徒们的幸福，以及每个个体童年般的纯真。②邓肯认为，弥尔顿对于前三种阐释都持认同态度，对于第四种则是部分认同。③在弥尔顿这里，当亚当与夏娃失去伊甸纯真的内在乐园（the inner paradise of Edenic innocence）与寓言性的美德乐园（the allegorical garden of virtues）后，在已经堕落的世界里，他们可以获得并拥有重生者的内在乐园（the inner

---

① Etienne Gilson, *History of Christian Philosophy in the Middle Ages*, p. 79.

② Joseph E. Duncan, *Milton's Earthly Paradise*, p. 268.

③ 按照邓肯的说法，只要第四种阐释不排斥对于《创世记》的历史性解读，弥尔顿便可以接受。他对此种阐释持保留态度的原因在于，一些持这类解读的阐释者将《创世记》视为非历史性的寓言，可能会危及基督教教义。参见：Joseph E. Duncan, *Milton's Earthly Paradise*, pp. 261, 267.

paradise of the regenerate），或者也可称为内在神恩的乐园（the paradise of inner grace）。①邓肯对于乐园的三层解释很值得我们关注：亚当选择了夏娃而非上帝的命令，从而失去了内在纯真的乐园；他犯罪后由于正当理性受损，与夏娃一起堕入情欲之海，失去了内在美德的乐园；但在史诗的结尾，他听到救主的消息，重新沐浴神恩，转而开始追求内在神恩的乐园。秉着这样的信心，亚当与夏娃离开伊甸园，开始选择新的生活：

> 世界全摆在眼前，他们要选择
> 安身的地方，神意是他们的向导。
> 他们手携手，以踯躅而缓慢的步伐
> 通过伊甸园走向孤寂的征途。

> The World was all before them, where to choose
> Their place of rest, and providence their guide:
> They hand in hand with wand'ring steps and slow,
> Through Eden took their solitary way.（*PL*, XII.646—649）

史诗末尾的这几句回环委婉，沉静有力，颇为动人。亚当与夏娃失去了伊甸园，这是他们乐园生活的结束，但他们将以神意为向导，选择新的居所，又标志着再次追求内在乐园的开始。值得注意的是，亚当和夏娃的新方向充满孤寂却不乏希望，它后来成为英美文学传统中的一个重要题旨（motif）。例如，菲尔丁（Henry Fielding）在《汤姆·琼斯》第7卷第二章中叙述琼斯被奥维资先生（Mr. Allworthy）误会、被迫离开乐园府（Paradise-Hall）时，引用了这行诗描述琼斯当时的处境："*The World*, as Milton phrases it, *lay all before him*."②华兹华斯则以此开始整部《序曲》："世界全摆在眼前！"（The earth is all before me!）（I.14）③这些

---

① Joseph E. Duncan, *Milton's Earthly Paradise*, p. 266.
② 见：Henry Fielding, *The History of Tom Jones, a Foundling*, ed. Thomas Keymer and Alice Wakely, London: Penguin Books, 2005, p. 294.
③ William Wordsworth, *The Prelude: The Four Texts (1798, 1799, 1805, 1850)*, ed. Jonathan Wordsworth.

文本提示我们，"世界全摆在眼前"有时显现出前途未卜、孤寂落寞的意味，有时则表现为一切皆有可能的积极面相。这两方面的意思同时蕴含于弥尔顿这句诗文之中，可谓诗人写得最好的诗句之一。

本章聚焦《失乐园》中亚当的理性，通过区分"自然法"与"实在法"、"真正的自由"与"自由选择"等概念，说明在弥尔顿那里，正当理性与选择如何并行不悖地统一于文本之中。同时，通过分析史诗中亚当在知识树下的激烈斗争，笔者试图说明，尽管自由选择伴随着巨大风险，甚至可能被人视为难以承受的重负，但弥尔顿及其上帝仍将其视若珍宝。这是理解弥尔顿之神学及哲学思想至为重要的钥匙，也是他晚期诗歌中反复出现的主题。需要指出的是，理性是本书讨论的关键问题：就《失乐园》来说，亚当的理性与夏娃的经验形成鲜明对比；同时，其与《复乐园》中神子的内在王国亦密切相关。

第二章 认知与伦理
——论《失乐园》中夏娃的经验

相比较亚当,《失乐园》中的夏娃向来更受评论家与读者的关注,这与《创世记》第三章的叙述有很大关系。毕竟,夏娃直接与蛇进行了正面交锋,她是人类从纯真(innocence)到经验(experience)这一转变的关键一环。更何况,弥尔顿在塑造夏娃时,颇为用心,在《创世记》原有的基础上增添了许多妙笔。夏娃在初被创造时顾影自媚、被撒旦蛊惑的噩梦惊扰、主动向亚当提出劳动分工等场景均为读者津津乐道,吸引评论者甚众。[①]其中最为著名的莫过于燕卜荪之评论,他在《弥尔顿的上帝》一书中试图为夏娃翻案,认为上帝、天使、亚当都可能有错,但夏娃是无辜的。[②]他的观点是否站得住脚,我们暂且不论,但夏娃所受的关注,于此可见一斑。当然,评论者中亦不乏批评夏娃的声音:蒂里亚德在《弥尔顿》中提出"思想浅薄"(triviality of mind)之说,用以概括夏娃的主要问题。蒂里亚德认为:"尽管夏娃听了各种警告,但她对于相关的重大问题却是异常无知,这是她最主要的罪。"[③]以上两位的评论可谓各执一词,代表了

---

① 值得注意的是,不少晚近学者认为,夏娃这个人物吸引人的原因恰恰在于这些场景;相比较而言,这些学者对基于《创世记》创作的第 9 卷反倒不甚热衷。例如,关注女性以及生态问题的麦科利(Diane Kelsey McColley)便认为,堕落前的夏娃在弥尔顿探讨人与群体及环境和谐关系的过程中发挥了重要作用,堕落后的夏娃承担了主动寻求和解的任务,相比之下,堕落过程中,夏娃与社群及环境的和谐关系暂时中断。见:Diane K. McColley, "Milton and the Sexes," in *The Cambridge Companion to Milton*, 2nd ed., ed. Dennis Danielson, p. 180.

② William Empson, *Milton's God*, 3rd ed., pp. 147-181. 最有趣的是,他在夏娃一章的开始提到一个中国研究生曾撰写论文为夏娃抱不平,这位研究生正是后来翻译了诸多弥尔顿诗歌的金发燊。本书主要引用的三部诗作的译本即为金先生所译。

③ E. M. W. Tillyard, *Milton*, pp. 260-261.

两种截然不同的对夏娃的看法。相比他们，刘易斯要全面、客观一些。一方面，他将堕落前的夏娃与《威尼斯商人》（*The Merchant of Venice*）中的鲍西娅（Portia）相提并论，提醒读者不可将她们的谦卑（humility）视为无知（ignorance），毕竟夏娃分别受到亚当、天使，甚至撒旦由衷的赞美。[①]另一方面，夏娃确是由于骄傲而堕落：她在吃下禁果时确实有想要成为神的愿望，还怀着欲与亚当平起平坐（甚至超过他）的隐衷。[②]

　　对于《失乐园》中的夏娃，向来毁誉参半，批评家自己的视角与评论坐标系很大程度上决定了他们各自的看法。在这些早期批评中，笔者更认同刘易斯的观点，因为他没有简单地附和多数意见，认为夏娃不如亚当，[③]而是看到堕落前的夏娃同样配得上我们的尊重。同时，他亦没有走向另一极端，认为夏娃吃下果子乃无辜之举，她确实犯了罪。但刘易斯适时补充道，一切来得既突然又自然，弥尔顿对知识树下夏娃的如此描写与我们现实生活中做决定的时刻何等相近。他警示读者：“我们在犯一个很大的罪时，感觉一定更像是夏娃，而不是伊阿古（Iago）。”[④]刘易斯的上述评论耐人寻味，笔者从中颇受启发：对于夏娃这样一个人物，简单地做出道德判断并不困难，但如果看到她面临的境遇正是我们日常生活中常会遇到的情形，她的软弱同样是你我的软肋，那么做分析与判断时便会多些同情之理解。从这一角度看，相比较亚当，夏娃这个人物更加复杂。勒瓦尔斯基等学者甚至认为，从第9卷开始，弥尔顿的史诗似乎变成了“夏娃纪”（Eviad），担当主人公角色的不再是亚当，而是夏娃。[⑤]这一说法代表了许多晚近批评家的看法，最近几十年来越来越多的学者将讨论焦点集中于夏娃。克里根等编者总结的《失乐园》批评的三大争议中，夏娃就是其一。[⑥]除了人物本身的复杂性，夏娃吸引晚近评论

---

① C. S. Lewis, *A Preface to* Paradise Lost, pp. 120-121.

② C. S. Lewis, *A Preface to* Paradise Lost, p. 125.

③ 在早期评论中，批评家多认为夏娃不如亚当，例如，汉福德在《弥尔顿手册》中便得出结论说，夏娃的堕落某种程度上说明自由哲学不适用于不成熟与软弱者。见：James Holly Hanford, *A Milton Handbook*, p. 211.

④ C. S. Lewis, *A Preface to* Paradise Lost, pp. 125-126.

⑤ Barbara Kiefer Lewalski, *The Life of John Milton*, p. 486.

⑥ William Kerrigan, John Rumrich, and Stephen M. Fallon (eds.), *John Milton: Paradise Lost*, pp. xlvii-xlix.

者的原因还在于这个论题一定程度上与弥尔顿对女性的态度有关。在这一问题上，评论者中至少存在三种不同的看法：第一，吉尔伯特等激进的女性主义者将弥尔顿视为确凿无疑的厌女者（undeniable misogyny），怀尔丁（Michael Wilding）将弥尔顿看作男权至上论者（male suprematicist）。第二，维特赖希（Joseph A. Wittreich, Jr.）坚持认为弥尔顿是原型女性主义者（proto-feminist），并明确宣称，"弥尔顿也许在不自觉地与撒旦为伍，但他清楚地知道自己与夏娃是一派"。第三，伍兹（Suzanne Woods）代表另外一类看法，她并不认为弥尔顿厌恶女性，但弥尔顿确实认为女性不如男性，这体现了他所处时代的文化预设。除了以上三种看法外，还有其他的视角，例如，勒瓦尔斯基、麦科利等强调亚当与夏娃之间的相互依赖关系；在勒瓦尔斯基等讨论的基础上，格林（Mandy Green）将问题继续向前推进，她认为，弥尔顿有时鼓励读者接受另外一种可能：夏娃在一些时候甚至比亚当更为出众。[①]

　　从笔者的研究角度看，夏娃的重要性与复杂性在很大程度上与她的认知方式有关。在初被创造时，夏娃不知自己是谁，身处何方，从何处来，心头茫然无知（with unexperienced thought）。此处的"unexperienced"一词揭示出夏娃当时的认知状态，没有任何经验的她如同海绵一样汲取着各种信息。她循着潺潺水声（a murmuring sound of waters）走到湖边，望向清澈平静的湖水时（look into the clear smooth lake），看到一个影子同时在看着她（A shape…look on me）。彼时，若不是有声音（a voice）提醒她离开，她会一直盯视下去（fixed mine eyes）。其实，她看到的（seest）不过是自己而已（PL, IV.450—468）。[②]在不到 20 行的诗句里，用于描述夏娃视觉与听觉的词竟有 12 个之多，可见，夏娃甫一受造，即显现出经

---

① 以上总结与讨论见：Mandy Green, *Milton's Ovidian Eve*, Surrey: Ashgate, 2009, pp. 13-16.

② 勒尔斯基将这一场景与拉康（Jacques Lacan）的镜像阶段相联系，认为：在语言形成之先，于一处快乐之所，夏娃与代表母亲的大地和水形成最初的共生关系（initial symbiosis）；随后，当上帝的声音，即父เธ法则（the Law of the Father）介入时，夏娃被领向她的丈夫，从而进入了语言与文化。见：Barbara Kiefer Lewalski, *The Life of John Milton*, p. 483. 格林对夏娃与那喀索斯（Narcissus）进行了对比，分析了弥尔顿与奥维德（Ovid）在刻画顾影自媚场景时之异同，见：Mandy Green, *Milton's Ovidian Eve*, pp. 24-41.

验式的认知方式。从观察自己的影子到听见上帝的声音，及至见到亚当，夏娃经历了认识自己与他者的重要过程。在第 489—491 行，她如此总结自己的认识：她依从了亚当，自那之后认识到，男性的风度（manly grace）超越了美丽（beauty），但只有智慧（wisdom）才是真正的完美。①再如，在第 4 卷第 639—656 行著名的"爱之颂歌"中，夏娃一方面抒发着自己对亚当真挚的爱情，另一方面如抒情诗人般描摹了伊甸园之美：她的观察自清晨至黄昏再到夜晚；刚描述过欣欣向荣的朝晖，又叙写那刚刚下过的微雨。透过这段文字，读者似乎与夏娃一同置身于乐园之中，闻到早上清新的气息，听见晨鸟与夜莺的歌声，看见闪闪发亮的露珠，感受到雨后沃土的芬芳。②正是出于这个原因，笔者以为，除了叙述者自己，夏娃大概可以说是乐园中最好的观察者与感受者。除此之外，夏娃还是很好的倾听者。例如，从第 5 卷到第 7 卷，拉斐尔到来后，亚当与天使高谈阔论，不时碰撞出智慧的火花，夏娃则一边照料（ministered）他们的饮食（*PL*, V.444），一边专注地倾听（heard attentive）（*PL*, VII.51）。在将近三卷里，夏娃竟然只出现了以上两次，一语未发，她的耐心与谦卑着实令人钦佩。在第 8 卷中，当亚当向天使询问天体运行的问题时，一直在侧旁听的夏娃安静地起身离开，进入园子料理她的植物去了。③这里诗人特别说明，夏娃的离开并非因为她没兴趣或听不懂，而是她更喜欢"亚当述说只她一人听着；／ 她喜欢听她丈夫谈讲更甚于 ／ 听天使讲述"（Adam relating, she sole auditress; / Her husband the relater she

① 此处对应的原文为："I yielded, and from that time see / How beauty is excelled by manly grace / And wisdom, which alone is truly fair."（*PL*, IV.489—491）几种汉译本均认为此处的"manly"既修饰"grace"，又修饰"wisdom"，可算作一种理解方式。但克里根与布雷登（Gordon Braden）认为，"manly"修饰了"grace"，但没有修饰"wisdom"，尽管智慧与男性的风度均优于美丽的身体，但它们仍有区别。见：William Kerrigan and Gordon Braden, "Milton's Coy Eve: *Paradise Lost* and Renaissance Love Poetry," *ELH* 53.1 (Spring 1986): 41.

② 福勒指出，夏娃这首颂歌中的修辞十分丰富：她在第 641 行使用了语句间隔反复（epanalepsis），第 641 行与第 656 行构成倒置反复（epanodos），第 640—649 行采用了提喻法（merismus），第 650—656 行则是一个长复合句（irmus）。见：Alastair Fowler (ed.), *John Milton: Paradise Lost*, 2nd ed., p. 258.

③ 麦科利认为，弥尔顿常常将未堕落时期的夏娃与植物及伊甸园相联系，实际上是在探寻着真实个体与真实社群之间的和谐关系，以及综合的生态系统中人类与其他存在的关系。见：Diane K. McColley, "Milton and the Sexes", pp. 179-180.

preferred / Before the angel, …）（*PL*, VIII.51—53）。此处的 "auditress"
一词清晰地展现了夏娃倾听者的身份。另外，在讨论分开劳动时，夏娃
提到，她无意中听说了（overheard）临别时天使的嘱咐，因为她当时正
站在背后的庇荫处（*PL*, IX.276—277）。①此处可见，夏娃获取信息的方
式仍然以听为主。需要指出的是，夏娃并非没有智性能力，否则她不能
参与亚当一切 "理性的乐趣"（*PL*, VIII.390—391），但对比亚当，她的认
知更多地依赖于感官经验。如果说在前八卷中夏娃经验式的认知方式主
要体现于观察与倾听，在第 9 卷的知识树下，夏娃的五种感官则全部被
发动。这一点将在下文集中讨论，此处暂不赘述。

　　"经验"一词，意蕴丰富，除了以上几处例子中指感官经验外，在 17 世
纪时，它还有试验（test）、考验（trial）以及宗教经验（religious experience）
②等主体经验之意。以上三者均被视为获得知识的有效手段。此处概括
的释义源自《牛津英语词典》（*The Oxford English Dictionary*）。其中，感
官经验源自义项 3：对事实或事件的实际观察（the actual observation of
facts or events），被视为一种知识的来源。试验源自义项 1a：使接受试
验（test）的行为；考验（trial）。主体经验源自义项 4，这里有两项解释：
4a 有意识地（consciously）作为某一状态、事件或被事件影响的主体；
4b 用于宗教：构成部分内在宗教生活（the inner religious life）的心理状
态或感觉，（个体）关于宗教情感的心灵史（the mental history）。③勒瓦
尔斯基从更为宏观的角度对弥尔顿诗歌、散文中涉及的经验进行了四种
分类，分别为：历史和文化传统的经验、通过观察或见证获得的他人的
经验、个人生活中的个体经验、内在心理或灵性经验。④

---

① 诺尔布鲁克指出，编者们对于夏娃何时在场、何时不在场尚有争议，这一定程度
　上反映出弥尔顿对于女性模棱两可的态度；他很多时候既需要夏娃在场，又需要
　她不在场，这在某种程度上延续了他早期对于女性的看法。例如，在 17 世纪 40
　年代的散文中，他既将妻子角色定位为合适的交流对象（a fit conversing soul），
　又将与妻子的谈话限制在愉快的休息（delightful intermissions）层面。上述讨论
　见：David Norbrook, *Writing the English Republic*, p. 488.
② 关于宗教经验，笔者将在第四章中结合《斗士参孙》中的参孙进一步讨论。
③ 具体参见 *The Oxford English Dictionary* 中的 "experience" 词条。
④ Barbara Kiefer Lewalski, "Samson and the 'New Acquist of True [Political] Experience,'"
　in *Milton Studies* 24, ed. James D. Simmonds, Pittsburgh: University of Pittsburgh
　Press, 1989, p. 235.

　　"经验"一词直接出现在第 9 卷中，仅有两处：一处是在夏娃偷食禁果后，她将该经验视为新的向导，"经验，其次我要感谢你，/ 最好的向导"（Experience, next to thee I owe, / Best guide）（*PL*, IX.807—808）；另一处是在夏娃力劝亚当吃下果子时，她形容了一番果子的神奇功效，进而补充道，"以我的经验保证，亚当，尽情吃吧"（On my experience, Adam, freely taste）（*PL*, IX.988）。以上两处例子说明，夏娃承认她通过吃果子获得了最好的经验，并据此劝说亚当。由于这两处例子，夏娃经验式的认知方式常常遭到学者们的批评。例如，费什评论说："夏娃在经验（可见之物）中发现的意义就是她归因于经验的意义，那将是她想使之成为的任何东西。经验只是一个词语，用以形容真实经过时间与空间媒介的过滤后发生的事情。（时间与空间乃是人的媒介，并非上帝的媒介。）"①费什的言语间流露出对于经验这种经过过滤之真实的不满。克里斯托弗（Georgia Christopher）则不那么委婉，直接将夏娃受诱惑的场景总结为"上帝的话语和处于经验条目下的一切事物的斗争"。格里格森（Linda Gregerson）更不客气，认为在以上两处中，"经验在这里成了魔鬼的另一个代名词"②。当然，以上评论家们并非不清楚夏娃主要是受撒旦的诱惑才将偷食果子之经验视为新向导的，因此，几位评论家贬斥的其实并非经验本身。爱德华兹（Karen L. Edwards）认为他们的论述一定程度上已经预设了"经验有助于理解力的成长"③。由此可见，经验

---

① Stanley Eugene Fish, *Surprised by Sin: The Reader in* Paradise Lost, 2nd ed., p. 249.

② 以上费什、克里斯托弗及格里格森的评论参见：Karen L. Edwards, *Milton and the Natural World: Science and Poetry in* Paradise Lost, p. 15.

③ Karen L. Edwards, *Milton and the Natural World: Science and Poetry in* Paradise Lost, p. 16. 经验（体验）与理解的关系，从黑格尔（Georg Wilhelm Friedrich Hegel）起，在哲学界得到了更为广泛的关注与讨论，成为解释学学说构建的基础。伽达默尔（Hans-Georg Gadamer）的《真理与方法》（*Truth and Method*）专辟两节讨论"体验"（erlebnis）的语词史与概念史，追溯了黑格尔、施莱尔马赫（Friedrich Daniel Ernst Schleiermacher）、狄尔泰（Wilhelm Dilthey）、尼采及柏格森（Henri Bergson）等对于"体验"概念的阐述。伽达默尔认为，"体验"一词的构造以两个方面的意义为依据：一方面是直接性，这种直接性先于所有解释、处理或传达而存在，并且只是为解释提供线索、为创作提供素材；另一方面是从直接性中获得的收获，即直接性留存下来的结果。见：伽达默尔，《真理与方法》，洪汉鼎译，北京：商务印书馆，2013，第 91—106 页。

作为主体经验讲时具有极大的复杂性，不可对之进行简单的贬斥或颂扬，需要更细致的比对与分析，夏娃的梦就是一例。

史诗第 4 卷结尾以及第 5 卷开始重点记述夏娃做梦的过程及梦醒后的情景。这部分向来是批评家们关注的焦点，各家理论悉数登场，解读之多可谓汗牛充栋。其中，丹尼尔森的评论别具匠心，他认为该梦是夏娃第一次对于恶的直接经验，同时她又没有犯罪；[①]通过这个梦，亚当和夏娃在堕落之前具备了关于恶的概念知识（a conceptual knowledge of evil），同时却保持无罪状态。[②]这一解读耐人寻味，而且不无道理。[③]梦作为直接经验的方式，在史诗结尾又出现了一次。在第 12 卷中，当亚当从天使处获得关于未来的种种预言时，夏娃通过一个梦获得了同样的信息，她如此说道，"我知道你从哪里回来，到过何处。/ 梦睡中也有上帝，他好心送来的 / 梦境提示了某种伟大的预言性的 / 好事"（PL, XII.610—613）。可见，作为主体体验之经验，在《失乐园》中既可能为撒旦利用，也可以成为上帝帮助人成长的过程，确实需要仔细斟酌、谨慎对待。

至于经验作为试验、考验的义项，在史诗中也并非没有体现，最具代表性的莫过于夏娃为劳动分工（labor division）据理力争的过程（PL, IX.204—384），因为"trial"或"tried"一词在这部分中出现了 5 次。夏娃与亚当争论的焦点在于，没有外在的帮助（exterior help），个人的美德能否经得住考验？乍看之下，夏娃的论据与弥尔顿在《论出版自由》中对无知的善（blank virtue）与纯真的善（pure virtue）之区分十分相似。但需要注意的是，在《论出版自由》中，弥尔顿讨论的是已经堕落的世界中的考验，是不是可以类推到堕落前的乐园，尚有待商榷。[④]另外，此处夏娃与亚当的争论还涉及在接受考验时，外在的帮助是否起作用或者起到什么作用等问题。这些问题都需要更深入的讨论。不过现在，至

---

① 因此，对这一问题的深入讨论，必然涉及伦理问题。

② Dennis Danielson, *Milton's Good God*, pp. 189-191.

③ 需要说明的是，与丹尼尔森观点相左者亦大有人在，例如，蒂里亚德与维茨努拉（Robert Wiznura）。两位的观点不尽相同，笔者将在本章第一节详细讨论。

④ 在上一章中，笔者讨论过，弥尔顿对克兰提乌斯的观点部分同意，但接受有限，他在其中融入了自由意志论，以解释乐园中恶之起源等问题。见: Dennis Danielson, *Milton's Good God*, p. 201.

少可以肯定的是，对于考验的讨论同样离不开美德、善恶等伦理问题。

由以上讨论可知，夏娃的经验问题分别涉及感官经验、考验与主体体验，这三者都是知识的来源，个中关系纷繁复杂，与伦理亦密切相关，因此笔者在本章中依照诗歌叙事顺序，将分以下几节讨论：第一节聚焦夏娃的梦，借此讨论感官经验与理性的关系，以及夏娃首次对恶的体验等问题；第二节将集中于夏娃提出劳动分工的环节，探讨考验与美德的内在关联；第三节将涉及知识树下夏娃与撒旦交流的过程中其感官经验如何被发动，并着重讨论经验与善恶伦理之内在矛盾；第四节将通过夏娃的第二个梦讨论犯罪和悔改后夏娃的认知与伦理世界经历了怎样的变化。

第一节　夏娃的梦：对恶的初次体验

在《失乐园》第 4 卷接近末尾处，在乐园中搜查的天使找到撒旦时，发现他正像一只蟾蜍①一样蹲在熟睡的夏娃耳边。史诗如此描述当时的情景：

> （撒旦）试图用他的魔术妖道拨动她
> **幻想**的琴弦，用它们随心所欲地
> 制造出错觉、幻影以及梦境；
> 或者②灌输毒液，他可以污染
> 那**动物精神**，这精神由清血而升，
> 有如清川飘微风，一旦污染，
> 起码就引起思想紊乱和不满，

---

① 蟾蜍通常象征着死亡和魔鬼，具体参见：Alastair Fowler (ed.), *John Milton: Paradise Lost*, 2nd ed., p. 269.

② 维茨努拉十分关注"或者"一词，并认为叙述者在此展现了两种解读可能。他提醒道，夏娃的梦是她自己独特的经验，无论是叙述者还是读者都在该情境之外。我们可以思考并阐释这一经验的性质，但是叙述者提醒我们，我们只是在进行阐释，"或者"一词使得我们无法对这段话语进行确定的解读。见：Robert Wiznura, "Eve's Dream, Interpretation, and Shifting Paradigms: Books Four and Five of *Paradise Lost*," in *Milton Studies* 49, ed. Albert C. Labriola, Pittsburgh: University of Pittsburgh Press, 2008, p. 110.

产生出狂想、妄求、不端的情欲，
因极度自负而膨胀而滋生傲慢。

[Satan was] Assaying by his devilish art to reach

The organs of her **fancy**, and with them forge

Illusions as he list, phantasms and dreams,

Or if, inspiring venom, he might taint

Th' **animal spirits** that from pure blood arise

Like gentle breaths from rivers pure, thence raise

At least distempered, discontented thoughts,

Vain hopes, vain aims, inordinate desires

Blown up with high conceits engend'ring pride. (*PL*, IV.801—809)①

　　根据这段描述可知，撒旦的目的是想要通过拨动夏娃的幻想，在她的脑海中制造幻影，或者通过扰乱她的动物精神引起思想紊乱。这两方面都涉及 17 世纪中期思想界关于认知方式的讨论，对此，亨特的文章《夏娃的恶魔之梦》中有集中讨论。这篇文章在以下两个方面给我们启示。

　　首先，此处的幻想与动物精神（animal spirits）到底在人的认知过程中发挥什么作用？亨特将中世纪与文艺复兴时期人们对于认知过程的分析总结如下：

　　　　人们普遍相信，胃从食物中提取一定的"自然精神"（natural
　　　　spirits）以滋养身体；"自然精神"在随后的过程中提炼出"生命精

---

① 维茨努拉将此处撒旦扰乱夏娃动物精神的部分与霍布斯的认知论进行了一番比对，并指出，如果撒旦此举成功，那意味着夏娃沦为了无辜的受害者，成为上帝与撒旦的战场。当然维茨努拉紧接着便指出，将亚当与夏娃视为客体，而非主体，只是撒旦的视角，读者是否依循此逻辑则另当别论。见：Robert Wiznura, "Eve's Dream, Interpretation, and Shifting Paradigms: Books Four and Five of *Paradise Lost*," pp. 111-112. 笔者认为，霍布斯与弥尔顿最基本的不同在于他们的认识论及伦理观。简而言之，霍布斯认为，人的感觉只是外在物体向感觉器官施加压力的结果，人是各种欲望的载体，本身没有善恶标准，无法做出自由选择；而弥尔顿认为，人的正当理性可以帮助人判断善恶，同时，人可以进行自由选择，亦拥有理性可以控制欲望。具体参见笔者第一章的讨论。

神"；最后，"生命精神"（the "vital" spirits）在大脑中再次被提炼，形成"动物精神"（"animal" spirits）。动物精神担当着执行理性与意志的命令之重任，发起运动并使得通过五种感官进行认知（perception through the five senses）成为可能。这些精神在它们的运作中携带感觉信息到"内感觉"（interior senses），后者负责在它们被输送到理智（the reason）之前对其进行统一。内感觉包括"普通感觉"（common sense），用于将来自外感觉的刺激统一为一个连贯的整体；还包括"幻想"（fancy）与"想象"（imagination），它们可以或多或少地摆脱外部印象，对这些刺激进行重新组合；另外，内感觉还包括记忆（memory）。①

按照亨特的这一概括，动物精神与五种感官的认知活动有关，而幻想则涉及摆脱外部印象并对来自外感觉的刺激进行重新组合。为什么此两者会被撒旦选择为攻击点呢？亨特认为，无论是亚里士多德还是文艺复兴晚期的桑德斯（Richard Sanders），都倾向于认为睡眠时会有一些非自然的东西被输送至各个认知官能，因此才会出现撒旦以毒液污染夏娃之动物精神的场景；另外，撒旦还选择扰乱夏娃的幻想以制造幻影，原因在于在睡眠时幻想或想象是唯一还在工作的感觉，是形成梦的直接起因。②弥尔顿笔下的撒旦选择幻想或动物精神作为攻击夏娃的起点，从侧面反映出弥尔顿对当时盛行的认知理论熟稔于心。

其次，亨特强调的另外一点对这段话的理解亦十分关键：从阿奎那到17世纪的思想界人士，例如剑桥柏拉图学派的史密斯（John Smith）与格兰维尔，都认为恶灵并不能直接影响人的理性，只能通过次一级的认知官能——幻想这一媒介来工作。③这样看来，一些评论家认为夏娃的梦是引诱与堕落的起点，④似有失公允。同时，联系本书的切入点，亨特的以上论点也解释了撒旦何以会选择夏娃而不是亚当作为他的攻击对象。即使身为恶灵之首的撒旦，也不能直接接触并影响人的理性，他自

---

① William B. Hunter, "Eve's Demonic Dream," *ELH* 13. 4 (Dec. 1946): 258-259.

② William B. Hunter, "Eve's Demonic Dream," p. 259.

③ William B. Hunter, "Eve's Demonic Dream," pp. 261-263.

④ John S. Diekhoff, *Milton's* Paradise Lost, New York: Humanities Press, 1958, p. 56.

然不会也无法选择主要以理性为认知方式的亚当了。与此相对，夏娃经验式的认知方式才使得他的诡计成为可能，无论是在夏娃的梦这个环节还是后来她吃下果子时都是如此。

　　需要说明的是，虽然亨特对于夏娃的梦涉及的认知思想分析极为精到，但是他推论道，（弥尔顿）创作《失乐园》的原因之一可能在于对抗17 世纪的唯物论。[1]对于亨特的这一推论，笔者持保留态度：弥尔顿确有通过《失乐园》向霍布斯叫板的意思，[2]但说其对抗 17 世纪的唯物论，似有不妥。关于弥尔顿的本体论，法伦在《哲学家之中的弥尔顿》中指出，弥尔顿的思想既不同于剑桥柏拉图学派等唯心主义者，也区别于霍布斯的机械唯物论。弥尔顿反对将精神、物质两分，坚持一元论，法伦将之总结为"物活论唯物主义"。另外，法伦还强调，在 17 世纪的思想家中，只有女哲学家康韦夫人与弥尔顿的思想相近。[3]

　　接着，在第 5 卷中，亚当听夏娃描述了她的梦之后，不禁向妻子仔细解释人的认知过程。在第 100—113 行中，亚当一方面重复了亨特概括的一些论点，如幻想可以对认知信息进行重组、在睡眠时不受理性控制、自由自在地工作等；另一方面，他进一步提醒夏娃理性与幻想应有的位置：理性为首，幻想位居第二。他的具体解释如下：

> ……得认识到
> 心灵里有许多次要的官能，以
> 服务理性为主；其中幻想论座次
> 位居第二；外界的万事万物
> 都由五种清醒的感官来体现，
> 幻想借它们形成想象和幻影，
> 经过理性的结合或分离便形成
> 我们肯定或否定的一切，还称之为
> 我们的知识或意见，然后自然
> 休息时理性也退居她私密的巢穴。

---

[1] William B. Hunter, "Eve's Demonic Dream," p. 257.

[2] 见本书第一章的讨论。

[3] Stephen M. Fallon, *Milton among the Philosophers*, pp. 107-109, 117.

每当她不在，爱模拟的幻想便起而

仿效她；但是移花接木结果就

常常弄个张冠李戴，大多是

梦中把往昔和新近的言行混为

一谈。

But know that in the soul

Are many lesser faculties that serve

Reason as chief; among these Fancy next

Her office holds; and of all external things,

Which the five watchful senses represent,

She forms imaginations, airy shapes,

Which reason joining or disjoining, frames

All what we affirm or what deny, and call

Our knowledge or opinion; then retires

Into her private cell when nature rests,

Oft in her absence mimic Fancy wakes

To imitate her; but misjoining shapes,

Wild work produces oft, and most in dreams,

Ill matching words and deeds long past or late. （*PL*, V.100—113）

亚当认为，在人睡眠时，理性处于休息状态，幻想趁此机会常常为所欲为而且张冠李戴。此类看法在 17 世纪十分普遍。例如伯顿（Robert Burton）在《忧郁的解剖》中声称："在睡眠中，幻想或想象便自由了，多次构建奇怪、惊人、可笑的想法。……它受理性的支配与管理，或者至少应该如此。"①也就是说，弥尔顿与伯顿都认为，幻想本该侍奉理性，但它却在理性休息时对过去的经验进行各种重组，形成一些错误的图像与想法。

　　亚当以上的解释没有问题，但他接着对夏娃说，她之所以做这样的梦是因为前一天晚上他们的谈话，在这点上，他的话与现实情况实有偏差。

---

① 转引自福勒关于第 100—113 行的注释，见：Alastair Fowler (ed.), *John Milton: Paradise Lost*, 2nd ed., p. 287.

他并不知晓，夏娃的梦其实出于撒旦的蛊惑。因此，他进一步安慰妻子说，只要是没经许可的恶，便不留污点（Evil, … so unapproved, … leave / No spot or blame behind）（PL, V.118—119）。亚当轻描淡写的几句话，其实暗含了一个极其微妙的问题：这个梦对夏娃到底有无改变，恶到底有没有留下污点？对于这个问题，评论者中出现了不同的看法。例如，燕卜荪将亚当在第120行中的话解释为：在梦中接受果子带给夏娃极大的震惊，这有助于增强夏娃的抵制能力，而不是相反。蒂里亚德则认为，经此一梦，夏娃开始忧虑与困扰，她已不再纯真（innocent）。[1]除此之外，还有第三种看法，如维茨努拉便反复强调对夏娃之梦的解读应该保持不确定性，因为叙述者有意坦陈自己对于这个梦的认识有限：他只明确说了撒旦意图何在，并没有指明他实际上实现了什么；他甚至拒绝推断撒旦目标实现的程度。[2]笔者以为，上述几种不同的论述中其实包含了一个相似的预设，那便是夏娃确实在梦中初次体验到了恶，至于这一体验使她对罪的免疫力更强，还是在堕落前已不再纯真，[3]或者认为两者皆有可能，便是仁者见仁，智者见智了。[4]前文提到的预设牵扯到了一个重要的神学问题：亚当与夏娃堕落前是否认识恶？讨论这个问题将有助于我们理解夏娃的梦到底影响何在。

关于堕落前与堕落后伊甸园中人的状态对比，在神学上存在两种看法。第一种将两者的差异"最大化"，此观点支持者包括多数拉丁教父，尤其是奥古斯丁。奥古斯丁认为，"乐园中的人处于起初的公义与完美状

---

① William Empson, *Milton's God*, 3rd ed., pp. 147-150. 燕卜荪对亚当的解释与蒂里亚德的看法都持保留态度，他认为，夏娃梦中的场景与拉斐尔描述的人和天使同升天堂十分相似，因此夏娃以为梦中的声音与拉斐尔实际上说的是同一件事。燕卜荪认为，这一切的始作俑者实为弥尔顿的上帝。本章稍后将引述丹尼尔森的论述，以回应燕卜荪对弥尔顿神学方面的质疑。

② Robert Wiznura, "Eve's Dream, Interpretation, and Shifting Paradigms: Books Four and Five of *Paradise Lost*," p. 112.

③ William Empson, *Milton's God*, 3rd ed., p. 147.

④ 夏娃之梦的多种解读，实际上与弥尔顿及读者的认知状态密切相关。达姆罗什指出，不同于乐园中的亚当与夏娃，弥尔顿以及他的读者都只能在恶之语境下想象善。人们想象在理想化的基督教自由里，人不仅完全接受禁令，还会主动视其为善。但在我们已经堕落的经验（fallen experience）中，禁令却总是激起人们想要打破它的欲望。见：Leopold Damrosch, Jr., *God's Plot & Man's Stories*, p. 107.

态（original righteousness and perfection）"。与此相对，堕落后人则处于完全、彻底的败坏状态（total, or utter, depravity of man in his postlapsarian state）。正是在这一点上，我们看到了 17 世纪的正统加尔文主义者对奥古斯丁思想的继承。第二种则是将两者的差异"最小化"，此方支持者为希腊教父。他们认为，"人最初的状态并非那么崇高（less exalted），堕落的结果不是那么严重（less serious），堕落本身也不像最大化支持者认为的那么极端（less drastic）"。17 世纪的阿米尼乌斯教派便被视为这些希腊教父思想的继承者。①丹尼尔森认为，弥尔顿同阿米尼乌斯教派一样，倾向于希腊教父的最小化看法。在本书第一章中，笔者已经论述过，弥尔顿经常对神学思想与古典资源进行调和，或许他更倾向于最小化看法也是这一调和的体现。

正是基于弥尔顿的这一倾向，布莱克本（Thomas Blackburn）指出，堕落之前的亚当与夏娃具备关于恶的概念知识，但是他们全然无罪，"他们的纯真并不在于不认识恶（no acquaintance with evil），而在于没有受其影响（no taint by it）"。布莱克本还认为，堕落前与堕落后亚当和夏娃关于恶的知识存在本质区别：前者有利于智性上的启蒙（intellectual enlightenment）或者道德敏锐性的提高（increase in moral acuteness），②而后者则是现实性的经验知识（experiential knowledge of an actuality）。③布莱克本的论点清晰明了，极富启发性。丹尼尔森则更进一步，根据阿奎那的《神学大全》以及弥尔顿的《论基督教教义》区分了"现实性知识"（knowledge of approbation; *scientia approbationis*）与"可能性知识"

① 进行这一分类的评论家为威廉姆斯（Norman P. Williams），参见：Dennis Danielson, *Milton's Good God*, pp. 164-165. 丹尼尔森特别提醒，此分类仅提供一个基本轮廓，涉及具体思想家时更要为谨慎一些。

② 笔者以为，布莱克本的这一看法与拉克坦提乌斯观点相近。拉克坦提乌斯认为："理性和智性通过选择善的东西和逃避恶的东西，可以有机会锻炼自身。"具体参见本书第一章的讨论及：William Poole, "The Genres of Milton's Commonplace Book," in *The Oxford Handbook of Milton*, ed. Nicholas McDowell and Nigel Smith, p. 378. 中文参见：郝田虎，《〈缪斯的花园〉：早期现代英国札记书研究》，第 114 页。

③ 本书关于布莱克本的论述参见：Dennis Danielson, *Milton's Good God*, pp. 189-190. 布莱克本的原文可参见：Thomas Blackburn, "'Uncloister'd Virtue': Adam and Eve in Milton's Paradise," in *Milton Studies* 3, ed. James D. Simmonds, Pittsburgh: University of Pittsburgh Press, 1971, pp. 124-127.

（knowledge of vision; *scientia visionis*）。前者强调与意志行为相联系的知识（joyned with an act of the Will），后者并不形成智性实体（does not produce the intellective objects）。[1]根据这一区分，丹尼尔森对亚当的话做出了有根有据的阐释，当他安慰夏娃时说，"只要是**没经许可的恶**，/ 便不留污点"（Evil, … **so unapproved**, … leave / No spot or blame behind）（*PL*, V.118—119）。此处"没经许可的恶"显然不属于"现实性知识"的范畴。[2]也就是说，夏娃的梦中关于恶的知识并不属于现实性的经验知识，不仅没有让她失却纯真，反而在一定程度上提高了她的道德敏锐性，相应地增加了她对于罪的抵抗力。布莱克本与丹尼尔森的阐释使得蒂里亚德关于夏娃失去纯真的看法站不住脚，同时回应了燕卜荪对于弥尔顿塑造的上帝的一些质疑：燕卜荪认为夏娃之所以会吃果子，在于她误会了自己的梦以及拉斐尔的解释，以为吃果子乃合法之举，是与天使同升天堂的必由之路。即使不考虑其他可疑因素，笔者以为，燕卜荪的这一解释本身就混淆了"现实性知识"与"可能性知识"，仿佛两者间毫无分别，似乎梦里出现的场景即未来的现实，这显然是不妥当的。

维茨努拉的评论同样值得关注，他不认同对夏娃之梦的任何确定性解读。在他看来，叙述者有意让这个梦具备多种阐释可能，以上布莱克本与丹尼尔森的阐释只是其中一种，是从亚当的角度进行的解读。若从夏娃的角度来看，情况则有些不同。维茨努拉通过分析第 5 卷第 27—93 行夏娃对梦的描述指出，在梦中，"撒旦将亚当从夏娃的经验中移开，碰巧在她心中激起了真实欲望的**可能性**，知识树满足了夏娃对于熟悉事物的欲望。但是，它在提供熟悉事物的同时，变成了夏娃经验的基础，并在随后成为她**可能的欲望对象**"[3]。笔者认同维茨努拉的解读，因为夏娃在开始叙述梦的时候即道出了自己的认知困惑：在梦中她被冒犯、受打扰，这滋味她从未领教过。由于亚当暂时消失，她必须独自面对并解释乐园中熟悉而又陌生的一切，从知识树到吃果子的天使（撒旦），夏娃不得不试着寻

---

① 有趣的是，这一区分还可见于布拉姆霍尔，用于批评霍布斯。布拉姆霍尔认为霍布斯混淆了上述两类知识。见：Dennis Danielson, *Milton's Good God*, p. 256.

② Dennis Danielson, *Milton's Good God*, p. 190.

③ Robert Wiznura, "Eve's Dream, Interpretation, and Shifting Paradigms: Books Four and Five of *Paradise Lost*," p. 119.

找新的向导，实际上她在第 91 行已经将撒旦称为她的向导。由此可见，夏娃的认知世界确实发生了变化。在第 5 卷第 130 行，我们读到，听闻亚当的解释后，夏娃虽消了愁，却默默地流下了眼泪。也许她意识到这个梦给自己带来了一些无法诉诸语言的改变，或许将使得她与亚当不像过去那么亲密无间。但维茨努拉所说的另一点不容忽视：他虽然认为夏娃在梦中遭遇了防线溃败，但并不同意蒂里亚德等关于夏娃已经堕落的说法。我们注意到，在上一段引文中，他两次使用了"可能"一词，足见其谨慎。另外，他明确指出："夏娃关于经验的先入之见（preconceived notions about experience）已经被扰乱，但是她实际的经验（actual experience）尚完好无损。正如亚当说的那样，夏娃既未开始又未接受任何事情。"①维茨努拉认为，经过此梦，夏娃确实更容易被诱惑，但他并不同意夏娃此时已经堕落。笔者以为，维茨努拉从另一个角度补充了布莱克本与丹尼尔森的阐释，但这几位评论者的共同观点是笔者意欲强调之处：由于夏娃经验式的认知方式，她在睡梦中被撒旦蛊惑，她的幻想或动物精神受到扰乱。在梦中，夏娃第一次体验了恶，但这一体验并非基于现实，因此，它或许影响了夏娃的认知世界，但夏娃并未在实际经验中失却纯真。

第二节　分开劳动："不单独经受考验，美德又有什么用？"

在《失乐园》第 9 卷第 214 行，夏娃向亚当提出分开劳动，原因在于两人在一起时容易彼此谈笑，影响工作效率。②听到妻子的建议，亚

---

① Robert Wiznura, "Eve's Dream, Interpretation, and Shifting Paradigms: Books Four and Five of *Paradise Lost*," p. 120. 学者们虽对于梦的结果观点不一，但在这点上似达成共识。例如，麦科利认为，夏娃之梦虽然无罪，但使她充满恐惧，这样夏娃得以在不作恶的情况下体验恶（to experience evil without doing evil）。见：Diane McColley, "Eve's Dream," in *Milton Studies* 12, ed. James D. Simmonds, Pittsburgh: University of Pittsburgh Press, 1979, p. 28.

② 乔丹（Matthew Jordan）在《弥尔顿与现代性》一书中论及夏娃提出的"效率"问题，指出其中暗含不按自然循环理解时间、意欲理性利用时间的倾向。他认为这一场景不仅涉及两性关系，还暗示着现代个体与自然关系的问题。见：Matthew Jordan, *Milton and Modernity: Politics, Masculinity and Paradise Lost*, Hampshire: Palgrave, 2001, pp. 145-146.

当不禁赞其善于思考，但他认为，对于上帝来说，他们的欢乐（delight）比辛劳（toil）更重要。他亦赞同妻子的看法，孤独（solitude）有时是最好的社交（best society），但同时表达了自己的忧虑：凶恶的敌人也许会乘虚而入，因此他们两人最好还是在一起，以便需要时互相支援（*PL*, IX.214—269）。亚当的话不偏不倚、有理有据，但却伤害了妻子的感情。她告诉亚当，自己也在无意中听说了天使对他的警告。让夏娃难过的是，丈夫担心敌人的阴谋会得逞，这意味着他对自己的信念与爱缺乏信心，竟然认为自己会动摇或被引诱（shaken or seduced）（*PL*, IX.273—289）。夏娃的这段话多少显现出她对于问题的复杂性与严重性估计不足，对于自己及现实均显盲目乐观，甚至有骄傲自满之嫌。对于妻子的责怪，亚当赶忙澄清，他并非不信任夏娃，只是想要避免敌人的尝试。他进而提醒夏娃，不可小觑敌人的狡诈，他甚至能够引诱天使，绝非平常之辈；另外，不可将别人的帮助视为多余。亚当说得在理，但接下来夏娃的反驳亦十分到位，需要逐行引用：

> 危害并非罪恶的先声：敌人企图
> 通过引诱向我们进攻仅仅是因为错误
> 估计了我们的完整性：他错误的估计
> 并不能往我们脸上抹黑，只是他
> 自讨没趣；那么我们有什么可规避
> 或害怕的？他的臆测证明是错误的，
> 我们反倍觉光荣，心安理得，
> 天赐恩宠，由结果作我们的见证。
> **老借助外力，不单独经受考验，**
> **信念、爱、美德又有什么用？**

> But harm precedes not sin: only our Foe
> Tempting affronts us with his foul esteem
> Of our integrity: his foul esteem
> Sticks no dishonour on our front, but turns
> Foul on himself; then wherefore shunned or feared

By us? Who rather double honor gain

From his surmise proved false, find peace within,

Favor from Heav'n, our witness from th' event.

And what is faith, love, virtue unassayed

Alone, without exterior help sustained? (*PL*, IX.327—336)

夏娃最后这两句话与弥尔顿在《论出版自由》中关于考验与美德的讨论确实十分相近。但伦纳德在指出上述相似性后马上强调道，弥尔顿从未将他在《论出版自由》中的论述应用于未堕落的状态，他在散文中针对的对象是堕落后的人，即人"现在"所处的"状态"(the "state of man" as it "now is")。①福勒亦小心地提醒道，我们不能由《论出版自由》而武断地认为弥尔顿一定赞同夏娃此处的说辞，毕竟她所处的是尚未堕落的世界。弥尔顿认为，在一个已经堕落的世界里，"我们靠规定消灭了多少恶，就会破坏同样多的美德"，但显然，这句话不能无所保留地应用于乐园之中。②作为注释者的福勒向来考虑周全，他同时又指出，弥尔顿也有可能通过夏娃的话传递着自己一直认同的信念和理想（个人主义等）。可见，夏娃的话自有其道理，而且由于它与弥尔顿一向认同的价值极为相似，因此，对于这段话的讨论无论多么仔细也不为过。笔者将在下文对之进行详细考察。

　　对于夏娃的论据，亚当进行了详细回应。他提醒妻子，上帝保全人免受外力的侵袭（secure from outward force），但他的内心却存在危险（The danger lies within himself）。这句话令人想起第8卷结尾拉斐尔的提醒："内心无懈可击，不要寻求外援；/ 拒斥引诱决不越雷池一步。"（Perfect within, no outward aid require; / And all temptation to transgress repel.）(*PL*, VIII.642—643)③也就是说，亚当提醒妻子，保持内心纯正才是正确的应敌之道。他紧接着分析了理性可能犯错，唆使意志违反上帝的命令，这是对前文夏娃盲目自信的清醒回应。他告诫夏娃不可寻求

---

① John Leonard (ed.), *John Milton: Paradise Lost*, p. 406.

② Alastair Fowler (ed.), *John Milton: Paradise Lost*, 2nd ed., p. 456.

③ 几种汉译本均将此行译作"内心无懈可击就不需要外援"，笔者对这行诗的理解不同，本节下文将对这行诗进行详细分析。

诱惑：只要不离开亚当，便可规避危险。令人吃惊的是，他突然话锋一转，论及不期而至的考验（unsought trial）：

> 但如果你认为考验袭来会发现
> 独守警戒而知防备，两人在一起反容易大意，你就
> 去吧；你留下来，不自由，更心不在焉；
> 凭着你固有的天真无邪，去吧，
> 靠你具有的美德，鼓足勇气；
> 上帝对你尽了责，你尽你的。

> But if thou think, trial unsought may find
> Us both securer than thus warned thou seem'st,
> Go; for thy stay, not free, absents thee more;
> Go in thy native innocence, rely
> On what thou hast of virtue, summon all,
> For God towards thee hath done his part, do thine. （PL, IX.370—375）

亚当此处的话锋转得颇为突然，根据上下文，他大概想让夏娃进行选择：最好是留在自己身边，规避诱惑；但"独守警戒而知防备"也未尝不可。对于这段话，福勒分析说，此处的亚当似与第 3 卷中的上帝面对同样的困境：他预料到了夏娃可能遇到的试探；但他亦不愿夏娃处于消极服从（passive obedience）状态。①笔者认为，福勒此处的分析不能令人信服。亚当的话如果到第 369 行结束，也许他的话对夏娃起到了警告作用，使她认识到问题的严重性，她即使仍然坚持分开劳动，也一定怀揣着亚当的提醒离开。但亚当第 370—375 行的话却为夏娃找到了极好的台阶，她接着亚当的话头说道，"我们的考验，如不期而至，/ 两人在一起更少准备，倒不如 / 我自个儿去"（PL, IX.380—382）。可见，亚当对夏娃说的这几句话，并非如同上帝一样为他提供自由选择，而是为夏娃找了一个顺流而下的理由。因此，夏娃才会在堕落后如此指责亚当：

---

① Alastair Fowler (ed.), *John Milton: Paradise Lost*, 2nd ed., p. 490.

> 为什么你（当头的）
>
> 不命令我，绝对不能走开，
>
> 如你说的，去进行这样的冒险？
>
> 那时你太随和了，不十分反对，
>
> 不，你同意、批准，还好意送了行。
>
> 要是你态度坚决，坚持不同意，
>
> 我不会犯禁令，你也不会跟着我倒霉。

> Why didst not thou the head
>
> Command me absolutely not to go,
>
> Going into such danger as thou saidst?
>
> Too facile then thou didst not much gainsay,
>
> Nay, didst permit, approve, and fair dismiss.
>
> Hadst thou been firm and fixed in thy dissent,
>
> Neither had I transgressed, nor thou with me.（*PL*, IX.1155—1161）

夏娃的话当然有为自己开脱的嫌疑，但她道出了部分事实：亚当不仅没有命令夏娃，而且为她接下来的离开提供了极好的理由。要知道，上帝不仅自己给了他明确的禁令，还特意差遣天使来提醒他该命令的重要性。对于这一点，丹尼尔森毫不客气地指出，对比上帝，亚当的说法欠缺逻辑：上帝在颁布关于知识树果子的禁令时既坚定又坚决，但他不允许自己侵犯人的自由；显然亚当并非如此。①可见，福勒之前的说法站不住脚，亚当明确、坚定地告诉夏娃上帝的命令，并不意味着夏娃会失去自由，只能消极服从，她有选择遵守或不遵守上帝（或亚当）命令的自由。但亚当没有这样做，他便没有完全尽到作为丈夫的责任。勒瓦尔斯基亦指出，亚当在第 370—375 行的话为夏娃的离开提供了更合理的理

---

① Dennis Danielson, *Milton's Good God*, p. 129.

由，这使得夏娃更难选择留下。[①]对于堕落前的亚当来说，他当然不能强制夏娃留下，亦不能控制她的自主选择；但他也不能因此放弃自己作为一家之主的责任，帮助她选择这样一条极其危险的道路。[②]亚当在第375行对夏娃说的话多少有些讽刺意味："上帝对你尽了责，你尽你的。"扪心自问，此时的他到底有没有完全尽责呢？

回到夏娃讨论考验与美德关系的诗句，由于她的一些说法与《论出版自由》中的论述相近，这一问题尤其复杂。笔者将从以下三个方面进行论述。

第一，夏娃认为，不单独经受考验的美德没有意义。这个说法本身没错，但需要明确的是，正如伦纳德与福勒分别指出的那样，夏娃的这番话是在乐园中说的，人尚未堕落。彼时，亚当和夏娃尚未拥有关于恶的现实性的经验知识。在前一部分，我们讨论过，夏娃通过做梦对恶有了初步体验，但是这毕竟不同于关于恶的现实性的经验知识。说到底，梦与阅读类似，人从中获得的是一种替代经验，或许可以实现智性上的启蒙或增强道德敏锐性，也可能在认知上受到干扰或影响。但夏娃即将面对的考验不仅有可能使她获得关于恶的现实性的经验知识，而且会使得她自己成为人间恶的缔造者。[③]对于这一问题的严重性，夏娃以及一些弥尔顿批评家均估计不足。夏娃不止一次谈论到自己的坚定以及敌人诡计的失败，似乎完全没有设想过其他的可能性，这部分解释了她何以在撒旦的进攻前迅速沦陷。

---

① 对于这一场景，评论家们分歧同样很大。贝内特将学者们的观点进行了归纳与梳理：蒂里亚德认为，夏娃只是卖弄风情（coquettish），她实际上想让亚当将自己留下；在鲍尔斯（Fredson Bowers）看来，亚当代表理性，夏娃代表情欲，前者本该命令后者不要离开；麦科利等学者反驳了鲍尔斯的观点，坚持说亚当为了保持妻子的自由，不得不让她离开。贝内特在总结了前人的观点后另辟蹊径，她结合弥尔顿的"反律法主义"（antinomianism）倾向，聚焦"去吧；你留下来，不自由"一行，指出亚当让夏娃离开，实际上是以自己的权威代替了夏娃的自由选择。贝内特的总结与论述参见：Joan S. Bennett, "'Go': Milton's Antinomianism and the Separation Scene in *Paradise Lost*, Book 9," *PMLA* 98.3 (May 1983): 388, 399.

② Barbara Kiefer Lewalski, *The Life of John Milton*, p. 485.

③ 按照丹尼尔森的论述，上帝没有创造恶，但上帝允许自由意志存在，这使得恶的存在成为可能。人通过行使自由意志将可能的恶变为现实的恶。见：Dennis Danielson, *Milton's Good God*, p. 201.

第二，夏娃的论述中几次提到乐园中的自足状态，在她看来，敌人的攻击不足以对人的幸福构成威胁。这涉及考验、美德与神恩之间的复杂关系。回到第 8 卷结尾拉斐尔的提醒："内心无懈可击，不要寻求外援；/ 拒斥引诱决不越雷池一步。"（*PL*, VIII.642–643）乍看之下，这句话与夏娃所说类似。基本上所有的汉语译本都将此处的"require"译为"需要"，但福勒在注释中特意为这个词添加了两项解释："寻找"（look for）；"需求 / 要求"（ask）。[①]笔者认同福勒此处的注解，因为这两行都是祈使句，拉斐尔警示亚当：堕落与否完全在于个人的自由意志，因此要保持内在的完美，不要寻求外在的帮助。这句话的主旨绝不是说亚当不需要外在的帮助，而是让他把关注点放在自己的自由意志上，这是他是否可以站立的重要根基。夏娃没有直接讨论到自由意志，但她主动要求撤弃外在帮助，以便可以独立接受考验，一定程度上反映出她对拉斐尔的话理解有误。[②]这个问题其实涉及一个重要的神学问题，即自由意志与神恩之间的复杂关系。奥古斯丁花费了巨大精力探讨这个问题，他关于两者关系的讨论可大致概括如下："实现道德正义（moral righteousness）既需要神恩又需要自由意志，因为神恩是上帝为人的自由意志提供的帮助。如果神恩破坏了自由意志，它便失去了接受帮助的对象。而且神恩的作用，并非压制自由意志，而是帮助其实现自身的目的。"[③]可见，奥古斯丁认为神恩与自由意志相辅相成，缺一不可。需要特别说明的是，弥尔顿的神学思想与阿米尼乌斯教派有诸多相似之处。阿米尼乌斯教派尽管十分强调自由意志，但他们并不是奥古斯丁反驳的贝拉基主义者（Pelagian）。以下这段话节选自阿米尼乌斯条款的第四项：

> 神恩处于一切善之开始、持续以及实现的过程中。它的重要性甚至在于：如果没有先行的、帮助的、唤醒的、跟随的，以及合作的恩惠（prevenient or assisting, awakening, following and co-operative grace），重生的人既无法思考、使用意志，亦无法行善或抵制恶的诱惑。因此，所有可以想到的良善行为或行动，必须被归于在基督

---

① Alastair Fowler (ed.), *John Milton: Paradise Lost*, 2nd ed., p. 465.
② 第 9 卷第 276 行提到，夏娃听到了天使关于撒旦意欲引诱他们的警告。
③ Etienne Gilson, *History of Christian Philosophy in the Middle Ages*, pp. 78-79.

里上帝的恩惠。①

以上这段话揭示出阿米尼乌斯教派对神恩重要性的强调并不亚于奥古斯丁。至于奥古斯丁反驳的贝拉基主义者则认为，不经帮助的人类意志足够其接受救赎。正是出于这个原因，丹尼尔森认为，夏娃的论述中过于强调自己的自足性，忽略了先行的神恩（prevenient grace）等上帝的工作，她可以说是一个"堕落前的贝拉基主义者"②。笔者十分赞同丹尼尔森的判断，夏娃在分开劳动这个环节中的语气与口吻总是给人轻飘之感，不同于拉斐尔的苦口婆心以及亚当的冷静谨慎，她似乎认为人永不会堕落，敌人一定会失败，忽略了乐园中的幸福处境得以成立的各种先决条件。贝内特侧重弥尔顿反律法主义的思想研究，她同样认为，夏娃谢绝亚当帮助的过程体现出激进的反律法主义者可能会走偏，将完全的自由变为表面的自由，并最终走向奴役。贝内特还指出，在某种意义上可以说，完美的自由实际上非常脆弱，夏娃此刻对于这点尚浑然不觉。③回到拉斐尔的警告之语，他让亚当不要寻求外在的帮助，目的是要他关注内在的完整，强调自由选择的重要，并非暗示他不需要上帝的恩惠。对此，亚当完全领会，他一方面嘱咐夏娃不可小看外在的帮助（*PL*, IX.308, 311—312），一方面告诉她内心会存在危险（*PL*, IX.349），试图使夏娃明白问题的复杂之处。可惜的是，夏娃未能领会丈夫的苦心。

第三，夏娃还几次提到"独自"（alone / single）（*PL*, IX.325, 336, 339）接受考验，并特意指出敌人错误地估计了她和亚当的"完整性"（integrity）（*PL*, IX.329）。伦纳德敏锐地指出，夏娃使用的"完整性"一词颇有反讽意味：因为它既指"无罪状态"（sinlessness），又指"尚未分离的状态"（undivided state），夏娃没有意识到，她的要求正在破坏她和亚当的完整性。④论及此，笔者发现，夏娃提出分开劳动的最初动因其实很难站得住脚：她坚持要离开亚当，独自去接受考验，仿佛非如此不足以证明自己的美德。但在第8卷中，两人的关系被亚当称为"同一体，同一心，

① Dennis Danielson, *Milton's Good God*, p. 74.

② Dennis Danielson, *Milton's Good God*, p. 145.

③ Joan S. Bennett, "'Go': Milton's Antinomianism and the Separation Scene in *Paradise Lost*, Book 9," p. 401.

④ John Leonard (ed.), *John Milton: Paradise Lost*, p. 406.

同一灵"（*PL*, VIII.499），因为上帝看亚当独居不好（*PL*, VIII.445），才赐下夏娃这个伴侣。对此，体会过独居状态的亚当深有体会，所以他屡次提醒夏娃不要与自己分离。他与夏娃讨论劳动分工时，数次使用"sever"（*PL*, IX.252, 366）、"asunder"（*PL*, IX.258）等词汇提醒妻子：他们两人本为一体，如若分开，彼此均不完整。无奈的是，亚当未能一以贯之地坚持对夏娃的提醒。丹尼尔森将此一幕称为整部史诗中最具讽刺意味的几个场景之一，[①]实乃真知灼见。

　　在这一场景的最后，亚当对夏娃说，"去吧；你留下来，不自由，更心不在焉"（Go; for thy stay, not free, absents thee more）（*PL*, IX.372）；夏娃将手从丈夫手中轻轻抽回（from her husband's hand her hand / Soft she withdrew），迈着轻盈的步伐离开了（*PL*, IX.385—386）。克里根等将此节与史诗结尾处夏娃说的几行——"跟你去等于 / 待在这儿；没有你在这待着， / 也等于被放逐"（with thee to go, / Is to stay here; without thee here to stay, / Is to go hence unwilling）（*PL*, XII.615—617）进行了对比。他们敏锐地指出了这两处的鲜明对比：在前者中，夏娃执意离开亚当；在结尾处，夏娃表示无论如何都甘愿追随亚当。另外，法伦等还指出，这里的"go"及"stay"与史诗结尾两行中的"slow"及"way"分别押韵，结合夫妻两人手挽手离开的场景（*PL*, XII.648—649），确实给人极大安慰。[②]诚然，堕落自夏娃要求离开亚当开始，史诗以夏娃自愿与亚当一起离开乐园结束，隐隐揭示了弥尔顿对于两人关系的看法：夫妻原为一体，夏娃强求离开丈夫，亚当劝解未果后选择应允，一定程度上导致他们失去了外在的乐园；[③]但在史诗的结尾，夏娃主动提出与亚当一起离

① Dennis Danielson, *Milton's Good God*, p. 145.

② William Kerrigan, John Rumrich, and Stephen M. Fallon (eds.), *John Milton: Paradise Lost*, pp. 414-415.

③ 同前面关于梦的讨论一样，夏娃选择离开并不意味着她已经犯罪，但这一事件对后面的堕落产生了影响却是不容忽略的事实。贝内特谨慎地提醒道，夏娃选择离开还是留下本来是一个道德中立的决定（morally neutral decision），在 17 世纪可被视为中性的事情（a thing indifferent），但对于这些中性之事的争议本身充满了道德复杂性。见：Joan S. Bennett, "'Go': Milton's Antinomianism and the Separation Scene in *Paradise Lost*, Book 9," p. 401. 正因如此，笔者认为，本节关于劳动分工与美德的讨论因其复杂而愈加重要。

开，彼时，两人虽然失去了外在的乐园，却标志着追求内在乐园的开始。然而在第 9 卷与第 12 卷之间，事态急转，执意离开亚当、试图证明自己美德的夏娃第一次独自站在了舞台的中央，她将如何应对呢？

第三节　知识树下的夏娃：现实性的经验与"失去善，得到恶"

紧接着，在第 9 卷中，我们读到，撒旦再次来到乐园，他暗自希望夏娃是一个人（*PL*, IX.422），但又不敢奢望太多。令撒旦喜出望外的是他竟然如愿以偿，当他再次见到夏娃时，她果然是一个人（*PL*, IX.424）。读至此处，读者内心必定为之一紧，诗人亦然。自从夏娃单独离开，诗人便开始了对她命运的哀叹，他如此描述夏娃的处境："最美丽但没支撑的花朵，/ 离最好的支撑那么远，离风暴那么近"（fairest unsupported flow'r, / From her best prop so far, and storm so nigh.）（*PL*, IX.432—433）。这两行诗再次暗示出诗人并不赞同夏娃独自离开的主张。目睹乐园的怡人美景以及孤单温柔的夏娃，撒旦先是为之折服，甚至暂时解除了敌意的武装。可惜好景不长，他猛然间重新记起了愤怒与恶念，决心以恨摧毁一切欢乐。他的独白以这样几行诗结束：

> 她美丽，天仙般美丽，配神灵去求爱，
> 爱情和美丽虽令人敬畏，但不可怕，
> 只消恨得更凶就敢于逼近。①
> 我如今把更凶的恨包裹在巧妙伪装的
> 爱的外表下，引她上毁灭的道路。

> She fair, divinely fair, fit love for gods,
> Not terrible, though terror be in love

---

① 几种汉译本对于这行诗的翻译差异很大。此处引文为金发燊译文；朱维之译为"非有更强的憎恨不能接近她"，与金译比较接近；刘捷译为"非入骨之恨就能靠近"，与朱译相差很大。笔者参考了克里根等编者对该行的注释："Beauty and love inspire awe, unless counteracted by a stronger hatred."认为此处金发燊译文与朱维之译文更为妥帖。见：William Kerrigan, John Rumrich, and Stephen M. Fallon (eds.), *John Milton: Paradise Lost*, p. 298.

And beauty, not approached by stronger hate,

Hate stronger, under show of love well feigned,

The way which to her ruin now I tend.（*PL*, IX.489—493）

可见，撒旦并非没有对爱与美的感知力，但他决心以更强烈的恨代替之：既然欢乐于己无份，他便以摧毁欢乐为乐。一旦如此决定，他非但不会被爱与美折服，还要以它们作为伪装，以便诱惑夏娃一同走上毁灭之路。沈弘在《弥尔顿的撒旦与英国文学传统》中对撒旦善恶混合的矛盾性格进行了清晰阐释，他一方面引用阿奎那的神学观点说明"不可能有百分之百的邪恶"，另一方面引述弥尔顿的《札记书》说明邪恶常常隐藏在善的后面，否则它将变得不堪一击。[①]鉴于后一方面与本书主题联系紧密，笔者将《札记书》的原文引用如下："在伦理道德的邪恶（moral evil）中可以非常巧妙地掺进许多善。'没有人会把毒药跟胆汁以及黑藜芦混在一起，而会把毒药和味美的酱汁及佳肴放在一起……所以魔鬼把他准备好的任何致命菜肴浸泡在上帝最亲爱的恩惠里'等等。"[②]基于以上这段引文，沈弘指出："当撒旦发誓'永远作恶'时，他必须从'善'中寻找恶的途径。……当他试图引诱人类堕落时，他又假装自己是出于最好的意图，设法让夏娃相信他建议她做的事只是为了人类的福祉。"[③]因此，尽管撒旦意在作恶，他却只能使用行善的方式作为伪装，非如此，他无法实现自己的目的。这一点是笔者接下来分析夏娃被诱过程的前提。毕竟，此时的夏娃尚处纯真状态，如果撒旦不经伪装，无法真正接近她并引诱她。

于是，撒旦装扮成一条悦人可爱的蛇出现在夏娃面前。不仅如此，他还说着分外动听的诏媚言辞。身居乐园的夏娃深谙动物之天性，而且她在视听方面十分敏锐，蛇的行为与言语令她极为惊奇（not unamazed）。她不禁向其询问道：蛇何以拥有人类的语言（language of man）与人类

---

① 沈弘，《弥尔顿的撒旦与英国文学传统》，第 207—208 页。

② 沈弘，《弥尔顿的撒旦与英国文学传统》，第 208 页。英文原文见：Don M. Wolfe (ed.), *The Complete Prose Works of John Milton*, vol. I, New Haven: Yale University Press, 1953, p. 362. 笔者根据原文对中文引文略做了修改。

③ 沈弘，《弥尔顿的撒旦与英国文学传统》，第 208 页。

的意识（human sense）（*PL*, IX.494—567）？此后，关键的一点出现了：撒旦在回答夏娃问题的过程中，编织了一个精致的谎言。这个谎言以一个虚假的经验为基础，撒旦详尽地描述了自己如何发现一棵壮观的大树，吃了其上的果子，以及由此引发的一系列变化，例如，它拥有了推理以及思考能力等。这段话与后来夏娃在知识树下的一连串反应彼此呼应，因此，可以说，此处撒旦为夏娃之后的各种感官经验先做了一番预演。第 575—612 行可以被称为一场感官的盛宴：蛇先从远处望见（behold）果子，接着就近观看（gaze），它闻到了树枝上的芬芳（savory odor），觉得那味道实在讨人喜欢（grateful to appetite），那果子使它的感官愉悦（more pleased [its] sense），于是下定决心要满足自己品尝它们的强烈欲望（to satisfy the sharp desire ... of tasting [them]）。这之后，饥饿与干渴（hunger and thirst）同时袭来，那果子香味又如此诱人（scent of the alluring fruit），于是它摘下果子尽情果腹（pluck and eat [its] fill）。①如此难得一见的盛宴，怎么能少了围观者与艳羡者？于是我们读到了这样的诗句：

> 我立即将自己盘绕在长满苔的树干上；
> 因为，树枝离地高，你或亚当
> 要使大劲才够得到：所有其他的
> 动物围着树，怀着同样的欲望，
> 又羡慕又妒忌地站着观望，可够不着。

> About the mossy trunk I wound me soon,
> For high from ground the branches would require
> Thy utmost reach or Adam's: round the Tree
> All other beasts that saw, with like desire
> Longing and envying stood, but could not reach.（*PL*, IX.589—593）

在这几行诗中，撒旦一方面向夏娃展示了别的动物之艳羡，另一方

---

① 费什认为，弥尔顿有意将撒旦塑造为一位经验主义者，提醒同时代的人警惕智性层面的骄傲。见：Stanley Eugene Fish, *Surprised by Sin: The Reader in* Paradise Lost, 2nd ed., p. 251.

面为夏娃预设了充满诱惑的意象——"你或亚当要使大劲才够得到"①。相信读者们在读到这番话时，脑海中一定出现了一个清晰的画面，那便是夏娃努力伸手够果子的场景，或许下边还围着一些既羡慕又嫉妒的动物。面对如此栩栩如生的描述，感官极为敏锐的夏娃很难不为之动心。但作为读者的我们十分清楚，这个所谓的经验完全是子虚乌有，是撒旦精心编造的谎言。撒旦提到，在吃完果子后，他开始思量"天地之间又美又善的万事万物"（all things fair and good），并奉承夏娃，声称美和善在她神圣的形象中是统一的（*PL*, IX.605—608）。这几行诗可谓意味深长，反讽意味极强。此处美与善连续出现多次，但"真"之缺席使一切缺乏立得住的根基，撒旦的谎言与夏娃的轻信皆是如此。

对于蛇的话，夏娃虽然将信将疑，但一定程度上已经承认了它的经验。她如此回答道，"你的夸奖使人怀疑 / 那果子的效力，虽然你首先已证实（in thee first proved）"（*PL*, IX.615—616）。此处的"证实"（prove）一词，本身包含着由试验得到证明之意（tested by experiment），②暗示着夏娃已经将撒旦的谎言视为真实经验。在她眼里，蛇开口讲话，拥有思维，这本身便已证实果子的功效。因此，她接下来向蛇打听起果子的位置。对此，蛇当然是兴高采烈，积极担任向导，如同一团鬼火般将夏娃领至知识树下。③至此，撒旦诱惑夏娃的初步目标已经实现：他成功地通过蛇的虚假经验将夏娃骗至知识树下。

看到蛇说的那棵树正是知识树时，夏娃向蛇提到上帝的命令，告诉它这棵树的果子不能吃也不能摸。不少评论家都认为，夏娃的用词显示出她低估了上帝命令的权威性。例如，亨特指出，在夏娃说上帝"使那命令成为他 / 天声的唯一女儿"（left that command / Sole daughter of his voice）（*PL*, IX.652—653）这两行诗中，"天声的女儿"（daughter of his voice）

---

① 福勒在对该行的注释中强调了这一点，即撒旦旁敲侧击地在夏娃的潜意识中构建着人类违背诫命的意象。但他同时强调了另外一点，诗人极为微妙地暗示着：如果果子很难够得到，那么摘取它就一定是有意为之。见：Alastair Fowler (ed.), *John Milton: Paradise Lost*, 2nd ed., p. 504.

② Alastair Fowler (ed.), *John Milton: Paradise Lost*, 2nd ed., p. 474.

③ 斯文森指出，弥尔顿同时代的许多作者认为，鬼火常常使好奇者误入歧途。撒旦此时确实如同鬼火一般，这个意象暗示出一种狂妄的罪恶、摇曳闪烁的欺骗以及灾难。见：Kester Svendsen, *Milton and Science*, pp. 108-109.

出自希伯来语 *Bath Kol*（拉丁语为 *filia vocis*），意为来自天国的声音（voice sent from Heaven），指的是较低一级的启示，缺少真正的权威性。而实际上，上帝的命令直接出自他自己的声音。[1]福勒则指出，"唯一女儿"一词显现出夏娃的不顺从，她略掉了上帝的另外一个女儿，因为第 7 卷第 8—12 行清楚地显示上帝有两个女儿，分别为乌拉尼亚与智慧（Wisdom）。[2]尽管论据不同，亨特与福勒都强调夏娃对上帝命令的严肃性认识不足。听到夏娃的话，蛇开始了第二轮的诱惑工作，它如同一个古时的演说家（orator）一样，开始了慷慨激昂的陈词。撒旦这段话修辞丰富但逻辑混乱，值得分析之处甚多。因篇幅有限，笔者仅将与本章有关之处做详尽讨论。

　　对于夏娃所说"这树上的果子你们不能吃，/ 也不能摸，免得你们死"（*PL*, IX.662—663），蛇以自己为例，回应道，自己既摸了又吃了，不仅活着，而且获得了更美满的生活。对此，前文已经分析过，它的经验原就是子虚乌有，实际上不具任何参考价值。也许是对自己这一说法不甚满意，它紧接着鼓动夏娃发扬"无所畏惧的美德"（dauntless virtue），不管死亡是什么，要敢于冒着死亡的痛苦威胁，去追求"更幸福的生活，关于善恶的知识"（happier life, knowledge of good and evil）（*PL*, IX.694—697）。这几行诗将僭越上帝的禁令与吃果子的鲁莽冒犯置换为英勇无畏之美德，多少有些令人啼笑皆非。然而，这一理由并不像它表面看上去那么荒唐，燕卜荪便据此认为，在夏娃眼里，上帝一定是想让她吃果子，因为他真正考验的并非她的顺从而是她的勇气，上帝想试验她想要去天堂的愿望是否强烈到拥有足够勇气吃果子的程度。[3]即使燕卜荪此言有理，他将撒旦的诸多其他论据撇在一旁，认为这一说法乃是夏娃下决心的主要依据，仍难免有偏颇之嫌。也许是燕卜荪太急于为夏娃吃果子的动机找到崇高的解释，但上述解读确实难以令人信服。[4]从

---

① John Leonard (ed.), *John Milton: Paradise Lost*, p. 411.

② Alastair Fowler (ed.), *John Milton: Paradise Lost*, 2nd ed., p. 476.

③ William Empson, *Milton's God*, 3rd ed., p. 159.

④ 对于乐园中的亚当与夏娃来说，他们具备正当理性，原可判断善恶，禁食知识树上果子之命令与正当理性不相合，但正因如此才成为维系他们信仰的关键，因此对他们来说，遵守该命令就是行善，违背该命令则是作恶。需要说明的是，弥尔顿在《复乐园》中对于上帝的话语和德性进行了更完美的融合，笔者将在第三章对此进行进一步的讨论。

笔者的研究角度看，夏娃吃果子的动机实际上涉及经验与伦理之间的一个悖论，接下来笔者将重点讨论。

蛇接下来的论据与本章关系十分密切。它对于涉及善恶的知识如此解释道："善的，那应该！恶的呢，要是恶真有 / 其事，为什么不认识？容易避开嘛！"（Of good, how just? Of evil, if what is evil / Be real, why not known, since easier shunned?）（*PL*, IX.698—699）笔者以为，这两行才是撒旦所有论据中最致命的一条，因为这其中包含着现实性的经验知识与恶之间的悖论性关系，不少评论家都认识到了这一点。例如，克里根等编者认为，蛇的话中使用了诡辩术（sophistry），因为"认识"（known）一词有两层含义：一是通过理性理解认识（known by rational apprehension），二是通过经验认识（known by experience）。就第一层意思而言，夏娃当然知道吃果子乃是作恶；而就第二层含义来说，她几乎无法用这样的知识来避开恶，因为一旦她经验性地认识了恶，她便已经作恶了。这正是纯真与经验的区别所在。①也就是说，夏娃一旦在现实性的经验层面认识了恶，她便会失却纯真，这不但不会使她避开恶，还会从此开启恶之大门。福勒则是将这个论据视为撒旦所有论述中最明显的逻辑谬误（logical fallacy）：就禁令而言，既然想要避开恶，就完全没有必要使恶被认识。福勒还指出，在弥尔顿的时代，关于《创世记》第 3 章的评论中，对于理论知识（theoretical knowledge）与痛苦的经验知识（knowledge in the sense of "miserable experience"）之区分十分普遍。②福勒提到了 17 世纪初维莱特（Andrew Willet）的解读，维莱特曾如此解释《创世记》第 3 章中亚当与夏娃吃完果子后的变化："现在，他们第一次开始拥有关于恶的知识。正如他们过去拥有善的知识，现在相反，他们也有了恶的知识：但是实际上他们是通过痛苦的经验（miserable experience）认识恶的。"③

读到上述这段话，读者一定同诗人一样，为夏娃哀叹。然而身处其

---

① William Kerrigan, John Rumrich, and Stephen M. Fallon (eds.), *John Milton: Paradise Lost*, pp. 306-307.

② Alastair Fowler (ed.), *John Milton: Paradise Lost*, 2nd ed., p. 479.

③ Andrew Willet, *Hexapla in* Genesin, *That Is, a Sixfold Commentary upon* Genesis, London: John Norton, 1608, STC (2nd ed.) / 25683a, p. 50.

中的夏娃，未能参透蛇话中暗藏的玄机，她于不知不觉间已经进入了蛇设下的圈套。笔者之所以认为蛇关于认识恶的话对于夏娃影响最大，是因为夏娃在伸手摘果子前说了这样一段话：

> （他把你叫作）
> 知识树，不但能知善而且能识恶；
> 却禁止我们尝一尝，可他的禁令
> 反将你举荐，因为这就暗示出
> 你传输的善以及我们的需要；
> 因为善而不知当然等于无，
> 或者有而不知与无也全然一样。
> 那么率直说，他禁止的岂不是求知吗？
> 禁止我们识善，禁止我们变聪明！

> [He names thee] the Tree
> Of Knowledge, knowledge both of good and evil;
> Forbids us then to taste, but his forbidding
> Commends thee more, while it infers the good
> By thee communicated, and our want:
> For good unknown, sure is not had, or had
> And yet unknown, is as not had at all.
> In plain then, what forbids he but to know,
> Forbids us good, forbids us to be wise?（*PL*, IX.751—759）

从夏娃这段话来看，她已经进入了蛇的逻辑谬误，甚至比蛇走得更远。第 756—757 行几乎是前面第 698—699 行的复述，然而需要注意的是，当时撒旦说的是恶，夏娃这里则是将恶置换为善，或者说她或有心或无意地省略了恶。牛顿（Thomas Newton）曾经指出："我们的始祖最初被造时拥有完备的理解力，唯一被禁止的是通过犯罪获得关于恶的知识。"伦纳德由此推论，也许善恶树的名字是关于恶之警告，但是撒旦却将之视为对于善的承诺。夏娃如果关注树原本的名字，而不只是撒旦强调的部分，也许不至于犯罪。①然而，经过撒旦与夏娃的两次错误阐释，知识树的功能与上帝的初衷完全背道而驰了。实际上，当亚当与夏娃处于纯真状态时，他们无论在理论层面还是在经验层面都拥有关于善的知识，但关于恶，他们只有理论知识，没有经验知识，因为"纯真，如同面纱 / 蒙住他们使他们不知道丑恶"（Innocence, ... as a veil / Had shadowed them from knowing ill）（*PL*, IX.1054—1055）。不同于撒旦以及夏娃，弥尔顿并不认为知识树本身能给人关于善恶的知识，他在《论基督教教义》中如此解释道："该树被称为关于善恶的知识树，是由其结果决定的。因为自从它被吃，我们不仅认识了恶，甚至只能通过恶来认识善。"（... it was called the tree of the knowledge of good and evil from the outcome, for ever since its tasting not merely do we know evil, but we do not even know good except through evil.）②这段话实在是意味深长。弥尔顿实际上的逻辑如下：一旦亚当与夏娃在现实经验的层面认识了恶，他们不仅失却纯真，而且将只能通过恶来认识善。正是出于这个原因，亚当在犯罪吃了果子后才幡然醒悟：他们确实"懂得了 / 善与恶，失去善，得到恶"（know / both good and evil, good lost, and evil got）（*PL*, IX.1071—1072）。也就是说，吃果子本身没有给亚当与夏娃更多的智慧，只给了他们关于恶的现实性经验，或者如维莱特所言，给了他们痛苦的经验。因此，从这个意义上来看，如果说撒旦故意曲解神意，夏娃则是在无知与懵懂中将神意颠倒，她以为她会获得关于善的经验性知识，实则正好相反：她原来只有关于善的经验性知识，通过吃果子，她获得的是关于恶的现实性经验，这反而隔开了她与善的直接关系。

在笔者阅读的文献中，对于经验与善恶伦理论述最为鞭辟入里的莫过于肖夫。他在《双重性诗人弥尔顿》一书中总结道，只要亚当遵守上帝的命令，他所有的经验知识都是善的，恶可以无须经验即被理解，③因

---

① John Leonard, "Language and Knowledge in *Paradise Lost*," in *The Cambridge Companion to Milton*, 2nd ed., ed. Dennis Danielson, pp. 141-143.

② John K. Hale and J. Donald Cullington (eds.), *The Complete Works of John Milton, Volume VIII: De Doctrina Christiana*, p. 361.

③ 对比亚当在安慰夏娃时说过的话，"只要是没经许可的恶，便不留污点"（Evil, ... so unapproved, ... leave / No spot or blame behind）（*PL*, V.118—119）。

为当时理解的中介为上帝与亚当订立的标记（sign）。而一旦亚当犯罪，僭越了该标记，他便亲手解除了这原有的理解中介。如此一来，恶不再是需要通过中介方可被理解的间接存在，亚当直接经验性地认识了恶。结果，善反而成为必须通过中介方可被理解的间接存在，或无法被认识，或只能通过经验部分地认识，因为它只能通过恶或与恶一起出现在人面前。就这样，恶取代上帝与人的标记成了新的理解中介。①也就是说，上帝并没有如夏娃所说向他们"禁止善"，他通过最初与亚当、夏娃立约，防止他们直接经验性地接触恶，避免他们体会痛苦的经验。那时，他们并非没有关于恶的知识，只是该知识属于未经许可的（unapproved）知识，即非现实性知识，无须通过经验与行为去领会。然而，一旦夏娃与亚当吃了果子，上帝与他们所立的约被打破，他们现实性地经验了恶，便会进入善恶混杂的认知世界。这与先前分属于两个不同的认知世界：当他们以与上帝之约为中介时，他们的世界纯然为善，不与恶直接接触，认知活动是确定、恒常的，在这个世界中，"善就是善，恶就是恶，因为中介既不含糊也不晦涩"；而当他们打破约定后，认知中介变成了恶，善反成了间接存在，认知活动变得不再恒常，在这里，"中介含混、多义、不可控"。②塞缪尔在对比了《失乐园》第 9 卷与《论出版自由》中关于认知与伦理的讨论后，不无遗憾地指出，对于亚当与夏娃来说，他们仍然可以通过悔改获得幸福，但是他们却告别了纯真状态，彼时，善的知识无须与恶的知识成对出现。对于我们来说，面对成对出现的善恶是无法改变的客观现实；而对于亚当来说，"由恶里才知道善"（knowing good by evil），实际上是他不幸"落入的劫数"（that doom that Adam fell into）。③塞缪尔如此强调这一点，原因在于，将认识善恶描述为更幸福状态者乃是撒旦，弥尔顿不会像一些评论家那样因亚当与夏娃堕落后的认知世界而欣喜。④对于亚当与夏娃的后人而言，"由恶里才知道善"并非优势，而是不得不承受的后果。达姆罗什同样对《失乐园》与《论出

---

① R. A. Shoaf, *Milton, Poet of Duality*, 2nd ed., pp. 33-35.

② R. A. Shoaf, *Milton, Poet of Duality*, 2nd ed., p. 38.

③ Irene Samuel, *Plato and Milton*, pp. 119-121.

④ 不少评论家关注亚当与夏娃"幸运的堕落"，但丹尼尔森等学者并不同意这种说法，见：John Leonard (ed.), *John Milton: Paradise Lost*, pp. xxvii-xxix.

版自由》进行了对比，并将塞缪尔的解释继续推进了一步。他指出，对于已经堕落的人而言，不正常的状况反而成了常态：我们一直认识恶，却只能偶尔于恶之间隙窥见善。[①]

　　回到知识树下夏娃的经验。在撒旦说完关于善恶的论据以及夏娃的独白之前，有一段极富代表性的诗行，十分耐人寻味：

> （夏娃）眼巴巴地盯着那果子，这只消看着
> 就令人垂涎三尺，更何况他的
> 劝说言犹在耳，她听来似乎
> 讲得头头是道，也合乎真理。
> 同时已到了中午时分，人自然
> 已饥肠辘辘，那果子芳香扑鼻，
> 又推波助澜，逗得人不由自主地
> 当下就跃跃欲试，想摸摸，想尝尝，
> 惹得她望眼欲穿。

> Fixed on the fruit [Eve] gazed, which to behold
> Might tempt alone, and in her ears the sound
> Yet rung of his persuasive words, impregned
> With reason, to her seeming, and with truth;
> Meanwhile the hour of noon drew on, and waked
> An eager appetite, raised by the smell
> So savory of that fruit, which with desire,
> Inclinable now grown to touch or taste,
> Solicited her longing eye. （*PL*, IX.735—743）

这几行诗中几乎每行都有表示感官的词，比之前撒旦描述自己吃果子的部分可谓有过之而无不及。克里根等编者认为，这里先后涉及五种感官，从开始的视觉、听觉、嗅觉，到意欲去摸摸、尝尝（触觉与味觉），结尾

---

① Leopold Damrosch, Jr., *God's Plot & Man's Stories*, p. 101.

甚至重新回到了表示视觉的"望眼欲穿"。[①]值得一提的是，这几行诗与霍布斯的认知论倒是颇为吻合。[②]从这连环般的感官经验描述中可以看出，蛇的话已经深深钻入夏娃的心里，她的感官已与之同步了。前文已经分析过，夏娃的感官极其敏锐，她虽具备理性，但理性并非她所长，因此当她说，蛇的话在她听来"头头是道，合乎真理"时，很有反讽意味。实际上，撒旦选择攻击夏娃而非亚当，原因之一就是后者具有更高的智慧（higher intellectual）（*PL*, IX.483）。[③]夏娃离开了具有更高智慧的亚当独自面对撒旦时，一方面，她经验式的认知方式更易被撒旦影响，另一方面，她对于撒旦话中的逻辑谬误亦无法及时觉察或回应。笔者以为，这些才是夏娃被引诱乃至堕落的主要动因。《提摩太前书》2：14 中说："且不是亚当被引诱，乃是女人被引诱，陷在罪里。"（And Adam was not deceived, but the woman being deceived was in the transgression.）[④]此处的"引诱"一词，英文原文是"deceive"。该词既有诱骗人犯罪之意（to beguile or betray into mischief or sin），又指使某人相信假的东西（to cause

---

① William Kerrigan, John Rumrich, and Stephen M. Fallon (eds.), *John Milton: Paradise Lost*, pp. 307-308.

② 例如，霍布斯在《利维坦》第一章中如此描述感觉："感觉的原因就是对每一专司感觉的器官施加压力的外界物体或对象（the external body, or object）。其方式有些是"直接地"（immediately），比如在味觉和触觉等方面便是这样；要不然便是"间接地"（mediately），比如在视觉、听觉和嗅觉等方面便是这样。……一切所谓可感知的性质（all qualities called sensible）都存在于造成它们的对象之中，它们不过是对象借以对我们的感官施加不同压力的许多种各自不同的物质运动（motions of the matter）。在被施加压力的人体中（in us that are pressed），它们也不是别的，而只是各种不同的运动（not anything else, but diverse motions）（因为运动只能产生运动）。"见：霍布斯，《利维坦》，第 4—5 页；Richard Tuck (ed.), *Thomas Hobbes: Leviathan*, pp. 13-14.

③ 需要注意的是，这一说法乃是针对亚当与夏娃而言，并非男人与女人。福勒引用第8 卷第 541 行的话解释道，亚当确实比夏娃拥有更高的智慧，但弥尔顿曾在别处（*Tetrachordon*）指出，女人有时会比丈夫拥有更多的智慧，在这种情况下，男人应该服从女人。见: Earnest Sirluck (ed.), *The Complete Prose Works of John Milton*, vol. II, p. 589. 也就是说，在弥尔顿眼里，智慧较高的一方应管理较低的一方，与性别无关。见: Alastair Fowler (ed.), *John Milton: Paradise Lost*, 2nd ed., p. 498.

④ 《圣经：中英对照》（和合本·新国际版）。参考钦定版: *The Holy Bible: Containing the Old and New Testaments (Authorized King James Version)*.

to believe what is false）。①可见弥尔顿在《失乐园》中对于《圣经》的阐释极为准确：亚当是在极为清醒的状态下选择了夏娃，吃了果子；而夏娃则是受限于自己的认知，被欺骗从而相信了蛇的谎言。

当然，笔者同意刘易斯的观点，夏娃确实由于撒旦的阿谀奉承产生了骄傲之心，她想要变得聪明，如同神一样。不过，笔者认为，促使她说服自己摘下果子的三个主要原因都与认知相关。在摘果子之前，夏娃说的最后一段话是：

> 先吃了的那一位
>
> 却不妒忌，高高兴兴地带来了
>
> 意外的好处，无可怀疑是报信人，
>
> 对人友善，**绝不是欺骗诡谲。**
>
> 我还怕什么？**对善恶茫无所知，**
>
> 我怎么能知道该害怕上帝还是
>
> 死亡，该害怕律法还是惩罚？
>
> 这里长着疗百病的良药，这神圣的
>
> 果子，**看来悦目，逗人去品尝，**
>
> 论效能使人变聪明，那么为什么
>
> 不让伸手摘来吃，同时补身心？

> yet that one beast which first
>
> Hath tasted, envies not, but brings with joy
>
> The good befall'n him, author unsuspect,
>
> Friendly to man, **far from deceit or guile.**
>
> What fear I then, rather what know to fear
>
> Under **this ignorance of good and evil**,
>
> Of God or death, of law or penalty?
>
> Here grows the cure of all, this fruit divine,
>
> **Fair to the eye, inviting to the taste**,

---

① 见：*The Oxford English Dictionary* 中的 "deceive" 词条义项 1、2。

Of virtue to make wise: what hinders then

To reach, and feed at once both body and mind?（*PL*, IX.769—779）[1]

可见，夏娃的话中包含了三层意思。首先，夏娃确定，果子的功效在蛇的经验中已经得到证实，她丝毫不再怀疑蛇的话，"绝不是欺骗诡谲"一语可谓讽刺意味十足。其次，若对善恶茫然无知，她无法在真正意义上遵守禁令。前文分析过，在撒旦的误导下，她误解了上帝实际赋予她的认知状态：她并非对善恶茫然无知，她只是没有经历过现实经验性的恶，而上帝是出于保护她才使她不直接接触恶，知识树果子这一禁令正是为了此一目的而设。再次，对感官敏锐的夏娃来说，这果子"看来悦目，逗人去品尝"，时值正午，饥肠辘辘的她实在难以抵挡这诱人的果实。这几方面，均与她的认知方式和认知状态密切相关，难怪她当下认为该果子可以同时"补身心"。

于是，夏娃伸手摘下果子吃了。此举之后，天地为之动容，夏娃却浑然不觉。她如同醉了般大声颂扬赐予她知识的果子，称其使她如神般通晓万物。紧接着，她赞美了经验，并称之为最好的向导，她认为若不是如此，她自己还处于愚昧无知的状态。呜呼！夏娃不知道的是，与经验相对的并非无知，而是纯真。如今，随着恶的现实性经验的降临，夏娃失去了纯真，现在已经没有什么将她与恶隔开。于是，我们看到，她开始算计，如何将智慧的优势留给自己？如何与亚当平起平坐（甚至超过他）？然而，恐惧与猜忌亦接踵而至，万一死亡降临，亚当再娶，她该如何是好？于是她打算与亚当同享祸福（*PL*, IX.795—833）。此处反讽意味同样十分强烈，夏娃的想法实际上是：若只是增长知识，她要独享；若是遭遇死亡，她要与亚当一同担当。正是出于这个原因，刘易斯说，此处的夏娃实际上犯了谋杀罪。[2]笔者认为，刘易斯所说确实有理，夏娃在亚当面前说愿与他共同增长见识，实际上不过是害怕独自遭遇死亡。当亚当表示甘心与她一同赴死时，她再次称颂果子的美德，声称"善仍由善而生"（of good still good proceeds）（*PL*, IX.973）。夏娃此处所说的新生的"善"乃是亚当对她的比死亡还强烈的爱情。她宣称自己宁愿孤

---

① 粗体乃笔者所加。对比《复乐园》第 2 卷第 338—371 行关于感官经验的描写。

② C. S. Lewis, *A Preface to* Paradise Lost, p. 125.

零零死去，也不愿有害于亚当的安宁，但她相信亚当的爱情，并告诉他果子的功效并不是死，而是扩大的生命（*PL*, IX.961—986）。对比前文可知，这并非夏娃的心里话，她之前的想法正好相反：若是增加知识，她愿意独享；若是遭遇死亡，她要与亚当一起分担。总之，她力劝丈夫："以我的经验保证，亚当，尽情吃吧。/ 把死亡的恐惧抛到九霄云外。"（On my experience, Adam, freely taste, / And fear of death deliver to the winds.）（*PL*, IX.988—989）如此这般，夏娃同撒旦一样，以自己的经验为依据引诱丈夫吃下了果子。

亚当吃完果子后，如同夏娃一样，像喝醉了酒一般。那虚伪的果子在他们身上呈现的最明显的效果就是炽烈的肉欲与寻欢作乐（love's disport）（*PL*, IX.1011—1045）。这部分的感官纵欲令人瞠目结舌，亚当与夏娃于顷刻间从恶的经验者变为恶的缔造者。一旦他们打开恶之大门，恶对他们的奴役与侵蚀程度便远远超过他们的想象。一觉醒来，他们发现，"纯真，那蒙住他们 / 使（他们）不知道丑恶的面纱，如今消失了"（*PL*, IX.1054—1055）；"他们完全丧失了 / 所有美德"（they destitute and bare / Of all their virtue）（*PL*, IX.1062—1063）。亚当惊觉，所谓的认识善恶，不过是失去善，得到恶。在为亚当与夏娃扼腕的同时，我们不得不承认，至此，人类已经告别了纯真，失去了直接接触善、间接认识恶的认知世界，进入了直接接触恶、间接认识甚至无法认识善的认知模式。正是在这个意义上，亚当说他们失去了善，得到了恶。亚当的这一认识在第 11 卷第 86—89 行里得到上帝的证实："让他夸耀 / 他那失去善获得恶的知识去吧，/ 他本来可以只知善自身而压根儿 / 不知恶，这样他本会更幸福。"（let him boast / His knowledge of good lost, and evil got, / Happier, had it sufficed him to have known / Good by itself, and evil not at all.）这里的"知"指的是经验性地认识，上帝的这句话印证了我们前面的讨论，之前在知识树下，无论是撒旦，还是夏娃，对于所谓"认识善恶"的解读与亚当和夏娃堕落前的认知状态以及果子的实际功效全然不符：果子赋予他们的只是对恶的现实性经验，夺走的却是全部的美德。从此以后，亚当、夏娃以及他们的后代进入了《论出版自由》里讨论的那个世界：

　　在这个世界中，善与恶几乎无法分开地长在一起。关于善的知识和关于恶的知识之间有着千丝万缕的联系和千万种难以识别的相似之处，甚至连普赛克忙碌终生也拣不清的种子都没有这么混乱。在亚当尝的那个苹果皮上（the rind of one apple tasted），善与恶的知识就像连在一起的一对孪生子一样（as two twins cleaving together）跳进世界里来了。也许正是由于这一劫数，亚当才知道有善恶，也就是说，从恶里知道了善。①

需要注意的是，弥尔顿这里绝不是指果子本身给了亚当关于善恶的知识，这一点他在《论基督教教义》里说得非常清楚。②他强调的是，自从亚当（与夏娃）犯罪，人的认知便进入了这样善恶混杂、难以识别的阶段。正因如此，他才会如此强调"在这个世界中""就人类目前的情况说来"。要知道，对于吃禁果之前的亚当与夏娃来说，原本并非如此。

　　回到对夏娃经验的讨论。在经历与亚当相互抱怨、推卸责任的巨大痛苦后，在亚当还在对她恶语相向时，夏娃先悔改了，她请求亚当的原谅。她认为，虽然两人都犯了罪，但亚当只触犯了上帝，自己却触犯了上帝与亚当。③听到妻子的哭诉，亚当内心变得柔软，与妻子达成和解。这时，夏娃又一次提到了经验，她说，"经过悲苦的经验我才知道，/ 我的话对你来说何等轻微"（By sad experiment I know / How little weight my words with thee can find）（PL, X.967—968）。爱德华兹敏锐地指出，"experience"与"experiment"这两个词的差异在18世纪才完全确立，在弥尔顿写作的时代，这两个词既可以互相替换，又开始具备一些微妙的差异。在17世纪时，这两个词均具有以下两层意思：其一，指一种非

① 弥尔顿，《论出版自由》，第18—19页。译文根据原文有改动，原文见：Earnest Sirluck (ed.), *The Complete Prose Works of John Milton*, vol. II, p. 514.

② John K. Hale and J. Donald Cullington (eds.), *The Complete Works of John Milton, Volume VIII: De Doctrina Christiana*, p. 361.

③ 索尔（Elizabeth M. Sauer）指出，夏娃出于完全绝望向亚当提出休战，此刻她比丈夫更加接近赎罪（atonement）与悔改（repentance）。见：Elizabeth M. Sauer, "The Experience of Defeat: Milton and Some Female Contemporaries," in *Milton and Gender*, ed. Catherine Gimelli Martin, Cambridge: Cambridge University Press, 2004, p. 145.

正式的、应用式的观察方式；其二，指一种正式的观察方式，甚至会通过人工设计进行试验（testing），目的在于发现未知之物。到 18 世纪时，第一层意思，即知识或证据（proof）被看作来自非正式的观察，主要由 experience 来承担；第二层意思，更强调试验（testing）的意味，在 17 世纪末 18 世纪初开始更明确地指向 experiment。在弥尔顿写作的时代，这两层意思刚刚开始分野，因此它们既可以互换，又有微妙的差异。①若从两个词的相似性来说，此处的"sad experiment"也可指"sad experience"，可见，夏娃此时确实悔改了，她之前引以为傲的经验现在被称作悲苦的经验。若从两个词的差异考虑，夏娃的悔改程度更甚：她不仅意识到她劝导亚当吃下果子时误解了自己经验的性质，而且没能试验（make experiment of）蛇所说的一切，以期进行有效的探索，而是完全接受了蛇的经验。②也就是说，夏娃当时本来有可能通过试验蛇来进一步发现它的阴谋，但是她却毫无保留地接受了蛇的经验，夏娃终于意识到这是她堕落过程中至关重要的环节。

夏娃此处的认识令我们想起英美文学作品中一些女性角色在痛苦经验之后的醒悟。例如，《米德尔马契》中的多罗西娅（Dorothea）在蜜月旅行中首次发现，自己婚前对丈夫的认识存在着假象（illusions）："她先前梦想着在丈夫的思想中发现广阔的境界和自由、新鲜的空气；如今她找到的却是接待室和弯曲的过道，它们不通向任何地方。"再如，在《一位女士的画像》中，伊莎贝尔（Isabel）在其失眠之夜醒悟，对于丈夫，自己之前错将其部分看作整体："丰富生活的无限远景（the infinite vista）不过是漆黑、狭窄的过道（a dark, narrow alley），其尽头是一堵冰冷的

① Karen L. Edwards, *Milton and the Natural World: Science and Poetry in* Paradise Lost, pp. 20-21.

② 爱德华兹与费什都讨论经验，角度却不同：前者侧重弥尔顿与同时代经验哲学家的联系，认为夏娃没能执着地坚持对蛇的话语进行试验，陷入撒旦如同魔法一样的诡计里，失去了进行有效发现的机会；后者则强调弥尔顿与经验哲学家的区别，认为一切自然界的起因在上帝明确的命令面前不值一提。两位看法不同，却都认为夏娃在经验方面不够谨慎。笔者的研究角度与两位前辈学者又不一样，本章侧重经验与伦理之间的关系。分别参见：Karen L. Edwards, *Milton and the Natural World: Science and Poetry in* Paradise Lost, pp. 20-22; Stanley Eugene Fish, *Surprised by Sin: The Reader in* Paradise Lost, 2nd ed., p. 251.

墙。"①这些女性角色不得不承受错误的认知和选择给她们的生活带来的痛苦，但她们也经由这样的经验而蜕变、成长。笔者认为，在这个方面，我们可将弥尔顿的夏娃视为这些女性角色的原型（prototype）。

对于夏娃来说，亡羊补牢，未为晚也。其主动悔改，帮助并且提醒了亚当，使得他想起审判的部分话语，记起他们的后裔将打伤蛇的头。学者们对于夏娃在悔改过程中发挥作用之大小看法不同。格林总结道：萨默斯（Joseph Summers）等学者认为夏娃在开始和解与重生的过程中发挥了核心作用；麦科利与勒瓦尔斯基同意夏娃的作用，但并不认为她担任了救赎角色；还有一些评论者关注夏娃预表论——克里斯托弗对于夏娃角色的预表解读（typological reading of Eve's role）持保留态度，她认为此刻的夏娃信心不足，这严重损害了她的救赎形象，弗雷斯科（Cheryl H. Fresch）认同克里斯托弗的说法，但谨慎地提醒道，预表（type）与预表本体（antitype）原本就必须具有相同点与差异。②

于是，亚当和夏娃重新确立方向，恭敬地拜倒在上帝面前，请求饶恕。神子称颂了这种因神恩而生出的悔改之果，认为它们醇香怡人，甚至胜过两人以前尚处纯真时在伊甸园中栽种的果子（PL, XI.23—30）。笔者注意到，在亚当与夏娃堕落后，由于依靠正当理性的道路受阻，③亚当的认知方式也更趋向于经验式。如此一来，他与夏娃之间的交流方式也有些许改变，之前亚当在智慧上确实比夏娃更高一筹，现在两人似乎更加相互依赖，例如，重新找到悔改的方向便是两人一起努力所致。综观知识树下的夏娃，她被蛇引诱，以为自己可以如神一样获得关于善恶的知识，实际上获得的是关于恶的现实性经验，从此打开潘多拉的盒子，使亚当以及后代开始了与恶的直接接触，失去善，得到了恶。但悔改亦自她而始，她痛悔地发现，所谓的新向导——（吃果子的）经验不过是惨痛的教训，于是重新敦促亚当回到上帝的审判话语中，再次找到方向。

---

① 分别参见：George Eliot, *Middlemarch*, ed. Rosemary Ashton, London: Penguin Books, 1994, p.195; Henry James, *The Portrait of a Lady: An Anthoritative Text, Henry James and the Novel, Reviews and Criticism*, 2nd ed., ed. Robert D. Bamberg, New York: Norton & Company, 1995, pp. 356-357.

② Mandy Green, *Milton's Ovidian Eve*, p. 198, n. 44.

③ 参见本书第一章的讨论。

第四节　夏娃的第二个梦：
"梦境提示了某种伟大的预言性的好事"

史诗的结尾，米迦勒向亚当一一展现他后代的命运，并向他预言救主的到来。听闻一切预言后，亚当承认自己获得了最高的智慧，表示从此以后将单单依靠上帝，因他以善胜恶、以小胜大、以弱胜强、以驯良胜精明。此处的"以善胜恶"（with good / Still overcoming evil）出自《罗马书》12：21，原句为："你不可为恶所胜，反要以善胜恶。"（Be not overcome of evil, but overcome evil with good.）[1]亚当此处的感慨颇耐人寻味。在他与夏娃感叹他们已经"失去善，得到恶"之后，上帝"以善胜恶"的工作既给了他安慰，又指示了新的方向。之后，米迦勒与亚当一起下山。夏娃一边迎接归来的丈夫，一边告诉他，"我知道你从哪里回来，到过何处。/ 睡梦中也有上帝，他好心送来的 / 梦境提示了某种伟大的预言性的 / 好事，……"（Whence thou return'st, and whither went'st, I know; / For God is also in sleep, and dreams advise, / Which he hath sent propitious, some great good / Presaging, …）（PL, XII.610—613）。这几行诗告诉我们，上帝在梦中也向夏娃启示了关于救主与内在乐园的好消息，这对于夏娃来说实在是莫大的安慰：她因自己人性的罪过自责，但上帝通过梦中的启示告诉她，虽然一切因她丧失，不配者如她，却将蒙受神恩，上帝许诺的救主（the promised seed）亦将由她而生。索尔十分敏锐地指出，《失乐园》最后几卷中"女性"（woman）一词总是与许诺的后裔相联系，可见，堕落但悔改的女性（the fallen penitent woman）是传递悲伤和救赎语言的媒介。[2]在《圣经》中，夏娃直到接受审判后才被亚当起名为"夏娃"，意为众生之母，[3]确实意味深长。

---

① 引自《圣经：中英对照》（和合本·新国际版）。对照钦定版：*The Holy Bible: Containing the Old and New Testaments (Authorized King James Version)*, Romans 12: 21. 此外，弥尔顿在《复乐园》第 1 卷第 161—167 行再次提到以弱胜强、以善胜恶，笔者将在第三章对之进行讨论。

② Elizabeth M. Sauer, "The Experience of Defeat: Milton and Some Female Contemporaries," in *Milton and Gender*, ed. Catherine Gimelli Martin, p. 147.

③ 《创世记》3：20。引自《圣经：中英对照》（和合本·新国际版）。

此外，弥尔顿选择通过梦的方式使夏娃接受上帝的启示，独具匠心。索尔明确指出，上帝通过梦境中的异象告知夏娃救赎的消息，抵消了第5卷中夏娃恶魔之梦的经验。[①] 由于夏娃的认知方式是经验式，因此之前撒旦选择她作为诱惑对象：在梦中对她的幻想进行干扰，于知识树下通过自己虚假的经验欺骗她，等等。但是，上帝也会通过梦境这种经验式的方式启示夏娃，可见，他并未否定夏娃经验式的认知方式。可以说，夏娃经验式的认知方式成为她被撒旦诱惑的必要条件，却并不构成充分条件。[②] 拉斐尔与亚当分别提醒过，危险在于人的内心。在夏娃身上亦是如此，如果她没有固执己见、执意离开亚当，与丈夫一起，她原不会陷入撒旦布下的认知陷阱。即使离开亚当后，如果她在知识树下时守护己心，谨守上帝的命令，不轻易相信蛇编造的经验，不受感官欲望的牵制，亦不妄想与神一样有智慧，她便不会以身试法，亲自体验那现实性的恶。[③] 悔改后的夏娃开始逐一认识到自己的问题，因此，史诗的结尾，她不仅请求与亚当一起离开乐园，而且宣称，亚当对自己来说，就是天下的万物、一切的归宿（all things under Heav'n, all places）（*PL*, XII.615—618）。她还意识到，她虽不配（unworthy），因为人类的罪孽自她而始；但上帝许诺的救主仍将从她而生，还有什么比这更能安慰她的呢？怀着对伊甸园的深深眷恋，带着来自上帝的许诺与安慰，夏娃与亚当手挽着手[④]离开

---

① Elizabeth M. Sauer, "The Experience of Defeat: Milton and Some Female Contemporaries," in *Milton and Gender*, ed. Catherine Gimelli Martin, p. 147.

② 关于两者的区别，见：Dennis Danielson, *Milton's Good God*, pp. 146-148.

③ 对于评论者来说，说出这些话固然不难。然而随着对经验与伦理问题讨论的深入，笔者发现，无论是弥尔顿还是读者，都已处在善恶混杂的认知世界中，对于如何坚守纯真世界，我们只能在理论层面或者替代经验层面进行想象，说到底，那是一个我们在现实经验层面永远无法抵至的世界。

④ 亚当与夏娃手挽手的意象出现于《失乐园》的不同场景，体现了两人关系的变化：第4卷中，这对令人羡慕的爱侣首次出现时便是"手牵着手"（*PL*, IV.321）；之后夏娃提出分开劳动、执意离开丈夫时，"轻轻地将手从丈夫手中抽回"（*PL*, IX.385）；及至两人吃了知识树上的果子、理性被遮蔽后，亚当"抓起夏娃的手"（*PL*, IX.1037），于一处庇荫之堤犯下情欲之罪；此处，在亚当与夏娃悔改并得到上帝的应许后，他们再次手拉着手离开乐园，既体现了两人对上帝许诺的确信，也是夫妻同心合意的象征。对于这一意象的梳理和相关文献，见：Alastair Fowler (ed.), *John Milton: Paradise Lost*, 2nd ed., p. 678.

了伊甸园，再次开始追求他们的内在乐园。[①]

　　本章聚焦夏娃的认知方式，笔者发现她更倾向于通过观察与倾听认识乐园及其中的一切。首先，笔者认为，我们应该区分夏娃所处的乐园与堕落以后的世界，因为对于夏娃来说，在第 9 卷之前，她尚未经历现实性的恶，与处于已堕落世界的人不可相提并论。其次，笔者通过分析知识树下撒旦对夏娃的诱惑，指出撒旦如何通过子虚乌有的经验、精心编造的感官体验以及吃果子可知善识恶的错误逻辑，欺骗夏娃吃下果子，犯了重罪，导致人类"失去善，得到恶"。尽管如此，笔者认为，上帝并没有否定夏娃的认知方式，她需要提防的其实是自己的内心。值得注意的是，经验问题在弥尔顿的晚期诗歌中多次出现：夏娃的经验一方面与《复乐园》中神子面临的感官诱惑形成对照，另一方面与《斗士参孙》中参孙的宗教经验遥相呼应。

[①] 关于内在乐园的四种阐释，参见本书第一章第四节中引述的邓肯的总结。

第三章 《复乐园》中的自由观念考辨

　　1671 年，弥尔顿的最后两部诗作《复乐园》与《斗士参孙》合成一册书出版，标题为"四卷本的诗歌《复乐园》，附《斗士参孙》"①。关于《复乐园》的创作时间，有两种说法。据弥尔顿的学生——贵格会成员埃尔伍德回忆，1666 年年初的大瘟疫结束，弥尔顿回到伦敦后给他看了《复乐园》。但马森指出，埃尔伍德的说法只能确定他在大瘟疫后拜访弥尔顿时看到过《复乐园》，却并未说明他是在哪一次拜访时看到该书的。②弥尔顿的外甥菲利普斯则认为，《复乐园》大约是在 1667 年 8 月到 1670 年 7 月之间创作的，不过这一说法只是出于猜测。③尽管两种说法并不完全一致，但整体来看，《复乐园》的创作时间大约为 17 世纪 60 年代中后期。④

　　此外，据埃尔伍德回忆，《复乐园》的创作因他而起。1665 年年末，在查尔芬特-圣贾尔斯（Chalfont St. Giles）的小屋里，埃尔伍德在返还弥尔顿的《失乐园》手稿时说："关于失去的乐园（paradise lost），你说

---

① John Milton, *Paradise Regain'd. A Poem. In IV Books. To Which Is Added Samson Agonistes*, London: 1671, Wing M2152. 另据马森考证，1670 年 7 月 2 日，该书便已通过审查，因此，虽然标注年份为 1671 年，但很可能在 1670 年晚些时候就已面世。见：David Masson, *The Life of John Milton: Narrated in Connexion with the Political, Ecclesiastical and Literary History of His Time*, vol. VI, p. 651.

② David Masson, *The Life of John Milton: Narrated in Connexion with the Political, Ecclesiastical and Literary History of His Time*, vol. VI, p. 654.

③ David Masson, *The Life of John Milton: Narrated in Connexion with the Political, Ecclesiastical and Literary History of His Time*, vol. VI, p. 655.

④ 这种说法基本在弥尔顿学者中获得共识。相比之下，《斗士参孙》的创作时间则将学者们划为两个阵营：一些学者（帕克、利布等）认为《斗士参孙》创作于 17 世纪 40—50 年代，另外一些（勒瓦尔斯基等）则认为该作品于 17 世纪 60 年代末写就。见：Barbara Kiefer Lewalski, *The Life of John Milton*, pp. 691-692, nn. 11, 12.

了很多，但对于重新找到的乐园（paradise found），你有什么看法呢？"
弥尔顿沉思片刻，之后转谈了别的话题。但在大瘟疫结束后，弥尔顿将
《复乐园》给埃尔伍德看时，毫不讳言地对他说道，该书应归功于他，
因为他在查尔芬特提出的问题使得弥尔顿产生了创作这部诗的想法。①
埃尔伍德的回忆无法对证，但上述说法从侧面显现出《失乐园》与《复
乐园》在创作上的内在联系。《失乐园》记录了亚当与夏娃被撒旦诱惑并
失去乐园，《复乐园》则讲述了神子如何战胜撒旦的诱惑并为人重新找到
内在乐园。两者之间的互文性还不止于此：身为第二个亚当的神子和亚
当之间的对比、与撒旦对峙过程中的神子和夏娃的对比等等，处处显现
出两部作品之间的关联。与此形成对照的是，《复乐园》与同时出版的《斗
士参孙》却形成了巨大反差，神子的内在王国与参孙的伟大壮举似乎呈现
出截然不同的政治倾向。可以说，在弥尔顿的三部晚期诗作中，《复乐园》
担当着承前启后的功能：它一方面延续了《失乐园》的主题，另一方面在
为《斗士参孙》做着思想上的准备。在该书关注的"自由"问题上尤其如
此。《失乐园》聚焦亚当与夏娃的自由选择，并以他们犯罪、失去真正的
自由结束；但弥尔顿的思考并未到此为止，《复乐园》中，他笔下的神子针
对撒旦的诱惑提出了内在自由论，并且为了应对撒旦的攻击进一步澄清了
内在自由与外在自由的关系；正是在这一逻辑基础上，《斗士参孙》中"安
逸的奴隶"和"费力的自由"之选择的现实性才得以揭示。

　　《复乐园》中自由观念的展开延续了《失乐园》最后两卷的内容。米
迦勒向亚当展示了后世的悲惨历史，其根源在第 12 卷中被概括如下：

> 　　但是同时要知道，
> 自从你原先一失足，真正的自由
> 已丧失，自由总是和正当理性
> 成对出现，并不能离理性而独立存在。
> 人身上理性晦暗了，或没有遵守，
> 不受羁绊的欲求和一发不可止的
> 情欲马上就抢走理性的统治

---

① David Masson, *The Life of John Milton: Narrated in Connexion with the Political,
Ecclesiastical and Literary History of His Time*, vol. VI, pp. 652, 654.

权力，并把到那时还自由的人
降为奴隶。所以既然他允许
自己内在不足取的力量统治
自由的理性，上帝在公正的审判中
就使他屈从于外界暴虐的君主，
后者常常罪不当罚地奴役
他外在的自由：暴政势所必至，
虽然暴君不因而就可以为己辩解。
但是有时候国家从德性，即理性，
沦丧得如此彻底，以至并非冤屈，
而是正义，及某种附带的致命的诅咒，
就可以剥夺他们外在的自由，
内在的自由已丧失：……

… yet know withal,
Since thy original lapse, true liberty
Is lost, which always with right reason dwells
Twinned, and from her hath no dividual being:
Reason in man obscured, or not obeyed,
Immediately inordinate desires
And upstart passions catch the government
From reason, and to servitude reduce
Man till then free. Therefore since he permits
Within himself unworthy powers to reign
Over free reason, God in judgement just
Subjects him from without to violent lords;
Who oft as undeservedly enthrall
His outward freedom: tyranny must be,
Though to the tyrant thereby no excuse,
Yet sometimes nations will decline so low
From virtue, which is reason, that no wrong,

But Justice, and some fatal curse annexed

Deprives them of their outward liberty,

Their inward lost: ... (*PL*, XII.82—101)

这段对于内在自由与外在自由关系的讨论，是弥尔顿的一贯思想。福勒认为，上述说法延续了奥古斯丁在《上帝之城》中的思路。[1]这种将心灵自由与政治自由联系的做法是弥尔顿对于自由的部分阐释；与此同时，他还坚持对于自由政体的追求，以期保护宗教自由和公民自由。[2]但弥尔顿对于自由的两种阐释受到一些学者（特别是政治思想家）的质疑。例如，朱克特（Michael P. Zuckert）在对比了弥尔顿与洛克（John Locke）及美国《独立宣言》起草者的政治思想之异同后，不无犀利地评论道，对于弥尔顿来说，人的堕落使得政府成为必要，但人的受造特质要求他自由，自由转而需要部分的甚至完全的共和制。[3]所以，在弥尔顿那里，一方面，"人的自由，从来不仅仅指免于限制（restraint）的自由，或遵从自己任意的意志或欲望的自由。意志、理性和自由只为了自由地顺从（上帝）而存在"；同时，"自由的另一面又总是指向生来自由的人们被看起来对他们好的方式所统治的权利"。朱克特继续总结道，弥尔顿政治思想的张力正是来自其内在的"自由"概念：对弥尔顿而言，"自由仅仅是人类被创造的特殊形式；自由除了顺从（或德性）不再有其他目的；但是上帝不会、其他人则不能使人有德性。顺从必须是自由的，德性必须自由地获得，但是国家的强制权力除了德性与真正的敬拜外不再有其他目

---

① Alastair Fowler (ed.), *John Milton: Paradise Lost*, 2nd ed., p. 614. 奥古斯丁在《上帝之城》第 19 卷第 15 章中讨论了奴役与罪的关系。他指出，《圣经》中的"奴仆"（slave）一词首次出现，是在挪亚惩罚其子犯罪时（《创世记》9：25）。奥古斯丁认为，上帝最初创造人时，人与人之间不存在统治关系，奴役的根源在于罪，罪导致了人被其他人奴役。具体参见：Augustine, *The City of God Against the Pagans*, ed. and trans. R. W. Dyson, pp. 942-943. 路德与加尔文早期也延续了奥古斯丁的这一看法。见：Quentin Skinner, *The Foundations of Modern Political Thought, Vol. 2: The Age of Reformation*, pp. 194, 225.

② 弥尔顿，《建设自由共和国的简易办法》，殷宝书译，北京：商务印书馆，2013，第 16—17 页。

③ Michael Zuckert, *Natural Rights and the New Republicanism*, Princeton: Princeton University Press, 1994, p. 89.

的，因为只有德性与真正的敬拜才是人们在此生的任务"。[1]

不得不说，朱克特的总结一针见血，从他的研究角度看，相比较洛克与《独立宣言》的起草者等关注自然权利与契约论者，弥尔顿的政治思想显得不够成熟，现实性也有限。但他的批评恰恰揭示了弥尔顿思想的特质：弥尔顿擅长的并非政治思想或体系的构建，他长于对基督教教义与古典共和思想进行创造性整合，以期构建人的心灵秩序，王朝复辟后这一倾向尤其明显。[2]勒瓦尔斯基认为，弥尔顿在《复乐园》与《斗士参孙》及晚期散文中担任了教育者的角色，他试图提高读者的道德、政治理解力，引导他们将**德性**内在化，并激发他们对**自由**的热爱，因为只有德性与自由才能使他们在上帝的合宜之时重新获得宗教自由与自由共和国。[3]对此，朱克特并非无所察觉，他在一条注释中诚实地承认道，他有意不去

---

[1] Michael Zuckert, *Natural Rights and the New Republicanism*, p. 91.

[2] 在关注人的心灵秩序这一点上，弥尔顿延续了文艺复兴时期人文主义者（伊拉斯谟等）的思想资源。对于早期现代的思想家来说，"组成政体的人的品格与精神对于政治健康至关重要"；对比之下，"现代政治分析更侧重政治的机构、政制安排"。见：David Armitage, Conal Condren and Andrew Fitzmaurice (eds.), *Shakespeare and Early Modern Political Thought*, Cambridge: Cambridge University Press, 2009, p. 4.

[3] Barbara Kiefer Lewalski, "'To Try, and Teach the Erring Soul': Milton's Last Seven Years," in *Milton and the Terms of Liberty*, ed. Graham Parry and Joad Raymond, p. 175. 黑体乃笔者所加。就这一点而言，弥尔顿与托克维尔（Alexis de Tocqueville）的思考有些重合。崇明在《创造自由：托克维尔的民主思考》中总结道："托克维尔认为政治自由和宗教能够引导民主人超越民主的社会状态造成的内在束缚，从而确实成为自己的主人，而只有克服了这一内在束缚的自主才是真正的自由。自由在其终极意义上必须是积极的，它是一种德性，就是对善的自由选择。由此可见，托克维尔的自由思想中出现了往往被当代政治理论视为彼此冲突的几种自由观念。"见：崇明，《创造自由：托克维尔的民主思考》，上海：上海三联书店，2014，第 279 页。此外，同弥尔顿一样，托克维尔比起政制（institutions），也更关心构建心灵与塑造民情。他在 1853 年给朋友的一封信中如此说道："我深信，政治社会不是其法律创造的东西，而是组成社会的人的情感、信仰、观念以及心灵和头脑的习惯所预先决定的，是创造社会的天性和教育的结果。"见：托克维尔，《政治与友谊：托克维尔书信集》，黄艳红译，崇明编校，上海：上海三联书店，2010，第 223 页。托克维尔在《民主在美国》（一般译为《论美国的民主》，此处笔者采用了崇明的译法）中多处强调宗教和道德对于塑造民情的重要性，例如，他指出，在新英格兰，教育和自由是道德与宗教的女儿，因此民主在新英格兰比在其他地方做出的选择更好；而美国南方的情况并非如此，该地区政府内具有天赋和美德者十分少见。见：Alexis de Tocqueville, *Democracy in America*, trans. Arthur Goldhammer, New York: The Library of America, 2004, pp. 228-229.

强调弥尔顿思想中的一点，即基于基督教-《圣经》原则的政治与古典共和制之间的融合之处。他认为，在弥尔顿那里，这种融合是有限的，却绝不是单纯的修辞。他进一步建议道，若要进行比他更完整的研究，需要讨论上述融合如何发生。对于弥尔顿来说，这个方向十分重要，因为它提供了"人文主义"与"清教"思想之间的联系。[1]实际上，在朱克特有意弱化之处，已经有不少弥尔顿学者或历史学家（勒瓦尔斯基、沃登等）进行了较为深入的研究。在前辈学者们讨论的基础上，本章将聚焦《复乐园》中的"自由"观念，通过讨论神子对撒旦的回应，阐释弥尔顿对基督教教义及古典共和思想中的自由与德性进行的整合，并进一步分析他如何解决内在自由与外在自由的关系问题。

第一节　撒旦的自由观

对《复乐园》中自由观念的考察，自撒旦而始，并非笔者一时兴起。实际上，"自由"（freedom / liberty）这个字眼最初两次出现在《复乐园》中，均出自撒旦之口。在《复乐园》第 1 卷的一开始，撒旦在各处巡行时听到天父宣告耶稣为自己的爱子，怒火中烧，赶忙召集紧急会议。在宣布这一消息时，他充满疑虑却又不无侥幸地说道：

> 时轮似白驹过隙疾如迅雷，
> 那可怕的时刻已来临，我们将蒙受
> 久已势所必至的那创痛的一击，
> 但愿我们起码能这样，头被伤
> 并不意味着我们在天空和地面
> 这美丽帝国里的全部权力，
> 我们的**自由**和存在给彻底粉碎；[2]

---

[1] Michael Zuckert, *Natural Rights and the New Republicanism*, p. 336, n. 49.

[2] 弥尔顿，《复乐园》，金发燊译，桂林：广西师范大学出版社，2004。参考该史诗其他译本：《复乐园·斗士参孙·短诗选》，朱维之译，上海：上海译文出版社，1981。本书中关于《复乐园》的译文均出自金发燊译本，一些地方根据原文及朱维之译本进行了较多改动，下文只标明卷数与行数，不再另行加注。粗体乃笔者所加。

And now too soon for us the circling hours

This dreaded time have compassed, wherein we

Must bide the stroke of that long threaten'd wound,

At least if so we can, and by the head

Broken be not intended all our power

To be infringed, our freedom and our being

In this fair empire won of earth and air;（*PR*, I.57—63）①

　　显然，在撒旦这里，自由和存在与他在天空、地面的权力密切相关。撒旦再次使用"自由"一词时，对于自由的理解依然如故，他向神子炫耀道，自己虽因叛乱遭驱逐，从福地落入深渊，却常常离开阴森牢狱，享有"极大的**自由**（liberty）来地球到处转悠，/ 在空中游荡，甚至那至高天上 / 他也并不禁止我时而去消遣"（*PR*, I.365—367）。可见，对于撒旦来说，哪怕经受重创，哪怕遭遇重罚，可以畅游并支配自己帝国（天空、地面，甚至天国）的权力就是自由。撒旦的说法极易使人联想起霍布斯关于自由的基本思想："所谓自由人，是指在其力量和智慧所能办到的事物中，可以不受阻碍地做其意欲要做之事的人。"（*A FREE-MAN, is he, that in those things, which by his strength and wit he is able to do, is not hindered to do what he has a will to.*）②不管我们是不是愿意承认，作为现代读者，我们更容易与撒旦的这种"无障碍"式自由观产生共鸣。但是弥尔顿写作的时代毕竟不同于我们的时代，思想语境的差异尤其巨大。鉴于此，我们有必要对霍布斯的自由思想及其对同时代人的影响进行一番考察。斯金纳明确指出，霍布斯关于自由的思想在他的时代引起的即时

① William Kerrigan, John Rumrich, and Stephen M. Fallon (eds.), *John Milton: Paradise Regained, Samson Agonistes and the Complete Shorter Poems*, New York: The Modern Library, 2012. 参考其他版本：John Carey and Alastair Fowler (eds.), *The Poems of John Milton*, New York: Longman Group, 1968. 本书中关于《复乐园》的引文均出自以上两个版本，下文只标明卷数与行数，不再另行加注。此处的 *PR* 是 *Paradise Regained* 的缩写，本节在 *Paradise Regained* 的引文后均标注 *PR*。

② 霍布斯，《利维坦》，第 163 页；Richard Tuck (ed.), *Thomas Hobbes: Leviathan*, p. 146. 英文中的斜体为原书所加。

反响远远小于在我们时代的影响。在我们的时代，霍布斯的基本信念，即自由仅仅是干涉之阙如（freedom is simply absence of interference），已被广泛地奉为一个信条。①

当然，霍布斯的自由思想要比上述这个基本信念复杂很多。斯金纳先后在《自由主义之前的自由》（1998）、《政治的视野》第 3 卷（2002）、《霍布斯与共和主义自由》（2008）等著作中从政治思想史的角度对霍布斯的自由观进行过讨论。鉴于霍布斯的自由思想过于复杂，笔者将沿着斯金纳的思路对其进行粗略梳理。在《政治的视野》中收录的一篇发表于 1990 年的论文《霍布斯论自由的准确含义》（"Hobbes on the Proper Signification of Liberty"）中，斯金纳指出，霍布斯是（自由与必然）兼容论者。一方面，霍布斯是决定论者，他认为人无法自由地产生意志或不产生意志。在他那里，意志永不自由，总是被决定了的："人的每一种出于意志的行为、欲望和意向都是出自某种起因，而这种起因又出自一连串起因之链上的另一起因，其第一环存在于一切起因的第一因——上帝手中，所以便是出于必然。"②对于霍布斯而言，"意志便是斟酌过程中的最后一个欲望"③。这些观点显然有别于弥尔顿的自由意志论。④另一方面，霍布斯又认为，自由意味着根据人的意志和欲望行动时不受阻碍（unimpeded from moving according to one's will and desires）。⑤如上文所述，撒旦在《复乐园》中关于自由的看法即类似于霍布斯的这一阐释。可是，霍布斯自由思想中的内在张力不应被忽略：一个人的意志永不自

---

① 斯金纳，《霍布斯与共和主义自由》，第 192 页。英文引文见：Quentin Skinner, *Hobbes and Republican Liberty*, p. 213. 本书从该书中引的译文根据英文进行了改动。

② 霍布斯，《利维坦》，第 164 页；Richard Tuck (ed.), *Thomas Hobbes: Leviathan*, pp. 146-147. 译文有改动。

③ 霍布斯，《利维坦》，第 44 页。詹姆斯（Susan James）指出，霍布斯的这一说法虽然后来成为正统，但与他同时代的哲学家却担心他的激进说法会冲击基督教秩序，布拉姆霍尔对霍布斯进行了激烈批评，就是为此。洛克一方面承认霍布斯的部分思想，如意志常由情欲决定，另一方面坚持认为意志具备独立的能力，使人能够行动，也能够克制行动。见：Susan James, *Passion and Action: The Emotions in the Seventeenth-Century Philosophy*, Oxford: Clarendon Press, 1997, p. 290.

④ 见本书第一章的讨论。

⑤ 上述关于霍布斯自由思想的总结见：Quentin Skinner, *Visions of Politics*, vol. 3, Cambridge: Cambridge University Press, 2002, p. 226.

由，但当他根据意志行动不受阻碍时，我们却可以讨论其自由行动了。难怪佩皮斯（Samuel Pepys）在 1661 年 11 月 2 日的日记中称霍布斯的解决方案"非常狡猾"[1]。大概是为了缓解自己关于自由思想的内在张力，霍布斯修改了对于自由的定义。

斯金纳在 2008 年出版的《霍布斯与共和主义自由》中仔细研读并分析了霍布斯不同时期的几个文本[1640 年的《法的原理》（*Elements of Law*）、1642 年的《论公民》（*De Cive*）、1651 年的英文版《利维坦》、1668 年的拉丁文修订版《利维坦》等]，之后他总结道，霍布斯在经过与布拉姆霍尔关于自由与必然的辩论后，修改了关于自由的定义。他做出了怎样的修改呢？斯金纳审慎地指出："当霍布斯在《论公民》中对自由概念下定义的时候，他曾辩称，夺走人类自由的，要么是那些使我们不能随意实施自己能力的绝对障碍（absolute impediments that render it impossible for us to exercise our powers at will），要么是那些压制意志本身的主观障碍（arbitrary impediments that inhibit the will itself）。但是在《利维坦》中，主观障碍之说被不声不响地省略掉了。据他现在所说，夺走自由的唯一障碍乃是导致人身体丧失其力量的障碍（leaving the body physically disempowered）。"[2]显然，略去主观障碍说以后，霍布斯缓解了其自由论的内在张力，[3]但是这样做的结果便是，按照霍布斯的新阐释，恐惧以及灵魂中的其他情感都不再算作意志的

---

① Quentin Skinner, *Visions of Politics*, vol. 3, p. 226. 佩皮斯的原话为，他在睡前长时间地阅读《霍布斯论自由与必然》，这是一部短小却非常狡猾的作品，见：Samuel Pepys, *The Diary of Samuel Pepys*, ed. Henry B. Wheatley, p. 460.

② 斯金纳，《霍布斯与共和主义自由》，第 118 页。译文有改动。英文引文见：Quentin Skinner, *Hobbes and Republican Liberty*, p. 128.

③ 对于霍布斯来说，斟酌或权衡的过程被视为去自由（de-liberating）的过程，即"只要我们尚未结束权衡，我们就依然自由"，但同时他又主张，"只要我们在实施能力范围内的某项行为时没有受到阻碍，我们就依然自由"。这两种说法之间的矛盾被霍布斯对自由的新定义消解了：虽然对于一个人来说，"如果他经过了适当的权衡之后决定实施某项行为，他便终止了自己的自由"，但是"只要他在决定自由的时候，没有任何外在障碍阻止他去行动，他就可以继续被说成是自由的"。见：斯金纳，《霍布斯与共和主义自由》，第 19、126—127 页。

障碍。① 以亚里士多德《尼各马可伦理学》第 3 章中由于惧怕船沉将货物扔进海里的人为例，按照亚里士多德的说法，此人"部分是出于自己的意志，部分不是出于自己的意志"②。按照霍布斯在《法的原理》中的说法，此人是**自愿地**行动，但不是**自由地**行动。按照霍布斯在《利维坦》中的说法，"这项行为是一项**自由行为**"。斯金纳认为，这句话的意思是："此人既可以自由地实施这项行为，也可以自由地拒绝实施；至于这项行为本身是否被自由实施的问题，他仍然未予说明。"但是到《有关自由、必然和偶然的问题》时，霍布斯明确了自己的看法，"谈到行为人的时候，霍布斯像以前一样坚持认为，只要不受到外在障碍，他们就可以自由地行动。谈到行为的时候，他而今指出，如果它们是被**自愿地**实施，就等于说它们是被**自由地**实施"③。这之后，在 1668 年出版的拉丁文《利维坦》中，他不再像在英文版的《利维坦》中那样说，"这是**自由**之人的行为"（the action of a man at liberty），而是说"他是**自由地**这样做的"（he did it freely）。④

布拉姆霍尔曾指责霍布斯将"自由行为的概念偷换成自愿行为的概念了"⑤。根据上述表述的转变来看，霍布斯确实将自愿行为与自由行为等同了。斯金纳认为，霍布斯省略主观障碍说的做法不仅是为了缓解自己思想内部的张力，同时也有意针对他所处的思想语境，如包括弥尔顿在内的新罗马共和主义思想家。必须说明的是，霍布斯著作的针对对象

---

① 自施特劳斯（Leo Strauss）始，"恐惧"被看作霍布斯政治思想中最重要的概念之一。见：孔新峰，《霍布斯论恐惧——由自然之人走向公民》，载李强主编《宪政与秩序》，北京：北京大学出版社，2011，第 111—143 页。孔文在第 115 页尤其指出，霍布斯的恐惧论可能在现实中指向弥尔顿、哈林顿等古典共和德性的倡导者。他引用了弥尔顿在《为英国人民声辩》中的一句话，说弥尔顿鼓吹"现代英格兰人必须奋起攻破的是那些长期以来的成见、宗教、诽谤以及**恐惧**心理的顽固堡垒，这个堡垒比敌人本身要危险得多"。弥尔顿与霍布斯对于恐惧的看法确实完全不同：恐惧于弥尔顿是要克服的情欲之一，于霍布斯却是从自然之人走向公民的关键情欲。

② 斯金纳，《霍布斯与共和主义自由》，第 22 页。

③ 斯金纳，《霍布斯与共和主义自由》，第 124—125 页。黑体为笔者所加。

④ 斯金纳，《霍布斯与共和主义自由》，第 126 页。英文引文见：Quentin Skinner, *Hobbes and Republican Liberty*, p. 137.

⑤ 斯金纳，《霍布斯与共和主义自由》，第 125 页。

又不止于新罗马共和主义思想家，同时还有吉（Edward Gee）等残余议会的反对者。这大概是历史最吊诡之处：霍布斯的《利维坦》倡导绝对君主政体，[1]反对新罗马共和主义思想者所说的自由政体，但该书却同时要"为英格兰共和国进行一番和平主义的辩护"[2]。在当时的思想争论中，吉等共和国的反对者认为，新生的英格兰共和国并非以民众的同意（consent）作为立国基础，它的产生伴随着暴力的占有和征服（conquest）；而尼德汉姆在为新生的政府辩护时指出，征服行为不仅是建立政府的最常见手段，而且它将统治的权利及权力赋予了征服者。[3]霍布斯不同意上述任何一方的看法，他认为，"赋予胜利者以统治被征服者的权力的，并不是胜利（victory），而是被征服者自己的信约（covenant）"[4]。这一认识正是基于他对自由进行的新定义：即使被征服者是出于对征服者的恐惧与其达成信约，他仍是**自愿地**这样做的，也是**自由地**这样做的。对于霍布斯的这种阐释，弥尔顿肯定无法赞同。他在《复乐园》第 3 卷第 71—87 行通过神子也发表了对于征服的看法，但他诉诸的并非政体，而是内在自由。本章将在后文对内在自由进行详细讨论。

可以说，霍布斯省略的主观障碍论反而是弥尔顿反复思考并着力讨论之处。首先，对于向来关注政治自由的弥尔顿来说，行为人的主观障碍常常与外在的专制权力合谋，导致人无法自由，如君主的昏庸常常与人们的阿谀奉承并肩而至。[5]其次，对于关注意志自由的弥尔顿来说，主观障碍必然是对自由的阻碍。弥尔顿认为的主观障碍在内涵上不仅仅包括斯金纳着重讨论的恐惧，其他情欲（如贪婪、野心等）同样会导致人不自由。这个问题涉及弥尔顿与霍布斯认知观念的根本差异。斯金纳

---

① 需要注意的是，《利维坦》的书信体献辞是给保王派议员戈多尔芬（Francis Godolphin）的，霍布斯更是将该书手稿献给了"未来的国王查理二世"。见：斯金纳，《霍布斯与共和主义自由》，第 189 页。英文引文见：Quentin Skinner, *Hobbes and Republican Liberty*, p. 171.

② 斯金纳，《霍布斯与共和主义自由》，第 181 页。

③ 斯金纳，《霍布斯与共和主义自由》，第 181—185 页。

④ 斯金纳，《霍布斯与共和主义自由》，第 181—183 页。管可称在这几页的注 81—85 中出现了笔误，将章数写错了，应该为 ch. 20。

⑤ 弥尔顿，《建设自由共和国的简易办法》，第 25 页。

对于这个问题讨论不多，但值得注意的是，他的妻子詹姆斯的研究领域为 17、18 世纪的哲学。詹姆斯于 1990 年出版了专著《情欲与行为：17世纪哲学中的情感》，讨论了 17 世纪的思想家们在认知问题上对于前人的继承与摒弃。在该书的最后一章，詹姆斯集中讨论了霍布斯对于情欲和斟酌（或权衡）关系的看法。霍布斯不愿意遵循前人情欲—意志（passion-volition）两分的讨论方式，他的路径是将前人称为意志的东西等同于情欲，结果就是，在他这里，没有意志，只有情欲。但同时，霍布斯又想避免一个倾向，即情欲引发的行动是非自愿的，因为这样一来，人与网球似乎无甚分别。为此，他只能宣称所有由情欲引发的行动都是自愿的。接着，对于前人所说的情欲与意志之间的冲突，霍布斯则是通过他的斟酌或权衡概念来解释：行为由不同类型的斟酌产生，它们都是自由的。①

值得注意的是，在《失乐园》中，撒旦也是因为嫉妒、野心、骄傲等情欲而反叛上帝以致堕落地狱。对比来看，《复乐园》则是以神子如何通过内在王国克服各种主观障碍展开的。

第二节　神子的内在自由论

撒旦在紧急会议上再次主动请缨，意欲通过陷阱击败神子。他如大独裁者（great dictator）般一呼百应，其提议获得众位堕落天使的一致拥戴

---

① 上述总结见：Susan James, *Passion and Action: The Emotions in the Seventeenth-Century Philosophy*, p. 284. 詹姆斯还指出，洛克对于霍布斯的这一倾向有所修正，在他看来，可以停止欲望实施的能力（洛克的原文为：a power to *suspend* the prosecution of this or that desire）是所有自由的源泉。见：Susan James, *Passion and Action: The Emotions in the Seventeenth-Century Philosophy*, p. 285；John Locke, *An Essay Concerning Human Understanding*, ed. Roger Woolhouse, London: Penguin Books, 2004, p. 242. 显然，在这个问题上，弥尔顿与洛克都持回望前人的态度，但洛克是对霍布斯与前人（亚里士多德以及经院派哲学家）的折中，弥尔顿则是与前人看法一致。对于情欲和自由关系的讨论，自柏拉图的《蒂迈欧篇》(*Timaeus*) 开始，在弥尔顿与洛克等人之后并未结束，19 世纪的密尔（John Stuart Mill）还在延续着这一论题，见：Quentin Skinner, "States and the Freedom of Citizens," in *States and Citizens: History, Theory, Prospects*, ed. Quentin Skinner and Bo Strath, Cambridge: Cambridge University Press, 2003, p. 20.

（*PR*, I.94—118）。再看另外一边，身居天国的上帝也向加百列等天使交代着神子的使命：他将神子旷野中的训练称为"大战斗"（great warfare）的基础；宣告最终神子将通过屈辱与苦难，以软弱战胜撒旦式的强大。他还将神子称为"完人"（perfect man），称其具备"完美的德性"（consummate virtue）（*PR*, I.155—167）。弥尔顿此处如此侧重神子作为人之属性的说法引起了评论家们的许多争论，①但上帝对于神子德性的强调及赞美与《复乐园》整体的内在自由论在逻辑上浑然一体。试想，弥尔顿需要选择一个人物讨论内在自由，此人须信心与德性兼备，方可担此重任。从这个角度考虑，哪怕纯粹如约伯者，恐也难出神子之右。评论者们认为，将神子称为完人，似乎为他降了位格；②可是退一步讲，若以"完人"称呼除了耶稣之外的任何人，都与《圣经》的教诲不符。③所以，弥尔顿在讨论内在自由与德性时，选择耶稣，而且是受洗后、布道生涯开始前、在旷野中接受试探的耶稣，可谓用心良苦：一方面，他实实在在地经历着身为人的软弱；另一方面，不同于堕落后的所有人，他没有犯罪。④就这样，《复乐园》中的神子背负着上帝的预言与期许，将开始接受撒旦的试探，经受"各种诱惑，／ 或怂恿，或威胁恐吓，或暗中破坏"（against

---

① 例如，早在 1753 年的《牛顿集注本》中，卡尔顿（Calton）就指出，"此处所有论及神子的词都是索齐尼派会持有的观点"，但是之后，他又论证说，《复乐园》的整个计划并非索齐尼式的，因为耶稣后来在史诗的末尾显现出神子的能力（*PR*, IV.602）。见：William Kerrigan, John Rumrich, and Stephen M. Fallon (eds.), *John Milton: Paradise Regained, Samson Agonistes and the Complete Shorter Poems*, p. 260. 对于《复乐园》中神子的人性与神性之争，还可参见：吴玲英，《论〈复乐园〉里耶稣基督的神性与人性——兼论〈基督教教义〉中耶稣基督的身份》，《外国文学研究》2013 年第 1 期，第 79—87 页。此外，关于神子自己以及撒旦对他神性与人性的认识，见：John Carey and Alastair Fowler (eds.), *The Poems of John Milton*, pp. 1064-1066.

② 对比《论基督教教义》第 15 章中对于耶稣的属性、中保（mediator）职分及三重功能（先知、祭司、王）的讨论，见：John K. Hale and J. Donald Cullington (eds.), *The Complete Works of John Milton, Volume VIII: De Doctrina Christiana*, pp. 494-509.

③ 对比《罗马书》3：10—12："就如经上所记：'没有义人，连一个也没有！没有明白的，没有寻求神的；都是偏离正路，一同变为无用。没有行善的，连一个也没有！'"

④ 《希伯来书》4：15："因我们的大祭司并非不能体恤我们的软弱，他也曾凡事受过试探，与我们一样；只是他没有犯罪。"

whate'er may tempt, whate'er seduce, / Allure, or terrify, or undermine）（*PR*, I.178—179）。这里的试探方式均指向人的各种内在障碍。

撒旦对神子进行的第一个试探与《圣经》记载一致，是让他将石头变为面包，既可自救，也可解决穷人的食物问题。神子的回答也与福音书一致，他依据的是《申命记》8：3：“人活着不是单靠食物，乃是靠耶和华口里所出的一切话。”之后，神子揭穿了撒旦的身份。撒旦一边承认自己是堕落天使，一边向神子炫耀自己可到处巡游的自由。①他提及自己可以与人一起分享世界的疆域，常为他们提供“预兆、异象、神答、神谕、异兆、异梦”（presages and signs, / And answers, oracles, portents, and dreams）（*PR*, I.394—395）。对此，神子严厉地斥责道，撒旦从头到尾一直在撒谎。对于撒旦声称的自由，神子毫不客气地予以拆穿，并称他为“可怜、痛苦、被囚禁的奴隶”（a poor miserable captive thrall）（*PR*, I.411）。对于撒旦夸口的向人提供神谕的能力，神子回复道，他不过是出于战战兢兢的恐惧，像卑躬屈膝的寄生虫一样唯命是从（with trembling fear, / or like a fawning parasite obey'st），②过后却将功劳归于自己（*PR*, I.451—452）。神子对撒旦的批评最一针见血的乃是如下几行：“你对天国之王却有用处。/ 你的做法明明是出于恐惧 / 或想作恶的乐趣，你却将之归为顺从吗？”（But thou art serviceable to Heaven's King. / Wilt thou impute to **obedience** what thy fear / Extorts, or pleasure to do ill excites?）（*PR*, I.421—423）③此处的“顺从”显然区别于上文的“服从”，它不同于恐惧或想作恶的乐趣，指向发自内心的顺从。这几行诗告诉我们，撒旦对上帝确实有用处，例如他会被上帝使用来试探神子。但是撒旦对上帝并非发自内心的顺从，只是出于恐惧和想作恶的乐趣才去做这些事情，因此难辞其咎。④也就是说，在弥尔顿的神子看来，做事情的动机非常重要，

---

① 参见本章第一节的讨论。

② 阿奎那认为，上帝有时通过魔鬼昭示真理、启示神秘之事。见：John Carey and Alastair Fowler (eds.), *The Poems of John Milton*, p. 1094.

③ 这几行诗为笔者所译，因笔者的理解与《复乐园》的两个汉语译本相差很大。黑体与粗体为笔者所加。

④ 这很难不让人联想起霍布斯的自由论，即出于恐惧所做的行为仍是自愿的行为，也是自由的行为。见本章第一节的讨论。

如果动机是恐惧或想作恶的乐趣，而不是自由地选择顺从上帝的话语，[①]哪怕做出来的事情为上帝所用，也并不能说明该行为无可指摘。可见，撒旦所夸口的自由和神子所理解的自由（这卷中用的词语为"顺从"）在内涵上相去甚远：对于前者来说，不受上帝阻挠地支配权力即为自由；而在后者看来，自由地选择（而非出于惧怕或其他动机）顺从上帝的话语才是真正的自由。

神子之后告诉撒旦，上帝已派遣活着的神谕（living oracle）来到世界，赐给虔诚的人们内在的神谕（inward oracle），从而让他们认识真理（PR, I.460—464）。这意味着，即使是撒旦前面夸口的向人们提供神谕的能力也将被剥夺。也就是说，即使是撒旦意义上的自由，也将不复存在。听闻此言，撒旦虽内心痛苦，却不得不强行辩解道，被神子指责的那些做法（说谎等），并非出于他自己的意志，痛苦使得他不得不如此作为（not will / But misery hath wrested [the doings] from me）（PR, I.469—470）。他反问神子道：

> 你不难看出人有难言之恸，
> 莫不常被迫和真理分道扬镳；
> 只要于他更有好处，就撒谎，
> 言而无信，阿谀奉承，或发誓放弃吗？

> [Where] easily canst thou find one miserable,
> And not enforced ofttimes to part from truth;
> If it may stand him more in stead to lie,
> Say and unsay, feign, flatter, or abjure?（PR, I.471—474）

这几行诗与撒旦之前夸口的自由两相对照，尤其耐人寻味。撒旦夸口自己可以在天空和地面到处巡游时，丝毫不承认自己处境的窘迫，一味强

---

① 参见本书第一章的讨论。弥尔顿认为，自由地选择遵从上帝的命令，才能获得真正的自由。波普（E. M. Pope）认为，第一个试探并非关于贪吃罪（gluttony），而是对上帝的不信任。见：John Carey and Alastair Fowler (eds.), *The Poems of John Milton*, p. 1090.

调自己不受阻碍的一面；如今被神子当场拆穿之后，他却佯装所有的作为均是违背意志、迫于形势，以此为由推卸自己的责任。

这两种说法其实都站不住脚：第一，撒旦在宣扬自己无障碍的自由时，有意遮盖自己的奴役状态；第二，撒旦之所以处于奴役状态，不能享受真正的自由，原因恰在于他是可以进行自由选择的，只不过他选择了恐惧或想作恶的乐趣，而非顺从上帝的话语。这样看来，撒旦不如霍布斯诚实：霍布斯在宣称无障碍式自由观时，直截了当地否认恐惧会让人不自由，与撒旦的第一种说法一致；在霍布斯那里，出于恐惧所做的事情同时也是自愿（voluntary）的。若将撒旦、霍布斯与奥古斯丁的看法放在一起比较，三者对于自由的看法可以得到更清楚的揭示。吴天岳将奥古斯丁意愿（voluntas）概念的两个特征概括如下：首先，意愿乃是我们心灵所固有的能力，它能够自由地做出决断，决定我们的行为，无论为恶还是为善，并且为此承担应有的责任。其次，意愿一旦通过自由决断成为低级事物的奴隶，它也就失去了维持心灵健康生活的真正自由。为了赢回这一真正向善的自由，意愿必须首先被治愈。[1]依照奥古斯丁的逻辑，撒旦已经自由地做出决断，他无法推卸责任；而且，由于已经做出的决断，他失去了真正的自由，这也是无可辩驳的事实。[2]在第一轮试探中暂时落败的撒旦，为自己接下来的再次出现埋下了伏笔：他声称，虽然大多数人不能真正践行，他们却都仰慕德性。实际上他是多此一举，因为神子回答说，撒旦尽可以做上帝允许做的事情。也就是说，神子看的并不是撒旦的作为，而是上帝的旨意。

接下来三轮的试探都不是基于福音书的记载。第二轮——关于宴席的试探没有任何经文或传统作为先例。波普认为这一试探是为了与亚当和夏娃被食物诱惑形成对照；克莫德（Frank Kermode）更进一步指出，宴席对神子的吸引是感官层面（sensual）的，这种感官冲击从视觉（眼睛）开始（*PR*, II.338），经过嗅觉（*PR*, II.350—351）与听觉（*PR*, II.362—363），直到触觉和味觉（*PR*, II.369—371）。[3]确实，夏娃在吃果子之前五种感

---

① 吴天岳，《意愿与自由：奥古斯丁意愿概念的道德心理学解释》，第 372 页。

② 关于自由选择与真正自由的关系，弥尔顿与奥古斯丁的看法一致。参见本书第一章的讨论。

③ John Carey and Alastair Fowler (eds.), *The Poems of John Milton*, p. 1109.

官均被发动。①这种平行对比无疑会进一步凸显《失乐园》与《复乐园》在主题上的延续：夏娃因屈从于感官刺激而堕落，失去了外在的乐园；神子因拒绝感官冲击而站立，他在为自己以及亚当和夏娃（的后人）争取着内在的乐园。如继续往前追溯的话，我们会发现，弥尔顿对于食物等感官诱惑和内在自由的讨论肇始于《科玛斯》（Comus）②。面对科玛斯的威逼利诱，那位贵族小姐声称，对方无法动摇自己内心的自由（freedom of my mind）（Comus, 663）。她还向科玛斯澄清道，自然（nature）乃丰富的供给者，她只向那些依照其节制之律（her sober laws）生活的人提供馈赠（Comus, 764—766）。③可见，节制和内在自由是弥尔顿一直关注的问题，贯穿于其早期和晚期的诗作。在《复乐园》该试探的结尾，神子回复了撒旦关于权利的质疑，他肯定自己对万物拥有权利（to all things I had right），他亦可以随己意发布命令，在旷野中为自己摆设宴席。他进一步申明，自己忍饥挨饿，与撒旦无关（PR, II.379—386）。神子这里没有明示，但他之所以不主张自己的权利，正是为了顺从上帝的话。④

　　第三轮、第四轮试探分别关于财富与荣耀，同样不是基于福音书的叙述。值得注意的是，在所有试探中，这两个是与古典思想联系最为紧密的，可以说是弥尔顿将《圣经》⑤与古典资源进行整合的典范。财富（riches）与荣耀（glory）可能激起人的贪婪（avarice）和野心（ambition），并进一步导致人的败坏，甚至可能倾覆共和事业。弥尔顿在各个时期的

① 参见《失乐园》第9卷第735—743行的描写。William Kerrigan, John Rumrich, and Stephen M. Fallon (eds.), *John Milton: Paradise Lost*, pp. 307-308.

② 此作品原来的标题为 *A Masque Presented at Ludlow Castle*，见：William Kerrigan, John Rumrich, and Stephen M. Fallon (eds.), *John Milton: Paradise Regained, Samson Agonistes and the Complete Shorter Poems*, p. 61.

③ William Kerrigan, John Rumrich, and Stephen M. Fallon (eds.), *John Milton: Paradise Regained, Samson Agonistes and the Complete Shorter Poems*, pp. 86, 89.

④ 在《圣经》中，耶稣被钉十字架时为了成就上帝的话语，同样没有主张自己的权利和能力，因此他被官府嘲笑说："他救了别人，他若是基督，神所拣选的，可以救自己吧！"还被兵丁戏弄道："你若是犹太人的王，可以救自己吧！"见：《路加福音》23：35—37。

⑤ 《圣经》中讨论财富与荣耀之虚妄的经文很多，此处仅各举一例。《诗篇》39：6："世人行动实系幻影：他们忙乱，真是枉然；积蓄财宝，不知将来有谁收取。"《以赛亚书》17：4："到那日，雅各的荣耀必至枵薄，他肥胖的身体必渐瘦弱。"

散文[《论教育》（1644）、《为英国人民声辩》（1651）、《再次为英国人民声辩》（1654）、《建设自由共和国的简易办法》（1660）、《英国史》（1670）等]中对这一主题均有所讨论，泽尔采尼斯将之归因为萨卢斯特对弥尔顿的影响。①确实，萨卢斯特在《喀提林战争》中清楚地将共和的倾覆归因于贪婪和野心，还进一步指出苏拉用钱财换取军队忠诚招致的种种弊端。②弥尔顿对萨卢斯特的关注实际上反映出他对于所处时代的担忧。他在 1657 年 7 月 15 日写给德布拉斯（Henry de Brass）的信中提到，与塔西陀相比，他更喜欢萨卢斯特，他认为塔西陀之所以值得读，主要在于其尽力模仿萨卢斯特。马尔灿根据这封信指出，同弥尔顿早先指责长期议会时一样，他现在指责护国公宫廷之腐败时，可能已经看到了萨卢斯特提到的可能性。③勒瓦尔斯基评论道，弥尔顿可能看到了萨卢斯特对腐败、军事统治危险之谴责对于克伦威尔宫廷的教训意义。④此外，弥尔顿认为腐败的攻击对象不只是克伦威尔及其宫廷，还有英国人民。沃登总结道，英国是否适合自由的问题，一直是弥尔顿关注的对象。他在《为英国人民声辩》与《再次为英国人民声辩》中均指出，人民面对着德性的考验，他们必须在**内在自由和内在奴役**之间做出选择。他在这两部散文作品中均论及贪婪与野心，认为在和平时期战胜它们比"战争中的流血胜利更为光荣"⑤。在《英国史》第 3 卷里，弥尔顿论及中世纪历

① Martin Dzelzainis, "Milton's Classical Republicanism," in *Milton and Republicanism*, ed. David Armitage, Armand Himy, and Quentin Skinner, pp. 21-23. 除了上述散文，弥尔顿在《偶像破坏者》（*Eikonoklastes*）（1649）中也指出，国家的幸福在于"对于贪婪与野心的藐视"。见：Mary Ann Radzinowicz, *Toward* Samson Agonistes*: The Growth of Milton's Mind*, p. 79.

② Sallust, *Catiline's War, the Jugurthine War, Histories*, trans. A. J. Woodman, London: Penguin Books, 2007, pp. 8-10.

③ Nicholas von Maltzahn, *Milton's* History of Britain*: Republican Historiography in the English Revolution*, p. 76.

④ Barbara Kiefer Lewalski, *The Life of John Milton*, p. 345.

⑤ Blair Worden, *Literature and Politics in Cromwellian England: John Milton, Andrew Marvell, Marchamont Nedham*, pp. 320-321. 耶鲁散文全集第 4 卷对于引号中这句话的英文翻译与沃登的引述稍有不同，参见：Don M. Wolfe (ed.), *The Complete Prose Works of John Milton*, vol. IV, part I, New Haven: Yale University Press, 1966, p. 681.

史时对于国民堕落进行了猛烈抨击。在之后的枝蔓部分（Digression），他直接将批评的矛头指向自己的时代：议会议员（MPs）中确有聪明、正直之士，但大多数却被财富或野心俘虏。[1]需要特别注意的是，奥古斯丁在《上帝之城》中也花专章讨论了萨卢斯特，认同他关于罗马陷入道德崩溃的描述。奥古斯丁还在此基础上引出基督对于人类贪欲的憎恶与谴责。[2]马尔灿指出，不仅在奥古斯丁处，在整个中世纪，作为道德家的萨卢斯特一直享有持久的声望。[3]

以上几位评论家结合弥尔顿的散文对其思想进行解析，确实很有道理。如此看来，弥尔顿对于萨卢斯特的青睐、对于贪婪与野心等道德问题的持续关注，既关乎古典共和思想，也与他的基督教思想不无关联。因此，不难理解，在《复乐园》中，弥尔顿会专门将财富与荣耀作为两个试探进行讨论，并通过神子之口直斥贪婪和野心这两个道德痼疾。撒旦用财富诱惑神子时，他的理由是"金钱会带来荣誉、朋友、征服和王国"（PR, II.422），他还声称他青睐的人顷刻间腰缠万贯，而德性、勇敢和智慧则望尘莫及（PR, II.430—431）。对此，神子直接回复道，没有上述三者，财富将虚弱无力。接着他列举了那些穷困却成就大事者，他们既包括基甸（Gideon）、耶弗他（Jephtha）、大卫等《圣经》人物，也包括辛辛纳图斯（Lucius Quinctius Cincinnatus）、法布里基乌斯（Gaius Fabricius Luscinus）、丹塔图斯（Manius Curius Dentatus）、雷古卢斯（Marcus Atilius Regulus）等历史人物（PR, II.432—449）。[4]

紧接着，为了回应撒旦关于财富会带来王国的说法，神子同时拒绝了财富和王国（I reject Riches and realms），并由此引出了他的内在王国说：

他驾驭自己内心，控制

---

[1] Blair Worden, *Literature and Politics in Cromwellian England: John Milton, Andrew Marvell, Marchamont Nedham*, p. 394.

[2] Augustine, *The City of God Against the Pagans*, ed. and trans. R. W. Dyson, pp. 71-73.

[3] Nicholas von Maltzahn, *Milton's* History of Britain: *Republican Historiography in the English Revolution*, p. 77.

[4] 其中，雷古卢斯、辛辛纳图斯、法布里基乌斯也被奥古斯丁认定为德性典范，超过了大多数基督徒。见：John Carey and Alastair Fowler (eds.), *The Poems of John Milton*, p. 1115.

情欲、欲望、恐惧，更具王者风范；

聪明有德之士都求这样做，

做不到这样的人便愚妄追求统治

人们麇集的城市，或任性的群众，

自己内心则受无政府状态的摆布，

受身上放荡无度的情欲的驱使。

Yet he who reigns within himself, and rules

Passions, desires, and fears, is more a king;

Which every wise and virtuous man attains:

And who attains not, ill aspires to rule

Cities of men, or head-strong multitudes,

Subject himself to anarchy within,

Or lawless passions in him which he serves.（*PR*, II.466—472）[①]

这几行诗可以说是神子内在自由论的最清晰的概括：只有管理好自己的
情欲、欲望、恐惧[②]，不受无法度的情欲支配的人，才是真正的王者，
这是每一个富有智慧、德性的人都可以实现的目标。如果说撒旦的财富
可以换取外在的王国，神子的德性获得的则是内在的王国。神子之后进
一步补充道，懂得正确地敬拜上帝便更有王者之风（*PR*, II.476）。对比
前面撒旦的自由观，我们可以进一步推论，撒旦标榜的可到处巡游、支
配权力的自由实际上是基于他内在的恐惧及想作恶的欲望；而神子的自
由观恰恰相反，它需要人正确地敬拜上帝，在此基础上制服内心中包括
恐惧在内的各种情欲。耐人寻味的是，神子特意对比道，只是使用武力
（by force）统治肉体，不能带来真正乐趣；高洁之士应致力于吸引心灵，

---

① 粗体为笔者所加。

② 在神子这里，情欲、欲望、恐惧是并列关系，17 世纪其他作家也会如此罗列，
如珀金斯（William Perkins）。见：Blair Worden, "Civil and Religious Liberty," in
God's Instruments: Political Conduct in the England of Oliver Cromwell, p. 320. 霍
布斯则倾向于视情欲为总括性概念，包含欲望、恐惧等，具体参见《利维坦》第
六章。见：霍布斯，《利维坦》，第 35—46 页。同时参见：Richard Tuck (ed.), *Thomas
Hobbes: Leviathan*, pp. 37-46.

统辖内在的人性（govern the inner man）（*PR*, II.476—480）。

上述讨论与弥尔顿对英国国民性的认识关系极大。若对比《英国史》的相关论述，他在此处的用意会更为清晰。弥尔顿在《英国史》第 3 卷中讨论中世纪的历史时提到，英国的国民性乃骁勇善战，他们不善应付和平的挑战。他们往往在战胜外敌后发现难以治理自己，因此，相比外族的奴役，他们在自身自由重担下的退缩更为不幸。在枝蔓部分，弥尔顿再次提到，或许是寒冷的气候使然，英国人战时坚毅、英勇，和平时期却难以公正、审慎地治理：相比较文明、审慎、对公众的热爱，人们更爱金钱和虚浮的荣耀。①可见，弥尔顿认为，这个问题对于英国人来说一直是个痼疾：共和的失败，很大程度上仍然在于公民德性之匮乏。所以，弥尔顿在《复乐园》中通过神子之口再次谆谆教诲道，比武力统治更难的是确立内在的自由。

第四轮的试探是名声和荣耀。波普认为，弥尔顿设置的这一试探再次与传统出现分歧：传统神学家会将荣耀与耶稣在最高的山上受到的试探相联系，②但弥尔顿显然进行了不同的安排。不过，将荣耀安排在财富试探之后，弥尔顿并非首创，因为斯宾塞已经在《仙后》第 2 卷进行了类似的尝试。③对于这一试探，神子首先指出撒旦的逻辑——为了帝国寻求财富、为了荣耀追求帝国——都不能令他信服。接着，神子将所谓的荣耀定义为民众的赞扬，而民众不过是些乱七八糟、鱼龙混杂的乌合之众（a herd confused, a miscellaneous rabble），被他们赞扬的多是庸俗之物，盛名之下，其实难副（*PR*, III.44—50）。凯里（John Carey）等编者在注释中列举了塞内加、西塞罗以及弗莱彻（Giles Fletcher）等的类似说法。除了上述作家外，波伊提乌（Boethius）的话也和神子所说的十分相近："许多人仅仅是因为乌合之众一时兴起的判断（whimsical judgements of

---

① Blair Worden, *Literature and Politics in Cromwellian England: John Milton, Andrew Marvell, Marchamont Nedham*, pp. 393-396. 关于弥尔顿在《英国史》中对英国国民性的分析，还可参见：Nicholas von Maltzahn, *Milton's* History of Britain*: Republican Historiography in the English Revolution*, pp. 132-140.

② John Carey and Alastair Fowler (eds.), *The Poems of John Milton*, p. 1117.

③ John Carey and Alastair Fowler (eds.), *The Poems of John Milton*, p. 1117. 详见：Edmund Spenser, *The Faerie Queene*, ed. Thomas P. Roche, Jr., London: Penguin Books, 1978, pp. 280-296.

the mob）便获得了被放大的名声，还有比这更庸俗的事情吗？……即使大众的赞美是经努力获得，确有正当理由，但暴民（the rabble）的仰慕对于一个智慧之士的自尊有何加添呢？智慧的人不会留心别人的道听途说，他们的内心清楚自己是谁，是什么样子。"[1]

　　上述作家与弥尔顿的相似之处并非巧合，他们背后有一个共同的思想资源——斯多葛主义（Stoicism）。尤其值得注意的是，相当多的斯多葛主义者同样倡导内在自由。谢尔休伊斯（Freya Sierhuis）总结道，"自由概念被当作免于情欲以及心甘情愿地顺服神意，这一阐释有着漫长的历史：中世纪《哲学的慰藉》的译本、彼特拉克（Petrarch）的《承受好运和厄运的方法》（De remediis utriusque fortunae）、人文主义者对于塞内加和爱比克泰德（Epictetus）的翻译等"。对比上述各位前辈，新斯多葛主义者利普修斯（Justus Lipsius）关注的范围和目标更大，试图将整个斯多葛思想系统化。[2]斯多葛传统中的内在自由论显然和神子的解释有所重合。神子在论及征战带来的不过是虚假的荣耀时说，爱好和平的民族沦为阶下囚，他们本应比他们的征服者享有更多的自由（PR, III.76—78）；他还进一步指出，荣耀不能通过野心、战争或暴力获得，只能通过和平之举、卓越的智慧、忍耐以及节制（PR, III.89—92）。显然，他在这里采用的是斯多葛主义的观点。但基督教与斯多葛主义的区别本来就很难分清：圣安布罗斯（Saint Ambrose）曾经说过："智者身为奴隶仍有自由，从此可以推论，傻瓜虽然统治世界却仍然处于奴役之中。"[3]奥古斯丁则认为："善人即使做他人的奴隶，他也是自由的，而恶者即使统治他人，依然是奴隶。"[4]除此之外，上文提到的波伊提乌及利普修斯也是基督徒。对于这一问题，利普修斯曾指出："斯多葛主义者，尤其是

[1] Boethius, *The Consolation of Philosophy*, trans. David R. Slavitt, Cambridge, MA: Harvard University Press, 2008, p. 74.

[2] Freya Sierhuis, "Autonomy and Inner Freedom: Lipsius and the Revival of Stoicism," in *Freedom and the Construction of Europe*, vol. 2, ed. Quentin Skinner and Martin van Galderen, pp. 46-47.

[3] 伯林，《自由论》（修订版），胡传胜译，南京：译林出版社，2011，第 184 页注。

[4] Augustine, *The City of God Against the Pagans*, ed. and trans. R. W. Dyson, p. 147. 该页注释 5 说明奥古斯丁的这一思想来源或为塞内加。

塞内加、爱比克泰德的道德观'几乎是基督教的'。"①

　　论及此，我们要格外关注弥尔顿与利普修斯等新斯多葛主义者的差异。虽然他们都关注内在自由，都认为荣耀等不过是虚假的庸俗之物，都反对战争或暴力，但是他们的相似点仅止于此，在现实的政治问题上，弥尔顿与利普修斯等新斯多葛主义者差异尤其大。总结来看，我们可以说，弥尔顿在神学、伦理方面与利普修斯一致，但在政治方面与其截然相反。②正如我们所知，弥尔顿认为，如果可能，人们应反对暴君。他在《为英国人民声辩》中如此说道，"基督自己付出了奴役的代价"，不仅使人获得内在自由（internal freedom），还让他们获得公民自由（civil liberty）。弥尔顿进一步指出："他没有除去我们在必要时冷静地忍受奴役的能力，但在有可能时，他也使我们具备光荣地追求自由的能力，而且他准许后者的程度更甚于前者。"③不同的是，利普修斯反对任何形式的政治抵抗，他认为忍受暴君施加的惩罚总好过内战造成的无序。④也就是说，在自由的内涵上，弥尔顿与利普修斯等一致，但是在自由的外延上，他们做出了不同的选择。⑤

　　撒旦听到神子关于荣耀的答复后，调整了思路与角度：他指出上帝也追求荣耀，接受来自天使、人类以及敌人（堕落天使们）的赞美（*PR*,

① 见：赵敦华，《基督教哲学1500年》，北京：人民出版社，2007，第560页。译名和译文稍有改动。

② 在弥尔顿之前，锡德尼（Sir Philip Sidney）与格雷维尔（Fulke Greville）等英国作家曾对利普修斯的思想进行了反思。对于利普修斯而言，"内在自由观念通过自由与服从、自治与顺服之间的辩证关系得以确立：自由只有依据普遍理性制伏情欲、安顿思想，通过控制人自己的权力、使自己顺服上帝时才能实现。顺服上帝才是带来真正自由的顺从形式"。锡德尼与格雷维尔保留了上述说法的伦理命令，但质疑其道德心理学以及神学方面的预设，于是得出了自相矛盾的结论。格雷维尔更是将利普修斯的思想推至极端，认为"只有与世界切断联系的激进方式方可使人真正自由"。见：Freya Sierhuis, "Autonomy and Inner Freedom: Lipsius and the Revival of Stoicism", pp. 62-63.

③ 弥尔顿，《为英国人民声辩》，何宁译，北京：商务印书馆，2012，第65—66页。译文根据英文进行了多处修改，见：Martin Dzelzainis (ed.), *Milton: Political Writings*, pp. 105-106.

④ Quentin Skinner, *The Foundations of Modern Political Thought, Vol. 2: The Age of Reformation*, p. 283.

⑤ 关于这一问题，笔者将在本章下一节进一步讨论，此处暂不赘述。

III.110—120）。神子答道，在上帝那里，首要的并非荣耀，而是善；他还将自己的善白白地给予每一个灵魂，他所期待的不过是荣耀和人们的感谢而已（PR, III.122—127）。接下来，神子将矛头指向了撒旦，毫不客气地指出，人不该寻求荣耀，人本该遭受谴责、侮辱和羞愧，却从上帝那里接受了诸多好处，他怎么能不知感激地将属于上帝的荣耀据为己有呢（PR, III.134—141）？神子在这里用了一个词——sacrilegious，弥尔顿在《论基督教教义》中对该词的解释为"将本该献给上帝的东西挪为私用"（the appropriation to private uses of things dedicated to God）①。将一切荣耀归于耶和华，而非其他人或物（包括自己），是《圣经》中反复出现的教诲。②神子的这番话无疑刺痛了撒旦，令他想起自己当年犯下的罪过，因为正是对于荣耀的不餍足（insatiable of glory）导致他最终失去一切（PR, III.146—147）。

　　就这样，撒旦在四轮的试探中一一落败，在逐层推进的试探中，弥尔顿的神子分别采用了《圣经》、古典共和思想、斯多葛主义等思想资源进行回应。弥尔顿对斯多葛主义并非全盘接受，这一点在第八轮雅典知识的试探阶段体现得尤为明显。但即使在批评包括斯多葛主义在内的诸多希腊思想时，弥尔顿依然指出，如果他们的思想经自然之光（light of nature）启示发现了道德德性（moral virtue），便不是没有价值的（PR, IV.351—352）。总结来看，在前四轮的试探中，弥尔顿通过撒旦与神子的对峙明确了他们完全不同的自由观：撒旦标榜自己可随意行动的自由，但他的所作所为实际上是出于惧怕或想作恶的乐趣；神子待在旷野饥肠辘辘，还必须接受撒旦的试探，但他坚信，选择顺从上帝的话语、制伏自己的情欲才是真正的自由。可试探远未结束，神子的内在自由论能否抵挡撒旦进一步的攻击呢？

---

① John Carey and Alastair Fowler (eds.), *The Poems of John Milton*, p. 1121. 弥尔顿在《论基督教教义》中分别引用《约书亚记》7：11，《箴言》20：25，《玛拉基书》1：8、3：8 来解释该词语。见：John K. Hale and J. Donald Cullington (eds.), *The Complete Works of John Milton, Volume VIII: De Doctrina Christiana*, p. 995.

② 参见《罗马书》1：21—23："因为，他们虽然知道神，却不当作神荣耀他，也不感谢他。他们的思念变为虚妄，无知的心就昏暗了。自称为聪明，反成了愚拙；将不能朽坏之神的荣耀变为偶像，仿佛必朽坏的人和飞禽、走兽、昆虫的样式。"

第三节 内在自由与外在自由的关系

在第五轮到第七轮的试探中，撒旦调整了方向，他开始从民族与群体出发，想要激起神子解救犹太民族、释放罗马人民的责任感。对于这个问题，神子自己并非没有想过。早在试探开始前，他就说了下面这番话：

> 但是这并非
> 我心向往之的全部，我心头炽燃的
> 是胜利的功绩，英雄的行动，想先
> 拯救以色列摆脱罗马人的束缚，
> 然后在整个大地上征服并消灭
> 凶残的暴力，骄横的专制政权，
> 直到真理获自由，公正复原位：
> 但是我认为更合乎人性、天道的是，
> 首先要以雄辩的言辞让人心服，
> 使劝导说服代替恐惧发挥作用；
> 至少要考验，教导犯错的灵魂，
> 他们并非蓄意行恶，只是误入歧途，
> 只有顽固不化者才予以制伏。①

> …yet this not all
> To which my Spirit aspired, victorious deeds
> Flamed in my heart, heroic acts, one while
> To rescue Israel from the Roman yoke,
> Thence to subdue and quell o'er all the earth
> Brute violence and proud tyrannic power,
> Till truth were freed, and equity restored:

---

① 因笔者对一些关键诗行（第 221、223 行）与两个汉语译本理解不同，此处译文改动较多。

> Yet held it more humane, more heav'nly, first
>
> By winning words to conquer willing hearts,
>
> And make persuasion do the work of fear;
>
> At least to try, and teach the erring soul
>
> Not wilfully misdoing, but unaware
>
> Misled; the stubborn only to subdue.（*PR*, I.214—226）

这些诗行显示，神子想过拯救以色列脱离罗马的统治，也想过消除地上的一切专制势力，但是比之更合乎人性和天道的是以言辞教导、以劝告警诫那些误入歧途的灵魂。对此，克里根等编者评论道，"年轻的耶稣已经考虑过并放弃了以军事占领地上王国的方式"①。休斯也认为，弥尔顿此处似记起色诺芬（Xenophon）《家政论》中的话："经由民众自由同意的统治实乃超凡入圣之举。"②联系第一节中讨论过的共和国建立后的思想争论，弥尔顿肯定不能认同尼德汉姆之征服本身即赋予征服者权力的看法。③但是霍布斯的说法亦难令弥尔顿信服，因为在霍布斯那里，即便信约是人们出于恐惧而签立的，他们仍是自愿甚至是自由的；但对于弥尔顿来说，相比较恐惧，他更认同教导、劝诚的方式。弥尔顿早在《论教会管理必须反对主教制》（*The Reason of Church-Government*）中便指出："相比恐惧，劝导当然是更吸引人、更具男子气概的令人服从的方式。"④他在此处是间接引用柏拉图《法篇》（*The Law*）里的说法。柏拉图的详细说法为："我希望公民们可以尽可能地被劝导树立德性，这当然是立法者在其所有法律中的目标所在。""我们应考虑，难道各国法律不该具备仁爱、智慧的父母特质，而是命令、威

---

① William Kerrigan, John Rumrich, and Stephen M. Fallon (eds.), *John Milton: Paradise Regained, Samson Agonistes and the Complete Shorter Poems*, p. 261.

② Merritt Y. Hughes (ed.), *John Milton: Complete Poems and Major Prose*, p. 487.

③ 关于两者思想的同异，详见：Blair Worden, "Milton and Marchamont Nedham," in *Milton and Republicanism*, ed. David Armitage, Armand Himy, and Quentin Skinner, pp. 156-180.

④ William Kerrigan, John Rumrich, and Stephen M. Fallon (eds.), *John Milton: Paradise Regained, Samson Agonistes and the Complete Shorter Poems*, p. 261.

胁的暴君、主人特质?"①因此,早在试探开始前,神子就选定了教导而非统治的角色。勒瓦尔斯基认为,"教导"也是复辟后弥尔顿为自己选定的角色。②

撒旦在第五轮试探中首先提出的就是"大卫的宝座"(David's throne),唯恐砝码不够,他很快诉诸敬虔和义务(zeal and duty),认为神子应对父神之家园保持敬虔之心,对处于罗马奴役之下的祖国负有解救义务(PR, III.152—176)。应该说,撒旦的这些话是很有杀伤力的,他从宗教和政治两个层面给神子施压:罗马人不仅亵渎神殿、侵犯律法,他们还奴役着整个以色列民族。面对如此刁钻的问题,神子答道,上帝有他的时辰与旨意,上帝现在的旨意是让他经历试探,因此他会在各种试探中毫不怀疑,他坚信上帝知道自己的受苦与顺从。神子还坚信,最能受苦的人,才最能有作为(PR, III.182—196)。神子的这番回答既是基于《圣经》,也源于古典资源。其中,关于上帝的时辰,凯里和克里根在注释中均列出《传道书》3:1以及《使徒行传》1:7。③同时,"最能受苦者最有作为"的说法,在《马太福音》20:26—27以及李维《从罗马建城开始》的第2卷第12章均有提及。④

撒旦暂时失利后并未气馁,他在第六轮试探伊始,便指出神子长期隐遁在家,没有见过帝国、王室、繁华的宫廷。耐人寻味的是,他还两

---

① Don M. Wolfe (ed.), *The Complete Prose Works of John Milton*, vol. I, p. 746. 问号为笔者所加,因为在更为权威的全集版中,这两句话都是以问题的方式提出的。详见: Plato, *Complete Works*, ed. John M. Cooper, Cambridge: Hackett Publishing Company, 1997, pp. 1516-1517.

② 见: Barbara Kiefer Lewalski, "'To Try, and Teach the Erring Soul': Milton's Last Seven Years," in *Milton and the Terms of Liberty*, ed. Graham Parry and Joad Raymond, p. 179.

③ 《传道书》3:1:"凡事都有定期,天下万务都有定时。"《使徒行传》1:7:"耶稣对他们说:'父凭着自己的权柄所定的时候、日期,不是你们可以知道的。'"

④ 《马太福音》20:26—27:"'只是在你们中间不可这样。你们中间谁愿为大,就必作你们的用人;谁愿为首,就必作你们的仆人。'"Livy ii 12: "'My name is Gaius Mucius. I came here to kill you—my enemy. I have as much courage to die as to kill. It is our Roman way to do and to suffer bravely.'" 参见: Titus Livy, *The Early History of Rome*, trans. Aubrey de Selincourt, London: Penguin Books, 2002, p. 122. 除以上两处外,凯里等编者还列出了论及这一问题的其他古典资源,见: John Carey and Alastair Fowler (eds.), *The Poems of John Milton*, p. 1124.

次提到经验（*PR*, III.238, 240），暗示神子没见过世面，经验有限。这一点无疑与撒旦诱惑夏娃的场面形成鲜明对照。[①]于是他将神子带到一座高山上，向他展示世上君主国家的气派（*PR*, III.246）。这里帝国、君主、王室的频繁出现显然透露出弥尔顿对于君主制的不满。撒旦指出，关于大卫的王位，神子虽有上帝的预言，却缺乏手段（means）；他认为即使撒玛利亚人或犹太人全都自愿同意（free consent of all），[②]罗马和帕提亚这两个强敌也会是心腹之患。于是撒旦主动出谋划策道，不如通过征服或联盟（by conquest or by league）先占据帕提亚，如此便可拯救那被奴役的十个支派（*PR*, III.351—380）。撒旦此次的理由很有说服力：因为在耶稣的时代，不少以色列人对耶稣怀着强烈的复国期待；而在弥尔顿自己的时代，第五王国派（Fifth Monarchists）等极端激进主义者也教导说，社会的剧烈改制以及圣人对政权、军权的夺取将促成耶稣再临。[③]这一次，神子首先反击了撒旦对于武器、计谋、敌人、援助、战斗、联盟等手段的夸耀，声称它们于己毫无价值，自己的时候还没有到。一旦时候到了，他不会需要撒旦的谋略箴言（politic maxims）。接着，神子指出，如果坐上大卫王位，他一定会救援那十个支派。他进而指出撒旦的热心绝非为了救援以色列人，否则当初他不会怂恿大卫数点以色列人，致使七万以色列人丧命。

之后，至关重要的一点出现了，神子再次将话锋转至那被俘虏的支派，谴责他们不敬拜上帝，却侍奉包括金牛犊在内的各种偶像，他们一代代人都偏行己路，与外邦人无异（*PR*, III.386—426）。最后，神子说了

---

① 见本书第二章的讨论。

② 这一表达自 16 世纪中期至 17 世纪都格外重要："在法国宗教战争以及尼德兰八十年战争期间，加尔文教徒与天主教（特别是耶稣会会士）的思想家都论证道，他们的教友有权利，更确切地说，有义务反对迫害他们的统治者，因为所有的国王因着人民的同意得到头衔，如果他们滥用了人民赋予他们的权力，那么国王的权力便不再合法。"见：Austin Woolrych, *Britain in Revolution: 1625—1660*, pp. 20-21.

③ David Loewenstein, "The Kingdom Within: Radical Religious Culture and the Politics of *Paradise Regained*," *Literature and History*, 3rd series, 3.2 (Fall 1994): 74. 第五王国派 1661 年 1 月 6 日在伦敦的骚乱令保王派非常紧张，这次事件在一定程度上加剧了保王党议会对于清教的反感，他们认为对于清教的任何宽容都会导致骚乱。见：N. H. Keeble, *The Restoration: England in the 1660s*, p. 116.

这样一番话：

> 难道我应该尊重这些人的自由？
> 他们，就其古老的传统，即使
> 被解放，仍不谦卑、不忏悔、不改正，
> 反继而肆无忌惮；敬神祇也许是
> 伯特利和但的？不，让他们服侍
> 敌人罢，偶像和上帝一起侍奉。
> 但是上帝最后，时机他自己最清楚，
> 记起了亚伯拉罕，用某种奇异的呼召
> 使他们回心转意，既悔改，又虔诚，
> 在他们渡河时划开亚述的大水，
> 让他们欢欣鼓舞赶回故国去，
> 犹如他曾分开红海与约旦河，
> 那时候他们祖先渡河去应许之地；
> 我将他们交托上帝的时辰和旨意。①

> Should I of these the liberty regard,
> Who freed, as to their ancient patrimony,
> Unhumbled, unrepentant, unreformed,
> Headlong would follow; and to their gods perhaps
> Of Bethel and of Dan? No, let them serve
> their enemies, who serve idols with God.
> Yet he at length, time to himself best known,
> Rememb'ring Abraham by some wond'rous call
> May bring them back repentant and sincere,
> And at their passing cleave the Assyrian flood,
> While to their native land with joy they haste,
> As the Red Sea and Jordan once he cleft,

① 译文有改动。另，金发燊的译本将最后一行漏了。

When to the promised land their fathers passed;

To his due time and providence I leave them.（*PR*, III.427—440）

神子的意思非常明确：他认为这十个支派的人不配得自由，但上帝会在适当的时候救赎他们。这其实延续了《失乐园》第 12 卷的说法，和《圣经》中的说法并无二致：如果内心不悔改，即使外在暂时自由，很快便会陷入新的奴役。这样的例子在以色列历史上不胜枚举。早在《出埃及记》中，因法老苦害百姓，上帝派摩西连行十个神迹将百姓带出埃及，但当法老追赶他们至红海边上时，百姓们埋怨摩西道："难道在埃及没有坟地，你把我们带来死在旷野吗？你为什么这样待我们，将我们从埃及领出来呢？我们在埃及岂没有对你说过，不要搅扰我们，容我们服侍埃及人吗？因为服侍埃及人比死在旷野还好。"①之后上帝为他们分开红海，将苦水变甜给他们喝，但食物问题出现时，他们再度抱怨："巴不得我们早死在埃及的耶和华的手下！那时我们坐在肉锅旁边，吃得饱足。你们将我们领出来，到这旷野，是要叫这全会众都饿死啊！"②这样的情景在《旧约》中屡次出现。因此，先知耶利米不无哀叹地记载了耶和华的话："我的百姓做了两件恶事，就是离弃我这活水的泉源，为自己凿出池子，是破裂不能存水的池子。"③诸如此类的话在《耶利米书》中比比皆是。④但绝望如耶利米者，依然传达着上帝对以色列人的期待："耶和华说：'日子将到，我要使我的百姓以色列和犹大被掳的人归回；我也要使他们回到我所赐给他们列祖之地，他们就得这地为业。'这是耶和华说的。"⑤

　　值得注意的是，弥尔顿在《建设自由共和国的简易办法》第二版的结尾即以耶利米自比，并称英国人正在选择首领、准备重回埃及。⑥勒瓦尔

---

① 《出埃及记》14：11。

② 《出埃及记》16：3。

③ 《耶利米书》2：13。

④ 还可参见：《耶利米书》2：31—32、4：22、5：31、8：7、15：7、18：15、50：6。

⑤ 《耶利米书》30：3。

⑥ N. H. Keeble and Nicholas McDowell (eds.), *The Complete Works of John Milton, Volume VI: Vernacular Regicide and Republican Writings*, p. 523.

斯基如此描述复辟前夕弥尔顿对自己的定位："他清楚地感到一种深切的需要，他要孤注一掷地尽最后一份努力呼召国人回归他们更好的一面；如若失败，他将以新耶利米的形象出现，将以响亮、如同先知般的声音痛斥国人之堕落，为上帝在英格兰的道做见证。"[1]王朝复辟之后，弥尔顿所做的正是耶利米这样谴责百姓以使其悔改的工作。同耶利米一样，弥尔顿对国人严厉的谴责和痛斥中潜藏着对他们深沉的爱和希望。弥尔顿在这里也让神子传递了上帝终将带以色列人回转的希望。17 世纪 60 年代中后期的英国与刚复辟时差异很大。相比刚复辟时民众的兴高采烈，此时的英国人民情绪渐渐回落：大瘟疫的侵袭、第二次英荷战争时荷兰袭击麦德威河（the Medway）的奇耻大辱、伦敦大火等削弱了国民的自信，他们曾在 1660—1661 年相信上帝会祝福这个业已恢复理性的国度。[2]在 1659—1660 年之间的冬天，哈林顿曾经预言，如果国王返回，只需七年的时间议会的领导将会全部转为共和派。他的预言没有实现，但到 1667 年时，英国民众已开始怀念克伦威尔的统治，政权似乎也陷入了严重问题。[3]想来，弥尔顿在《复乐园》里通过神子说的这番话对于当时的英国人也别有一番劝诫意义。总体来看，在第六轮的试探中，神子将撒旦的政治与军事谋略变成了信仰是否纯正的问题：以色列人只有回转、悔改，才能获得真正的自由。否则，即使暂时被解放，他们也会再度被奴役。在弥尔顿眼中，英国人亦然。

撒旦在连番失利后不得不承认，眼前的神子比夏娃难对付多了。但他并未善罢甘休，在第 4 卷的开始，他将试探推向了顶峰，他将神子带到高山的西边，给神子看伟大、荣耀的罗马。他向神子展现了罗马的权力与繁华，认为相比帕提亚，神子定会更喜欢罗马，因为后者领土广阔、沃野千里、物产富饶、兵力强劲、礼仪文明、艺术灿烂、武器精良，各方面皆闻名于世。撒旦认为，像神子这样具有帝王之德、开创崇高之举者应当志存高远，坐上罗马皇帝的位子。为了增强说服力，他故伎重施，

[1] Barbara Kiefer Lewalski, *The Life of John Milton*, p. 359.

[2] John Morrill, "The Stuarts (1603—1688)," in *The Oxford History of Britain,* rev. ed., ed. Kenneth O. Morgan, Oxford: Oxford University Press, 2010, p. 382.

[3] Blair Worden, *Literature and Politics in Cromwellian England: John Milton, Andrew Marvell, Marchamont Nedham*, p. 398.

提到罗马皇帝年老好色，将帝国变为了淫窟，神子应取而代之，解救人民摆脱奴隶之轭（free from servile yoke）（*PR*, IV.80—102）。这一点显然和上一轮试探有些相近，不过被解救的对象从被罗马人奴役的以色列人变成了罗马人自己。撒旦还打包票说，"有我的帮助，你会成功；权力已经 /授予了我，凭这权力，我把它赠给你。"（*PR*, IV.103—104）撒旦的这一说法与福音书一致。神子在回复时首先明确，所谓宏伟（magnificence）并不比之前的武器吸引他。第110—120行，神子对奢侈、宴乐的批评，是遵从新教神学家们对于福音书的解读：波普指出，新教神学家们认为第一个诱惑并非贪吃，而是不信任上帝，他们倾向于将世上王国的诱惑解释为激起身体的欲望，包括对于荣耀、财富、统治以及权力的欲望。[1]笔者认为，此处的奢侈、宴乐以及神子接下来的话还有另外一个指向。稍后，神子将使节们觐见的荣耀解释为坐着听空洞的赞美、谎言以及古怪的诌媚（*PR*, IV.121—125）。这些用词极易使人联想起弥尔顿在《建设自由共和国的简易办法》中描述国王以及王国仪式的一些说法：

> 这个人（指国王）如果对公众真有什么用处的话，也不过以珍馐美味宴飨宾客，在国家举行的肤浅仪式里摆出一副傲慢的神气，盛装华服，前呼后拥，左右都是**卑躬屈膝、逢迎诌媚**的人（among the perpetual **bowings and cringings** of an **abject** people），尽恭维与崇拜的能事（deifying and adoring him）。虽然他个人不曾做过值得人们崇拜的事情。[2]

可见，弥尔顿这里通过神子批评的不仅是罗马皇帝，还有英国国王。国王肤浅、虚浮的仪式与臣下的撒谎、诌媚常常结伴而至，这是弥尔顿的散文和诗歌作品中多次出现的场景。

之后，神子再一次提到内在自由与外在自由的问题，可谓是对这一问题的进一步阐发。如果第六轮的试探中弥尔顿重点通过以色列人的历

---

[1] John Carey and Alastair Fowler (eds.), *The Poems of John Milton*, pp. 1140-1141.

[2] 见：弥尔顿，《建设自由共和国的简易办法》，第25—26页。译文有改动。粗体为笔者所加。原文见：N. H. Keeble and Nicholas McDowell (eds.), *The Complete Works of John Milton, Volume VI: Vernacular Regicide and Republican Writings*, p. 489.

史强调了《圣经》对内在自由的阐发，此处则通过罗马的例子从共和思想切入了同一问题。神子声称罗马人邪恶、卑贱，活该成为奴隶（vassal）。他们一度公正、节俭、温和、节制且骁勇善战，但统治各国后情形变糟，由野心至虚荣，变残忍、奢侈，以至愈加贪婪（PR, IV.131—142）。这一判断与第二节提到的萨卢斯特《喀提林战争》中的分析如出一辙。此外，休斯将 138—142 行中对于罗马剧院之腐败的批评归为拉丁教父拉克坦提乌斯与奥古斯丁的影响；[1]克里根等编者则认为德尔图良也说过类似的话。[2]接着，神子毫不客气地指责道："有智慧勇力者怎会想拯救 / 如此堕落、作茧自缚的人？ / 内在的奴隶岂能得到外在的自由？"（What wise and valiant man would seek to free / These thus degenerate, by themselves enslaved, / Or could of inward slaves make outward free?）（PR, IV.143—145）神子之言犀利无比，此处他的逻辑比第六轮批评以色列人时更进一层：以色列人因各种偶像崇拜而无法自由；罗马人则是被自己的情欲奴役，无法获得自由。如果说以色列人的问题在于信仰，罗马人的阻碍则在于道德。正是在内在自由和外在自由的关系问题上，弥尔顿将基于基督教–《圣经》的思想资源与古典共和主义思想进行了融合。

对于罗马共和国的教训，弥尔顿很早就有所关注。大约在 1640—1642 年记下的一篇札记中，弥尔顿写道："布鲁图（Brutus）和卡修斯（Cassius）认为自己具备勇气来解放一个国家，但没有考虑到这个国家并不适合自由（not fit to be free），同时忘记了他们的古训——用以治理国家的乃是正义和坚韧，他们成了自己野心和奢侈的奴隶。"[3]此外，在臣民的德性可能并不适合自由的问题上，弥尔顿还受到马基雅维利（Niccolò Machiavelli）的影响。在马基雅维利的《君主论·李维史论》中，有两章（第十六、十七章）专门讨论到，习惯于君主统治或是腐败

---

[1] Merritt Y. Hughes (ed.), *John Milton: Complete Poems and Major Prose*, p. 518.

[2] William Kerrigan, John Rumrich, and Stephen M. Fallon (eds.), *John Milton: Paradise Regained, Samson Agonistes and the Complete Shorter Poems*, p. 302.

[3] Don M. Wolfe (ed.), *The Complete Prose Works of John Milton*, vol. I, p. 420. 该书编者认为这一条目可能引自：Sir Thomas Smith, *The Commonwealth of England, and the Maner of Gouernement Thereof*, London: John Smethwicke, 1621.

的民族，即使偶然获得自由，维持这种自由也很困难。[①]弥尔顿此刻通过神子重申这一点，其意图不仅仅是反思罗马之教训，同时包含着对英国人的劝诫。弥尔顿一直认为，大多数英国人并不能真正理解自由。他曾经坦言，自由是一把锋利的双刃剑，它只适合被公正、有德之士驾驭；在恶人、放纵者手中，自由会成为难以控制的祸根。英国缺乏真知灼见者，只有具真知灼见者才知道如何使好人享有其应得的自由，使歹人得到其所需的约束。[②]在 1660 年，弥尔顿不无沉痛地反思道，自由共和国适合具备德性、勤劳的民族，君主制适合用来约束堕落、腐败、懒惰、骄傲、奢侈之人。[③]这种政制随着公民德性的消长而改变的想法一直萦绕在弥尔顿心间，因此他不放弃任何呼吁改善民众德性的机会。他认为，克伦威尔成为护国公，正是因为公民的德性不如从前了，于是他在《再次为英国人民声辩》中力劝克伦威尔帮助人们培养、增加德行。他向克伦威尔提了以下建议：为青年的教育和道德提供更好的资助；给出版机构自由，"因为没有什么比其对真理发展贡献更大"；改革法制；最重要的是，解除教会权威，引入良心自由，将福音从权力和世界的腐败中解放出来。在弥尔顿看来，如果人们的德性增强，他们便会更适合自由。[④]当然，弥尔顿的建议并未得

---

① 马基雅维利，《君主论·李维史论》，潘汉典、薛军译，长春：吉林出版集团，2011，第 196—202 页。弥尔顿在《札记书》中对马基雅维利的多次引用可以显示两人思想上的联系。需要注意的是，马基雅维利和弥尔顿在宗教看法上并不一样，但他对于弥尔顿的吸引力恰恰在于他对民众德性于自由之重要性的强调。沃登总结道："对于他们两人来说，自由与放纵相对。他们都认为公民德性、简朴、节约、克制与自由为友，奢侈、女人气、怠惰则是奴役的起因和表征。"见：Blair Worden, "Marchamont Nedham and the Beginning of English Republicanism, 1649—1656," in *Republicanism, Liberty and Commercial Society, 1649—1776*, ed. David Wootton, p. 57.

② Blair Worden, *Literature and Politics in Cromwellian England: John Milton, Andrew Marvell, Marchamont Nedham*, p. 237.

③ Blair Worden, *Literature and Politics in Cromwellian England: John Milton, Andrew Marvell, Marchamont Nedham*, p. 237.

④ Blair Worden, *Literature and Politics in Cromwellian England: John Milton, Andrew Marvell, Marchamont Nedham*, pp. 300-301.

到采纳，①但他自视为旷野中的先知，因此并没有停止呼吁人们改善内在自由，以使他们配得外在自由。

弥尔顿选择通过诗歌劝导读者，他的上述思想在其选取的诗歌形式中亦有所体现。众所周知，弥尔顿的《失乐园》与《复乐园》为素体诗（blank verse，有时译为无韵诗），该诗体"由五步抑扬格诗行组成，行与行不押韵"②。弥尔顿在《失乐园》第一版对其使用的诗体进行了辩护，称其采用的是"不押韵的英雄诗体"（heroic verse without rhyme），目的在于"使英雄诗体恢复古老的自由（ancient liberty），以摆脱韵体这个麻烦的现代束缚（modern bondage of rhyming）。"③值得注意的是，素体诗虽然无韵，内在的节奏感却很强。我们结合上文可以看出，如果说不押韵强调的是诗行与诗行之间互不约束的外在自由，其五音步抑扬格则体现了每个诗行内部规则的节奏，也就是说诗行需要遵循自身的内在自由。④

讨论至此，弥尔顿关于内在自由与外在自由的关系已经非常清楚了。在弥尔顿看来，对于以色列人，内在自由指向信仰；对于罗马人来说，内在自由指向德性；而对于英国人来说，则是两者都重要。没有基于信仰和德性的内在自由做根基，英国人不可能获得外在自由。但这一说法是不是有为专制政府背书之嫌？伯林的说法最为一针见血，他在总结了内在自由不受情欲奴役的意涵后指出：

---

① 关于弥尔顿与克伦威尔在宗教、政治方面观点的异同，可参见：Austin Woolrych, "Milton & Cromwell: 'A Short But Scandalous Night of Interruption'," in *Achievements of the Left Hand: Essays on the Prose of John Milton*, ed. Michael Lieb and John T. Shawcross, pp. 185-218.

② 艾布拉姆斯，《文学术语词典（中英对照）》，吴松江等译，北京：北京大学出版社，2009，第49页。

③ William Kerrigan, John Rumrich, and Stephen M. Fallon (eds.), *John Milton: Paradise Lost*, pp. 9-10.

④ 当然，弥尔顿的素体诗与其政治理念和当时文学界的争论密切相关，参见：Barbara Kiefer Lewalski, *The Life of John Milton*, pp. 457-458, 461. 同时，弥尔顿与前人素体诗的异同及其对后人素体诗的影响也很值得探讨，参见：艾略特，《克里斯托弗·马洛》，吴学鲁、佟艳光译，载卞之琳、李赋宁等译《传统与个人才能：艾略特文集·论文》，上海：上海译文出版社，2012，第141—142页；Barbara Kiefer Lewalski, *The Life of John Milton*, pp. 540-544. 这一问题需要专文讨论，笔者以后或将对此进行更为深入的研究。

　　这种学说可能看起来主要是一种道德信条（an ethical creed）而很少是政治信条；但是它的政治含义是清楚的，因为它至少与消极自由的概念一样深深地进入了自由主义的个人主义传统（the tradition of liberal individualism）中。

　　或许值得指出的是，当外在世界表现为特别地沉闷、残酷而又不公时，逃至真实自我的内在城堡（the inner fortress of his true self）这样一种理性圣人的概念（the concept of the rational sage）便以其个人主义的形式（in its individualistic form）出现了。……在一个寻求幸福、公正或自由（无论何种意义上的自由）的人觉得无能为力的世界上，他发现太多的行动道路都被堵塞了，退回到自身便有着不可抵挡的诱惑。希腊的情况就可能如此。在那里，斯多葛理想（the Stoic ideal）与马其顿集权专制（centralised Macedonian autocracy）之前的独立民主制的衰落，不可能全然没有关联。在罗马，因为同样的原因，在共和国终结以后，情况也是如此。①

伯林所说用以解释新斯多葛主义者利普修斯的观点时，十分恰切：利普修斯倡导内在自由，同时反对任何形式的政治抵抗。这时，内在自由论确实容易在不自觉间成为各种专制的同谋。但这一说法用于弥尔顿时并不恰当，弥尔顿既倡导内在自由，又推崇宗教自由和公民自由，前者针对民众德性之匮乏，后者针对制度的不公平。弥尔顿在不同时期的作品中对两者侧重不同，但它们在他那里并非非此即彼，实际上他的内在自由论的两个重要思想资源（基督教–《圣经》思想与古典共和资源）都包含了反对专制的维度：前者诉诸良心自由，后者则表现为共和主义自由。也许是由于伯林在特殊的历史语境下更注重消极自由观念，②他对

① 伯林，《自由论》（修订版），第 187—188 页。笔者根据原文对个别地方的译文进行了修改。原文见：Isaiah Berlin, *Liberty*, ed. Henry Hardy, London: Oxford University Press, 2002, pp. 185-186.

② 刘擎指出，在伯林所处的"当前"（20 世纪 60 年代），他"更为关注积极自由滥用的危险，有其对历史特定性的把握，而不是出于理论的一般原则"。参见：刘擎，《自由及其滥用：伯林自由论述的再考察》，《中国人民大学学报》2015 年第 4 期，第 49 页。刘擎在该文中对伯林的自由观进行了清晰的重述，纠正了伯林"提倡消极自由，反对积极自由"的流行意见，指出："两种自由都有可能被扭曲和滥用，但积极自由的滥用更具有欺骗性。"详见刘文第 43—53 页。

于内在自由与良心自由、古典共和思想和共和主义自由之间的关联没有进行讨论。

关于良心自由与国家权威之间的关系，阿克顿（John Emerich Edward Dalberg Acton）进行了重要的概括，莫米利亚诺（Arnaldo Momigliano）将之总结如下："阿克顿抓住了核心的问题。以宗教良知的名义，教会第一次对国家的权威给予了绝对的限制，如果没有基督教设想的上帝国理念的话，现代自由将是无法想象的。如果没有宗教良知对国家权威的最初反抗，个人权利也将不会被承认。"①至于共和主义思想，斯金纳在《自由主义之前的自由》中将弥尔顿等新罗马主义作家的观点概括如下："只有在自由的国度，个人才可能自由。"②特别值得注意的是，阿克顿将宗教自由与公民自由两者之间的融合归为 17 世纪的创见。③当然，弥尔顿在《复乐园》中并未直接涉及宗教自由与公民自由的维度，两者在《斗士参孙》中表现得较为清楚。④但即使在《复乐园》中，弥尔顿更侧重内在自由作为外在自由的基础时，也丝毫没有为专制权力做辩护的意图。神子在阐述内在自由与外在自由的关系后，马上声称：自己坐上大卫宝座时，会像一棵大树庇荫整个大地，或像一块石头粉碎世界上所有其他君主国，但他的王国将永世长存（PR, IV.146—151）。⑤凯里指出，"大树"和"石头"这两个意象分别来自《但以理书》4：10—12 及 2：31—35 中的两个异象（vision）。⑥确实如此，但以理在为尼布甲尼撒（Nebuchadnezzar）解梦时指出，大树象征着尼布甲尼撒的王权，石头则代表神的能力。⑦由此可见，神子的王权既与世上的王权相似，具备其力量；又超越了世上的王权，像石头一样永存。无论如何，我们必须将弥尔顿的内在自由论置于其整个思想谱系之中进行考察，罔顾作者的其

---

① 莫米利亚诺，《古代世界的自由与和平》，王恒、林国华译，载林国华、王恒主编《古代世界的自由与和平》，上海：上海人民出版社，2010，第 77 页。

② Quentin Skinner, *Liberty Before Liberalism*, p. 60.

③ 阿克顿，《自由与权力》，侯健、范亚峰译，南京：译林出版社，2011，第 67 页。

④ 关于这一问题，笔者将在第四章进行详细讨论。

⑤ 在《失乐园》第 12 卷论及内在自由时，他也特意指出："暴君不因就可以为己辩解。"（PL, XII. 96）

⑥ John Carey and Alastair Fowler (eds.), *The Poems of John Milton*, p. 1143.

⑦ 分别参见：《但以理书》4：22、2：45。

他思想源流、孤立地只强调一个方面容易将我们导向错误的结论。弥尔顿自由观念的两个重要面相是内在自由与宗教自由、公民自由。它们看似彼此矛盾：前者趋于保守，后者则更为激进。[①]但它们侧重的对象不同，前者指向民众，后者才是政制。它们对于弥尔顿并非非此即彼的选择，因为对于弥尔顿来说，政制中的人与政制一样重要。在这点上，他与柏拉图、亚里士多德等古典思想家[②]以及文艺复兴时期的人文主义者一致，确实区别于霍布斯以降的多数现代政治思想家。关于古典时期与霍布斯等现代政治思想家对于政制与德性的看法分歧，张新刚论述道："与古典方案试图为人性和政治建构提供新的理智基础来构建共同体的德性生活相比，霍布斯等现代政治思想家更加接受色拉叙马霍斯式人性的规定，并满足于在利益的基础上构建和平的政治秩序，由此得出的推论就是人与人结合的原因是为了荣誉或益处，……政治秩序的基础恰恰是利益，而非更高贵的德性，整个现代政治就是在这一基础上构建起来的。……霍布斯所理解的人性与柏拉图所要处理的色拉叙马霍斯（Thrasymachus）所主张的人性是非常一致的。霍布斯笔下的人是被骄傲和恐惧控制的，而柏拉图理想城邦中的人则是有着良好的灵魂秩序，自身的欲望和激情服从理智的约束。两人也基于不同的人性建造了不同的政治秩序，撇开具体政治谋划方案的差异，人性对于思考政治秩序具有根本性的影响。"[③]

总结来看，弥尔顿关于自由的两个面相均区别于霍布斯的无障碍式自由观，这与他们对于人性的不同认识直接相关。但随着历史的推进，霍布斯的自由论逐渐占据中心，因此斯金纳不无感叹地说，如今我们很少看到自由作为"独立"（非依附）（independence）而被讨论，甚至更少看到它被解释为"基于自制的自我实现"（self-realization based

---

① 这些思想在弥尔顿身上有时表现为看似矛盾的倾向，因此有论者在总结了弥尔顿不同的思想特征后将他称为"贵族和抗争者"。见：Perez Zagorin, *Milton, Aristocrat and Rebel: The Poet and His Politics*, New York: D. S. Brewer, 1992, p. 151.

② Jonathan Scott, *England's Troubles: Seventeenth-Century English Political Instability in European Context*, Cambridge: Cambridge University Press, 2000, p. 320.

③ 张新刚，《正义、友爱与共同体——柏拉图政治思想研究》，北京大学博士论文，2012，第169—170页。

on self-mastery)。①这两个面相分别与弥尔顿认为的公民自由及内在自由相关。但这两个面相其实并未完全消失，各个时期都有思想家对其进行着关注（尽管人数不多），最典型的例子是托克维尔。依据崇明的总结，托克维尔致力做的"正是在民主时代实现独立、政治自由、自主这三个彼此之间存在张力的因素构成的现代自由"②。托克维尔的例子给我们的研究两点启示：其一，即使在现代民主社会里，弥尔顿关于自由的解读也并未过时，可能在一些时候还可以为我们提供新的启示；其二，弥尔顿关于自由的两个面相彼此之间确实存在着张力，但这是由自由本身的复杂性决定的。论及此，我们回头看朱克特对弥尔顿自由思想的批评，不得不说，朱克特所说的都是事实，但却以偏概全。首先，他实际上是用现代意义的非干涉自由论来衡量弥尔顿的思想的，这对弥尔顿很不公平，因为弥尔顿的思路本来就不是根据"遵从自己任意的意志或欲望"③来考量自由的。其次，他认为，弥尔顿的自由论完全基于基督教，这实际上只是部分事实。正像他在脚注中一提而过的那样，弥尔顿的自由论同时基于《圣经》和古典共和思想。本书已经揭示，在《复乐园》中，弥尔顿有时采用《圣经》或基督教思想，有时则吸纳古典共和资源。甚至可以说，内在自由正是他在两者之间找到的结合点之一。④再次，朱克特认为，弥尔顿的内在自由与其政治自由之间存在难以弥合的鸿沟，但托克维尔的例子已经说明，这两个面相之间的张力正是由自由的复杂性决定的，孤立地强调任意一面（如利普修斯或第五王国派等激进主义者）可能会导致政治实践的偏差。

在神子与撒旦的这番讨论后，撒旦还想挽回颓势，他再次声称世界的王国都是自己的，自己想给谁就给谁，他可以给神子，只要后者敬拜他做主。神子引用《圣经》中的话"当拜主你的神，单要侍奉他"作为回复（*PR*, IV.176—177）。如此一来，他既断然拒绝了撒旦的提议，又对

---

① Quentin Skinner and Martin van Galderen (eds.), *Freedom and the Construction of Europe*, vol. 2, p. 6.

② 崇明，《创造自由：托克维尔的民主思考》，第 279 页。

③ Michael Zuckert, *Natural Rights and the New Republicanism*, p. 91.

④ 本书下一章在讨论宗教自由与公民自由时，将会涉及弥尔顿如何融合基督教的良心自由与新罗马主义自由观。

其不敬之举进行了批评。眼看这轮试探再次落败，撒旦只好转换方向，将话锋导向雅典的知识，开始了第八轮的试探。这轮试探在学者中引起了很大争议，大家的看法迥然相异。①鉴于这一问题过于复杂，而本书篇幅有限，笔者仅列出两点与本章相关的事实：首先，基督教与希腊思想的关系很难一下子理清楚，早期基督教既借助了希腊的思想资源，又声明自己与它的差异。因此，弥尔顿的一些观点实际上沿袭的是早期基督教教父（如奥古斯丁）②的基本看法。其次，在指出希腊诸学派的限制后，神子依然指出，如果他们的思想经自然之光启示发现了道德德性，便不是没有价值的（PR, IV.351—352）。对于外邦人可能也经自然启示认识真理，《罗马书》2：14—15 及弥尔顿的《论基督教教义》中均有相关讨论。③因此，对于神子来说，尽管他对希腊诸学派均有批评，但仍然认同他们关于道德德性的阐述，这与弥尔顿所持的内在自由论不无关联。例如，柏拉图的《理想国》第 4 卷中对于灵魂正义和内在之人的讨论，与弥尔顿在《复乐园》第 2 卷末尾强调的内在王国十分相似。④不管怎样，神子的回答意味着撒旦想用"沉思的生活"引诱他的做法再次落败。

　　第九轮试探中的噩梦一方面与《失乐园》中夏娃的梦形成对照，另一方面梦中之暴风雨的可怖场景象着属灵征战，勒瓦尔斯基认为它预兆着耶稣受难时自然的剧变。⑤同时结合撒旦第 4 卷第 465—483 行的话可知，这轮试探意欲在神子心中掀起恐惧。⑥正如大多数属灵试探一样，撒旦再次试图让神子质疑他登上王位的时间和方式（"when and how"; "the time and means"）（PR, IV.472, 475）。神子毫不客气地揭穿了撒旦的把戏，称他并不惧怕这些威胁，因为它们并非出于上帝，而是出于撒旦。此时撒旦已然黔驴技穷，他一面告白神子对一切试探都能抗拒，一面却

① John Carey and Alastair Fowler (eds.), *The Poems of John Milton*, pp. 1149-1152.

② 关于奥古斯丁对于希腊思想有限性的批评，可参见：Augustine, *The City of God Against the Pagans*, ed. and trans. R. W. Dyson, pp. 879-883.

③ John Carey and Alastair Fowler (eds.), *The Poems of John Milton*, p. 1154.

④ Plato, *The Republic and Other Works*, trans. Benjamin Jowett, New York: Anchor Books, 1973, pp. 130-137.

⑤ John Carey and Alastair Fowler (eds.), *The Poems of John Milton*, p. 1156.

⑥ William Kerrigan, John Rumrich, and Stephen M. Fallon (eds.), *John Milton: Paradise Regained, Samson Agonistes and the Complete Shorter Poems*, p. 310.

在准备着最后一击。于是，在最后一轮试探中，撒旦带神子来到耶路撒冷俯望圣城，他唆使神子跳下塔顶，以确认自己神子的身份。神子以《圣经》中的话——"不可试探主你的神"进行了回复（*PR*, IV.561）。结果，撒旦自己从高处坠落下去。①如上文所述，十轮试探中有一些并非基于基督教传统，但弥尔顿以《圣经》中的第一个试探开始，以《圣经》中的最后一个试探结束，显然是经过精心设计后有意安排了这样的顺序。这之后，天使们为神子摆上了天上的美食，他们还称赞神子克服了种种试探，终于为亚当"恢复了那失去的乐园"（hast regained lost Paradise）（*PR*, IV.608）、"一个更美好的乐园"（a fairer Paradise）（*PR*, IV.613）。《失乐园》止于亚当和夏娃对"内在乐园"的向往，《复乐园》则以"更美好乐园"的恢复结束，再次体现了两部诗作之间在主题上的延续性。

　　本章聚焦《复乐园》中的"自由"观念。笔者通过分析指出了神子内在自由论的多种思想来源，神子最倚重基督教的自由观念，其次是古典共和思想中的德性论，最后则是斯多葛传统中的内在自由理念。笔者还重点区别了神子的内在自由论与霍布斯的无障碍式自由观。同时，笔者认为，弥尔顿对内在自由与外在自由关系的讨论必须与其关于公民自由、宗教自由的思想结合起来考察，否则容易造成对诗人思想的简化甚至误解。因此，需要补充的是，神子的内在自由论实际上是《斗士参孙》中参孙讨论公民自由、宗教自由的起点和依据。在上述讨论的基础上，本章回应了朱克特等对弥尔顿自由观的评骘。

---

① 在释经传统中，并没有撒旦坠落这样的解释。见：William Kerrigan, John Rumrich, and Stephen M. Fallon (eds.), *John Milton: Paradise Regained, Samson Agonistes and the Complete Shorter Poems*, p. 315.

第四章　认知与自由——论《斗士参孙》中
参孙的宗教经验及自由观

1671 年，《斗士参孙》与《复乐园》同时面世，比较传统的看法是，这两部作品均创作于 1667—1670 年。从笔者的研究角度来看，这一说法没有问题。《斗士参孙》是《复乐园》在思想上的延伸：如果说《复乐园》中的神子兼具信心和德性，《斗士参孙》中的参孙则主要表现为一位抗争者，但他抗争的前提是恢复内在自由，之后才出现了恢复内在自由者如何看待并追求外在自由的问题。但并非所有学者都认同该悲剧创作于 1667—1670 年的说法。[①]例如，帕克在 1949 年提出，弥尔顿从 1647 年开始创作该悲剧，并于 1652—1653 年完成。[②]与帕克持相同看法者有利布、勒文斯坦（David Loewenstein）等。利布认为，该作品创作于早期的证据在于，参孙与哈拉发的对峙使人联想起弥尔顿在 17 世纪 50 年代与撒尔美夏斯（Claudius Salmasius）的辩论。[③]勒文斯坦侧重于语境研究，他将《斗士参孙》与 17 世纪 40—60 年代的激进宗教写作者［欧文（John Owen）、克伦威尔、早期贵格会成员等］进行了对比，指出弥尔顿的悲剧既表达了激进宗教文化的强烈内在性，也与激进宗教文化一样强调属灵冲动的力量、圣人对上帝的等待，同时关注难以测度的神意以及可

---

① William Kerrigan, John Rumrich, and Stephen M. Fallon (eds.), *John Milton: Paradise Regained, Samson Agonistes and the Complete Shorter Poems*, p. 319.

② 见：Barbara Kiefer Lewalski, *The Life of John Milton*, pp. 691-692, n. 11. 帕克在其《弥尔顿传记》中仍将《斗士参孙》置于 "Reconciliation, 1645—1648" 这一时段。见：William Riley Parker, *Milton: A Biography, Vol. I: The Life*, ed. Gordon Campbell, Oxford: Clarendon Press, 1996, pp. 313-321.

③ Barbara Kiefer Lewalski, *The Life of John Milton*, pp. 691-692, n. 11. 但即便利布的说法成立，这与整部《斗士参孙》创作于 17 世纪 60 年代末的说法也不矛盾。

怕的末日报复等。①凯里的情况有些不同：在其参与编著的《弥尔顿诗集》（*The Poems of John Milton*）的第一版（1968）中，他在《斗士参孙》的前言里总结了该悲剧创作于 17 世纪四五十年代的几个证据，并将该诗置于弥尔顿早期创作的其他短诗之间。②但他之后在《弥尔顿短诗全集》的第二版（1997）中调整了《斗士参孙》的位置，将其置于其他短诗之后、《复乐园》之前，并在前言中将其创作时间改为"1665—1667?"。不过他还是指出，学界依然无法确定该悲剧的创作时间，因此列出了多位学者对创作时间进行讨论的文章。③尽管上述几位学者分别从诗作的形式（韵体）④、出版信息、语境等方面论证了《斗士参孙》创作于早期的说法，但更多学者认为，该悲剧中的许多场景与复辟后的历史事件相关。从这一角度进行的研究颇多，侧重点各有不同。⑤笔者仅举沃登为例。⑥沃登将弥尔顿的参孙与三位共和主义者[勒德洛、西德尼（Algernon Sidney）、

---

① David Loewenstein, *Representing Revolution in Milton and His Contemporaries: Religion, Politics, and Polemics in Radical Puritanism*, Cambridge: Cambridge University Press, 2001, p. 270.

② John Carey and Alastair Fowler (eds.), *The Poems of John Milton*, pp. 331-332.

③ John Carey (ed.), *Milton: Complete Shorter Poems*, 2nd ed., Harlow: Pearson Longman, 1997, p. 349.

④ 凯里指出，《斗士参孙》大约有十一分之一为韵体，而弥尔顿从正式创作史诗时起就放弃了韵体。见：John Carey and Alastair Fowler (eds.), *The Poems of John Milton*, p. 331. 勒瓦尔斯基本人曾经也是早期创作论的支持者，但她后来改变了看法，她认为，上述韵体说法很难成立，因为《斗士参孙》的韵律有别于弥尔顿的所有其他诗作。见：Barbara Kiefer Lewalski, *The Life of John Milton*, p. 691, n. 11.

⑤ 勒瓦尔斯基指出，更多晚近的学者[希尔、拉齐诺维奇、诺帕斯、沃登、阿钦斯坦（Sharon Achinstein）等]倾向于传统的创作时间，因为该诗作中出现了许多复辟后的典故和相似场景。见：Barbara Kiefer Lewalski, *The Life of John Milton*, pp. 691-692, nn. 11, 12. 其他学者的研究专著和文章可参见：John Carey (ed.), *Milton: Complete Shorter Poems*, 2nd ed., p. 350.

⑥ 沃登乃历史学家出身，是较早将文学与政治结合起来进行讨论的学者之一。他明确指出，尽管最近三十年来，早期创作说渐渐式微，但这种说法所代表的志向（文学高于历史、诗性之启迪高于乏味的事实）自有其影响，很难轻易摆脱。《斗士参孙》作为英语文学中最接近希腊悲剧的作品，确有其超越语境的文学价值，但 17 世纪没有人会认同这种现代观点，因为该作品符合文学原型或传统便否认其与诗人的个人、政治经验的关联。见：Blair Worden, *Literature and Politics in Cromwellian England: John Milton, Andrew Marvell, Marchamont Nedham*, pp. 358-359.

范内]联系起来讨论，认为上述三位共和主义者作品中的说法与《斗士参孙》不仅在思想和情感上类似，甚至用词都一致。①沃登对弥尔顿的文本和思想把握较为持平：他看到勒德洛作为加尔文主义者，缺乏弥尔顿的古典和人文价值；相比之下，西德尼与弥尔顿的思想更为接近，因为他也将理性、古典历史看作宗教之友。②《斗士参孙》中涉及复辟后的场景确实很多，例如，合唱队在第 693—696 行中的感叹暗指复辟后范内被处决，克伦威尔、艾尔顿、布拉德肖的尸首被侮辱等事件。③因此，笔者赞同《斗士参孙》创作于晚期的传统说法，也认同并采纳了从语境角度研究该悲剧的做法。

近年来由于各种原因造成的恐怖事件频繁发生，对于《斗士参孙》的解读渐渐呈现出两极化的趋势，这一趋势在两位著名的弥尔顿研究者身上体现得尤为明显。凯里在 2002 年撰文《颂扬恐怖主义的作品？——"9·11"与〈斗士参孙〉》("A Work in Praise of Terrorism? September 11 and *Samson Agonistes*")，称"9·11"改变了人们对《斗士参孙》的解读。费什曾将参孙的行为定义为对神意的解读，因此乃德性之举，他强调，"不存在评价该行为的其他标准"；但在凯里看来，"9·11"之后这类解读将站不住脚。④费什也不让步，在其 2012 年出版的专著《反人本主义的几种形式：弥尔顿及其他》中专辟一章对凯里的指责进行了回应，并强调，弥尔顿及其参孙不是恐怖主义者，他们认同的是反律法主义（antinomianism）。费什引用反律法主义研究者贝内特的话解释道，为了信仰，没有一条诫命在其字面意义上绝对不能被打破，尽管不遵从该信仰者以及遵从其他信仰者会以不同的方式看待他们所做的事情。⑤两位学者的争论与弥尔顿

---

① Blair Worden, *Literature and Politics in Cromwellian England: John Milton, Andrew Marvell, Marchamont Nedham*, p. 360.

② Blair Worden, *Literature and Politics in Cromwellian England: John Milton, Andrew Marvell, Marchamont Nedham*, p. 362.

③ Merritt Y. Hughes (ed.), *John Milton: Complete Poems and Major Prose*, p. 914; William Kerrigan, John Rumrich, and Stephen M. Fallon (eds.), *John Milton: Paradise Regained, Samson Agonistes and the Complete Shorter Poems*, p. 350.

④ John Carey, "A Work in Praise of Terrorism?," in *Milton's Selected Poetry and Prose: Authoritative Texts, Biblical Sources, Criticism*, ed. Jason P. Rosenblatt, London: W. W. Norton & Company, 2011, pp. 622-626.

⑤ Stanley Eugene Fish, *Versions of Antihumanism: Milton and Others*, p. 91.

思想的复杂性不无关联。与《复乐园》一样，弥尔顿在《斗士参孙》中分别用了基督教-《圣经》与古典资源，但不同的是，《复乐园》强调的是内在自由，因此两者可以较好地融合，而《斗士参孙》侧重的是内在自由基础上的外在自由，并且将追求外在自由的理念付诸具体的行动。对于这一行动方式，从信仰的角度进行解释者（如费什）和从理性、道德的角度进行解释者（如凯里）从根本上难以融合：在费什看来，弥尔顿的参孙认为他所做的是对上帝旨意的回应；但凯里认为，身为诗人的弥尔顿思想敏感，^①他在悲剧的最后阶段向读者隐藏了参孙以及上帝的思想，因为无论参孙的做法是否遵从神意，在道德上都说不过去。^②

凯里所论有一定道理。弥尔顿确实有意与参孙基于宗教经验的暴力行为保持距离，原因部分在于宗教经验具有不可通约的特征，某一个人的宗教经验和基于该经验的选择很难被另一个人完全理解。^③这一做法符合弥尔顿一贯的认知态度，他对由于认知限制不能确定或不可能完全理解的对象都保持开放的态度，例如，《失乐园》中夏娃的梦、亚当不知道夏娃犯罪后是否有补救的可能性等。他习惯性的做法是使用"或者"（or）、"看起来"（seem）这样模糊的词汇。此类词汇也多次出现于弥尔顿描述参孙宗教经验及暴力行为的诗行中。正是因为此类表达的含混特征，凯里才得出弥尔顿并不认可参孙行为的结论。但我们不宜将诗人的立场推至极端，不确定并不等同于否定。参孙在悲剧中两次明确地诉诸宗教经验：第一次是在与合唱队谈论婚姻时，第二次是在参孙拉倒剧院之前。由于这两次宗教经验分别处于悲剧的开始与结尾部分，笔者将遵循文本的叙事顺序在本章第一节和第三节分别对其进行讨论。还需注意的是，《斗士参孙》中不仅涉及宗教经验与选择，还有对于宗教自由、公民自由的讨论。前者关涉具体的行为方式，后者则主要是思想层面的探讨。上

① John Carey, "A Work in Praise of Terrorism?," in *Milton's Selected Poetry and Prose: Authoritative Texts, Biblical Sources, Criticism*, ed. Jason P. Rosenblatt, p. 622.

② John Carey, "A Work in Praise of Terrorism?," in *Milton's Selected Poetry and Prose: Authoritative Texts, Biblical Sources, Criticism*, ed. Jason P. Rosenblatt, pp. 624-626.

③ 弥尔顿在《论世俗权力》中有如下说法："没有人或机构在宗教事务中判断他人良心时是永不犯错的裁判或决定者，他们只能判断自己的良心。"见：David Loewenstein (ed.), *John Milton Prose: Major Writings on Liberty, Politics, Religion, and Education*, p. 381.

述两位学者争论的是前者，但文本中还有大量的篇幅关乎后者。笔者认为，弥尔顿通过参孙与大利拉、哈拉发与非利士长官的交流在学理层面对于宗教自由和公民自由进行了深入探讨，这个过程中他还对欧洲的抗争理论资源①进行了整合。笔者将在本章第二节对此进行详细讨论。

宗教自由、公民自由是弥尔顿一生关注与讨论的观念。在 17 世纪中后期，宗教和政治尚彼此缠绕，宗教自由和公民自由时而合流、时而斗争，经历了复杂的演变过程。关于这一流变，沃登的文章《公民自由和宗教自由》中有非常明晰的描述。在 1642 年，议会派试图将宗教与政治话语合一时遇到了困难，因其难以找到两者间概念上的连接。在当时的政治讨论中，宗教和自由（religion and liberties）是并列的。②这一特征在弥尔顿的早期作品中有所体现。在 1642 年，弥尔顿写道："那些想要破坏我们宗教（religion）的主教们和想要奴役我们公民自由（civil liberty）的人是一样的。"③沃登观察到，在第一次内战结束前，宗教自由（religious liberty）很少被使用；即使被使用，该观念表达的意思多指基督里的自由（Christian liberty）、属灵自由（spiritual liberty）或者福音自由（Gospel liberty）。这一观念表达的是灵魂从罪的捆绑中解放出来，使人们脱离恐惧、淫欲、情欲、意志、肉体，它侧重的是"内在的人"（inward man）与基督的关系。相比之下，公民自由侧重的是"外在的人"（outward man）与国家或行政官的关系。④此时，宗教自由这一观念表达的意思显然接近于弥尔顿在《复乐园》中讨论的内在自由观念。沃登总结道，此时的宗教自由观念自然无法与公民自由融合，因为两者属于不同层面的经

---

① 斯金纳在《近代政治思想的基础》第 2 卷中梳理了自宗教改革开始的抗争理论，本章在第二节中援引了斯金纳的一些总结。见：Quentin Skinner, *The Foundations of Modern Political Thought, Vol. 2: The Age of Reformation*.

② Blair Worden, "Civil and Religious Liberty," in *God's Instruments: Political Conduct in the England of Oliver Cromwell*, pp. 316-318.

③ Blair Worden, "Civil and Religious Liberty," in *God's Instruments: Political Conduct in the England of Oliver Cromwell*, p. 320. 这段话节选自弥尔顿的文章 "An Apology Against a Pamphlet"。见：Don M. Wolfe (ed.), *The Complete Prose Works of John Milton*, vol. I, pp. 923-924.

④ Blair Worden, "Civil and Religious Liberty," in *God's Instruments: Political Conduct in the England of Oliver Cromwell*, p. 320.

验和价值。正是在这一意义区分的前提下，路德和加尔文早期认为："属
灵的自由（spiritual liberty）可以很好地与世俗的奴役（civil bondage）融
合。"①尽管上述意蕴乃主要用法，基督里的自由还有另一层更少见的含
义，它指的是"教会从世俗权力获得豁免权"（the immunity or exemption
of churches from the secular power），即教会自由（ecclesiastical liberty）。②
在概念上，基督里的自由或宗教自由的这两层意思区别非常明显，但在
现实中很难将两者分开。在英国，劳德大主教（Archbishop Laud）的宗
教政策使得形势不断恶化，坚信官方教会政策违背了基督里自由的人数
随之增多。一些激进的宗教派别[浸礼会（Baptists）与主张脱离国教者
（separatists）]认为，参与虚假的敬拜，甚至参与国家强制的任何敬拜，
都是犯罪，违背了基督里的自由。③随着内战的进行，基督里的自由（或
曰，良心自由）的两层含义区分渐渐消失，虽然原居主流的第一层意思仍
然存在，第二层意思却占据上风：宗教自由主要被看作按照良心的指示去
相信或敬拜的自由。此时，宗教自由和公民自由终于可以融合了。④沃登
还具体分析了两者融合过程中的五个阶段，对此本书无法详述，但这一

① Blair Worden, "Civil and Religious Liberty," in *God's Instruments: Political Conduct
in the England of Oliver Cromwell*, pp. 320-321. 路德早期对于政治顺从义务并非
毫无条件地接受，他认为，对于不属上帝的暴君，臣民有不顺服也不抵抗的双重义
务（the equal duties of disobedience and of non-resistance）。路德在 16 世纪 20 年
代尽其所能地强调不抵抗教义（the doctrine of non-resistance），但在 30 年代初期，
当帝国的武装力量可能毁灭路德宗时，路德突然并且永久地改变了对这一关键问
题的看法。见：Quentin Skinner, *The Foundations of Modern Political Thought, Vol. 2:
The Age of Reformation*, pp. 16-19, 194-195. 加尔文除了临终前几年以及个别含糊
其辞的时候，都坚决地奉行绝对不抵抗教义（doctrine of absolute non-resistance）
的主张。见：Quentin Skinner, *The Foundations of Modern Political Thought, Vol. 2:
The Age of Reformation*, pp. 192-194. 斯金纳认为，晚年的加尔文尽管表达依然闪烁
其词，但他将世俗、宪政要素（a secular and constitutionalist element）引入政治
权力的讨论，对激进政治思想资源做出了重要贡献。见：Quentin Skinner, *The
Foundations of Modern Political Thought, Vol. 2: The Age of Reformation*, pp. 230-234.

② Blair Worden, "Civil and Religious Liberty," in *God's Instruments: Political Conduct
in the England of Oliver Cromwell*, p. 322.

③ Blair Worden, "Civil and Religious Liberty," in *God's Instruments: Political Conduct
in the England of Oliver Cromwell*, p. 323.

④ Blair Worden, "Civil and Religious Liberty," in *God's Instruments: Political Conduct
in the England of Oliver Cromwell*, p. 324.

融合的结果对政教关系的改变意义重大：前文提到，路德、加尔文曾主张，"属灵的自由可以很好地与世俗的奴役融合"①；值得注意的是，沃登在文章的结尾提到，普林斯顿的校长、长老会牧师威瑟斯庞（John Witherspoon）在 1776 年的一篇讲道中如此宣称："历史上从来没有公民自由丧失、宗教自由得以完整保留的先例。如果我们放弃世俗的财产，我们也同时使良心受到捆绑。"②就这样，宗教自由从最初的属灵自由变成了公民自由的伙伴。

弥尔顿参与了宗教自由概念流变的整个过程。他在《论基督教教义》与晚期诗歌中均显现出阿米尼乌斯主义的思想倾向，③圆颅党人的阿米尼乌斯主义（Roundhead Arminianism）实际上充当了加尔文派与公民自由之间沟通的中间力量，④但弥尔顿并未放弃或遗忘宗教自由在属灵层面的含义。沃登提醒道，即便是在弥尔顿对保罗的命令（不做人的奴仆）⑤进行政治解读时，他对于基督里的自由传统理解之信念并没有被置换或减少，他不想看到"神和属灵的国""堕落为这个世界的

① Blair Worden, "Civil and Religious Liberty," in *God's Instruments: Political Conduct in the England of Oliver Cromwell*, p. 321.

② Blair Worden, "Civil and Religious Liberty," in *God's Instruments: Political Conduct in the England of Oliver Cromwell*, p. 353.

③ Dennis Danielson, *Milton's Good God*, p. 81. 劳德大主教也曾倡导阿米尼乌斯思想，但其与荷兰的阿米尼乌斯思想差异很大。见：Dennis Danielson, *Milton's Good God*, pp. 59, 243, n. 4. 值得一提的是，同弥尔顿一样，洛克也更倾向于阿米尼乌斯主义的思想。见：John Dunn, *The Political Thought of John Locke*, Cambridge: Cambridge University Press, 1969, p. 223.

④ Blair Worden, "Civil and Religious Liberty," in *God's Instruments: Political Conduct in the England of Oliver Cromwell*, p. 349. 思想往往盘根错节、枝蔓丛生。特雷弗-罗珀（Hugh Trevor-Roper）分析说，荷兰的阿米尼乌斯看似是加尔文宗内部的异教徒，但事实上他所做的不过是重提伊拉斯谟的古老教义；同时，被看作激进新教异端的索齐尼教派则重复了瑞士、意大利的伊拉斯谟追随者的思想。特雷弗-罗珀强调说，加尔文教士的不宽容、命定论、经院式的教义与伊拉斯谟派的宽容、持怀疑态度的理性主义差异明显，两者由于政治需要而合流，但我们需要了解 17 世纪新教思想史的宗教语境，需要强调它们的差异，因为两者从未完全融合。见：Hugh Trevor-Roper, "The Religious Origins of the Enlightenment," in *The Crisis of the Seventeenth Century: Religion, the Reformation and Social Change*, Indianapolis: Liberty Fund, 1967, pp. 206-209.

⑤ 《哥林多前书》7：23："你们是重价买来的，不要作人的奴仆。"

王国"。①沃登对于宗教自由观念流变及其与公民自由关系的分析对于本章第二节的讨论十分重要。参孙是以色列的士师，他对于以色列人的宗教和政治都至关重要，当时的以色列人政治上被非利士人统治，宗教上不得不接受他们对大衮（Dagon）的敬拜，因此《斗士参孙》中多处可见这两层表述同时出现。但同样重要的是，参孙不仅仅具备公共使命，他首先必须面对自己的罪和软弱，解决自己与上帝的关系问题。所以，在《斗士参孙》里，沃登所总结的宗教自由的两层含义同时出现，参孙既要克服自己灵魂上的软弱，还要确认并恢复他身为以色列宗教、政治拯救者的使命，可谓任重道远。正是在这个意义上，笔者认为，恢复"内在乐园"对于参孙来说既关乎个人的信仰方向，同时也是其公共使命的起点。

第一节　宗教经验与律法：论参孙的两次婚姻

悲剧以参孙的独白开始。曾经具备光荣力量（glorious strength）（36）②的参孙如今身陷囹圄、双目失明、沮丧绝望，经受着肉体与精神的双重折磨。肉体的痛苦还可通过休息得以缓解，精神的折磨却不然：想到自己本是以色列的拯救者（deliverer）（40），如今却沦为非利士人的阶下囚，参孙痛苦不堪。最令他难以释怀的是，这一切皆因自己而起，因他没能保守沉默的约定（the seal of silence）（49），禁不住妻子的软磨硬缠，向其透露了自己力量来源的秘密。参孙痛苦至极，称自己为"活死人"（a living death）（100）、"行走的坟墓"（a moving grave）（102），他内心之绝望，实在令人动容。就在这时，由旧时的邻居、朋友组成的合唱队出现了。参孙的巨大变化令他们③吃惊不已，他们不能理解的是，力量（strength）与德性（virtue）（173）兼具的参孙何以落至如此不幸的深渊？朋友们想通过探望给参孙一些建议或安慰（183），他们劝说参孙

---

① Blair Worden, "Civil and Religious Liberty," in *God's Instruments: Political Conduct in the England of Oliver Cromwell*, pp. 336-337, n. 161.

② William Kerrigan, John Rumrich, and Stephen M. Fallon (eds.), *John Milton: Paradise Regained, Samson Agonistes and the Complete Shorter Poems*. 参考其他版本：John Carey and Alastair Fowler (eds.), *The Poems of John Milton*. 本书中关于《斗士参孙》的引文均出自以上两个版本，下文只标明行数，不再另行加注。

③ 原文中合唱队自称时，都是用"我"（I）。为了叙述方便，笔者称合唱队为他们。

不要责难上帝的安排，再聪明的人也会犯错，被坏女人欺骗云云。这里的语气、口吻乃至说法都让人想起约伯的朋友们，他们说的话固然有道理，却难以安慰身陷痛苦的人。①这之后，他们向参孙发出了一个疑问：为什么他同非利士女子②结婚，而没有选择本族人？参孙解释道，他在亭拿遇到第一个女子，准备结婚时，父母并不满意：

> 他们不知道的是，
> 我的提议正是上帝的意思，我是由
> 内在的冲动得知的，故而促成
> 婚姻的进行；欲借此机会
> 开始着手拯救以色列的活动，
> 这是上帝呼召我进行的工作。
> 结果她虚情假意，第二个我娶了
> （但愿我不曾娶她！愚蠢的愿望悔之已晚）
> 就是住在梭烈山谷的大利拉，
> 那金玉其外的妖孽，我的布好的③罗网。
> 我认为从先前的行为看，这次一样合法，
> 目的也相同；仍然指望去压制
> 以色列的压迫者：但今天我受苦受难

---

① 因此耶和华在《约伯记》结尾责备了这些朋友。《约伯记》42：7—8："耶和华对约伯说话以后，就对提幔人以利法说：'我的怒气向你和你两个朋友发作，因为你们议论我，不如我的仆人约伯说的是。现在你们要取七只公牛，七只公羊，到我仆人约伯那里去，为自己献上燔祭，我的仆人约伯就为你们祈祷。我因悦纳他，就不按你们的愚妄办你们。你们议论我，不如我的仆人约伯说的是。'"

② 这里的"女子"用了复数，指的是参孙的两任妻子。克里根等编者指出，在《士师记》中，参孙只和亭拿的女子结了婚，大利拉可能是非利士人，但弥尔顿将大利拉设定为非利士人，而且是参孙的妻子。见：William Kerrigan, John Rumrich, and Stephen M. Fallon (eds.), *John Milton: Paradise Regained, Samson Agonistes and the Complete Shorter Poems*, p. 336. 还可参见：John Carey and Alastair Fowler (eds.), *The Poems of John Milton*, p. 354.

③ 克里根等编者指出，"accomplished"一词有完成之意，因为参孙确实已经陷入罗网；但该词还指大利拉的许多社交手腕，例如狡诈、擅长劝说及伤害、羞辱人的能力。见：William Kerrigan, John Rumrich, and Stephen M. Fallon (eds.), *John Milton: Paradise Regained, Samson Agonistes and the Complete Shorter Poems*, p. 337.

她并非主因，罪魁祸首在我自己。①

　　…they knew not

　　That what I motioned was of God; I knew

　　From intimate impulse, and therefore urged

　　The marriage on; then by occasion hence

　　I might begin Israel's deliverance,

　　The work to which I was divinely called;

　　She proving false, the next I took to wife

　　(O that I never had! Fond wish too late)

　　Was in the vale of Sorec, Dalila,

　　That specious monster, my accomplished snare.

　　I thought it lawful from my former act,

　　And the same end; still watching to oppress

　　Israel's oppressors: of what now I suffer

　　She was not the prime cause, but I myself, …（221—234）

参孙在解释婚姻时毫不含糊地诉诸自己的宗教经验。由于参孙后来在决定跟从非利士长官前往剧场时也是诉诸宗教经验（1382），因此这个部分引起了学者们的极大关注。

　　关于上述部分，有如下几点需要注意：第一，这里的描述和《士师记》略有差异。《士师记》14：2—4②的描述中没有直接提及参孙的内在冲动，只是说"这事是出于耶和华，因为他找机会攻击非利士人"。第二，凯里在注释中注明，克劳斯（F. M. Krouse）指出，自居比路的狄奥多莱

① 弥尔顿，《斗士参孙》，金发燊译，桂林：广西师范大学出版社，2004。参考该悲剧其他译本：《复乐园·斗士参孙·短诗选》，朱维之译，上海：上海译文出版社，1981。本书中关于《斗士参孙》的译文均出自金发燊的译本，一些地方根据原文及朱维之译本进行了较多改动，下文只标明行数，不再另行加注。

② 《士师记》14：2—4："参孙上来禀告他父母说：'我在亭拿看见一个女子，是非利士人的女儿，愿你们给我娶来为妻。'他父母说：'在你弟兄的女儿中，或在本国的民中，岂没有一个女子，何至你去在未受割礼的非利士人中娶妻呢？'参孙对他父亲说：'愿你给我娶那女子，因我喜悦她。'他的父母却不知道这事是出于耶和华，因为他找机会攻击非利士人。那时非利士人辖制以色列人。"

（Theodoret of Cyrrhus）开始，基督教传统论证说，参孙那些明显的难以捉摸的举动（waywardness），如他娶亭拿的女子为妻等，均出自上帝的怂恿（instigation）。在弥尔顿的时代，加尔文、布伦茨（Johann Brenz）、布林格（Heinrich Bullinger）、帕罗伊斯（David Pareus）等均以此为基础替参孙辩护。①可见，弥尔顿在《圣经》基础上进行的改动并非没有先例。第三，对于参孙的第二次婚姻，伦纳德解释道，参孙并没有说在娶大利拉时，他接受了神圣的冲动（a divine "motion"）；他只是认为，第一次婚姻给了他同非利士人结婚的永久特许。因此，伦纳德认为，大利拉对参孙的背叛并不能说明参孙第一次婚姻之前的神圣冲动是虚假的。②伦纳德和拉齐诺维奇的解释十分重要，因为一些学者批评参孙的依据之一就是他的宗教经验不可靠。邓斯特（Charles Dunster）比较明确地指出，弥尔顿的意思可以被如此理解：他设想参孙在与大利拉结婚时仅仅是出于自己的喜好。如此行事的人倾向于通过错误论证为自己辩解，参孙正是这样，他错误地将自己的喜好归因于神圣冲动（divine impulse）。③塞缪尔延续了这一说法，并进一步断言，参孙习惯性地将自己的冲动和神圣冲动混为一谈。如果现在参孙自我欺骗似地认为他与大利拉结婚是出于神圣冲动，那么他最后的冲动在启示性上也不具什么神圣性。④伦纳德和拉齐诺维奇的解释提醒我们，参孙与大利拉结婚时并非直接诉诸宗教经验，而是因循第一次婚姻的经验。他的错误在于，他认为先前的宗教经验赋予了第二次婚姻同样的合法性。这并不能说明他第一次婚姻时的神圣冲动是虚假的，也不能由此推论他最后的神圣冲动不可靠。因此，邓斯特和塞缪尔的说法并不准确。不过，伦纳德和拉齐诺维奇的解释还提醒我们，宗教经验确实极其特殊，具有不可复制的特征，同一人尚且不能因为先前的宗教经验为之后的行为辩护，更何况不同的人。因此，

---

① John Carey and Alastair Fowler (eds.), *The Poems of John Milton*, p. 354.

② John Leonard (ed.), *John Milton: The Complete Poems*, London: Penguin Books, 1998, p. 923. 拉齐诺维奇也持相同的看法，见：Mary Ann Radzinowicz, *Toward Samson Agonistes: The Growth of Milton's Mind*, p. 30.

③ 见：Irene Samuel, "*Samson Agonistes as Tragedy*," in *John Milton: Twentieth-Century Perspectives*, vol. 5, ed. J. Martin Evans, New York: Routledge, 2002, p. 249.

④ Irene Samuel, "*Samson Agonistes as Tragedy*," in *John Milton: Twentieth-Century Perspectives*, vol. 5, ed. J. Martin Evans, pp. 249-250.

参孙的宗教经验其实没有人能完全理解，合唱队、玛挪亚对此都有所保留或质疑。弥尔顿确切地了解这一点，他笔下的其他人（玛挪亚、报信人等）描述参孙的宗教经验时都采用了模糊的方式，与之保持了距离，但是他两次让参孙自己明确地诉诸宗教经验，而且非常清楚地说明参孙与大利拉的婚姻不是出于直接的宗教经验，可见诗人并没有像塞缪尔那样断言参孙混淆了自己的冲动和神圣冲动。他采取了一贯的态度，将不可能完全认识的认知对象保持在无法确知的状态。作为评论者，我们也应遵循诗人这样开放的认知态度，否则不仅是对作者意图的僭越，也是对文本意义的僭越。

合唱队听完参孙的解释后，一面肯定他在打击非利士人时从不松懈，一面提出进一步的疑问，"可是以色列众子仍处于奴役中（still serves）"（240）。他们的这一疑问，是通过结果质疑参孙之前"压制以色列压迫者"的说法。对此，参孙认为这一过错不在自己，他回顾了自己被犹大人交给非利士人、他如何凭一己之力制服敌人、犹大人却没能助他一臂之力给敌人致命一击等经历。之后，参孙毫不留情地指责犹大人：

> 更常见的是国家日益腐败，
> 他们的罪孽使大家均被奴役，
> 宁愿受奴役而不爱享自由；
> 宁可安逸受奴役，不肯奋力争自由；
> 甚而蔑视、嫉妒、猜忌
> 上帝恩宠有加、特地选派来的
> 拯救者；……[①]

> But what more oft in nations grown corrupt,
> And by their vices brought to servitude,
> Than to love bondage more than liberty,
> Bondage with ease than strenuous liberty;

[①] 马森认为，此处弥尔顿有通过参孙的话为自己的遭遇鸣不平的意味。见：William Kerrigan, John Rumrich, and Stephen M. Fallon (eds.), *John Milton: Paradise Regained, Samson Agonistes and the Complete Shorter Poems*, p. 338.

> And to despise, or envy, or suspect
>
> Whom God hath of his special favor raised
>
> As their deliverer; ...（268—274）

这几行诗揭示出参孙对于以色列人奴役状态的看法。他并不认为以色列人依然被奴役的根源在于他的软弱，他们安于奴役状态、不奋力争自由才是主因。不仅如此，他们还蔑视、嫉妒、猜忌被上帝选派来拯救他们的人。[①]弥尔顿在《建设自由共和国的简易办法》中对这一问题有更为详尽的说法：

> 　　假如大部分人不珍惜自由、自甘堕落、放弃自由，那么，反对政府主要目的的大部分人就应该奴役那些争取自由的小部分人，难道这是公正合理的吗？毫无疑问，更公正的做法是，如果政府的主要目的发挥作用的话，少数人强迫多数人维护自由——这样做对多数人实无害处——而不是多数人为了他们粗鄙的快乐，强迫少数人同他们一样做奴隶——那样做对少数人大有损害。一心追求自己正当的自由的人，只要具备实力就总有权利赢得自由、保持自由，即使反对自由的呼声如此之大。保护自由，使其不受王权的蹂躏，保卫自由，使投靠王权的人不至于通过恶意陷害将我们与他们自己一起出卖，以致一同落入痛苦与奴役的深渊——这对我们比对别人更有多大的切身利害，我就不必赘述了。[②]

可见，参孙口中的以色列人与弥尔顿眼中的大多数英国人都更愿意被奴役，而且迫使争取自由者与他们一起接受奴役。弥尔顿这里通过参孙之口给予了"自由"新的内涵：在《失乐园》第12卷与《复乐园》中，自由主要与理性相关，情欲僭越理性使人丧失德性，继而使人失去内在自由，

---

① 这里的表述不禁使我们联想起托克维尔对于多数人暴政的讨论：一方面，作为多数人的民众出于骄傲与嫉妒排挤少数优秀人物；另一方面，他们认为自己"生来就只是为了享受粗鄙的快乐"，因此"自愿沉浸于平庸的快乐而不敢着手重大的事业"。见：崇明，《创造自由：托克维尔的民主思考》，第78—79页。

② 弥尔顿，《建设自由共和国的简易办法》，第57页。译文有改动。原文见：N. H. Keeble and Nicholas McDowell (eds.), *The Complete Works of John Milton, Volume VI: Vernacular Regicide and Republican Writings*, p. 511.

沦入奴役状态；但此处它显然指的是使自己免除奴役的意思，即斯金纳所说的"新罗马自由"[①]。斯金纳在分析弥尔顿与奴役政治时就引用了《斗士参孙》中的这几行诗，并追溯了萨卢斯特、塔西陀等罗马历史学家对这一问题的看法。这些历史学家认为："只要我们的奴役状态（enslavement）带来了安逸的生活，我们就会落入一种堕落状态（corruption），以致我们甚至不再期盼更费力的（strenuous）自由、伟大的生活。"[②]弥尔顿这里很明显受到这些罗马历史学家的影响，因为他与他们不仅思想一致，连用词都一样。[③]林（Walter S. H. Lim）则指出，参孙在这里清楚地谴责以色列的长官以及支派首领没有发挥他们的作用以实现其摆脱外族奴役的拯救工作。[④]可见，在摆脱奴役的问题上，弥尔顿再次将古典共和资源中的自由观念与《圣经》中的拯救思想进行了整合。科菲（John Coffey）强调道，正是由于弥尔顿的上述两种思想资源，在他的政治想象中，英国同时是古以色列和古罗马。[⑤]笔者同意科菲所言，无论是对于《复乐园》中的内在自由，还是《斗士参孙》中费力的自由，弥尔顿在思考和讨论时都同时融合了他熟稔的两种思想资源。

　　参孙此处指出的问题意义重大：在整部悲剧中，他需要重新面对自己作为个体（私人层面）及以色列人的救赎者（公共层面）与上帝的关系，也需要重新认识以色列人和上帝的关系。此时，他并没有像合唱队那样混淆两者，因此他说，"人们可能容易遗忘我，/ 但上帝提出的拯救

[①] 斯金纳总结说，包括弥尔顿在内的"新罗马作家"认为："只有生活在自由国家的公民才能充分享有公民自由。"见：Quentin Skinner, *Liberty Before Liberalism*, p. 68.

[②] Quentin Skinner, "John Milton and the Politics of Slavery," in *Milton and the Terms of Liberty*, ed. Graham Parry and Joad Raymond, p. 21. 关于新罗马主义自由对于当今英国的启示，可参见：Quentin Skinner, "States and the Freedom of Citizens," in *States and Citizens: History, Theory, Prospects*, ed. Quentin Skinner and Bo Strath, pp. 24-25.

[③] 萨卢斯特曾说过："与危险为伍的自由比与奴役结盟的和平更得我心。"（I looked upon freedom united with danger as preferable to peace with slavery.）见：John Leonard (ed.), *John Milton: The Complete Poems*, p. 923.

[④] Walter S. H. Lim, *John Milton, Radical Politics, and Biblical Republicanism*, Newark: University of Delaware Press, 2006, p. 161.

[⑤] John Coffey, "England's Exodus: The Civil War as a War of Deliverance," in *England's Wars of Religion, Revisited*, ed. Charles W. A. Prior and Glenn Burgess, pp. 269, 275.

不应如此"（291—292）。诚然，参孙自己与上帝的关系是悲剧后面他与大利拉、哈拉发对峙时不得不逐层认识的问题；但他清楚的是，以色列人因为安逸的生活而放弃争取自由，这是他们仍然被奴役的根源。弥尔顿在《建设自由共和国的简易办法》的篇尾明确指出，自由共和国更能确保人的信仰自由、公民自由。①然而，参孙并非身处共和国之中，他如何看待并争取宗教、公民自由呢？本章将在第二节讨论这一问题。

　　合唱队在这一轮对谈结束的评论中修正了他们对律法的看法。之前他们质疑参孙的婚姻时虽未明示，但原因主要在于他们认为此举有违律法。但听完参孙的解释后，他们认为，质疑上帝者想将上帝束缚在他制定的律法上，但上帝制定律法为要约束人，而不是他自己，他有权豁免他乐意挑选的任何人，使其免除民族的律法约束（national obstriction），不受罪或律法之债的玷污，因为他自己的律法他可以自己免除（dispense）。因此，他们现在相信，为了让他的子民自由，上帝促使（prompted）英勇的拿细耳人参孙违背了他严守洁净的誓言（against his vow of strictest purity），娶了不可靠的（fallacious）、不洁净的（unclean, unchaste）女子为妻（307—321）。这些诗行显示出合唱队对于律法的看重。从小接受的律法训练使他们很难理解参孙的婚姻：第 312 行中的"民族的律法约束"与第 319 行中的"严守洁净的誓言"都指向禁止与异族女子通婚的问题。《申命记》7：3 明确禁止以色列人与"七国的民"结亲。关于这个问题的阐释，学者间也有争论：凯里认为，《旧约》中没有明确禁止与非利士人通婚，并且与外邦人的通婚直到以斯拉（Ezra）改革后才被视为不洁净的行为；②但伦纳德认为，以斯拉（见《以斯拉记》9、10）倡导的正是回归摩西律法。③无论哪种说法成立，合唱队以及之后的玛挪亚都认为参孙与非利士人结婚违背了律法，目前合唱队暂时同意是上帝促使他与非利士人结婚（318）。"prompt"这个词既有怂恿（to instigate）之意，又有激发（to inspire）之意，④可见他们暂时接受了参孙的宗教经验说。但合

---

① N. H. Keeble and Nicholas McDowell (eds.), *The Complete Works of John Milton, Volume VI: Vernacular Regicide and Republican Writings*, pp. 511-513.

② John Carey and Alastair Fowler (eds.), *The Poems of John Milton*, p. 357.

③ John Leonard (ed.), *John Milton: The Complete Poems*, p. 924.

④ 参见 *The Oxford English Dictionary* 中的"prompt"词条。

唱队以参孙的妻子不洁净结尾，反映出他们对律法的认识变化不大。

贝内特侧重于反律法主义研究，她将弥尔顿、古德温（John Goodwin）等人对律法的态度归结为人文主义反律法思想（humanist antinomianism），认为他们将从阿奎那到胡克的基督教人文主义进一步激进化了。他们在其反律法主义中融合了基督教人文主义的自然法观念，区别于唯意志论的反律法主义者（voluntaristic antinomians）。[①]贝内特引用《失乐园》第 12 卷第 300—306 行[②]关于律法的讨论后指出，对于弥尔顿来说，律法的一重功能是叫人知罪，却不能赦免人的罪，它的第二重功能在于引导真正的追随者因着上帝的恩典超越律法自身的限制，上帝使得堕落者要维持完美律法的努力变为可被接受的信仰的工作。[③]依照如上分析，贝内特指出，合唱队依然是被捆绑的奴仆，尚未完全认识自身内律法已发现却不能除去的罪，因此他们是上帝虔诚的追随者，但是不能拥有信仰；参孙则不同，他已抵达律法的极限，因此能够超越并实现它。[④]贝内特的分析向我们揭示了律法与恩典之间的关系，这有助于我们理解参孙与合唱队的认知差异：合唱队此刻即便接受了参孙的宗教经验之说法，他们也没有办法像参孙一样认识律法。

之后，参孙的父亲玛挪亚登上舞台。白发苍苍的老父亲目睹儿子的惊人变化，心酸不已，他无法理解上帝的恩典为何拖着蝎子的尾巴，天

---

① Joan S. Bennett, "'Go': Milton's Antinomianism and the Separation Scene in *Paradise Lost*, Book 9," pp. 390, 396. 关于弥尔顿与古德温在神学与政治思想上的其他共同之处，还可参见：John Coffey, *John Goodwin and the Puritan Revolution: Religion and Intellectual Change in Seventeenth-Century England*, Suffolk: Boydell Press, 2006, pp. 293-296.

② William Kerrigan, John Rumrich, and Stephen M. Fallon (eds.), *John Milton: Paradise Lost*, p. 403.

③ 《罗马书》3：19—24："我们晓得律法上的话，都是对律法以下之人说的，好塞住各人的口，叫全世界的人都伏在神审判之下。所以凡有血气的，没有一个因行律法能在神面前称义，因为律法本是叫人知罪。但如今，神的义在律法以外已经显明出来，有律法和先知为证。就是神的义，因信耶稣基督加给一切相信的人，并没有分别。因为世人都犯了罪，亏缺了神的荣耀，如今却蒙神的恩典，因基督耶稣的救赎，就白白地称义。"

④ Joan S. Bennett, "Reading *Samson Agonistes*," in *The Cambridge Companion to Milton*, 2nd ed., ed. Dennis Danielson, p. 225.

使两度降临预言过的、如同神迹般的儿子何以会沦为奴隶（a thrall）（370）。对此，参孙请父亲不要指责上帝的安排，他认为降临在自己身上的恶是公正的。参孙称自己是"唯一的祸根"（sole author / sole cause）（376），因为他将上帝让他起誓保证的秘密泄露给了妻子，他虽三次抵御住了诱惑，但第四次还是妥协了。他如今这样评论自己过去的行为：

> 我假如有一丁点儿男子汉的坚决，
> 原该很容易摆脱她全盘的圈套：
> 但糟糕的女人气让我束手就擒，
> 沦为她的奴隶，可耻呀，肮脏呀，
> 无论对荣誉还是宗教！思想既遭奴役，
> 真是活该受到被奴役之惩罚！
> 我如今一落千丈到卑贱的地步，
> 衣衫褴褛又推磨服役，但并不比
> 我原先的奴性更卑贱、下流、
> 没丈夫气、厚颜无耻、声名狼藉，
> 那是真正的奴役，那时的盲目甚于现在，
> 那时甚至看不清我自甘堕落到何种地步。

> [I] with a grain of manhood well resolved
> Might easily have shook off all her snares:
> But foul effeminacy held me yoked
> Her bond-slave. O indignity, O blot
> To honor and religion! Servile mind
> Rewarded well with servile punishment!
> The base degree to which I now am fall'n,
> These rags, this grinding, is not yet so base
> As was my former servitude, ignoble,
> Unmanly, ignominious, infamous,
> True slavery, and that blindness worse than this,
> That saw not how degenerately I served. （408—419）

在这些诗行中，参孙对于自己的罪和软弱有了更清晰的认识，他意识到自己将秘密泄露给大利拉才是真正的奴役，相比之下，现在的处境不算更糟。这表明，参孙内心的眼睛渐渐睁开了，他开始分辨什么才是真正的奴役。这些诗行与《复乐园》的思想类似，参孙自己的奴性是一切耻辱的根源，这一奴性从信仰的角度讲是罪，从古典思想的角度讲则是缺乏男子气概。无疑，弥尔顿在这些诗行中再次融合了基督教-《圣经》与古典共和思想的资源。参孙没有遵守上帝和他的约定，亵渎了他的誓言，自然是犯罪。此外，沃登指出，堕落常与"女人气"（effeminacy）相联系，它指的是，在灵魂的秩序中，情欲逾越了理性。[①]马丁（Catherine Gimelli Martin）解释道，从古典共和思想的角度来说，对于男子，女人气主要指其不成熟；对于一个国家而言，这个词则意味着，它（相比费力的自由）更爱安逸的奴役的倾向。[②]参孙回望自己的罪和软弱后发现，它无论对于荣誉还是宗教都是耻辱，前者是从古典共和思想的角度来说，后者则是从信仰来看。这一认识不可谓不深刻。

耐人寻味的是，玛挪亚听完参孙的这番沉痛告白后，并未感同身受地体会儿子的心情，他提出了对儿子婚姻选择的质疑。他明确表示，自己并不认同儿子的两次婚姻，但参孙却说是神圣冲动促使他抓住这样的机会（some occasion）攻击敌人。对此事，玛挪亚不愿多做评论，但他确定的是，非利士人很快在此事上找到了机会（found soon occasion thereby），让参孙成了他们的俘虏（420—426）。此处，玛挪亚虽未继续质疑参孙的婚姻，但通过对两次机会的对比，他暗示出自己对参孙所说的神圣冲动的怀疑。这一点与合唱队前面的质疑（即以色列人依然被奴役）类似。玛挪亚将参孙被奴役的后果进一步推进后指出，非利士人将举办庆典颂赞大衮，由于参孙被俘，大衮备受尊崇，上帝却被亵渎、嘲弄。责备与耻辱不仅落在参孙身上，也落在其父全家。

听到这些话，原就痛悔的参孙更加羞愧难当。他承认，自己给大衮

① Blair Worden, "Milton, *Samson Agonistes*, and the Restoration," in *Culture and Society in the Stuart Restoration*, ed. Gerald MacLean, Cambridge: Cambridge University Press, 1995, p. 134.

② Catherine Gimelli Martin, *Milton among the Puritans*, Surrey: Ashgate, 2010, p. 29. "女人气"的说法还见于《斗士参孙》第 562 行。

带来了荣耀，给上帝带来了羞辱，给以色列带来了丑闻，令软弱者心生怀疑。这一触及他灵魂深处的痛苦使他难以安宁。但值得注意的是，即使在这最深的痛苦中，参孙仍心存唯一的希望：于自己而言，争端已经结束，现在的争执存在于上帝和大衮之间。上帝必不迟疑，经受如此挑衅，他会奋起维护自己伟大的名声（his great name）（448—467）。正如先前向合唱队区分自己的罪与以色列人的问题一样，参孙在父亲的质疑中将逻辑继续向前推进：虽然自己软弱不堪，辜负了上帝的信任，但上帝会为他自己的名而战。参孙丝毫没有推卸自己的责任，他为自己的罪痛苦不堪，但上帝不会因为参孙的软弱而放弃与大衮的征战。玛挪亚以及先前的合唱队都将问题归结于参孙的婚姻，他们认为此举有违律法，但参孙比他们看得清楚，或者说，他在逐渐厘清自己—上帝—以色列人的复杂关系。目前他的认识是：以色列人因贪图安逸依然被奴役，参孙因泄露秘密沦为奴隶，上帝之名因此被亵渎，但上帝终究会为自己的名而战。对于参孙来说，这样的认识尚不完全，但是这样的认识好过在婚姻—律法处循环打转的玛挪亚和合唱队。事实上，玛挪亚直至悲剧结尾依然对参孙的婚姻选择耿耿于怀（1742—1744）。

　　玛挪亚后来接受了参孙的希望，称之为预言，他紧接着追问道："可你的事儿，怎么办？"（478）对于参孙来说，这个问题直到他和哈拉发对峙时方有答案。玛挪亚又劝儿子专心悔改，不可自寻了断。参孙声称会祈求上帝的饶恕，但他不认为自己的生命还会有丝毫用处。这之后，参孙追述了自己的经历：他曾经充满神圣冲动（divine instincts），经由一些英勇举动得到证明，名声大噪，因此如"小神明"（a petty God）般受人尊崇、令敌丧胆；①渐渐地，他心生骄傲，陷入情欲的罗网，堕入安逸、淫乱的生活。参孙的这番描述将自己犯罪的动因继续向深处发掘：他陷入情欲之罪的内因实在于自己的骄傲。值得注意的是，他肯定了自己在心生骄傲之前曾充满神圣冲动。这再次说明塞缪尔等批评参孙的神圣冲动乃虚假冲动的说法站不住脚。

　　有意思的是，合唱队听到参孙提到享乐淫荡的生活后不禁指出，参孙

---

① 值得注意的是，在《失乐园》第9卷，夏娃也称自己想成为神，之后这也被她当作理由之一劝说亚当（PL, IX.790, 877）。

并未饮酒，而是克服了美酒的芳香、气味、口味的诱惑。合唱队提出的这一点再次反映出他们的律法心态。参孙却回答道，如此克制（temperance）又如何，后来还不是被女性的妩媚征服？这番话印证了之前贝内特的说法，参孙已经深深体会到律法的限制，但合唱队还没有。说完这番话的参孙再次强调，相比安逸的家庭生活，自己更愿意靠苦力换取报酬，反正现在他的愿望不过是速死。玛挪亚坚持要救儿子出狱，他走后，参孙却陷入了更深的绝望，感到自己已被上帝抛弃（632），一切都难以修复（all remediless）（648），[1]他唯求速死。合唱队听完参孙的绝望表述后，按惯例发表了一番评论：他们一面宣称要忍耐，希望受苦者能够感到上帝的安慰；一面埋怨上帝的不公平，将人捧得很高却令其跌得更重，[2]但他们在结尾仍祈求不管怎样，上帝能让参孙有平安的结局（709）。合唱队的话实际反映出 17 世纪后期清教徒的普遍心态：他们在见证明显的上帝眷顾后遭遇背叛，这创痛如此之大，因此，大多数清教徒及其后人转而将上帝之国内在化，他们将世界看作罪恶、不完美之地。在这流泪谷（this vale of tears）中，每个人必须在自己内心建立恩典的圣所，以寻求个人的平安。17 世纪后期占统治地位的意识形态就是接受教会、国家的有限性。[3]这段话的前一半同样适用于弥尔顿，他在复辟后确实有转向个体内心的趋势，但这并不意味着他随之接受了教会、国家的有限性。他认为，个体的内在自由是外在自由的基础，但这并不意味着教会、国家无论怎样做都不重要。[4]

由本章第一节的讨论可以看出，无论是合唱队还是玛挪亚都无法为参孙带来真正的安慰，他们律法式的诘问反而使其陷入更深的痛苦。但是，他们的质疑也让参孙更明确地重申自己的宗教经验，同时使他更深刻地认识了自己的软弱、骄傲以及以色列人不求自由、贪图安逸的罪，而且他坚信上帝会为自己的名而战。在与玛挪亚对话的末尾，参孙的情

---

① 在《失乐园》中，亚当得知夏娃已经吃了知识树的果子后，认为一切看起来都难以修复（what seemed remediless）（*PL*, IX.919），于是他也下定决心吃了果子。

② 这里暗指前文提到过的共和派在复辟后的遭遇：范内被处决，克伦威尔、艾尔顿、布拉德肖的尸首被侮辱，等等。

③ John Morrill, "The Stuarts (1603—1688)," in *The Oxford History of Britain*, rev. ed., ed. Kenneth O. Morgan, p. 394.

④ 对于这一问题，本章第三节会继续讨论。

绪跌入谷底，他的绝望使得他完全看不到自己重新成为以色列拯救者的可能性。这是他在接下来与大利拉、哈拉发、非利士长官的交流中需要继续认识的方面。同时，弥尔顿通过参孙的三轮交流与论证阐述了他对公民自由、宗教自由的看法。

第二节　参孙关于公民自由、宗教自由的三轮论证

大利拉在出场时被合唱队比作"一艘富丽堂皇的船"（a stately ship）（714），学者们对这一意象有很多阐释。①这一意象以及接下来的描述确实充满了诱惑气息。应该说，大利拉的出场给参孙带来了最大的冲击，也将整部悲剧推向高潮。大利拉称自己来见参孙时不无怀疑与犹豫，但夫妻之爱战胜了恐惧与怀疑（739—740），她希望尽己所能减轻参孙的痛苦。参孙见到大利拉时非常愤怒，他称其为"鬣狗"（hyena）（748），揭穿其欺骗丈夫、被发觉后假装悔改以求和解、之后再度欺骗的惯用伎俩。大利拉之后开始为自己先前的行为辩护。她首先将之前向参孙打探秘密的原因归结为女性的共同弱点——好奇心（775），她之所以将秘密告诉别人则是因为不坚定（776）。在她看来，既然参孙也是由于不坚定才将秘密告诉自己的，不如让两人的软弱彼此对话，让参孙的软弱饶恕大利拉的软弱。接着，大利拉提到，出于爱的嫉妒（791），她担心参孙像离开第一任妻子一样离开自己，因此想通过获取参孙的秘密牢牢抓住丈夫。她害怕"自由"（liberty）将丈夫引向危险之事，因此想让参孙成为自己和爱的囚徒（804—808）。在大利拉口中，她并未料到丈夫会沦为非利士人的囚徒。对于大利拉的第一个理由，参孙称她确实软弱，无法抵御非利士人的金子。参孙认为，如果软弱可以成为借口，谋杀、叛国、弑父、乱伦、渎圣等罪恶也都只是软弱而已。至于大利拉所说的爱的捆绑，参孙反驳说，爱的目的是为了寻求爱，但大利拉的这种爱法却只能招致参孙难以消除的恨（inexpiable hate）（839）。大利拉的前两个理由很牵强，连对她非常同情的评论家塞缪尔也认为她虽不乏真诚，但缺少最起码的

---

① 凯里总结道，对于女性和船的比较在都铎、斯图亚特王朝的文学作品中较为常见。见：John Carey and Alastair Fowler (eds.), *The Poems of John Milton*, p. 370.

逻辑，且愚蠢、没头脑（bird-brained, empty-headed）。[①]

虽然如此，大利拉的第三个理由其实很有说服力，许多学者（包括塞缪尔）便常常以此为依据批评参孙。大利拉道，打动自己的并非金子。她详细描述了当时的情形：

> 要知道我们国家的行政
>
> 长官和贵族亲自登门拜访，
>
> 他们恳求、命令、威胁、怂恿，
>
> 以公民义务和宗教的一切约束力
>
> 逼迫我，竭力说，那，就是正义，
>
> 多么高尚，多么光荣，去骗诱
>
> 一个公共的敌人，这人已经杀戮
>
> 我们许多同胞：那位祭司
>
> 亦不甘落后，不断在我耳边说教，
>
> 若用计谋诱捕这样一个不虔诚、
>
> 亵渎大衮的人，我们的神定会
>
> 大为称赞：我又怎么能够
>
> 抵抗如此精辟有力的宏论呢？

> ... thou know'st the magistrates
>
> And princes of my country came in person,
>
> Solicited, commanded, threatened, urged,
>
> Adjured by all the bonds of civil duty
>
> And of religion, pressed how just it was,
>
> How honorable, how glorious to entrap
>
> A common enemy, who had destroyed
>
> Such numbers of our nation: and the priest

---

① 塞缪尔还将大利拉与格米尼伯爵夫人（Contessa Gemini，亨利·詹姆斯的小说《一位女士的画像》中的人物）、埃尔顿夫人（Mrs. Elton，简·奥斯汀的小说《艾玛》中的人物）做对比，她的目的实际上是批评参孙对大利拉的反击过于猛烈。见：Irene Samuel, "*Samson Agonistes* as Tragedy," in *John Milton: Twentieth-Century Perspectives*, vol. 5, ed. J. Martin Evans, pp. 248-249.

Was not behind, but ever at my ear,

Preaching how meritorious with the gods

It would be to ensnare an irreligious

Dishonorer of Dagon: what had I

To oppose against such powerful arguments?（850—862）

大利拉说自己因为对参孙的爱反复斗争，最后听从了智者们的箴言："私人考虑应该服从 / 公益。"（867—868）她认为，在自己的选择中，德性、真理与义务融为一体。此处，大利拉同时诉诸公民、宗教义务，声称自己为了民族大义牺牲了个人感情，确实很有道理。

参孙在回答中首先论及私人感情，称自己因为爱大利拉而娶她，甚至将所有的秘密告诉她，如今却被她称为敌人。实际上，如第一节所论，弥尔顿改写了《士师记》的相关叙述，使大利拉成为参孙的妻子，这本身便使大利拉的过错更为明显。其次，大利拉既然嫁给参孙，便离开了自己的父母、国家，既然参孙并非非利士的国民，大利拉就不属于非利士人，而是属于参孙。因此，依照这一逻辑：

> ……你的国家若要
>
> 你危害我的生命，是不正义的，
>
> 违背自然法，也违背万国法，
>
> 那就不再是你的国家，只是群渎神的
>
> 群氓，阴谋通过比恶意行为更坏的方式
>
> 保住他们的地位，歪曲国家存在的目的，
>
> 我们国家却因这目的极享盛名，
>
> 因此你不该服从他们。但你说虔诚感动你，
>
> 为讨好神祇你照办，神祇若不用卑鄙手段
>
> 就不能履行他们的职责、无法
>
> 制服敌人，这有违他们的神性，
>
> 不能算作神。

... if aught against my life

Thy country sought of thee, it sought unjustly,

Against the law of nature, law of nations,

No more thy country, but an impious crew

Of men conspiring to uphold their state

By worse than hostile deeds, violating the ends

For which our country is a name so dear;

Not therefore to be obeyed. But zeal moved thee;

To please thy gods thou didst it; gods unable

To acquit themselves and prosecute their foes

But by ungodly deeds, the contradiction

Of their own deity, gods cannot be.（888—899）

参孙认为非利士长官违背了自然法，他们的祭司采用非圣洁的方式要求人履行宗教义务，因此无论他们的政权还是宗教都难以令人信服。一些学者着重批评了参孙的上述论据。首先，对于参孙所说的私人感情，邓斯特指出其与参孙之前的说法并不一致："这里他宣称对大利拉有强烈的感情，自称这是他娶她为妻的唯一动机，但是之前他断言道，他之所以如此决定，一定程度上是希望找机会压制非利士人。"①其次，参孙诉诸自然法，并认为通过不圣洁的方式行事不可被称为真神。对此，很多学者不以为然：凯里便认为参孙的逻辑并不比大利拉的更令人信服；②燕卜荪则直接为大利拉鸣不平。③

另外一些学者指出，参孙的说法并非自相矛盾，他与大利拉论据的差异也不仅仅是各自为己国辩护。贝内特从公共和私人的角度对参孙的论据进行了讨论，她敏锐地指出，对于弥尔顿来说，"每个公民同时是个体（private person）和国家成员（a member of a nation），他分别在个人和国家

① 见：Irene Samuel, "*Samson Agonistes* as Tragedy," in *John Milton: Twentieth-Century Perspectives*, vol. 5, ed. J. Martin Evans, p. 249.

② 见：Joan S. Bennett, "'A Person Rais'd': Public and Private Cause in *Samson Agonistes*," *Studies in English Literature, 1500—1900* 18.1, The English Renaissance (Winter 1978): 155.

③ William Empson, *Milton's God*, 3rd ed., p. 219.

两个领域负有道德责任"①。弥尔顿曾在《偶像破坏者》中指出，议会方的罪在于私德，而保王派除了在私德方面的罪，在其从事的事业方面亦犯有大罪。具体到参孙来说，他作为个人犯了罪，"没能保持个人自由（personal freedom）和个体的善（private good），因此他不再能维护公益（the public good）"②。按照这一说法，大利拉的论据不再站得住脚：她不仅没有认识到自己作为个体所犯的罪，并在此基础上悔改，还以公益之名为己辩护，而依照参孙所说，她口中的公益本身也是有问题的。③贝内特还进一步指出，参孙对大利拉的爱和他反击非利士人的做法在道德上并不矛盾："虽然他想要通过大利拉丈夫的这个身份来对付非利士人，但他并不会针对她行动，也不会违背自己的婚姻，企图危害她的生命。"④大利拉则不然，她显然违背了自己的婚姻，或有心或无意地危害了参孙的生命。当参孙为自己在私德方面犯罪、无法继续为公益服务而痛悔不已时，大利拉却以公益之名为私德的败坏辩护。因此，贝内特认为，大利拉的说法虽表面和参孙所说的类似，但实际上前者只是对后者的拙劣模仿（parody）。⑤笔者十分赞同贝内特的解读，并想在她论述的基础上继续讨论"自然法"这一观念。

　　笔者认为，自然法是弥尔顿私德和公益关系论述中的一个重要节点。在《论基督教教义》中，弥尔顿写道："人以上帝的形象被造，自降生起即被赋予整套自然法，此法内嵌于他，无须其他指令……自然法可以很好地指示人们与正当理性相一致的事情，即本质上为善的事情。"⑥之后，弥尔顿又写道："（随着亚当的犯罪）原来用于辨识至善的正当理性即使没有匮乏，也至少处于严重麻木状态；……而且，能够正确行动的自由也受

① Joan S. Bennett, "'A Person Rais'd': Public and Private Cause in *Samson Agonistes*," p. 158.

② Joan S. Bennett, "'A Person Rais'd': Public and Private Cause in *Samson Agonistes*," p. 158.

③ Joan S. Bennett, "'A Person Rais'd': Public and Private Cause in *Samson Agonistes*," p. 158.

④ Joan S. Bennett, "'A Person Rais'd': Public and Private Cause in *Samson Agonistes*," p. 159.

⑤ Joan S. Bennett, "'A Person Rais'd': Public and Private Cause in *Samson Agonistes*," p. 156.

⑥ John K. Hale and J. Donald Cullington (eds.), *The Complete Works of John Milton, Volume VIII: De Doctrina Christiana*, p. 361.

到影响。"①但在接下来，他又马上补充说："不可否认的是，在我们里面仍然有神圣形象的残余，这一形象没有随着灵性死亡而消失殆尽。大量关于外邦人言行的神圣、智慧的见证就是明证。……它存留于我们的理解中，没有完全销声匿迹。……而且意志自由也尚未完全丧失，首先是在中性的自然、世俗事务上，其次是在善行方面：至少神恩呼召我们之后，自由并不是绝对不存在。"②按照上述说法，自然法首先是道德律令，对于外邦人一样有效，它指示人们应当行本质上为善的事。在《复乐园》第4卷，神子虽对希腊知识批评颇多，但依然强调，如果他们的思想经自然之光启示发现了道德德性，便不是没有价值的（PR, IV.351—352）。

这个问题关乎弥尔顿究竟是理性论者还是意志论者，学者们对此多有争论。20世纪前叶的不少学者（布什、明茨等）受尼科尔森的影响，认为弥尔顿是传统意义上的理性论者，但刘易斯在1947年为布什写的一篇书评中不无疑虑地指出，虽然他愿意相信弥尔顿是理性论者，但他认为理性论与意志论两种思想似乎在弥尔顿那里都有体现。克里根后来则明确指出弥尔顿晚期作品在神学方面转向意志论。但一些更晚近的学者（法伦、拉姆里奇）认为，弥尔顿在神学方面是理性论与意志论兼而有之。罗杰斯对于弥尔顿在神学与政治方面不同倾向的区分尤其值得我们关注，他认为，弥尔顿的道德、政治学说倾向于理性论，但其神学论述则部分倾向于意志论。③笔者在神学方面认同理性与意志融合论者的说

① John K. Hale and J. Donald Cullington (eds.), *The Complete Works of John Milton, Volume VIII: De Doctrina Christiana*, p. 433.

② John K. Hale and J. Donald Cullington (eds.), *The Complete Works of John Milton, Volume VIII: De Doctrina Christiana*, p. 435.

③ 分别参见：C. S. Lewis, "Douglas Bush, Paradise Lost *in Our Time*," in *Image and Imagination*, ed. Walter Hooper, Cambridge: Cambridge University Press, 2013, pp. 298-300; William Kerrigan, "The Irrational Coherence of *Samson Agonistes*," in *Milton Studies 22*, ed. James D. Simmonds, Pittsburgh: University of Pittsburgh Press, 1987, pp. 220-224; Stephen M. Fallon, "'To Act or Not': Milton's Concept of Divine Freedom," pp. 425-449; John P. Rumrich, "Samson and the Excluded Middle," in *Altering Eyes: New Perspectives on* Samson Agonistes, ed. Mark R. Kelley and Joseph Wittreich, London: Associated University Press, 2002, p. 313; John Rogers, "The Political Theology of Milton's Heaven," in *The New Milton Criticism*, ed. Peter C. Herman and Elizabeth Sauer, pp. 77-82.

法，在政治上认同罗杰斯的理性论。

除了道德方面的作用，自然法还具有政治方面的功效。在《论国王和行政官的职权》中，弥尔顿论及谁可以评判暴君时如此说道："我将（评判权）交给人民的行政官，至少是他们中更正直的那些人，尽管数量不多，但在他们身上，宗派极少胜过自然法和正当理性。"[①]之后，他进一步指出，"具备清晰判断力的人无须其他指引，只需他内在的自然法则"即可合法反对暴君。[②]这样看来，自然法在政治方面可指引人反对不义的政治势力。当然，对于什么样的人可以合法反对暴君以及不义的政治势力，弥尔顿在《斗士参孙》和其他作品中还有更进一步的论述，下文将继续讨论。此处仅指出，对于弥尔顿来说，自然法既关乎私德，又涉及公益。如果个体的私德违背自然法，这个个体就无法继续为公益服务；但如果有人或集体以公益为名违背自然法，具备私德的人则需要依据自然法对其说"不"。[③]自然法不仅是参孙后面两轮论证的基础，也是连接《复乐园》与《斗士参孙》的一个重要观念。在《复乐园》中，神子论证道，没有遵从信仰或理性的内在自由，外在自由便无法实现。但在《斗士参孙》中，弥尔顿继续追问道，如果当权者的所作所为违反了自然法，恢复内在自由者该如何对待：是与大利拉一样使私人考虑服从公益，还是如参孙所说公然拒绝之？弥尔顿的答案显然是后者。正是由于自然法观念在私德与公益这两方面的连接作用，弥尔顿追求的"内在乐园"才同时呈现出保守与激进这样看似矛盾的特点，他本人才会被同时看作贵族和抗争者。

此外，参孙指责非利士的神用卑鄙的手段制服敌人，不能算作神。参孙或者弥尔顿的上帝并非如此。法伦引用《论基督教教义》中的两段话总结说，弥尔顿的上帝区别于同时代其他思想家眼中的上帝，他既不是如剑桥柏拉图学派认为的那样只能做善的事情，也不是如霍布斯认为的那样以他做的任何选择为善，他有选择是否行动的自由，但一旦选择，其行

---

① Martin Dzelzainis (ed.), *Milton: Political Writings*, p. 7.

② Martin Dzelzainis (ed.), *Milton: Political Writings*, p. 17. 这种说法非常激进，是弥尔顿在特殊语境下有意为之，他在《论国王和行政官的职权》第二版中便对其思想进行了调整，下文对此有具体论述。

③ 本书仅是就弥尔顿的文本讨论自然法。关于自然法理论的发展及变化，可参见：李猛，《自然社会：自然法与现代道德世界的形成》，北京：生活·读书·新知三联书店，2015，中篇"自然法权"。

动便是善的。①如此认识上帝的弥尔顿与参孙怎么肯接受非利士人那个
使用卑鄙手段的神呢？关于上帝引导参孙攻击非利士人的方式在什么意
义上是正义的，参孙在下文与哈拉发的对峙中还会讨论，本书也会进一步
探讨。此处他只是指出非利士祭司及其口中神祇的做法并不神圣。

这轮对话结束后，大利拉承认道，女性与男性争论总是略逊一筹，
她请求参孙的饶恕，并提出她欲找贵族们说情帮助参孙出狱，她愿意照
顾参孙的起居，两人从此可琴瑟相和、安度余生。对于大利拉的提议，
参孙断然拒绝：他认为，自己身强力壮、为他人景仰时，大利拉尚且藐
视、出卖、弃绝之，如何能指望她在自己体弱病残、绝望无助时安心照
顾呢？之后参孙明确将自己宠溺妻子（uxorious）的行为称为完全的奴
役（perfect thraldom），相比之下，现在身处的监狱倒是自由之所（house
of liberty）（944—949）。参孙的这番话说明，他比之前对自己的罪认识
得更为深刻，他对于奴役和自由的认识也更为清晰，相比较安逸的奴役，
他更珍惜费力的自由。听闻此言，大利拉提出最后一个请求，她想摸一
摸参孙的手。参孙闻之勃然大怒，但他告诉大利拉，保持一定距离的话，
他会饶恕她。此处的饶恕颇耐人寻味，大利拉并未说或做什么事触动参
孙，他的饶恕看起来毫无缘由，但这一举动对于参孙脱离绝望却意义重
大。先前大利拉曾说，"你有错且宽恕我的错，人们会责备你 / 轻一些"
（787—788），此刻在请求参孙饶恕时，尽管她并非出自真心，参孙依旧
选择饶恕她（954），可见大利拉之前的话奏效了：参孙饶恕她，并非她
所配得，而是参孙意识到，如同大利拉想获得他的饶恕一样，他亦需得
到上帝的饶恕。或许，弥尔顿在写至该处时萦绕于脑际的是这句话："你
们饶恕人的过犯，你们的天父也饶恕你们的过犯；你们不饶恕人的过犯，
你们的天父也不饶恕你们的过犯。"②因此，笔者认为，如果大利拉的出
现对参孙有什么影响的话，最大之处莫过于让其认识到何为"饶恕"。之
后参孙面对哈拉发的百般挑衅，如此说道："可（我）对他最后的饶恕仍
不绝望，/ 他耳朵总敞开大门；眼睛 / 永远慈祥，再次接纳忏悔哀恳的
人。"（1171—1173）参孙并非幡然醒悟，此言也绝非一时兴起，而是在

① Stephen M. Fallon, "'To Act or Not': Milton's Concept of Divine Freedom," pp. 436-438.
② 《马太福音》6：14—15。

他与大利拉对话时已显出端倪。与参孙的逐渐觉醒形成对照的是，大利拉依然执迷不悟，她在本轮对话结尾仍然坚信，自己会被本国人永远纪念，因为她在婚姻关系与祖国安危之间选择了后者。这说明大利拉丝毫未接受参孙的论证，她直到最后都坚持以公益之名为自己已败坏的私德辩护。尽管如此，合唱队在这轮对话结束后将参孙对大利拉的批评上升为对于女性的普遍批评，有些不妥。参孙对于大利拉虽然严厉，但他清楚自己的不谨慎才是造成现在困境的主要原因；如果他也同合唱队一样认识女性，恐怕有推脱责任之嫌。

大利拉走后，哈拉发开始登场。这位来自迦特的巨人言语间充满挑衅，摆出一副要与参孙一决高下的架势。可是当参孙说"真正认识的方式不是看看而已，应该亲自试试"（The way to know were not to see but taste）时（1091），哈拉发却列出了各种理由，表示不屑与之一比。参孙三次指出，哈拉发所擅长的不过是"夸口"而已（1104, 1127, 1227），确非虚言。但即便是对付哈拉发的挑衅和夸口，参孙也颇费了些口舌与力气。在这个过程中，他不仅对于过去的抗争行为进行了理论上的辩护，也重新明确了自己的使命。

哈拉发一开始就质疑参孙的神力，称其不过是邪门歪道、巫术的魔法（spells / And black enchantments, some magician's art）（1132—1133）。对此，参孙辩称，自己的力量依靠的是永生的上帝，并非任何妖术或魔法。凯里在注释中引用塞尔登（John Selden）的话解释道，当时的惯例是，在单独决斗之前，双方都会宣誓称自己不会借助巫术、魔法。[①]之后，参孙正式向哈拉发提出挑战，称要与其一决胜负，从而决定谁的神更厉害。对此，哈拉发回应道，参孙口中的上帝已经遗弃了他，将他交到了敌人手中，接受其侮辱与奴役。这番话对于参孙可谓致命一击，因为他之前最大的痛苦即在于此。玛挪亚离去后，他的绝望一度到达顶点，只求速死。但此刻面对哈拉发的侮辱，他回应道，自己受罚，原是应当，但对于上帝的饶恕，他没有绝望，因为上帝会倾听忏悔哀求的人（1168—1173）。参孙的这一转变并非突然形成，前文分析过，他在饶恕大利拉后对于饶恕有了新的认识。总之，从只求速死到相信上帝的饶恕，参孙的

---

① John Carey and Alastair Fowler (eds.), *The Poems of John Milton*, p. 383.

内心经历了根本的变化。需要格外注意的是，这一变化是在他与大利拉、哈拉发对峙时发生的。长期以来，学界对于参孙与大利拉、哈拉发对峙是否称得上这部悲剧真正意义上的中间部分多有争论。《斗士参孙》缺少中间部分的说法始自约翰逊，在他看来，"在（《斗士参孙》的）第一个和最后一个行动（act）之间，没有发生任何加速或延迟参孙死亡的事件"①。针对约翰逊的说法，鲍姆（P. F. Baum）指出："戏剧的情节发展不仅包括可见的行动，也包括不可见的思想变化，后者引起并影响着实际发生的事件。"②笔者认为，如果从参孙内在的变化考虑，"绝望—饶恕大利拉—祈求上帝的饶恕"这一过程反映出参孙重大的思想转折，这对于参孙之后的一系列思想与行动转变意义非凡。依照这一内在的思想变化理路，参孙与大利拉、哈拉发的交流应该称得上是这部悲剧的"中间部分"。

参孙接着发起第二轮的挑战。哈拉发则再次质疑参孙的身份，称其为"杀人犯、叛逆者、强盗"（a murderer, a revolter, and a robber）（1180），因为在他看来，以色列臣服于非利士，以色列的长官（magistrates）都已接受，他们还将参孙作为背弃盟约者（league-breaker）捆绑着交给非利士人（1182—1185）。哈拉发具体以参孙在亚实基伦（Ashkelon）击杀30人为例，解释自己何以将其称为杀人犯、强盗与背弃盟约者。在哈拉发看来，非利士人只是用武力搜捕了参孙，对他人既未行凶，也未劫掠（1190—1191）。哈拉发的对比十分巧妙：与非利士人的文明执法相比，参孙的做法显得凶狠、野蛮。对此，参孙首先解释道，自己选择娶非利士人为妻、在非利士人的城里办婚宴，并没有与非利士人为敌的想法，但是对方的政客却指派了30人做间谍，假装新娘的朋友和客人来参加婚宴。参孙认为，既然对方为探知参孙的秘密不惜以死来威胁新娘，他看出他们的敌意，从此以后便像对待敌人一样以武力对待他们。对于参孙的这番解释，贝内特评论道，参孙虽有压制非利士人的计划，但他在婚宴上本欲与非利士人建立私人关系，然而他发现对方在婚礼这个私人场合却将他视为政治

---

① John T. Shawcross (ed.), *John Milton: The Critical Heritage*, vol. 2, 1732—1801, pp. 219-220.

② 见：John Carey and Alastair Fowler (eds.), *The Poems of John Milton*, pp. 332-333. 还可参见：John P. Rumrich, "Samson and the Excluded Middle," in *Altering Eyes: New Perspectives on* Samson Agonistes, ed. Mark R. Kelley and Joseph Wittreich, pp. 307-332.

敌人。参孙不得不意识到，当作为一个公共角色的他与非利士人为敌时，他试图与他们建立私人友谊的想法很不现实。①参孙亦有自己的问题：他过于骄傲，在私人关系方面不够谨慎等。但贝内特强调道，骄傲（hubris）毕竟不是虚伪，参孙称自己在最初办婚宴时并未将非利士人当作敌人，确非谎言。②而且，参孙之所以通过武力攻击非利士人，将一个私人聚会变成了为实现自由而战的政治行为，原因在于他的自由先遭到了非利士人的破坏。③贝内特的分析侧重私人与公共关系的区分，非常恰切。对比之前参孙对大利拉的回应可以看出，《斗士参孙》中的私德与公益、私人与公共关系常常彼此缠绕，读者需要对两者进行谨慎的辨析。

参孙之后的论据对个人与"上帝选派的拯救者"这两个身份进行了辨析，这个问题涉及肇始于 16 世纪的抗争理论的发展，笔者将对其进行仔细的分析。参孙的主要论据如下：

> 我的国家臣服于你国长官，
> 乃武力征服，被征服者有能力时，
> 完全可以用武力驱逐武力。
> 但是我一个个人，被我们国家
> 作为背盟者捆绑着交出去，断定我
> 对你国采取敌对行动，属个人作乱。
> 我并非是个人，而是上帝选派的人，
> 得到天赋的足够神力与命令，
> 目的在于使祖国得自由，他们思想
> 奴性，不接受上帝派来的拯救者，
> 反把我交给别人，不当一回事，
> 他们下贱，直到今天还被奴役。
> 我应该恪尽指派给我的天职，

---

① Joan S. Bennett, "'A Person Rais'd': Public and Private Cause in *Samson Agonistes*," pp. 165-166.

② Joan S. Bennett, "'A Person Rais'd': Public and Private Cause in *Samson Agonistes*," p. 166.

③ Joan S. Bennett, "'A Person Rais'd': Public and Private Cause in *Samson Agonistes*," p. 167.

如我不明知故犯而丧失力量，

我原该已完成使命。

My nation was subjected to your lords.

It was the force of conquest; force with force

Is well ejected when the conquered can.

But I a private person, whom my country

As a league-breaker gave up bound, presumed

Single rebellion and did hostile acts.

I was no private but a person raised

With strength sufficient and command from Heav'n

To free my country; if their servile minds

Me their Deliverer sent would not receive,

But to their masters gave me up for naught,

Th' unworthier they; whence to this day they serve.

I was to do my part from Heav'n assigned,

And had performed it if my known offense

Had not disabled me, ... （1205—1219）

参孙此处是对之前哈拉发所说的"背弃盟约者"的回应，他给出了四个相关论据。第一，非利士对以色列是武力征服，被征服者可以用武力反击。这里的思想资源来自民法（the civil law）中的自卫论（self-defence），路德就曾引用过类似的说法：如果天主教发动战争，他们便不再被看作合法的行政官。他们既然以非正义的武力行动，抗争者以武力对付这非正义的武力便是自卫。[1]第二，参孙不是个人，而是上帝选派的拯救者。这两个论据是互相联系的，前者是对非利士人作为统治者的界定，后者则是对参孙合法抗争身份的定位。弥尔顿之所以在此处强调这两点，原因在于许多 16 世纪讨论抗争的思想家常常区分两类暴君：习俗暴君（the tyrant by practice）与篡权暴君或无头衔暴君（the tyrant by usurpation or

---

[1] Quentin Skinner, *The Foundations of Modern Political Thought, Vol. 2: The Age of Reformation*, pp. 201-202.

tyrant without title）。前者只能被地位比其低的行政官反对，后者则比较
灵活，例如，外国入侵者，因为其缺乏任何头衔，个人亦可以保护本国
习俗为名对其进行反抗。但理论家们亦强调，一旦入侵者获得了先前缺
乏的合法性，个人抗争即应停止。①然而，《圣经》中个人反抗以色列压
迫者的例子非常多，如摩西（Moses）、以笏（Ehud）、耶户（Jehu）等。
思想家们对于《圣经》中以色列人的压迫者身份看法不一：贝扎（Theodore
Beza）认为他们是无头衔暴君，《反暴君论》（*Vindiciae contra tyrannos*）
的作者②则认为他们是习俗暴君。如此一来，就出现了一个令他们颇为
不安的事实：按照《圣经》，个人甚至可以反抗习俗暴君。于是，《反暴
君论》的作者便提出了一个解决上述尴尬说法的方案，即摩西、以笏、
耶户等看起来是个人，但他们在接受了上帝的呼召后，拥有的权力甚至
比普通行政官还大。这一说法后来被抗争理论奉为标准解释。③上述乃
抗争理论对于暴君与抗争合法性的传统说法，弥尔顿在早期散文《论国
王和行政官的职权》中提出过比其更为激进的说法，比如，淡化两类暴
君的区别，诉诸自然法等，但他当时的做法乃是迫于形势，有意与长老
派（Presbyterians）的说法有所区别，从而在长老派与军队的冲突之中
为后者的合法性辩护。④后来，他在《论国王和行政官的职权》第二版
中的立场便相对模糊：他引用了诸多新教思想家[路德、加尔文、布塞
尔（Martin Bucer）、诺克斯（John Knox）、古德曼（Christopher Goodman）
等]的说法。并说明，个人无法公正评判不义的国王，只有次一级的行政
官（the inferior magistrate）才可以，原因在于长老派侧重个人政治被动
性的说法对于当时的共和国更为有利。⑤但对于此处的参孙，弥尔顿则基
本全盘采纳了抗争理论的说法：首先，非利士人是武力征服，因此被征服

---

① Martin Dzelzainis (ed.), *Milton: Political Writings*, p. xiii.

② 该书作者署名为 Stephen Junius Brutus，对于其真实作者，学界没有定论。

③ Martin Dzelzainis (ed.), *Milton: Political Writings*, p. xiii.

④ 当时长老派质疑军队合法性的理由是，军队既然由议会召集，便只是次一级行政
官的代理人（the agent of the inferior magistrate），因此缺少独立的行政权力，不
过是一群个人的集合（a collection of private persons）而已。见：Martin Dzelzainis
(ed.), *Milton: Political Writings*, p. xii.

⑤ Martin Dzelzainis (ed.), *Milton: Political Writings*, pp. xviii-xix. 见：Quentin Skinner, *The
Foundations of Modern Political Thought, Vol. 2: The Age of Reformation*, pp. 320-323.

者可以以武力反对。这里参孙没有指明非利士人的身份为习俗暴君还是无头衔暴君，因为参孙的第二条论据为他是上帝选派的拯救者，按抗争理论的说法，其权力甚至比普通行政官还大，并非个人。这样一来，无论非利士人是何种暴君，参孙都具备了反抗他们的合法性。

在 16、17 世纪的思想语境下看，即使在 16 世纪的新教思想家之间也存在不同看法。除了抗争外，他们有时也会倡导不服从（disobedience），此外，对于什么样的人可以进行合法抗争也有许多不同的声音。路德与加尔文早年都倡导在政治上顺服当权者，但随着各国对新教迫害的升级，他们的态度有所变化。例如，加尔文在 1552—1554 年完成的《〈使徒行传〉评论》中写道："如果暴君的命令禁止我们给基督、上帝应有的荣耀和敬拜，我们的宗教迫使我们进行抗争。"[1]即便如此，路德与加尔文宗对于抗争非常谨慎，他们坚决反对个人进行抗争。同时期的英格兰新教思想家则更为激进，波内特（John Ponet）、古德曼等便通过私法理论（private-law doctrine）论证个人也可以反抗不公正的统治者。他们以及诺克斯甚至诉诸信约并推论说，不抗争便是没有尽到对上帝的义务。[2]法国的胡格诺派［贝扎、莫尔奈（Philippe du Plessis Mornay）等］思想家又不一样。由于需要天主教温和派的支持，他们在其抗争理论中融入了激进宪制的经院传统及罗马法传统（the scholastic and Roman law traditions of radical constitutionalism），认为任何合法的政治社会必须来源于整个人民的自由同意（free consent）。[3]

回到《斗士参孙》。需要特别注意的是，参孙此处"上帝选派的拯救者"的说明承接的是上一轮关于"自然法"的论述。这两个论据再次显示出弥尔顿对古典思想中的理性与上帝启示的整合。弥尔顿通常认为，两者并不矛盾，可以融合。[4]弥尔顿在《论国王和行政官的职权》中论及以笏与耶户时如此说道，不能确认以笏在杀伊讥伦（Eglon）时有上帝的明确

---

[1] Quentin Skinner, *The Foundations of Modern Political Thought*, Vol. 2: *The Age of Reformation*, p. 220.

[2] Quentin Skinner, *The Foundations of Modern Political Thought*, Vol. 2: *The Age of Reformation*, pp. 221-238.

[3] Quentin Skinner, *The Foundations of Modern Political Thought*, Vol. 2: *The Age of Reformation*, pp. 320-323.

[4] 参见本书第一章的讨论。

命令，但是"他是上帝选派的拯救者（raised by God to be a deliverer），以正义原则进行"；而耶户与以笏一样值得效仿，因为他所做的事"以自然理性为基础，又有上帝的命令"，这些都赋予了他如此行事的合法性。①泽尔采尼斯侧重弥尔顿的古典思想研究，他认为，如果说以笏与耶户是上帝指派的，而不是个人，这种说法实际上混淆了一点，即合法的行为完全可以由任何理性的个体通过一般方式发现。因此，泽尔采尼斯认为，对于弥尔顿来说，"在不依附任何启示知识或经文的情况下，形成正确的伦理、道德判断是可能的"②。笔者部分认同泽尔采尼斯的总结。对于弥尔顿来说，他同时保留了自然法与"上帝选派的拯救者"的合法性。在上一轮与大利拉的交流中，参孙诉诸自然法，原因在于大利拉并不认识上帝，即便如此，自然法对她仍然适用。这符合泽尔采尼斯对于弥尔顿的上述总结，即任何个体都可以根据自然理性形成正确的伦理、道德判断。在这个问题上，弥尔顿受到从苏亚雷斯到格劳秀斯（Hugo Grotius）等自然法理论家的影响。例如，苏亚雷斯认为，自然法被以某种特定的方式铭刻于人的思想和心里，哪怕是不信神的人也一样；③格劳秀斯则认为，即便人不是上帝造的，仍然能够阐释自然法，因为他是理性的存在。④但在此轮与哈拉发的交流中，参孙诉诸"上帝选派的拯救者"，是他作为上帝子民对于自己身份的重新确认。对于他来说，既然他是上帝选派的，便不是个人。他的情形与弥尔顿关于以笏的论述类似。在这一点上，弥尔顿笔下参孙的看法与泽尔采尼斯的总结还是有些距离的，因为

---

① Martin Dzelzainis (ed.), *Milton: Political Writings*, p. 19.

② Martin Dzelzainis (ed.), *Milton: Political Writings*, p. xv.

③ Quentin Skinner, *The Foundations of Modern Political Thought, Vol. 2: The Age of Reformation*, p. 169. 值得注意的是，维托里亚（Francisco de Vitoria）就以此为依据为当时美洲的印第安人辩护，称印第安人拥有在公共、私人事务方面的真正支配权。当时的神圣罗马帝国皇帝、西班牙国王查理五世（Charles V）通过立法来惩罚奴役印第安人的残忍行径，但收效甚微，因为将法令付诸实施非常困难。见：Jacques Barzun, *From Dawn to Decadence*, New York: HarperCollins, 2000, p. 100. 此外，维托里亚在其自然法的思想基础上提出了国际法理念，而格劳秀斯的国际法思想与维托里亚的理念关系密切。见：Jacques Barzun, *From Dawn to Decadence*, pp. 110-111.

④ Quentin Skinner, *The Foundations of Modern Political Thought, Vol. 2: The Age of Reformation*, p. 151.

在这一轮论述中，参孙没有保留地征引了抗争理论的思想资源。

参孙的第三个论据是关于以色列人的。他指出，他们之所以被奴役，乃因其并不接受上帝派来的拯救者，反而将参孙交给敌人。关于以色列之罪，参孙之前就有讨论，他们在安逸的奴役与费力的自由之间，选择了前者（270—271）。此处参孙为了回应哈拉发进一步重复了这一说法。当然，参孙没有隐瞒自己的过犯，在他提供的第四个论据中，参孙明确说道，自己的明知故犯是其拯救事业失败的原因。到这里，参孙终于将上帝—自己—以色列人的关系整理清楚：在与玛挪亚对话结束时，参孙虽然认识了自己的软弱、以色列人的奴役状态，但他认为上帝会为自己的名而战。随着他与大利拉、哈拉发的交流，他逐渐确认自己作为上帝选派的救赎者之身份，他之前认为，自己因私德的败坏已被上帝弃绝，与上帝救赎以色列人的事业不再相干，但他渐渐发现，如果他对上帝的饶恕不绝望，也许上帝会重新使用他。如果说前者意味着参孙与上帝关系修复的开始，后者则意味着参孙公共身份的恢复。

参孙正是带着对上帝逐渐恢复的信心（1174）三次向哈拉发发起挑战，但后者只是在言语上狂妄回击，实际上并无心应战，他看到自己非但没有挫败参孙的锐气，反而激起了他的斗志，不禁垂头丧气、悻悻而去。合唱队观察到参孙的改变，士气大振，他们称颂上帝的拯救者具备英雄般宽广的胸怀与天神一样的力量（1279—1280），会如闪电般挫败敌人，令其大惊失色、不知所措。但是这样的士气没能维持很久，也许是再次看到参孙的悲惨现状，合唱队语气突然转折，希望"忍耐"可以让每个人成为自己的拯救者，战胜暴政（tyranny）或命运（fortune）施加的痛苦（1290—1291），希望参孙能够跻身因忍耐而得最后胜利的队伍之列（1296）。

合唱队这里的观点对于 17 世纪的读者来说并不陌生。利普修斯、蒙田、迪韦尔（Guillaume du Vair）等新斯多葛主义者便认为命运带来痛苦时，要保持忍耐。他们之所以强调忍耐，正是因为内战带来的痛苦。这一道德立场实际上有很强的政治暗示："每一个人都有义务顺服现存秩序，不该反抗当前政府，而应对其持接受态度，必要的话，甚至要以忍耐待之。"[①]弥

---

① 见：Quentin Skinner, *The Foundations of Modern Political Thought, Vol. 2: The Age of Reformation*, p. 279. 关于新斯多葛主义与弥尔顿思想的异同，参见本书第三章的讨论。

尔顿对"忍耐"并不陌生，在十四行诗《咏失明》里，他曾写道，自己
因失明十分绝望时，忍耐（patience）告诉他："（上帝的）威仪 / 像君王，
令一下，万千天使忙奔跑，/ 遍世界海陆穿梭拔蹄难收；/ 只侍立等待的
人也一样是执役。" 1854 年 9 月 1 日的《遐迩贯珍》刊登了该诗的汉译，
最后两行被译为："上帝惟皇，在彼苍苍。一呼其令，万臣锵锵。/ 驶行
水陆，莫敢遑适。彼侍立者，都为其役。"①但弥尔顿那时所说的"侍立等
待"显然区别于对"暴政或命运施加的痛苦"的忍耐。勒瓦尔斯基在分析
弥尔顿的这首十四行诗时特意强调，弥尔顿等待的是上帝，这并非面对痛
苦被动放弃的姿态，而是弥尔顿持续讨论的主题——等待上帝的时辰、成
熟的时机、清晰的呼召。②勒瓦尔斯基的阐释与《复乐园》中神子的说法
一致：等待并非出于对罪恶势力的姑息，而是等候上帝的时辰。神子的着
重点显然区别于合唱队所说的对于暴政与命运施加的痛苦的忍耐。弥尔顿
在《为英国人民声辩》中的一段话也可以帮助我们理解他对忍耐与抗争的
态度："基督没有除去我们在必要时冷静地忍受奴役的能力，但在有可能
时，他也使我们具备光荣地追求自由的能力，而且他准许后者的程度更甚
于前者。"③此处弥尔顿的话再次使人联想起托克维尔的类似说法："（基督
教）甚至能够在最恶劣的政府中获得胜利，甚至在这些恶劣的政府强加给
人们的恶中它能够找到令人钦佩的美德的材料；但是，如果我没有弄错的
话，这绝不意味着它应当使人对这些恶麻木漠然，绝不意味着每个人不应
当有义务勇敢地把他的同胞从这些恶中解救出来，通过他的良知启示他发
现的正当方式。"④我们可以推断，在弥尔顿看来，基督教并非教导让人一
味忍耐，在必要时人们需要积极争取自由；至于什么时候可以如此行事，
则取决于上帝的时辰。沃登也指出，弥尔顿所说的忍耐不应被视为屈从
（resignation）：17 世纪 60 年代早期对于弥尔顿等人来说确实是最黑暗的
时期，但当 60 年代后期以及 17 世纪晚期政治不稳定因素重新出现时，上帝

① 第一段译文，见：维里蒂编，《弥尔顿十四行诗集》，金发燊译，桂林：广西师范
　　大学出版社，2004，第 72 页。第二段译文见：郝田虎，《论弥尔顿〈咏失明〉及
　　其早期中国因缘》，《中南大学学报（社会科学版）》2015 年第 1 期，第 200 页。
② Barbara Kiefer Lewalski, *The Life of John Milton*, p. 306.
③ 弥尔顿，《为英国人民声辩》，第 65—66 页。笔者据英文对此处译文进行了修改，
　　见：Martin Dzelzainis (ed.), *Milton: Political Writings*, pp. 105-106.
④ 崇明，《创造自由：托克维尔的民主思考》，第 271 页。

的"余数"可能会发现新的挑战，甚至是新的时机（new opportunities）。①

　　哈拉发走后，一位非利士公差出现在参孙和合唱队面前，他来传达长官们的命令：当天是祭大衮的盛大节日，长官们要求参孙在公众面前进行表演，以表示对盛宴和大会的敬意。参孙闻之不悦，称自己是希伯来人，祖宗的律法禁止他参加他族的宗教仪式，因此他不能参加。之后公差重复了要求，参孙则进一步指出，非利士人既有各班技艺好手为其献艺，还请自己这样一个戴着镣铐的囚徒去表演，这难道不是为了找机会增加或取笑他的痛苦吗？于是，参孙第二次表示拒绝参加。然而，公差请参孙当心，称长官们会被激怒云云。对此，参孙正色道：

　　　　我自己？需要当心的是良心和内在的平安。
　　　　难道他们认为我如此没骨气、如此下贱，
　　　　身体受奴役也就罢了，我的心灵也会
　　　　如此堕落以至屈从他们荒谬的命令吗？
　　　　尽管我为他们做苦工，但做他们的傻子、
　　　　小丑，并要在我忧伤、内心痛苦时
　　　　给他们献艺，表演给他们的神祇看，
　　　　岂不是最大的侮辱，何况还是极端
　　　　轻视地强加于我？我不会去。

　　　　[Regard] myself? My conscience and internal peace.
　　　　Can they think me so broken, so debased
　　　　With corporal servitude, that my mind ever
　　　　Will condescend to such absurd commands?
　　　　Although their drudge, to be their fool or jester,
　　　　And in my midst of sorrow and heart-grief
　　　　To show them feats, and play before their god,
　　　　The worst of all indignities, yet on me
　　　　Joined with extreme contempt? I will not come. （1334—1342）

————————————

① Blair Worden, *Literature and Politics in Cromwellian England: John Milton, Andrew Marvell, Marchamont Nedham*, p. 357.

参孙这次直接诉诸良心和内在的平安。他认为，相比较身体的奴役，心灵的奴役更为可怕。如果他屈从于非利士长官的命令，那就意味着心灵的堕落，他将良心不安，内心也将失去平安。前文分析过，参孙的内心随着他与多人的交流渐渐苏醒过来，他已经两次指出自己所在的监狱好过内心的奴役，因此，他明确指出不会跟从公差去表演，原因在于他不愿意自己的内心再次被奴役。

　　弥尔顿此处让参孙诉诸良心和内在的平安，与他自己所处的历史语境关系很大。早在复辟前夕，弥尔顿就预见到，斯图亚特王朝一旦复辟，他们便会拒绝承认各个派别不从国教者的宗教自由。[①]于是，他在 1659 年 2 月发表的散文《论世俗权力》（*Of the Civil Power*）中强调了四点：第一，行政官不能判断宗教事务，因为他无法知道圣灵启示了哪些人；第二，行政官没有权利判断或执行宗教事务，因为这些受基督的统辖；第三，在宗教中使用强制力量违背了基督里的自由，基督里的自由使得信者自由地摆脱了仪式，使他们不再在敬拜上帝的具体情况、时间、地点等方面接受强制；第四，强制没有任何好处，既无益于上帝的荣耀，也无法促进真正的虔诚，只能形成绝对的信仰、服从、虚伪。[②]《论世俗权力》是弥尔顿对于宗教自由论述最为充分的散文，该文的写作对象是当时小克伦威尔召集的议会。该议会内有与弥尔顿宗教思想相同的范内，但大多数议员乃保守派，他们担心贵格会等极端教派会颠覆社会秩序和宗教真理，因此在下议院辩论中谴责贵格会所谓"内在之光"的教义（doctrine of the inner light），并鼓动治安官对其严厉惩治。[③]我们从《论世俗权力》中可以窥见弥尔顿对于良心自由问题的担心和忧虑。但事与愿违，复辟后的宗教政策远比小克伦威尔时期严苛，保王党议会推行的《统一法案》（Act of Uniformity）对不从国教者形成巨大冲击：1662 年 8 月 24 日后，伦敦失去了三分之一的牧师，许多温和的长老会成员原本

---

① Barbara Kiefer Lewalski, *The Life of John Milton*, p. 358.

② Barbara Kiefer Lewalski, *The Life of John Milton*, p. 384. 关于《论世俗权力》的分析还可参见：Austin Woolrych, "Historical Introduction (1659—1660)," in *The Complete Prose Works of John Milton*, vol. VII, rev. ed., ed. Robert W. Ayers, pp. 46-55. 值得注意的是，伍尔里奇在第 53 页指出，弥尔顿的观点符合现代民主国家对宗教团体的态度，但在当时很难被广泛接受。

③ Austin Woolrych, *Britain in Revolution: 1625—1660*, p. 717.

支持国教，但随着新法的推行被迫从国教中分离出来，致使不从国教者的数目一度多达 10 万人。[1]显然，公民的宗教自由受到严重威胁。随后陆续颁布的《克拉伦登法典》（Clarendon Code）[2]规定了一系列惩治不从国教者的措施，弥尔顿所在教区的安斯利博士（Dr. Samuel Annesley）被逐出牧师职位，他的邻居及朋友彭宁顿（Isaac Pennington）遭到监禁，其家人被逐出住所。[3]这一系列情形使得弥尔顿对于宗教自由受到的逼迫感同身受。他笔下的参孙可以忍受为非利士人做苦工，但是在他们的宗教仪式上公开表演，而且还是通过被强加的[4]方式，这显然是他的良心无

---

[1] Sharon Achinstein, "*Samson Agonistes* and the Drama of Dissent," in *Milton's Selected Poetry and Prose: Authoritative Texts, Biblical Sources, Criticism*, ed. Jason P. Rosenblatt, p. 633. 《统一法案》的严苛程度前所未有，甚至远远超过了 1559 年的《伊丽莎白统一法案》（Elizabethan Act of Uniformity）。见：N. H. Keeble, *The Restoration: England in the 1660s*, pp. 117-118.

[2] 通常的看法是，《克拉伦登法典》包括《市政法案》（Corporation Act）、《统一法案》、《非法宗教集会法案》（Conventicle Acts）、《五英里法案》（Five Mile Act）。赫顿认为，《贵格会法案》（Quaker Act）也应跻身上述几个法案之列，而且《克拉伦登法典》被称作《王党下院法典》（Cavalier Commons Code）更为确切。见：Ronald Hutton, *The Restoration: A Political and Religious History of England and Wales 1658—1667*, pp. 235-236. 这些法案先后由保王党议会推出，查理二世试图否决这些立法，但失败了；克拉伦登（Edward Hyde Clarendon）本人虽然私下对长老派不满，但并不赞同这些立法。见：J. C. D. Clark, *English Society: 1660—1832*, Cambridge: Cambridge University Press, 2000, pp. 59-63. 霍布斯在这一问题上的看法也很值得关注。他在《法的原理》与《论公民》中一面宣称"所有的宗教在原则上都应该是世俗宗教"，一面强调主权者必须在其公民中支持使徒教会的正统论。他这样做是为了避免与国教的正面冲突。但在写作《利维坦》时，霍布斯的想法有所变化，他认为，主权者应将治理世俗事务的标准同样应用于宗教事务，因此，如果推行宽容的方式比强制统一更能维持社会和平、避免教派冲突，主权者应实行前者。他在《利维坦》第四十二章中明确提出了这一说法，不过他在拉丁文《利维坦》中又删去了这段话；尽管如此，霍布斯在晚年仍反对针对宗教异端的法律。见：Richard Tuck (ed.), *Thomas Hobbes: Leviathan*, pp. xxxviii-xli. 具体论述还可参见：Richard Tuck, "The Civil Religion of Thomas Hobbes," in *Political Discourse in Early Modern Britain*, ed. Nicholas Phillipson and Quentin Skinner, Cambridge: Cambridge University Press, 1993, pp. 120-138.

[3] Sharon Achinstein, "*Samson Agonistes* and the Drama of Dissent," in *Milton's Selected Poetry and Prose: Authoritative Texts, Biblical Sources, Criticism*, ed. Jason P. Rosenblatt, p. 633.

[4] 第 1342 行中，joined 的意思是 imposed，参见 *The Oxford English Dictionary* 中的 "join" 词条。

法接受的事情。想来，参孙这里道出了无数不从国教者的心声。

　　然而，良心和内在的平安常常受到世俗权力的压制，原因即在于保守主义者通常认为良心会成为人们反对世俗秩序的借口。例如，正统的国教徒便将不从国教者关于良心自由的请求看作对其造反的辩护。莱尼（Benjamin Laney）曾说："如果一个人如此不理智，以至认为他的良心不受其他任何东西束缚，只被自己约束，……尽管事实上，他们只约束自己，……这会误导人使其拉帮结派、煽动骚乱、拒不服从。"①复辟后的保王党议会之所以立法压制不从国教者，原因正是在于对秩序的维护。这一背景是我们理解参孙接下来的说法的前提。合唱队担心参孙拒绝公差后会让情形更为紧张，参孙则解释说，自己不能亵渎上帝赐下的神圣力量，如将神圣之物献给大衮，将犯下更大的罪。拿细耳人用其力量向大衮表示敬意，这是不洁净的、渎神的行为（1362）。这时，合唱队提出了他们的质疑："可是你却用这力量服侍崇拜大衮的、/未行割礼的、不洁净的非利士人。"（1363—1364）对此，参孙辩解道，他以诚实、合法的劳动从对他拥有世俗权力的人那里换取食物，因此并非偶像崇拜。参孙此处的解释论及"世俗权力"，可见他清楚地区分了良心自由和公民义务。他通过诚实、合法的劳动换取所得，尽了自己的公民义务，但是如果拥有世俗权力者触及其良心自由，事情的性质则变了，因为这说到底是敬拜上帝还是崇拜偶像的问题。参孙此处的话可以用来答复那些保守的国教徒。他此处的回答也体现了弥尔顿晚期思想着重点的变化：弥尔顿曾在《论国王和行政官的职权》《为英国人民声辩》等散文中为公民自由辩护，但是自 1659 年起，由于时局突变，在《论世俗权力》、《关于解除教会雇工最可能的办法之意见》（*Considerations Touching the Likeliest Means to Remove Hirelings out of the Church*）、《建设自由共和国的简易办法》中，弥尔顿"提出保留在位的所有立法机构和政务委员会，尽管它们均有缺陷"，他之所以如此做，目的在于"阻止复辟及其对清教宗教自由的威胁"。②可见，当弥尔顿看到宗教自由（或曰，良心自由）可能受到威

---

① Sharon Achinstein, "*Samson Agonistes* and the Drama of Dissent," in *Milton's Selected Poetry and Prose: Authoritative Texts, Biblical Sources, Criticism*, ed. Jason P. Rosenblatt, p. 636.

② Barbara Kiefer Lewalski, *The Life of John Milton*, p. 358.

胁时，他的重心有所调整。他在《论世俗权力》中向议会提出不干涉宗教自由的若干请求，这里则通过参孙为不从国教者提出方向：尽自己当尽的公民义务，但是不应让良心自由屈从于偶像崇拜。①

合唱队将问题继续向前推进，他们针对参孙的回复评论道："内心若不同流，外在行为不会玷污人。"（1368）他们的意思是，如果内心不是自愿的，即使做了外在行为，也不会玷污人。这种说法听起来很有道理，但它只适用于特定的环境，而非一切情况。于是参孙马上指出，当外在力量强迫时，这句话是对的。也就是说，某人若在外力的强迫下做出某种内心不认同的行为，他本人不应受到指责。凯里指出，第 1368 行与亚里士多德在《尼各马可伦理学》第三章第一节所说的类似，但需要补充的是，亚里士多德在第二节中对于非自愿行动做出的解释之一就是被强制（under compulsion），②因此，参孙补充的条件十分重要。参孙接着说道：

> 但是谁强制我去大衮神殿啦？
>
> 谁硬拉我了？非利士长官只下了命令。
>
> 命令不等于强制。如果我照办，
>
> 那我就出于自愿啦，那简直是不怕
>
> 触怒上帝而怕人，宁愿爱人，
>
> 而将上帝置之脑后：这会惹他忌恨，
>
> 若不悔改将永远得不到饶恕。

> But who constrains me to the temple of Dagon,
>
> Not dragging? The Philistian Lords command.
>
> Commands are not constraints. If I obey them,

---

① 在这个问题上，弥尔顿的立场与洛克比较接近。邓恩（John Dunn）总结道，在洛克那里，"人们接受现存的社会结构，并非基于其道德地位；真正的原因在于，任何稳定的社会结构必须为虔诚的基督徒提供可用的机会，与这些机会之伟大相比，穷人放弃的回报显得微不足道。会引起整体理性反抗的社会结构只有一种，即其宣称对个人拥有的权利与他们履行基督徒义务在形式上无法融合，或者其明确拒绝承认所有人在宗教上的平等地位"。见：John Dunn, *The Political Thought of John Locke*, pp. 264-265.

② John Carey and Alastair Fowler (eds.), *The Poems of John Milton*, p. 390; Aristotle, *The Nicomachean Ethics*, trans. H. Rackham, London: William Heinemann, 1934, p. 117.

> I do it freely; venturing to displease
>
> God for the fear of man, and man prefer,
>
> Set God behind: which in his jealousy
>
> Shall never, unrepented, find forgiveness. （1370—1376）

首先，参孙对于强制与命令的界定值得关注。弥尔顿在《失乐园》里多有讨论：上帝经常向人和天使传达命令，例如，他对亚当唯一的命令（sole command）是不许吃知识树上的果子，遵守这唯一的命令是亚当顺从的标记（pledge of obedience）（PL, III.94—95）。丹尼尔森总结说，上帝在颁布关于知识树果子的禁令时既坚定又坚决，但他不允许自己侵犯人的自由。①确实，上帝给了亚当命令，但他并未强制他做任何事，否则他就没有自由选择可言。参孙现在面临的选择亦然：他这里将上帝与非利士长官的命令并置，若在没有强制的情况下选择遵从非利士人的命令，便是对上帝置之不顾。其次，他此处所说的上帝的忌恨出自《出埃及记》20：5："不可跪拜那些像；也不可侍奉他，因为我耶和华你的神，是忌邪的神。"此处参孙引用"忌邪"一词，可见他十分清楚地认为：遵从非利士人的命令就是《出埃及记》中所说的拜偶像，他若将就姑息，便是不悔改，便无法得到饶恕。②参孙曾经也面临选择：守住在上帝面前的

---

① Dennis Danielson, *Milton's Good God*, p. 129.

② 由于参孙身处士师时代，弥尔顿此处让他面临的选择是在上帝与非利士人的命令两者之间。从当时的语境来看，弥尔顿认为，不从国教者的选择将在于基督里的自由和行政官的命令两者之间。对于通过福音已得自由的人，弥尔顿在《论世俗权力》中有所讨论。他如此写道："有些看似知识渊博者认为，正是因为一些宗教事务是中性的（indifferent），行政官才可以下达命令。这种说法仿佛是说，上帝通过福音的特殊恩典使我们得自由，不再受他自己命令的辖制，目的却是要我们的自由服从于更重的负担——人的命令。……这种做法无异于此：在上帝给人自由的宗教事务上，行政官却进行强制；行政官将上帝已经挪去的轭重新加给人。上帝不仅给了我们这个礼物（即基督里的自由——笔者注）作为特权，使自由的福音胜过了奴役人的律法，而且严格地命令我们保守并享受它。《加拉太书》5：13：'你们蒙召是要得自由。'《哥林多前书》7：23：'不要做人的奴仆。'《加拉太书》5：1：'基督释放了我们，叫我们得以自由，所以要站立得稳，不要再被奴仆的轭挟制。'"见：David Loewenstein (ed.), *John Milton Prose: Major Writings on Liberty, Politics, Religion, and Education*, p. 392.

信誓（pledge of vow）与向大利拉的软磨硬缠屈服，在两者之间他选择了后者。如今，他再一次面临选择——顺从上帝与遵从非利士人的命令，这次他坚定地选择了前者。按照本书第一章讨论的自由选择与真正的自由之区分："将自由选择的能力用于善的目的才是自由。"[1]参孙不仅进行了自由选择，也由于做出了正确的选择而收获了真正的自由。这样看来，参孙终于完成了自己的救赎。

本节聚焦参孙对其公民自由、宗教自由观进行的论证。首先，参孙与大利拉交流时通过自然法对大利拉所谓"私人考虑服从公益"的说法进行了反驳。其次，面对哈拉发言语上的挑衅，参孙通过"上帝选派的拯救者"为自己的抗争身份提供依据。这两种思想资源均侧重公民自由，在弥尔顿早期的散文《论国王和行政官的职权》中有相近的论述，本章结合《斗士参孙》揭示了两者间既相互联系又不无紧张的关系。最后，参孙援引"良心和内在的平安"为自己拒绝非利士长官的命令提供依据。这里良心自由的说法属于宗教自由的维度，与弥尔顿晚期散文《论世俗权力》中的论述一脉相承。总的来看，弥尔顿的参孙为公民自由、宗教自由提供的思想依据均呈现出内在维度，侧重个人[2]对上帝启示、呼召或命令的回应。这说明，在弥尔顿这里，个人与上帝的关系是其公民自由、宗教自由观的基础。[3]同时，自然法在弥尔顿这里虽来自上帝，但按照泽尔采尼斯的说法，其与古典思想亦有关联。[4]此外，值得关注的是，参孙的三轮论述并非只是公共讨论，在参孙与其他人交流的过程中，他对于上帝的饶恕有了新的认识，因此，他重新确认了自己作为以色列

---

[1] Etienne Gilson, *History of Christian Philosophy in the Middle Ages*, p. 79.

[2] 自然法虽然是针对大利拉所说，但在弥尔顿看来，自然法亦来自上帝，他同时向信徒与非信徒启示了自然法。

[3] 值得注意的是，同一特征表现在洛克激进的政治思想中："只有在个人和上帝的关系中，每个人才得以摆脱 17 世纪社会服从的纠缠。……这一关系如此完全、清晰地使人摆脱了他所处社会的压力，唯其如此，个人才可能在 17 世纪的英格兰获得一种道德地位，使其能够质疑他所在社会的道德合法性。"见：John Dunn, *The Political Thought of John Locke*, pp. 260-261.

[4] 泽尔采尼斯认为，弥尔顿的自然法观念侧重的是独立于上帝启示和经文的道德、伦理判断力。见：Martin Dzelzainis (ed.), *Milton: Political Writings*, p. xv. 笔者则认为，在弥尔顿这里，自然法本身也来自上帝，他受苏亚雷斯等神学家的影响，认为上帝赋予所有人自然法。

人救赎者的身份，并在曾经犯罪的问题上重新进行了选择，获得了弥尔顿经常讨论的"真正的自由"。

第三节　论参孙的宗教经验与自由选择

参孙明确自己不会自由地选择遵从非利士长官的命令后，下文突然出现了转折。他说，如果他或者其他以色列人为了某项重大之事（some important cause）①参加神殿中偶像崇拜的仪式，也许上帝会饶恕他们（1377—1379）。之后，他指出，他感到心头有一些强烈的冲动促使他做伟大的事情（I begin to feel / Some rousing motions in me which dispose / To something extraordinary my thoughts）（1381—1383）。这是参孙在悲剧中第二次明确地诉诸宗教经验。凯里等学者认为，此处参孙的冲动也许并非来自上帝；②但伦纳德指出，弥尔顿在使用内在冲动时通常取其积极的意思：同样的例子还可见于《复乐园》与《论世俗权力》。③笔者认为，参孙决心前往神殿并不是对之前选择的简单否定，他是在进行正确选择恢复真正的自由后重新获得了宗教经验，这经验使他认识到，上帝将让他去神殿做更大的事。因此，他向合唱队保证：他不会辱没他们的律法，也不会玷污拿细耳人的誓言。他有预感，这将是他生命中不同寻常的一天：或成就壮举，或成为最后一天（1387—1389）。这里的"或"一词显现出参孙尚未确定他将通过何种方式成就大事。

公差再次返回后威胁参孙道，既然他是他们的奴隶、囚犯（slave, captive），他不能违令，否则他们将通过武力（force）强迫他参加。参孙拒绝像野兽（a wild beast）一样被拖着示众（1392—1403），他声称自己会去。之后，他如此说道："主人的命令来得势不可挡 / 对此自然就该绝对服从（absolute subjection），/ 为了生命（a life）谁不改变他的主意？ /（人的道路总是灵活多变）。"（1404—1407）这几行诗反讽意味非常强，应该"绝对服从"的对象是非利士人还是上帝？"生命"到底指肉体的

---

① 或作"某个重要的原因"解。

② John Carey, "A Work in Praise of Terrorism?," in *Milton's Selected Poetry and Prose: Authoritative Texts, Biblical Sources, Criticism*, ed. Jason P. Rosenblatt, p. 624.

③ John Leonard (ed.), *John Milton: The Complete Poems*, p. 938.

生命还是属灵的生命？①显然，绝对服从非利士人以保全肉体的生命，与参孙先前的认识和宗教经验并不相符。实际上，他想说的意思是，绝对地服从上帝才能获得属灵的生命。公差当然没有领会这层意思，他赞许了参孙的最新决定，声称也许长官们会因此开恩释放他。参孙留给合唱队最后的话是，他不会做任何有损上帝、律法、民族或自己的事情（1423—1425）。此外，他不能确定，这一天是不是他的末日。此处再次显现出参孙尚未确定他将如何成就大事。

　　之后，参孙再未直接现身于悲剧中，对于他的一切描述都来自报信人。悲惨的事件（the sad event）（1551）发生后，报信人慌慌张张地跑向玛挪亚与合唱队，一点点地向他们透露了参孙"摧毁敌人也摧毁了自己"的事实（1587）。他详细描述了剧院的构造，以便后面说明在悲剧中惨死的非利士人多是坐着的贵族，在外站着的平民（the vulgar）得以逃脱（1659）。伦纳德指出，无论是剧院的结构还是平民逃脱都是《士师记》中没有的情节，弥尔顿如此安排，就是有意确保平民能够逃脱。②这一细节颇耐人寻味：弥尔顿的这一改写，反映出他对于参孙摧毁敌人和自我的不安。此外，报信人还回忆道，参孙忍耐、无惧地完成了非利士长官的要求（1623），之后他借着休息将胳膊放在两个柱子上，低着头，两眼定神地站着，"仿佛在祷告 ／ **或是**在脑海中思索着什么大事儿"（1637—1638）。此处的描述同样区别于《士师记》。在《士师记》中，参孙明确说出了自己的祷告。他求告耶和华说："主耶和华啊，求你眷念我。神啊，求你赐我这一次的力量，使我在非利士人身上报那剜我双眼的仇。"在死前，参孙说："我情愿与非利士人同死！"③在释经传统中，不少人为参孙的杀戮及自杀行为辩护，称其所作所为可以被理解为圣灵的工作。④奥古斯丁在《上帝之城》中便解释道："之前通过参孙行神迹的圣灵如今秘

①　关于此处"生命"作为双关语的解释，参见：Victoria Kahn, *Wayward Contracts: The Crisis of Political Obligation in England, 1640—1674*, Princeton: Princeton University Press 2004, p. 269. 还可参见《马太福音》16：25："因为凡要救自己生命的，必丧掉生命；凡为我丧掉生命的，必得着生命。人若赚得全世界，赔上自己的生命，有什么益处呢？人还能拿什么换生命呢？"

②　John Leonard (ed.), *John Milton: The Complete Poems*, pp. 940-941.

③　《士师记》16：28、16：30。

④　John Carey and Alastair Fowler (eds.), *The Poems of John Milton*, p. 398.

密地命令他如此行事。"[①]弥尔顿一方面继承了这一释经传统，他明确地将参孙的第一次婚姻与此次事件归因于宗教经验；但另一方面，他在叙述参孙的行为时并非毫无顾虑：他在这里不仅没有直接叙述参孙的祷告，没有让参孙自己将此次行为称为复仇，而且，他再次用了"或是"这样模糊的表达方式。

　　根据报信人的描述，在经过一番祷告或思索后，参孙抬起头大声喊道：

> 长官们，如今你们命令强加于我的，
> 我已经履行，**顺从了，合乎理性**，[②]
> 在看官眼里不无奇观或乐趣。
> 现在我**自愿**表演一些其他的，
> 意在表现一下我更大的力气，
> 会让所有看官都大吃一惊。

> Hitherto, lords, what your commands imposed
> I have performed, **as reason was, obeying,**
> Not without wonder or delight beheld.
> Now **of my own accord** such other trial
> I mean to show you of my strength, yet greater;
> As with amaze shall strike all who behold. （1640—1645）

首先，第 1640—1641 行的句法比较灵活，可以有两种解释：其一，我完成了表演，顺从了你们命令强加于我的东西，这合乎理性（I have performed, obeying what your commands imposed, as reason was）；其二，我已经履行了你们命令强加于我的东西，顺从了，合乎理性（I have performed what your commands imposed, obeying, as reason was）。笔者认为，后一种解释似乎更为合理，因为如果按第一个解释，就很难理解这

---

① Augustine, *The City of God Against the Pagans*, ed. and trans. R. W. Dyson, p. 34.
② 这两行为笔者所译，与两个中译本差异较大。粗体为笔者所加。

种做法会"合乎理性"。在第二个解释里，顺从的对象没有明确说出，参孙暗指他顺从上帝，因此合乎理性。其次，第 1643 行的"自愿"一词受到维特赖希等学者的质疑，他们以此为依据推导出参孙的做法并非出自上帝。①但伦纳德敏锐地指出，参孙所说的"自愿"对照的是前文履行非利士人强制的"命令"，与之形成对照的并非神意。②笔者非常认同伦纳德的解读。

　　这两处的说法实际上与之前参孙对良心自由的辩护一致（1372—1374）：如果参孙选择遵从非利士长官的命令，他便是害怕人而得罪上帝。他最终选择了顺从上帝，而非遵从非利士长官的命令。在《论世俗权力》中，弥尔顿写道，上帝是通过"圣灵内在的、有说服力的冲动（inward persuasive motions）以及他的牧师"吸引人，而不是依靠行政官或其官员的外在强制（outward compulsions of a magistrate or his officers）。③参孙因宗教经验改变主意，跟从公差来到神殿，进行了表演，但这宗教经验本身就是内在的冲动，所以，参孙并不是因遵从非利士人而为。他按照他们的要求履行了义务，但他深知自己选择顺从的是上帝。《论世俗权力》中还有一段话可以帮助我们理解参孙的意思：

　　　　我所说的良心或宗教是指，在我们能够理解、可能知晓之处，我们完全被说服并确认，我们的信仰和宗教习俗是依照上帝的意志和我们内在的圣灵。在这些地方，我们应该遵守的是上帝的意志和我们内在的圣灵，而非人的任何法律，因为不仅他的每句话如此吩咐我们，这也完全符合理性命令（the very dictate of reason）。如《使徒行传》4：19 所说："听从你们，不听从神，这在神面前合理不合理，你们自己酌量吧！"④

---

① 见：William Kerrigan, John Rumrich, and Stephen M. Fallon (eds.), *John Milton: Paradise Regained, Samson Agonistes and the Complete Shorter Poems*, pp. 323-324.

② John Leonard (ed.), *John Milton: The Complete Poems*, pp. 940-941.

③ David Loewenstein (ed.), *John Milton Prose: Major Writings on Liberty, Politics, Religion, and Education*, p. 390.

④ David Loewenstein (ed.), *John Milton Prose: Major Writings on Liberty, Politics, Religion, and Education*, pp. 380-381.

也就是说，在宗教事务上，上帝的意志、圣灵、理性命令的指示是一致的。因此，参孙因宗教经验跟随公差、遵从他们的要求，但他明白这事关乎信仰，他顺从的对象实非非利士人，而是上帝，正是在这个意义上，他才说他的顺服合乎理性。

然而，援引良心自由者固然多，并非所有人都会付诸抗争行动，尤其是暴力抗争。例如，在弥尔顿的时代，"消极服从"是经常奉行的策略，即臣民面对国家权力的不公正命令时，既不像菲尔默（Robert Filmer）要求的那样服从，也不像分离教派成员（sectaries）主张和要求的那样抗争，而是同现在公民不服从者的做法一样，忍耐地接受对其消极行为（inactivity）的任何惩罚。①还有些人既反对用违法的方式抗争，又为神圣冲动说所感动，勒德洛就是一例。他一方面反对暴力抗争，另一方面却认为这种做法超乎寻常，乃是受感于圣灵，因此对其看法十分矛盾。②另外有些人则认为，上帝因人自行其是而惩罚他，也会因人的不作为或不行动（inaction or inertia）惩罚他。西德尼就是如此，他在复辟后依然坚持对于暴君的武力抗争权利，即弥尔顿在《论国王和行政官的职权》中坚持的原则；洛克耶（Nicholas Lockyer）也宣称，推翻复辟王朝需要的正是参孙的驴腮骨。③可见，现实中奉行良心自由者会采取不同的方式回应当权者的压制。在这个问题上，弥尔顿的态度也很复杂。沃登曾总结道，虽然说《斗士参孙》没有号召人们抗争，但它也没有将抗争完全排除在外。④根据本章第二节的讨论，弥尔顿清楚地诉诸了抗争理论资源，为参孙的抗争行为提供了理论依据。

但是，值得注意的是，弥尔顿在描写参孙摧毁自己和他人的过程时，首先，他巧妙设计剧院以使平民逃脱；其次，他笔下的参孙虽然明确诉诸宗教经验，而且通过良心自由为己辩护，但对于该采取何种方式，他始终

---

① J. C. D. Clark, *English Society: 1660—1832*, p. 58.

② Blair Worden, *Literature and Politics in Cromwellian England: John Milton, Andrew Marvell, Marchamont Nedham*, p. 381.

③ Blair Worden, *Literature and Politics in Cromwellian England: John Milton, Andrew Marvell, Marchamont Nedham*, p. 380.

④ Blair Worden, "Milton, *Samson Agonistes*, and the Restoration," in *Culture and Society in the Stuart Restoration*, ed. Gerald MacLean, p. 131.

不是很确定，因此我们多次看到"或者"这样模糊性的表达方式（1389,
1426, 1638）；再次，弥尔顿一次都没有让参孙遵循《圣经》的说法使用
"复仇"一词，玛挪亚与合唱队倒是不止一次将参孙的行为看作"复仇"
（1591, 1660, 1712）。这几点告诉我们，弥尔顿有意识地与参孙的暴力
行为保持了距离。凯里等认为弥尔顿不认同参孙的做法，这一解读有些
过头，但弥尔顿的确并非心安理得地看待参孙的行为。

　　需要注意的是，弥尔顿通过让参孙诉诸宗教经验及良心自由，传
达着清晰、强烈的现实意图，结合当时的历史语境看，弥尔顿的意图
可谓十分明显。复辟前夕，查理二世与克拉伦登在宗教方面都主张和
解政策，他们在 1660 年 4 月 4 日的《布雷达宣言》中公开了宗教宽
容的承诺，并想努力促成长老会和国教的联合。但英国国内的保王党
坚决捍卫国教，反对包括温和的长老会在内的其他教派。1661 年选举
产生的保王党议会中，下议院大多数成员为国教徒，他们推出了一系
列法案巩固国教地位。查理二世尝试推行"容纳"（comprehension）
与"信教自由"（indulgence）[1]去改变这种排外、不宽容的宗教政策，
但都无疾而终。[2]例如，1664 年、1670 年保王党议会推出《非法宗教
集会法案》，禁止来自不同家庭的五人以上的团体进行聚会，甚至在私
人家庭也不可以；[3]1665 年的《五英里法案》禁止不从国教的牧师进
入距离原先教区五英里以内的距离，除非他们口头宣誓不以武力反对

---

[1] 复辟前夕，长老会期待实现的是"容纳"，即国教可以容纳自己的教派，而公理
　　会（Congregationalism）等激进教派则希望达成"信教自由"，即对于独立敬拜
　　的宽容。见：N. H. Keeble, *The Restoration: England in the 1660s*, p. 109. 查理二
　　世分别于 1662、1672 年两次推出《信教自由宣言》（Declaration of Indulgence），
　　均被保王党议会否决，长老派等不从国教者既担心国王此举主要是为了宽宥天主
　　教徒，也不愿看到国王以此为由僭越宪制。1668—1669 年，长老派对重新被纳入
　　（comprehended）国教又有了期待，但此事并无结果。见：N. H. Keeble, *The
　　Restoration: England in the 1660s*, pp. 123-124.

[2] R. A. Beddard, "The Restoration Church," in *The Restoration Monarchy 1660—1688*,
　　ed. J. R. Jones, London: Macmillan, 1979, pp. 159-170.

[3] 根据 1670 年颁布的第二版《非法宗教集会法案》，治安法官只要怀疑某地有集
　　会，便有权砸开并进入任何房子或其他地方。见：N. H. Keeble, *The Restoration:
　　England in the 1660s*, pp. 121-122.

国王。[1]保王党议会这一系列法案的颁布确立了国教在人们政治升迁、社会声望等方面的重要性，继而形成了"有特权的国教徒—无特权的不从国教者"这样的格局。这里的一些法案一直持续到 19 世纪。1689 年的《宽容法案》（Toleration Act）虽赋予了多数新教中持不同政见者敬拜的自由，但依然拒绝给予他们进入公职的途径。[2]不过，国教徒的特权不无代价，通过信仰获得的政治、社会声望使人们更满足于此世的安全与幸福，这一点与不从国教者形成鲜明对比："成为牧师对于不从国教者意味着放弃与离职，其对于国教徒来说却是获取工作和升迁的方式。"[3]我们应该注意的是，上述这些法案均颁布于《斗士参孙》出版前后，随着宗教方面的压制越来越强，参孙思索的到底应该顺从谁的问题对于不从国教者来说可谓异常严峻。在这样的语境下看待并认识参孙提出的应该顺从谁的问题，我们可能不会那么轻易地将他定义为"恐怖主义者"。弥尔顿确实无法毫无顾忌地接受参孙暴力的行为方式，但他显然认同参孙"良心自由"的诉求。参孙的故事来自《圣经》。参孙通过摧毁别人与自己生命的方式结束士师生涯，这是弥尔顿不能改变的地方，他只能通过诉诸宗教经验结束整部悲剧；但是他通过参孙关于"顺从"与"选择"问题的思考，对于自己所处时代的宗教压制进行着直接的回应。

　　或许，对于上述两个方面的矛盾，我们可以这样理解：弥尔顿确信的是，在极端的压制环境下，必须进行抗争；但对于应以何种方式抗争，他无法——或许也不想——指出清晰的路径。想来，同其笔下的人物一样，诗人内心也充满着矛盾和不确定感。耐人寻味的是，《斗士参孙》的上述矛盾同样呈现于其诗体。勒瓦尔斯基总结道，"弥尔顿在《斗士参

---

[1] Austin Woolrych, *Britain in Revolution: 1625—1660*, pp. 791-792. 伍尔里奇认为，最能体现这批不从国教者信仰的作品是班扬（John Bunyan）的《天路历程》（*The Pilgrim's Progress*）。基布尔则指出，《斗士参孙》与《天路历程》都从不从国教者的经验角度重现了复辟以后的社会生活。见：N. H. Keeble, *The Restoration: England in the 1660s*, p. 136. 《五英里法案》的实施方式也颇令人反感：违反该法案的罚款三分之一归王室，三分之一归事发教区的穷人，还有三分之一则可由告密者领取。见：N. H. Keeble, *The Restoration: England in the 1660s*, p. 121.

[2] R. A. Beddard, "The Restoration Church," in *The Restoration Monarchy 1660—1688*, ed. J. R. Jones, p. 166.

[3] N. H. Keeble, *The Restoration: England in the 1660s*, p. 128.

孙》的风格方面进行了大胆的试验：他在素体诗的基础上增加了一些类似于自由诗（free verse）的片段，这些诗行长短不一、节奏散乱"，然而，令人诧异的是，"在 1758 行诗中，有大约 150 行韵体"；[1]悲剧结尾还出现了莎士比亚体十四行诗的变格。[2]总之，勒瓦尔斯基认为，《斗士参孙》的韵律有别于弥尔顿的所有其他诗作。[3]素体诗、自由诗、十四行诗以及韵体同时出现于《斗士参孙》中，从形式方面反映了诗人内心深处的纷乱与冲突。

在悲剧的结尾，玛挪亚听完参孙的所作所为，很受感动，他认为，参孙为以色列带来了荣耀和自由，唯愿以色列能拥有勇气抓住这个机会（occasion）[4]（1714—1716）。此处的"自由"和"机会"等表述显然呼应前面参孙所说的"费力的自由"。合唱队也颇受鼓舞，他们将参孙比作"万古长青的鸟"（a secular bird ages of lives）（1707），并直言道，他们自己经此事件获得了真正的经验（true experience）（1755—1756）。然而，以色列人能否抓住这个机会摆脱非利士人的奴役？合唱队是否能够通过这样的经验获得宗教自由和公民自由？答案显然并不确定。参孙的宗教经验虽给他们带来了冲击，但要获得宗教自由和公民自由，他们不仅需要像参孙一样逐层摆脱内在的奴役，还需要像他一样厘清上帝—个人—以色列民族之间的多重关系。同时，即便他们如参孙一样确实获得了宗教经验，在付诸具体行动时可能还是会出现不知该采取何种方式的不确定感。显然，他们还有很长的路要走。

本章聚焦参孙的宗教经验及自由观。第一，笔者通过分析指出，弥尔顿并未如一些学者认为的那样否定参孙的神圣冲动。尽管如此，他对

---

[1] Barbara Kiefer Lewalski, *The Life of John Milton*, pp. 524-525.

[2] William Kerrigan, John Rumrich, and Stephen M. Fallon (eds.), *John Milton: Paradise Regained, Samson Agonistes and the Complete Shorter Poems*, p. 380.

[3] Barbara Kiefer Lewalski, *The Life of John Milton*, p. 691, n. 11.

[4] 哈蒙德指出，这里的"机会"并非马基雅维利式的机会（occasio），而是上帝赐下的有利时机（kairos）。见：Paul Hammond, *Milton and the People*, Oxford: Oxford University Press, 2014, p. 247. 关于马基雅维利式的机会，可参见：J. G. A. Pocock, *The Machiavellian Moment: Florentine Political Thought and the Atlantic Republican Tradition*, Princeton: Princeton University Press, 1975, pp. 161-181.

于《士师记》确实进行了多处改写，可见他并非毫无保留地接受参孙的暴力抗争。第二，笔者揭示出弥尔顿如何从参孙本人及以色列民族两个方面将内在自由与外在自由的两个面相及其关系清晰地呈现了出来。第三，外在自由在《斗士参孙》中主要表现为宗教自由和公民自由。弥尔顿为了给公民自由、宗教自由提供思想依据，分别诉诸自然法、上帝选派的拯救者以及良心、内在的平安。笔者认为，这几种思想资源大多源自基督教信仰，间或伴有古典思想，可见弥尔顿用以论证外在自由的思想资源与其内在自由的思想来源并不冲突。第四，弥尔顿笔下的参孙反复强调良心自由和自由选择，这其实与复辟之后宗教政策的严苛关系甚大，正是在这特殊的语境下，弥尔顿的"内在乐园"在《斗士参孙》中呈现出了激进的特征。

结　语

弥尔顿在 1644 年出版的《论教育》篇首如此归纳学习的目的："通过恢复正确认识上帝来修复自我们始祖开始的损伤，并以这正确的知识去爱上帝、效法上帝、像上帝一样，因为真正的德性（true virtue）与信仰之天恩（heavenly grace of faith）结合时会产生最大程度的完美，拥有这样的灵魂时我们才可能最像上帝。"[①]之后，弥尔顿按学习时间先后描述了语言、自然哲学、诗歌、道德哲学、经济学、喜剧、悲剧、政治学、法学、神学、教会史、演说术、修辞学、逻辑学、诗学等科目的学习过程。[②]这些学科的涉猎顺序反映出弥尔顿对于人的认知能力发展过程的判断。本书对弥尔顿晚期诗歌中理性、经验和自由的讨论遵循了从哲学到伦理，再到宗教、政治的理路。同时，本书前两章的讨论以亚当和夏娃的信心和德性如何受到损伤开始，第三章讨论神子如何靠其信心和德性为人们树立了榜样，最后一章则分别涉及参孙如何通过重新认识上帝修复自己受到的损伤以及他如何以信心和德性为依据为同族人争取宗教自由与公民自由。可以说，弥尔顿通过晚期的三部诗歌实现了他早年在《论教育》中提出的大纲。

首先，对于弥尔顿而言，认知首先涉及的是自然哲学。在《失乐园》中，堕落前的亚当以推理理性见长，同时期的夏娃则擅长观察、倾听等经验方式。亚当初被创造不久，便向上帝祈求一位可以与他分享理性乐趣的伴侣，夏娃初被创造后则经历了从观察自己的影子到听见上帝的声

① David Loewenstein (ed.), *John Milton Prose: Major Writings on Liberty, Politics, Religion, and Education*, p. 172.

② David Loewenstein (ed.), *John Milton Prose: Major Writings on Liberty, Politics, Religion, and Education*, pp. 172-178.

音，及至见到亚当这样认识自己和他者的过程。当亚当与拉斐尔针对天体运行展开热烈探讨时，夏娃悉心料理着伊甸园的植物。当夏娃在梦中被撒旦惊扰，甚觉不安时，亚当以颇为精深的认知理论向她解释了梦之形成原理。①总之，两人完全不同的认知特点既体现出伊甸园中的丰富和多元，也从侧面表现出诗人对于自己所处时代的自然哲学涉猎之广。②

其次，在弥尔顿这里，认知同时涉及善恶这样的伦理和神学问题：亚当的理性涵盖了正当理性和选择，夏娃的经验则直接与善恶知识相关。亚当在上帝的命令和夏娃之间选择了后者，违背了上帝的实在法，此举的结果使得正当理性被蒙蔽，亚当遵从自然法变得异常困难；紧接着他与夏娃犯下情欲罪，违背了自然法，从而失去了真正的自由。对于夏娃而言，她在梦中虽然有了对恶的初次体验，但当时的恶并非基于现实，她是在伸手摘知识树果子这样的现实性经验之后第一次将恶从理论层面带到现实层面，使得人失去纯真，进入了善恶混杂的认知世界。需要明确的是，尽管弥尔顿不像路德、加尔文那样认为人的本性在堕落后发生了根本变化，但他显然认为亚当和夏娃堕落后的认知方式不再和以前一样。

可见，在弥尔顿这里，自然哲学和伦理、神学问题密切相关，不可分割。同时，伦理、神学问题又包含着政治关切，这一关切主要体现在自由观念上，此为本书讨论的第三个层面。弥尔顿在《复乐园》中通过神子战胜撒旦的过程确立了内在自由的重要性。内在自由在信仰上指的是遵守上帝的话语，在道德上指的是使情欲服从理性。在弥尔顿看来，唯有通过信仰和德性恢复内在自由的人才能享有外在自由。外在自由在《斗士参孙》中具体表现为宗教自由和公民自由。然而对于像参孙这样

---

① 有趣的是，艾狄生总结的《失乐园》的不足中，弥尔顿好炫耀学问乃其中之一。见：John T. Shawcross (ed.), *John Milton: The Critical Heritage*, vol. 1, 1628—1731, p. 168.

② 上文提到的《论教育》是写给哈特利布（Samuel Hartlib）的公开信，当时后者周围聚拢了一批自然哲学研究者[即哈特利布圈子（the Hartlib Circle）]。关于弥尔顿与哈特利布圈子的联系，参见：Timothy Rayler, "Milton, the Hartlib Circle and the Education of the Aristocracy," in *The Oxford Handbook of Milton*, ed. Nicholas McDowell and Nigel Smith, pp. 383-406.

个人和所在民族均被奴役的人来说,在通过信仰和德性恢复内在自由后,如何为民族争取宗教自由和公民自由呢?弥尔顿的参孙通过自然法、上帝选派的拯救者、良心和内在的平安等思想资源为其寻找理论依据。需要指出的是,这几种思想资源侧重的多是信仰,或是德性,也就是说弥尔顿用以论证公民自由和宗教自由的资源本身也来自基督教或者古典思想。尽管如此,弥尔顿的参孙在最后付诸行动前诉诸的却是宗教经验这样无法复制、无从解释的方式,可见他确信的是特殊历史语境下[①]需要抗争,却无意对如何抗争指出明晰的路径。

　　值得注意的是,在本书关注的理性、经验、自由问题上,弥尔顿常常同时征引古典思想和基督教神学两种资源。布什等评论家常据此将弥尔顿称为基督教人文主义者,[②]但笔者认为,对于这种提法要更加谨慎,因为整合上述两种思想资源对于弥尔顿本人而言可能手到擒来,但身处不同时代的研究者理解起来却并不容易。例如,他在对理性的讨论中同时涉及正当理性和自由选择,在内在自由问题上分别从信仰和古典共和思想中的德性角度进行探讨,其外在自由既指向上帝拯救以色列民族使其摆脱外族奴役,也指向古典共和思想中的“费力的自由”。首先,以《失乐园》中的正当理性和自由选择为例。理性论和意志论本是很难兼容的两个思想分支,弥尔顿却通过区分自然法和实在法,同时保留两者的合法性:亚当在上帝的命令与夏娃之间选择了后者,由于上帝关于知识树果子的命令乃实在法,正当理性在此处帮不上忙,这无疑是意志的独立选择。其后,亚当与夏娃犯下情欲罪,显现出他在正当理性被蒙蔽后遵守自然法的失败。由此可见,弥尔顿通过史诗的叙述化解了两个思想分支之间的矛盾。其次,自然法和上帝选派的拯救者再次出现自然理性和启示信仰之间的巨大张力。弥尔顿在《论国王和行政官的职权》的两个版本中对上述两者各有侧重,他对其中一端的强调不得不以弱化另一端为代价。[③]实际上,在政治思想史中,倡导自然法的思想家乃苏亚

---

① 弥尔顿创作《斗士参孙》的时期正是英国宗教政策极为严苛的时期,详见本书第四章的讨论。

② 布什,《评弥尔顿散文作品的伦理和宗教信条》,冯国忠译,载殷宝书选编《弥尔顿评论集》,第 403—410 页。

③ Martin Dzelzainis (ed.), *Milton: Political Writings*, pp. xv, xix.

雷斯等耶稣会士（Jesuit），为"上帝选派的拯救者"正名的乃路德宗、加尔文派等的新教改革思想家，他们两方很难认同对方的观点：对于路德宗来说，人既然已全然堕落，便不存在上帝在人心中铭刻自然法一说。[①]但弥尔顿再次化解了这一矛盾：《斗士参孙》的自然法针对的是大利拉这个不认识上帝者，而"上帝选派的拯救者"则是身为以色列士师的参孙的身份，通过这样的并置，他同时赋予了两种思想资源合法性，使其为了同一个论证目的（公民自由）服务。由此可见，弥尔顿之所以可以解决不同思想资源之间的矛盾，一方面的原因在于，他本人对基督教及古典思想的熟稔使其可以自如地穿梭于两者之间；另一方面则得益于史诗、悲剧这样的文学形式，正是文学特有的叙述使得这些互相冲突的思想资源可以并行不悖。

在本书讨论的三部作品中，除了上述例子，多数时候上帝的命令和理性、信仰和德性，甚至圣经共和主义[②]与新罗马共和主义之间并不矛盾，有时还可以彼此强化。《复乐园》中的内在自由就是最好的例子。因此，也正是在这里引出了本书讨论主题的一个共同指向——"内在乐园"。邓肯曾将弥尔顿的内在乐园解释为三个层次：伊甸园纯真的内在乐园、寓言性的美德乐园、重生者的内在乐园（也可称为内在神恩的乐园）。他认为，亚当和夏娃在《失乐园》中失去了前两个意义上的乐园，获得了第三个，即内在神恩的乐园。[③]确实如此，亚当选择了夏娃，导致其失去了伊甸园纯真的内在乐园，之后他与夏娃的情欲罪则使其失去了寓言性的美德乐园；夏娃亦然，她在伸手摘果子后经历了现实性的恶，失去了前者，而后她在进行种种算计、想着如何与亚当平起平坐（甚至超过他）时失去了后者。尽管如此，夏娃的悔改、在她敦促下亚当的悔改以及神子的斡旋帮助他们重新获得了内在神恩的乐园。本书的讨论还不止于此。《复乐园》中的神子通过守住美德乐园，不仅为亚当、夏娃

---

① 见：Quentin Skinner, *The Foundations of Modern Political Thought, Vol. 2: The Age of Reformation*, p. 166.

② 圣经共和主义（Biblical Republicanism）或基督教共和国（Christian Commonwealth）是林提出的说法，详见：Walter S. H. Lim, *John Milton, Radical Politics, and Biblical Republicanism*, pp. 23, 28.

③ Joseph E. Duncan, *Milton's Earthly Paradise*, p. 266.

的后人确保了神恩的乐园，也为他们重获美德乐园树立了榜样。而《斗士参孙》中的参孙不仅需要神恩的乐园作为被饶恕的依据，同时需要美德乐园恢复其真正的自由。唯其如此，他才能继续后面为民族争取宗教自由、公民自由的种种行动。而且，参孙在为宗教自由、公民自由提供思想依据时侧重的仍是寓言性的美德乐园（具体表现为自然法）以及内在神恩的乐园（即良心的平安）。也就是说，内在乐园既是参孙为民族争取宗教自由、公民自由的起点，也是他行动的依据。这使弥尔顿明显区别于霍布斯的思路：霍布斯在认知方面摒弃了基督教和古典思想中人可以依据信仰或理性进行选择的思路，以人的自利和恐惧为前提为现代国家构建了政治秩序；弥尔顿则沿袭了基督教和古典共和思想的模式，他呼吁人通过信仰和德性构建灵魂秩序，如果外在的政治秩序与此两者严重冲突，它们转而会成为人进行抗争的依据。正因如此，弥尔顿的神子表现出贵族特质，而其笔下的参孙则呈现出抗争者特征。霍布斯在政治思想上的伟大成就或许远非弥尔顿所及，但后者基于基督教神学和古典思想的伦理原则却可以弥合前者认识论和其伦理、政治思想之间的矛盾。①笔者认为，弥尔顿虽然没有像布拉姆霍尔、剑桥柏拉图学派那样直接与霍布斯进行正面交锋，但他在对"内在乐园"进行艺术呈现的过程中从各个向度（认知、伦理、政治）对霍布斯的"利维坦"体系进行了回应。

　　需要说明的是，本书更侧重文本的思想研究，虽然每章的讨论都尽量遵循了诗歌本身的结构，但由于笔者的时间、学力有限，没有对诗歌的风格及文学意象进行深入探讨，也没能充分地分析诗歌形式与其思想

---

① 这一弥合作用在当代仍然值得关注。关于古典思想和基督教神学对于当代的现实意义，崇明引用法国政治思想家马南（Pierre Manent）的说法总结道："自由民主虽然遭遇了种种危机而能够取得成功，虽然面临重重困难而依然保持活力，事实上是因为作为西方传统的公民政治和基督教仍然以自然德性和超自然启示的力量抑制了（人与人、人与公民、人与自我的）三重分离，使人们在政治和宗教生活中、在自然与超自然的纽带中感受到生命和共同体的意义。因此，马南认为，'民主时代的人的生活将形成于他们继承的道德内涵和民主方式之间的妥协'。"见：崇明，《皮埃尔·马南的政治审视》，载许知远主编《东方历史评论（第4辑）》，桂林：广西师范大学出版社，2014，第152页。

（或历史语境）之间的关联，①这是本书的不足之一，也是笔者日后长期努力的方向。除此之外，单就思想层面来说，笔者目前的讨论只是一个开始，以后需花更多的时间、精力去研读 17 世纪的思想著作，如霍布斯的《贝希摩斯，或长期议会》（*Behemoth, or the Long Parliament*）、哈林顿的《大洋国》（*The Commonwealth of Oceana*）等。只有经过更长时间的阅读和思考，笔者才可能对弥尔顿与同时代人思想之间的互动有更为深切的认识。显然，同《斗士参孙》中的合唱队一样，笔者还有很长的路要走。

综观弥尔顿的一生，随着外在环境的变幻，他的着重点或许经历着种种变化，他在各个时期采取了不同的方式进行写作，但诗人始终坚持的是在英格兰每个个体身上、在整个国家恢复神恩的乐园和美德的乐园，他一直努力的目标正是《论教育》的卷首所说的"修复自我们始祖开始的损伤"。

---

① 英美学界近来对文学的美学体验（aesthetic experience）与历史主义之间的关系进行了许多反思，例如，他们提出，或许可以在教学和研究两方面进行调整，以实现真正的文史互济。可参见：Andrew Hadfield, "Has Historicism Gone Too Far: Or, Should We Return to Form?" in *Rethinking Historicism from Shakespeare to Milton*, ed. Ann Baynes Coiro and Thomas Fulton, pp. 23-39. 弥尔顿学界在方法层面对形式与历史研究、现代主义（presentism）与历史主义（historicism）的争论和融合进行了诸多讨论，参见：Erin Murphy and Catharine Gray, "Introduction," in *Milton Now: Alternative Approaches and Contexts*, ed. Catharine Gray and Erin Murphy, New York: Palgrave Macmillan, 2014, pp. 1-25.

引用文献

I. 约翰·弥尔顿著作

Ayers, Robert W., ed. *The Complete Prose Works of John Milton*. Vol. VII. Rev. ed. New Haven: Yale University Press, 1980.

Carey, John, ed. *Milton: Complete Shorter Poems*. 2nd ed. Harlow: Pearson Longman, 1997.

Carey, John, and Alastair Fowler, eds. *The Poems of John Milton*. New York: Longman Group, 1968.

Fowler, Alastair, ed. *John Milton: Paradise Lost*. London: Longman Group, 1971; New York: Routledge, 2013 (2nd ed.).

Hale, John K., and J. Donald Cullington, eds. *The Complete Works of John Milton, Volume VIII: De Doctrina Christiana*. Oxford: Oxford University Press, 2012.

Hughes, Merritt Y., ed. *John Milton: Complete Poems and Major Prose*. New York: Macmillan Publishing Company, 1985.

Keeble, N. H., and Nicholas McDowell, eds. *The Complete Works of John Milton, Volume VI: Vernacular Regicide and Republican Writings*. Oxford: Oxford University Press, 2013.

Kerrigan, William, John Rumrich, and Stephen M. Fallon, eds. *John Milton: Paradise Lost*. New York: The Modern Library, 2007.

Kerrigan, William, John Rumrich, and Stephen M. Fallon, eds. *John Milton: Paradise Regained, Samson Agonistes and the Complete Shorter Poems*. New York: The Modern Library, 2012.

Leonard, John, ed. *John Milton: The Complete Poems*. London: Penguin Books, 1998.

---, ed. *John Milton: Paradise Lost*. London: Penguin Books, 2000.

Loewenstein, David, ed. *John Milton Prose: Major Writings on Liberty, Politics,*

Religion, and Education. Oxford: Wiley-Blackwell, 2013.

Milton, John. *Paradise Regain'd. A Poem. In IV Books. To Which Is Added Samson Agonistes*. London: 1671. Wing M2152.

Rosenblatt, Jason P., ed. *Milton's Selected Poetry and Prose: Authoritative Texts, Biblical Sources, Criticism*. London: W. W. Norton & Company, 2011.

Sirluck, Earnest, ed. *The Complete Prose Works of John Milton*. Vol. II. New Haven: Yale University Press, 1959.

Wolfe, Don M., ed. *The Complete Prose Works of John Milton*. Vol. I. New Haven: Yale University Press, 1953.

---, ed. *The Complete Prose Works of John Milton*. Vol. IV. Part I. New Haven: Yale University Press, 1966.

弥尔顿，《斗士参孙》，金发燊译，桂林：广西师范大学出版社，2004。

弥尔顿，《复乐园》，金发燊译，桂林：广西师范大学出版社，2004。

弥尔顿，《复乐园·斗士参孙·短诗选》，朱维之译，上海：上海译文出版社，1981。

弥尔顿，《建设自由共和国的简易办法》，殷宝书译，北京：商务印书馆，2013。

弥尔顿，《论出版自由》，吴之椿译，北京：商务印书馆，2010。

弥尔顿，《失乐园》，金发燊译，长沙：湖南人民出版社，1987。

弥尔顿，《失乐园》，刘捷译，上海：上海译文出版社，2012。

弥尔顿，《失乐园》，朱维之译，外国文学名著丛书编辑委员会编，上海：上海译文出版社，1984。

弥尔顿，《为英国人民声辩》，何宁译，北京：商务印书馆，2012。

维里蒂编，《弥尔顿十四行诗集》，金发燊译，桂林：广西师范大学出版社，2004。

II. 其他作家作品

Aristotle. *The Nicomachean Ethics*. Trans. H. Rackham. London: William Heinemann, 1934.

Augustine. *The City of God Against the Pagans*. Ed. and trans. R. W. Dyson. Cambridge: Cambridge University Press, 1998; Beijing: China University of Political Science and Law Press, 2003.

Berlin, Isaiah. *Liberty*. Ed. Henry Hardy. London: Oxford University Press, 2002.

Boethius. *The Consolation of Philosophy*. Trans. David R. Slavitt. Cambridge, MA:

Harvard University Press, 2008.

Cudworth, Ralph. *A Treatise Concerning Eternal and Immutable Morality with a Treatise of Freewill*. Ed. Sarah Hutton. Cambridge: Cambridge University Press, 1996.

Eliot, George. *Middlemarch*. Ed. Rosemary Ashton. London: Penguin Books, 1994.

Fielding, Henry. *The History of Tom Jones, a Foundling*. Ed. Thomas Keymer and Alice Wakely. London: Penguin Books, 2005.

The Holy Bible: Containing the Old and New Testaments (Authorized King James Version). Nashville, TN: Broadman & Holman Publishers, 1979.

James, Henry. *The Portrait of a Lady: An Anthoritative Text, Henry James and the Novel, Reviews and Criticism*. 2nd ed. Ed. Robert D. Bamberg. New York: Norton & Company, 1995.

Livy, Titus. *The Early History of Rome*. Trans. Aubrey de Selincourt. London: Penguin Books, 2002.

Locke, John. *An Essay Concerning Human Understanding*. Ed. Roger Woolhouse. London: Penguin Books, 2004.

Pepys, Samuel. *The Diary of Samuel Pepys*. Ed. Henry B. Wheatley. London: George Bell and Sons, 1893.

Plato. *Complete Works*. Ed. John M. Cooper. Cambridge: Hackett Publishing Company, 1997.

---. *The Republic and Other Works*. Trans. Benjamin Jowett. New York: Anchor Books, 1973.

Sallust. *Catiline's War, the Jugurthine War, Histories*. Trans. A. J. Woodman. London: Penguin Books, 2007.

Smith, Sir Thomas. *The Commonwealth of England, and the Maner of Gouernement Thereof*. London: John Smethwicke, 1621.

Spenser, Edmund. *The Faerie Queene*. Ed. Thomas P. Roche, Jr. London: Penguin Books, 1978.

Tocqueville, Alexis de. *Democracy in America*. Trans. Arthur Goldhammer. New York: The Library of America, 2004.

Tuck, Richard, ed. *Thomas Hobbes: Leviathan*. Rev. student ed. Cambridge: Cambridge University Press, 1996.

Tuck, Richard, and Michael Silverthorne, eds. *Thomas Hobbes: On the Citizen.* Cambridge: Cambridge University Press, 1998.

Wordsworth, William. *The Prelude: The Four Texts (1798, 1799, 1805, 1850).* Ed. Jonathan Wordsworth. London: Penguin Books, 1995.

阿克顿，《自由与权力》，侯健、范亚峰译，南京：译林出版社，2011。

伯林，《自由论》（修订版），胡传胜译，南京：译林出版社，2011。

华兹华斯，《华兹华斯诗选》，杨德豫译，北京：外语教学与研究出版社，2012。

霍布斯，《利维坦》，黎思复、黎廷弼译，北京：商务印书馆，2012。

霍布斯，《论公民》，应星等译，贵阳：贵州人民出版社，2002。

马基雅维利，《君主论·李维史论》，潘汉典、薛军译，长春：吉林出版集团，2011。

《圣经：中英对照》（和合本·新国际版），南京：中国基督教协会，2007。

托克维尔，《政治与友谊：托克维尔书信集》，黄艳红译，崇明编校，上海：上海三联书店，2010。

陀思妥耶夫斯基，《卡拉马佐夫兄弟》（上），荣如德译，上海：上海译文出版社，2011。

亚里士多德，《尼各马可伦理学》，廖申白译注，北京：商务印书馆，2013。

约翰逊，《饥渴的想象：约翰逊散文作品选》，叶丽贤译，北京：生活·读书·新知三联书店，2015。

III. 论著、论文及其他文献

Achinstein, Sharon. "*Samson Agonistes* and the Drama of Dissent." Rosenblatt 626-650.

Armitage, David, Armand Himy, and Quentin Skinner, eds. *Milton and Republicanism.* Cambridge: Cambridge University Press, 1998.

Armitage, David, Conal Condren, and Andrew Fitzmaurice, eds. *Shakespeare and Early Modern Political Thought.* Cambridge: Cambridge University Press, 2009.

Austin, J. L. *How to Do Things with Words.* Oxford: Oxford University Press, 1962; Beijing: Foreign Language Teaching and Research Press, 2011.

Barzun, Jacques. *From Dawn to Decadence.* New York: HarperCollins, 2000.

Beddard, R. A. "The Restoration Church." Jones 155-175.

Bennett, Joan S. "'A Person Rais'd': Public and Private Cause in *Samson Agonistes*." *Studies in English Literature, 1500—1900* 18.1, The English Renaissance (Winter

1978): 155-168.

---. "Asserting Eternal Providence." Dobranski and Rumrich 219-243.

---. "'Go': Milton's Antinomianism and the Separation Scene in *Paradise Lost*, Book 9." *PMLA* 98.3 (May 1983): 388-404.

---. "Reading *Samson Agonistes*." Danielson 219-235.

---. *Reviving Liberty: Radical Christian Humanism in Milton's Great Poems*. Cambridge, MA: Harvard University Press, 1989.

Blackburn, Thomas H. "'Uncloister'd Virtue': Adam and Eve in Milton's Paradise." In *Milton Studies* 3. Ed. James D. Simmonds. Pittsburgh: University of Pittsburgh Press, 1971. 119-137.

Bock, Gisela, Quentin Skinner, and Maurizio Viroli, eds. *Machiavelli and Republicanism*. Cambridge: Cambridge University Press, 1990.

Burden, Dennis H. *The Logical Epic: A Study of the Argument of* Paradise Lost. Cambridge, MA: Harvard University Press, 1967.

Burgess, Glenn. "Introduction: Religion and the Historiography of the English Civil War." Prior and Burgess 1-26.

Bush, Douglas. *The Renaissance and English Humanism*. Toronto: The University of Toronto Press, 1939.

Campbell, Gordon. *A Milton Chronology*. London: Macmillan, 1997.

Carey, John. "A Work in Praise of Terrorism?." Rosenblatt 622-626.

Clark, J. C. D. *English Society: 1660—1832*. Cambridge: Cambridge University Press, 2000.

Coffey, John. "England's Exodus: The Civil War as a War of Deliverance." Prior and Burgess 253-280.

---. *John Goodwin and the Puritan Revolution: Religion and Intellectual Change in Seventeennth-Century England*. Suffolk: Boydell Press, 2006.

Coiro, Ann Baynes, and Thomas Fulton, eds. *Rethinking Historicism from Shakespeare to Milton*. Cambridge: Cambridge University Press, 2012.

Damrosch, Leopold, Jr. *God's Plot & Man's Stories*. Chicago: The University of Chicago Press, 1985.

Danielson, Dennis Richard, ed. *The Cambridge Companion to Milton*. 2nd ed. Cambridge: Cambridge University Press, 1999; Shanghai: Shanghai Foreign

Language Education Press, 2000.

---. *Milton's Good God: A Study in Literary Theodicy*. Cambridge: Cambridge University Press, 1982.

Darbishire, Helen, ed. *The Early Lives of Milton*. London: Constable, 1932.

Diekhoff, John S. *Milton's* Paradise Lost. New York: Humanities Press, 1958.

Dobranski, Stephen B., and John P. Rumrich, eds. *Milton and Heresy*. Cambridge: Cambridge University Press, 1998.

Duncan, Joseph E. *Milton's Earthly Paradise*. Minneapolis: University of Minnesota Press, 1972.

Dunn, John. *The Political Thought of John Locke*. Cambridge: Cambridge University Press, 1969.

Dzelzainis, Martin. "'In These Western Parts of the Empire': Milton and Roman Law." Parry and Raymond 57-68.

---. "Milton and Politics." Danielson 70-83.

---. "Milton and the Protectorate in 1658." Armitage, Himy, and Skinner 181-205.

---. "Milton, Foucault, and the New Historicism." Coiro and Fulton 209-233.

---. "Milton's Classical Republicanism." Armitage, Himy, and Skinner 3-24.

---, ed. *Milton: Political Writings*. Cambridge: Cambridge University Press, 1991; Beijing: China University of Political Science and Law Press, 2003.

Eagleton, Terry. *Literary Theory: An Introduction*. 2nd ed. Oxford: Blackwell Publishing, 1996; Beijing: Foreign Language Teaching and Research Press, 2007.

Edwards, Karen L. *Milton and the Natural World: Science and Poetry in* Paradise Lost. Cambridge: Cambridge University Press, 2000.

Eliot, T. S. *On Poetry and Poets*. New York: Farrar, Straus and Cudahy, 1957.

Empson, William. *Milton's God*. 3rd ed. Cambridge: Cambridge University Press, 1981.

Evans, J. Martin, ed. *John Milton: Twentieth-Century Perspectives*. Vol. 5. New York: Routledge, 2002.

Fallon, Stephen M. *Milton among the Philosophers*. Ithaca: Cornell University Press, 1991.

---. "'To Act or Not': Milton's Concept of Divine Freedom." *Journal of the History of Ideas* 49.3 (Autumn 1988): 425-449.

Fish, Stanley Eugene. *How Milton Works*. Cambridge, MA: The Belknap Press of Harvard University, 2001.

---. *Surprised by Sin: The Reader in* Paradise Lost. 2nd ed. Cambridge, MA: Harvard University Press, 1998.

---. *Versions of Antihumanism: Milton and Others*. Cambridge: Cambridge University Press, 2012.

Frye, Northrop. *The Return of Eden: Five Essays on Milton's Epics*. Toronto: University of Toronto Press, 1965.

Fulton, Thomas. *Historical Milton*. Boston: University of Massachusetts Press, 2010.

Gilson, Etienne. *The Christian Philosophy of Saint Augustine*. 2nd ed. New York: Vintage Books, 1967.

---. *History of Christian Philosophy in the Middle Ages*. New York: Random House, 1955.

---. *Reason and Revelation in the Middle Ages*. 2nd ed. New York: Charles Scribner's Sons, 1954.

Green, Mandy. *Milton's Ovidian Eve*. Surrey: Ashgate, 2009.

Greenblatt, Stephen, and Giles Gunn, eds. *Redrawing the Boundaries: The Transformation of English and American Literary Studies*. New York: The Modern Language Association of America, 1992.

Hadfield, Andrew. "Has Historicism Gone Too Far: Or, Should We Return to Form?" Coiro and Fulton 23-39.

Hammond, Paul. *Milton and the People*. Oxford: Oxford University Press, 2014.

Hanford, James Holly. *A Milton Handbook*. 4th ed. New York: Appleton-Century-Crofts, 1946.

---. "Review on *That Grand Whig, Milton*." *The William and Mary Quarterly*, 3rd series, 10.2 (Apr. 1953): 303-306.

Hao, Tianhu. "Ku Hung-Ming, an Early Chinese Reader of Milton." *Milton Quarterly* 39.2 (May 2005): 93-100.

---. "Milton in Late-Qing China (1837—1911) and the Production of Cross-Cultural Knowledge." *Milton Quarterly* 46.2 (May 2012): 86-105.

Harvey, Elizabeth D. "*Samson Agonistes* and Milton's Sensible Ethics." McDowell and Smith 649-666.

Herman, Peter C., and Elizabeth Sauer, eds. *The New Milton Criticism*. Cambridge: Cambridge University Press, 2012.

Hill, Christopher. *Milton and the English Revolution*. Middlesex: Penguin Books, 1979.

---. "Professor William B. Hunter, Bishop Burgess, and John Milton." *Studies in English Literature* 34.1 (Winter 1994): 165-193.

---. *The World Turned Upside Down: Radical Ideas During the English Revolution*. Middlesex: Penguin Books, 1976.

Hooper, Walter, ed. *Image and Imagination*. Cambridge: Cambridge University Press, 2013.

Hoopes, Robert. *Right Reason in the English Renaissance*. Cambridge, MA: Harvard University Press, 1962.

Hunter, William B., Jr. "Eve's Demonic Dream." *ELH* 13.4 (Dec. 1946): 255-265.

---. "The Provenance of the *Christian Doctrine*." *Studies in English Literature* 32.1 (Winter 1992): 129-142.

---. *Visitation Unimplor'd: Milton and the Authorship of* De Doctrina Christiana. Pittsburgh: Duquesne University Press, 1998.

Hutton, Ronald. *The Restoration: A Political and Religious History of England and Wales 1658—1667*. Oxford: Oxford University Press, 1985.

James, Susan. *Passion and Action: The Emotions in the Seventeenth-Century Philosophy*. Oxford: Clarendon Press, 1997.

Jayne, Sears. "Review on *Right Reason in the English Renaissance* by Robert Hoopes." *The Journal of English and Germanic Philology* 62.2 (Apr. 1963): 365-367.

Jones, J. R, ed. *The Restoration Monarchy 1660—1688*. London: Macmillan, 1979.

Jordan, Matthew. *Milton and Modernity: Politics, Masculinity and* Paradise Lost. Hampshire: Palgrave, 2001.

Kahn, Victoria. *Wayward Contracts: The Crisis of Political Obligation in England, 1640—1674*. Princeton: Princeton University Press, 2004.

Keeble, N. H. *The Restoration: England in the 1660s*. Malden, MA: Blackwell Publishing, 2002.

Kelley, Mark R., and Joseph Wittreich, eds. *Altering Eyes: New Perspectives on Samson Agonistes*. London: Associated University Press, 2002.

Kerrigan, William. "The Irrational Coherence of *Samson Agonistes*." In *Milton Studies* 22. Ed. James D. Simmonds. Pittsburgh: University of Pittsburgh Press, 1987. 217-232.

---. "Milton's Place in Intellectual History." Danielson 253-267.

---. "Seventeenth-Century Studies." Greenblatt and Gunn 64-78.

---. *The Sacred Complex: On the Psychogenesis of* Paradise Lost. Cambridge, MA: Harvard University Press, 1983.

Kerrigan, William, and Gordon Braden. "Milton's Coy Eve: *Paradise Lost* and Renaissance Love Poetry." *ELH* 53.1 (Spring 1986): 27-51.

Klemp, P. J. Paradise Lost*: An Annotated Bibliography*. Lanham, MD: The Scarecrow Press, 1996.

Kolbrener, William. "The Poverty of Context: Cambridge School History and the New Milton Criticism." Herman and Sauer 212-230.

Leonard, John. "Language and Knowledge in *Paradise Lost*." Danielson 130-143.

---. *Naming in Paradise: Milton and the Language of Adam and Eve*. Oxford: Clarendon Press, 1990.

Lewalski, Barbara Kiefer. *The Life of John Milton: A Critical Biography*. 2nd ed. Malden, MA: Blackwell Publishing, 2003.

---. "Milton and *De Doctrina Christiana*: Evidences of Authorship." In *Milton Studies* 36. Ed. Albert C. Labriola. Pittsburgh: University of Pittsburgh Press, 1998. 203-228.

---. "Milton on Liberty, Servility, and the Paradise Within." Tournu and Forsyth 31-53.

---. "Samson and the 'New Acquist of True [Political] Experience'." In *Milton Studies* 24. Ed. James D. Simmonds. Pittsburgh: University of Pittsburgh Press, 1989. 233-252.

---. "'To Try, and Teach the Erring Soul': Milton's Last Seven Years." Parry and Raymond 175-190.

Lewis, C. S. *A Preface to* Paradise Lost. New York: Oxford University Press, 1969.

---. "Douglas Bush, Paradise Lost *in Our Time*." Hooper 297-300.

Lieb, Michael. *Theological Milton*. Pittsburgh: Duquesne University Press, 2006.

Lieb, Michael, and John T. Shawcross, eds. *Achievements of the Left Hand: Essays on the Prose of John Milton*. Amherst: The University of Massachusetts Press, 1974.

Lim, Walter S. H. *John Milton, Radical Politics, and Biblical Republicanism*. Newark:

University of Delaware Press, 2006.

Loewenstein, David. "The Kingdom Within: Radical Religious Culture and the Politics of *Paradise Regained*." *Literature and History*, 3rd series, 3.2 (Fall 1994): 63-89.

---. *Representing Revolution in Milton and His Contemporaries: Religion, Politics, and Polemics in Radical Puritanism*. Cambridge: Cambridge University Press, 2001.

Lovejoy, Arthur O. *The Great Chain of Being*. Cambridge, MA: Harvard University Press, 1964.

MacLean, Gerald, ed. *Culture and Society in the Stuart Restoration*. Cambridge: Cambridge University Press, 1995.

Marjara, Harinder S. *Contemplation of Created Things: Science in* Paradise Lost. Toronto: University of Toronto Press, 1992.

Martin, Catherine Gimelli. *Milton among the Puritans*. Surrey: Ashgate, 2010.

---, ed. *Milton and Gender*. Cambridge: Cambridge University Press, 2004.

Masson, David. *The Life of John Milton: Narrated in Connexion with the Political, Ecclesiastical and Literary History of His Time*. 7 vols. London, 1881—1894; Gloucestor, MA: Peter Smith, 1965.

McColley, Diane. "Eve's Dream." In *Milton Studies* 12. Ed. James D. Simmonds. Pittsburgh: University of Pittsburgh Press, 1979. 25-45.

---. "Milton and the Sexes." Danielson 175-192.

McDowell, Nicholas, and Nigel Smith, eds. *The Oxford Handbook of Milton*. Oxford: Oxford University Press, 2009.

Mintz, Samuel I. *The Hunting of Leviathan*. Cambridge: Cambridge University Press, 1962.

Morgan, Kenneth O., ed. *The Oxford History of Britain*. Rev. ed. Oxford: Oxford University Press, 2010.

Morrill, John. "The Religious Context of the English Civil War." In *The Nature of the English Revolution*. London: Longman, 1993. 45-68.

---. "The Stuarts (1603—1688)." Morgan 327-398.

Murphy, Erin, and Catharine Gray. "Introduction." In *Milton Now: Alternative Approaches and Contexts*. Ed. Catharine Gray and Erin Murphy. New York: Palgrave Macmillan, 2014. 1-25.

Nicolson, Marjorie Hope. "Milton and the *Conjectura Cabbalistica.*" *Philological Quarterly* 6.1 (Jan. 1927): 1-18.

---. "Milton and Hobbes." *Studies in Philology* 23.4 (Oct. 1926): 405-433.

---. "The Spirit World of Milton and More." *Studies in Philology* 22.4 (Oct. 1925): 433-452.

Norbrook, David. *Writing the English Republic.* Cambridge: Cambridge University Press, 2000.

The Oxford English Dictionary (OED). 2nd ed. CD-ROM (v.4.0). Oxford: Oxford University Press, 2009.

Parker, William Riley. *Milton: A Biography.* 2 vols. Ed. Gordon Campbell. Oxford: Clarendon Press, 1996.

Parry, Graham, and Joad Raymond, eds. *Milton and the Terms of Liberty.* Cambridge: D. S. Brewer, 2002.

Partrides, C. A. *An Annotated Critical Bibliography of John Milton.* New York: St. Martin's Press, 1987.

Pettit, Philip. *Republicanism: A Theory of Freedom and Government.* Oxford: Oxford University Press, 1999.

Phillipson, Nicholas, and Quentin Skinner, eds. *Political Discourse in Early Modern Britain.* Cambridge: Cambridge University Press, 1993.

Platinga, Alvin. *The Nature of Necessity.* Oxford: Clarendon Press, 1974.

Pocock, J. G. A. *Barbarism and Religion.* 6 vols. Cambridge: Cambridge University Press, 1999—2015.

---. *Political Thought and History.* Cambridge: Cambridge University Press, 2009.

---. *The Machiavellian Moment: Florentine Political Thought and the Atlantic Republican Tradition.* Princeton: Princeton University Press, 1975.

---, ed. *The Varieties of British Political Thought, 1500—1800.* Cambridge: Cambridge University Press, 1993.

Pocock, J. G. A., and Gordon J. Schochet. "Interregnum and Restoration." Pocock 146-179.

Poole, William. "The Genres of Milton's Commonplace Book." McDowell and Smith 367-381.

---. *Milton and the Idea of the Fall.* Cambridge: Cambridge University Press, 2005.

Prior, Charles W. A., and Glenn Burgess, eds. *England's Wars of Religion, Revisited.* Surrey: Ashgate, 2011.

Radzinowicz, Mary Ann. *Toward* Samson Agonistes*: The Growth of Milton's Mind.* Princeton: Princeton University Press, 1978.

Rayler, Timothy. "Milton, the Hartlib Circle and the Education of the Aristocracy." McDowell and Smith 383-406.

Riley, Patrick. *Will and Political Legitimacy: A Critical Exposition of Social Contract Theory in Hobbes, Locke, Rousseau, Kant, and Hegel.* Cambridge, MA: Harvard University Press, 1982.

Rogers, John. *The Matter of Revolution: Science, Poetry, and Politics in the Age of Milton.* Ithaca: Cornell University Press, 1996.

---. "The Political Theology of Milton's Heaven." Herman and Sauer 68-82.

Rosenblatt, Jason P. *Torah and Law in* Paradise Lost. Princeton: Princeton University Press, 1994.

Rumrich, John P. *Milton Unbound.* Cambridge: Cambridge University Press, 1996.

---. "Samson and the Excluded Middle." Kelley and Wittreich 307-332.

Samuel, Irene. *Plato and Milton.* Ithaca: Cornell University Press, 1965.

---. "*Samson Agonistes* as Tragedy." Evans 249-271.

Sauer, Elizabeth M. "The Experience of Defeat: Milton and Some Female Contemporaries." Martin 133-152.

Saurat, Denis. *Milton: Man and Thinker.* New York: The Dial Press, 1925.

Scott, Jonathan. *England's Troubles: Seventeenth-Century English Political Instability in European Context.* Cambridge: Cambridge University Press, 2000.

Sensabaugh, George F. *That Grand Whig, Milton.* Stanford: Stanford University Press, 1952.

---. "That Vile Mercenary, Milton." *Pacific Coast Philology* 3 (Apr. 1968): 5-15.

Shawcross, John T. *The Development of Milton's Thought.* Pittsburgh: Duquesne University Press, 2008.

---, ed. *John Milton: The Critical Heritage.* 2 vols. London: Routledge, 1995.

Shen, Hong. "A Century of Milton Studies in China: Review and Prospect." *Milton Quarterly* 48.2 (May 2014): 96-109.

Shoaf, R. A. *Milton, Poet of Duality.* 2nd ed. Gainesville: University Press of Florida,

1993.

Shoulson, Jeffrey. "Man and Thinker: Denis Saurat and the Old New Milton Criticism." Herman and Sauer 194-211.

Siemens, R. G. "Milton's Works and Life: Select Studies and Resources." Danielson 268-290.

Sierhuis, Freya. "Autonomy and Inner Freedom: Lipsius and the Revival of Stoicism." Skinner and Galderen 2: 46-64.

Skinner, Quentin. *The Foundations of Modern Political Thought, Vol. 2: The Age of Reformation*. Cambridge: Cambridge University Press, 1978.

---. *Hobbes and Republican Liberty*. Cambridge: Cambridge University Press, 2008.

---. "'John Milton and the Politics of Slavery." Parry and Raymond 1-22.

---. *Liberty Before Liberalism*. Cambridge: Cambridge University Press, 1998.

---. "States and the Freedom of Citizens." Skinner and Strath 11-27.

---. *Visions of Politics*. 3 vols. Cambridge: Cambridge University Press, 2002.

Skinner, Quentin, and Bo Strath, eds. *States and Citizens: History, Theory, Prospects*. Cambridge: Cambridge University Press, 2003.

Skinner, Quentin, and Martin van Galderen, eds. *Freedom and the Construction of Europe*. 2 vols. Cambridge: Cambridge University Press, 2013.

Svendsen, Kester. *Milton and Science*. Cambridge, MA: Harvard University Press, 1956.

Tillyard, E. M. W. *Milton*. London: Chatto and Windus, 1934.

Tournu, Christophe, and Neil Forsyth, eds. *Milton, Rights and Liberties*. Bern: Peter Lang, 2007.

Trevor-Roper, Hugh. "The Religious Origins of the Enlightenment." *The Crisis of the Seventeenth Century: Religion, the Reformation and Social Change*. Indianapolis: Liberty Fund, 1967. 179-218.

Tuck, Richard. "The Civil Religion of Thomas Hobbes." Phillipson and Skinner 120-138.

Tulloch, John. *Rational Theology and Christian Philosophy in England in the Seventeenth Century*. Vol. II. Edinburgh: W. Blackwood and Sons, 1874.

von Maltzahn, Nicholas. *Milton's* History of Britain: *Republican Historiography in the English Revolution*. Oxford: Clarendon Press, 1991.

Willet, Andrew. *Hexapla in* Genesin, *That Is, a Sixfold Commentary upon* Genesis. London: John Norton, 1608. STC (2nd ed.) / 25683a.

Willey, Basil. *The Seventeenth-Century Background*. 3rd ed. London: Ark Paperbacks, 1986.

Wiznura, Robert. "Eve's Dream, Interpretation, and Shifting Paradigms: Books Four and Five of *Paradise Lost*." In *Milton Studies* 49. Ed. Albert C. Labriola. Pittsburgh: University of Pittsburgh Press, 2008. 108-123.

Woolrych, Austin. *Britain in Revolution: 1625—1660*. Oxford: Oxford University Press, 2002.

---. "Historical Introduction (1659—1660)." Ayers 1-228.

---. "Milton & Cromwell: 'A Short But Scandalous Night of Interruption'." Lieb and Shawcross 185-218.

Wootton, David, ed. *Republicanism, Liberty and Commercial Society, 1649—1776*. Stanford: Stanford University Press, 1994.

Worden, Blair. "Civil and Religious Liberty." In *God's Instruments: Political Conduct in the England of Oliver Cromwell*. Oxford: Oxford University Press, 2012. 313-354.

---. *Literature and Politics in Cromwellian England: John Milton, Andrew Marvell, Marchamont Nedham*. Oxford: Oxford University Press, 2007.

---. "Marchamont Nedham and the Beginning of English Republicanism, 1649—1656." Wootton 45-81.

---. "Milton and Marchamont Nedham." Armitage, Himy, and Skinner 156-180.

---. "Milton, *Samson Agonistes*, and the Restoration." MacLean 111-136.

---. "Milton's Republicanism and the Tyranny of Heaven." Bock, Skinner, and Viroli 225-245.

---. *Roundhead Reputations: The English Civil Wars and the Passions of Posterity*. London: Penguin Press, 2001.

---. *The Rump Parliament: 1648—1653*. Cambridge: Cambridge University Press, 1974.

Zagorin, Perez. *Milton, Aristocrat and Rebel: The Poet and His Politics*. New York: D. S. Brewer, 1992.

Zuckert, Michael. *Natural Rights and the New Republicanism*. Princeton: Princeton University Press, 1994.

阿诺德，《评弥尔顿》，殷宝书译，载殷宝书选编《弥尔顿评论集》，第138—144页。

艾布拉姆斯，《文学术语词典（中英对照）》，吴松江等译，北京：北京大学出版社，2009。

艾略特，《关于弥尔顿诗体的按语》，殷宝书译，载殷宝书选编《弥尔顿评论集》，第300—312页。

——，《克里斯托弗·马洛》，吴学鲁、佟艳光译，载卞之琳、李赋宁等译《传统与个人才能：艾略特文集·论文》，上海：上海译文出版社，2012，第141—152页。

——，《论弥尔顿》，殷宝书译，载殷宝书选编《弥尔顿评论集》，第436—453页。

布莱克，《情欲与理智》，殷宝书译，载殷宝书选编《弥尔顿评论集》，第92—93页。

布什，《评弥尔顿散文作品的伦理和宗教信条》，冯国忠译，载殷宝书选编《弥尔顿评论集》，第403—410页。

陈思贤，《西洋政治思想史·中世纪篇》，长春：吉林出版集团，2008。

崇明，《创造自由：托克维尔的民主思考》，上海：上海三联书店，2014。

——，《皮埃尔·马南的政治审视》，载许知远主编《东方历史评论（第4辑）》，桂林：广西师范大学出版社，2014，第138—152页。

郝田虎，《发明莎士比亚》，《江西社会科学》2014年第1期，第82—88页。

——，《跨越东西方：辜鸿铭与吴宓对弥尔顿的接受》，《外国文学评论》2014年第1期，第205—219页。

——，《论弥尔顿〈咏失明〉及其早期中国因缘》，《中南大学学报（社会科学版）》2015年第1期，第198—203页。

——，《〈缪斯的花园〉：早期现代英国札记书研究》，北京：北京大学出版社，2014。

胡家峦，《文艺复兴时期英国诗歌与伊甸园传统》，载罗芃、任光宣主编《欧美文学论丛（第5辑）：圣经、神话传说与文学》，北京：人民文学出版社，2007，第110—138页。

胡景钊、余丽嫦，《十七世纪英国哲学》，北京：商务印书馆，2006。

伽达默尔，《真理与方法》，洪汉鼎译，北京：商务印书馆，2013。

柯尔律治，《论〈失乐园〉的社会背景》，殷宝书译，载殷宝书选编《弥尔顿评论集》，第116—119页。

孔新峰，《霍布斯论恐惧——由自然之人走向公民》，载李强主编《宪政与秩序》，北京：北京大学出版社，2011，第111—143页。

劳里，《〈失乐园〉的构思》，姚红译，载殷宝书选编《弥尔顿评论集》，第
　　145—179 页。

李猛，《自然社会：自然法与现代道德世界的形成》，北京：生活·读书·新知
　　三联书店，2015。

利维斯，《弥尔顿的诗体》，殷宝书译，载殷宝书选编《弥尔顿评论集》，第
　　264—285 页。

刘立壹，《国内弥尔顿研究述评》，《社科纵横》2013 年第 7 期，第 135—138 页。

刘擎，《自由及其滥用：伯林自由论述的再考察》，《中国人民大学学报》2015
　　年第 4 期，第 43—53 页。

刘意青主编，《英国 18 世纪文学史》，北京：外语教学与研究出版社，2006。

马凌，《阐释与语境：弥尔顿影响》，《新闻大学》2007 年第 4 期，第 35—42 页。

麦考莱，《论弥尔顿》，姚红译，载殷宝书选编《弥尔顿评论集》，第 120—137 页。

莫米利亚诺，《古代世界的自由与和平》，王恒、林国华译，载林国华、王恒主编
　　《古代世界的自由与和平》，上海：上海人民出版社，2010，第 57—78 页。

佩迪特，《共和主义：一种关于自由与政府的理论》，刘训练译，南京：江苏人
　　民出版社，2009。

萨拜因，《政治学说史》下卷，邓正来译，上海：上海人民出版社，2010。

沈弘，《弥尔顿的撒旦与英国文学传统》，北京：北京大学出版社，2010。

——，《新中国 60 年弥尔顿〈失乐园〉研究的回顾与展望》，《山东外语教学》
　　2013 年第 6 期，第 73—78 页。

斯金纳，《霍布斯与共和主义自由》，管可秾译，上海：上海三联书店，2011。

王继辉，《古英语〈创世记〉与弥尔顿的〈失乐园〉》，《国外文学》1995 年第 2
　　期，第 75—85 页。

王建，《"失去善，得到恶"——堕落主题在〈失乐园〉中的表现》，硕士论文，
　　北京大学，2006。

吴玲英，《基督式英雄：弥尔顿的英雄诗歌三部曲对"内在精神"之追寻》，博
　　士论文，湖南师范大学，2013。

——，《论〈斗士参孙〉中的"精神斗士"与斗士精神》，《外国文学》2012 年第
　　4 期，第 75—81 页。

——，《论〈复乐园〉里耶稣基督的神性与人性——兼论〈基督教教义〉中耶稣
　　基督的身份》，《外国文学研究》2013 年第 1 期，第 79—87 页。

——，《论弥尔顿"诱惑观"的悖论性》，《中南大学学报（社会科学版）》2012

年第 2 期，第 158—164 页。

吴玲英、吴小英，《论弥尔顿对"精神"的神学诠释——兼论〈论基督教教义〉里的"圣灵"》，《中南大学学报（社会科学版）》2013 年第 1 期，第 30—35 页。

吴天岳，《意愿与自由：奥古斯丁意愿概念的道德心理学解释》，北京：北京大学出版社，2010。

吴小坤，《从神学"真理"到"自由共和"主张：对弥尔顿表达自由观的重释》，《新闻大学》2010 年第 3 期，第 71—77 页。

——，《近代英国表达自由思想的形成研究》，博士论文，上海大学，2010。

肖明翰，《〈失乐园〉中的自由意志与人的堕落和再生》，《外国文学评论》1999 年第 1 期，第 69—76 页。

徐贵霞，《论弥尔顿的美德观》，《四川外语学院学报》2002 年第 3 期，第 29—31 页。

叶丽贤，《人情味的缺乏：约翰逊论弥尔顿人格与作品的缺憾》，《天津大学学报（社会科学版）》2014 年第 3 期，第 238—243 页。

殷宝书选编，《弥尔顿评论集》，上海：上海译文出版社，1992。

张伯香、曹静，《〈失乐园〉中的基督教人文主义思想》，《外国文学研究》1999 年第 1 期，第 49—53 页。

张隆溪，《论〈失乐园〉》，《外国文学》2007 年第 1 期，第 36—42 页。

张世耘，《弥尔顿的自由表达观的世俗现代意义》，《国外文学》2006 年第 4 期，第 53—58 页。

张新刚，《正义、友爱与共同体——柏拉图政治思想研究》，博士论文，北京大学，2012。

赵敦华，《基督教哲学 1500 年》，北京：人民出版社，2007。

人名索引

后　记

本书在博士论文的基础上修订而成。我在北京大学英语系读书的五年中，得到了许多老师和同学的帮助，借此机会向各位表示感谢。

首先要感谢的是我的导师郝田虎教授，他严谨的治学态度和稳健的研究方法使我受益良多。由于读博之前几年都是自己读书，我在文学研究方面缺乏专业、严格的学术训练，郝老师一次次以耐心包容了我的粗疏。与此同时，他对我严格要求，在我撰写期中和期末论文、研究计划、开题报告以及论文各章的过程中一步步带领我步入了学术的大门。郝老师对弥尔顿文本及其批评传统十分熟悉，他在文章选题、章节结构、论述思路方面的点拨和提醒让我少走了许多弯路。郝老师受过优秀、系统的学术训练，他对于论文具体论述、遣词造句、引文格式的反复修改帮助我学习着如何分析文本、润色文字、规范写作。本书凝聚了郝老师的许多心血，我保留了他为我修改的各版底稿，提醒自己莫忘师恩，砥砺自己效法吾师、沉潜治学。

接着要感谢的是我读博期间的第二指导老师韩加明教授。韩老师对文学史的整体把握、对各个时期文学作品的熟稔，对我撰写论文帮助很大。他对各章提出的修改意见及时纠正了我因背景知识欠缺、行文不严谨造成的错误。韩老师治学经验丰富，为人谦和，他总是细致、耐心地分析文本，客观、持平地对待各家批评，这些都是我以后治学、从教需要学习的地方。

在博士论文开题和预答辩时，程朝翔教授、刘锋教授、张世耘教授、王继辉教授给予了我许多指导和建议，在此谨向他们表示感谢。程老师在研究方法和论述思路方面的建议帮助我明确了自己的讨论范围和具体方向；刘老师和张老师对于"自由"观念不同思想传统的分析帮我理清了思路，刘老师建议读些 17 世纪英国历史，张老师建议阅读古典思想典籍，这些阅读及时补足了我在前一阶段研究的欠缺；王老师在论文结构方面的建议以及文献涵盖范围、格式等方面的指导对我很有裨益；韩老师在开题和预答辩前已读过初稿，但他依然耐心地阅读了全稿，指出了其中的问题，使得论文的行文更为准确、流畅。感谢参与匿名评审与论文答辩的诸位老师。老师们仔细评阅了论文，指出了其中需要进一步完善之处，并在方法层面提出了一些建议，令我明确了以后努力的方向。校外专家沈弘教授与章燕教授在百忙之中抽出时间参加了博士论文答辩，并提出了宝贵的意见，特别向他们表示感谢。各位老师的谆谆教诲，我会谨记在心。

我还要感谢北京大学英语系的各位老师。除了老师们的博士生串讲课，我在准备博士资格考试期间旁听了高峰枫老师的"古典西方文论"和刘锋老师的"20 世纪西方文论"，整体认识了古典时期和现代文学理论。这两门课上学习的方法和思想对我影响很大，毕业后体会尤深。此外，我还旁听了丁宏为老师的"浪漫主义诗歌"、韩加明老师的"18 世纪英国文学"、毛亮老师的"亨利·詹姆斯"等研究生课程，了解了不同时期的经典文学作品、文学传统和批评脉络。经过老师们的讲解，原先在我脑海中散乱的点渐渐串联成了一条线，这是我入学前两年最大的收获。感谢苏薇星老师。我在入学后第二学期选修了苏老师开设的"20 世纪美国诗歌"，她对文学的热爱以及诗歌细读的功力令我感佩不已，提交期中、期末论文后，苏老师的反馈和评语帮助我更深入地了解了诗歌分析的方法。感谢毛亮老师。毛老师担任我们博士阶段前两年的班主任，在学习方法和学术资源上给了我们很多帮助。感谢系办的刘水老师，她对各种麻烦、琐碎的事务总以微笑回应，如同一泓清泉滋润了我繁忙、紧张的读书生活。

同学徐溯和赵鹏分别担任博士论文开题报告和预答辩、答辩的秘书，她们细心、周到地安排了各项工作，让我心里十分踏实，谢谢她们。答辩秘书的工作量很大，赵鹏毫无怨言、按部就班地将其一一完成，我对她是既佩服，又感激。一起读博的其他几位同学（唐微、谢娟、陈西军）在求学期间给予我许多理解和帮助，在此一并致谢。入学后的第一个学期，每周我们一起沿着未名湖边的小路去化北楼上串讲课，那是我五年读书生活中最美好的回忆。感谢师姐王珊珊，她的帮助和鼓励给了困境中的我很多安慰。感谢师兄叶丽贤，他在微博上分享的读书笔记令我备受启发。

博士毕业后，我开始在四川大学外国语学院英文系任教。入职以来，学院的领导、英文系的各位同事给了我许多关心和帮助，谢谢他们。在和他们的交流中，我感受到了人情的温暖和力量。感谢英文系的同学们，他们的好奇心和求知欲督促我不断追求新知，课堂上的智性激荡是激励我前行的重要动力。

感谢本书责任编辑张颖琪老师。他对审校工作极其专业、认真，让我重新认识了编辑这个职业。他急人之所急，加班加点改稿，这种职业精神令我感动。

最后，感谢我的家人老程、梦迪。谢谢你们愿意做我的空气，陪伴我前行。

图书在版编目(CIP)数据

内在乐园：论弥尔顿晚期诗歌中的认知和自由 / 崔梦田著. —杭州：浙江大学出版社，2021.8

（文艺复兴论丛 / 郝田虎主编）

ISBN 978-7-308-21675-3

I. ①内… II. ①崔… III. ①弥尔顿（Milton, John 1608—1674）—诗歌研究 IV. ①I561.072

中国版本图书馆 CIP 数据核字(2021)第 162187 号

内在乐园：论弥尔顿晚期诗歌中的认知和自由

崔梦田 著

策　　划	张　琛　包灵灵
责任编辑	张颖琪
责任校对	黄静芬
封面设计	周　灵
出版发行	浙江大学出版社
	（杭州天目山路 148 号　邮政编码 310007）
	（网址：http://www.zjupress.com）
排　　版	浙江时代出版服务有限公司
印　　刷	杭州高腾印务有限公司
开　　本	710 mm×1000 mm　1/16
印　　张	16.5
字　　数	330 千
版 印 次	2021 年 8 月第 1 版　2021 年 8 月第 1 次印刷
书　　号	ISBN 978-7-308-21675-3
定　　价	58.00 元

浙江大学出版社市场运营中心联系方式：(0571)88925591，http://zjdxcbs.tmall.com